BEATE RYGIERT

FRAU VON GOETHE

atb aufbau taschenbuch

BEATE RYGIERT

FRAU VON GOETHE

Er ist der größte Dichter seiner Zeit,
doch erst ihre Liebe kann ihn retten

ROMAN

atb aufbau taschenbuch

MIX
Papier aus verantwortungsvollen Quellen
FSC® C083411

ISBN 978-3-7466-3665-8

Aufbau Taschenbuch ist eine Marke
der Aufbau Verlage GmbH & Co. KG

1. Auflage 2021

Satz Greiner & Reichel, Köln
Druck und Binden CPI books GmbH, Leck, Germany
Printed in Germany

www.aufbau-verlage.de

Ich liebe dich recht herzlich und einzig,
Du glaubst nicht wie ich dich vermisse …

WOLFGANG AN CHRISTIANE,
FRANKFURT, 15. AUGUST 1797

Dein Garten steht gegenwärtig in seiner größten Pracht (…). Die Apfelbäume blühen in höchster Fülle, es steht Blüte an Blüte, die Rabatten vor Deinen Fenstern schmücken die schönsten gefüllten Tulipanen, deren schöne Farbe die stolzen Kaiserkronen verdunkeln, und trotz der geringen Wärme und den kühlen Nächten reift doch alles der Vollkommenheit entgegen. Möge Dich die schöne Blüte in Jena für diese Entbehrung reichlichst entschädigen.

CHRISTIANE AN WOLFGANG,
WEIMAR, 18. MAI 1816

1. KAPITEL

Weimar, Juni 1788

Die Kutsche mit dem Wappen des Freiherrn von Stein donnerte den Graben herauf und bog derart ungestüm in die Neue Straße ein, dass Christiane nur knapp den Hufen der Pferde entkam.

»Seid ihr denn noch bei Trost?«, schrie sie auf und sah im selben Augenblick, wie der leichte Vorhang vor dem Fenster der Kabine zur Seite geschoben wurde. Ein eiskalter Blick traf sie aus hellblauen Augen unter einer kunstvoll aufgetürmten Steckfrisur.

»Himmel!«, hörte sie ihre Freundin Hanne rufen. »Die hätten dich glatt umgebracht. War das nicht die Frau von Stein?«

Christiane besah sich ihren besudelten Rocksaum. Die Kutsche war mitten durch eine Pfütze gerumpelt und sie hatte das Schmutzwasser abbekommen.

»Sieh dir das mal an«, sagte sie aufgebracht. Erst neulich hatte sie das Kleidungsstück, das noch von ihrer Mutter stammte, gewendet und ihrer Größe angepasst.

»Das geht beim Waschen wieder raus«, tröstete Hanne. »Komm, wir sollten uns beeilen, sonst kommen wir zu spät.«

Hanne hatte wie Christiane und elf weitere Töchter aus gutem, jedoch verarmtem Hause in der Bertuchschen Manufaktur für Kunstblumen Arbeit gefunden. Dabei war es eine Schande, dass Hannes Vater als herzoglicher Amtsschreiber zu wenig verdiente, um seine Familie ernähren zu können. Christianes Vater war es, wie so vielen anderen, nicht besser ergangen. Johann Friedrich Vulpius hatte sogar ganze zehn Jahre umsonst für den Herzoglichen Hof arbeiten müssen, ehe er nach endlosen Bittschriften und Gesuchen endlich einen Hungerlohn erhalten hatte, der hinten und vorne nicht gereicht hatte. Vor zwei Jahren war er gestorben, und nicht nur er ruhte bei seinen Ahnen im Familiengrab auf dem Gottesacker rund um die Jacobskirche, sondern auch Christianes Mutter und ihre Stiefmutter samt sieben ihrer jüngeren Geschwister, die das Kindesalter nicht überlebt hatten. Jetzt hatte sie nur noch den um zwei Jahre älteren Bruder Christian, ihre vierzehnjährige Stiefschwester Ernestina und Tante Juliane, eine ledige Schwester ihres Vaters.

Das hätte nicht sein müssen, davon war Christiane überzeugt. Mit ausreichend Nahrung wäre so manch ein Familienmitglied noch am Leben. Doch es hatte an allem gefehlt, vor allem an Geld für einen Arzt und Medizin. Schaudernd dachte sie an diese schrecklichen Jahre zurück, besonders an 1782, als die beiden jüngsten, von ihr heiß geliebten Geschwister kurz hintereinander gestorben waren, ausgemergelt und viel zu schwach, um sich gegen Krankheiten wehren zu können. Inzwischen war es Christiane, die den kleinen Frauenhaushalt ernährte, während ihr großer Bruder, ein studierter Jurist, in Nürnberg eine Stelle als Schreiber innehatte. Einen äußerst schlecht bezahlten Posten, und es sah so aus, als sollte er auch den bald verlieren, weil ein anderer junger Mann seine Dienste für noch weniger Gehalt angeboten hatte. Und was dann? Es war so schwer, eine angemessene Stelle zu finden. Dabei war Christian so begabt …

»Hat Christian mal wieder etwas Neues geschrieben?« Hannes Augen leuchteten. Es war kein Geheimnis, dass sie für Christianes älteren Bruder schwärmte. Christian wiederum hatte Hanne als Vierzehnjähriger in einem handgeschriebenen und -gezeichneten Büchlein verewigt, genau wie seine Schwester und einige Klassenkameraden. Wenn einer vor Phantasie nur so sprühte, dann Christianes Bruder.

»Ich weiß nicht«, antwortete sie. »Sicher hat er keine Zeit mehr dafür.«

Hanne und sie hatten inzwischen das prächtige Gebäude am Baumgarten erreicht. Sechs Jahre war es her, dass Christiane Friedrich Justin Bertuchs Angebot angenommen hatte, in der damals gerade erst gegründeten Manufaktur zu arbeiten. Dies war ein Privileg, und Christiane verdankte es der Freundschaft ihres Vaters zu dem Geschäftsmann und Verleger. Bertuch war sogar Taufpate ihres jüngsten Bruders gewesen, und offenbar hatte er das Elend der Familie Vulpius nicht mehr länger mit ansehen können.

»Wie siehst *du* denn aus?«

Natürlich war es Friederike von Aberstein, die bei ihrer Ankunft in den Räumen der Manufaktur Christianes Rock mit gerümpfter Nase musterte. Die meisten der Putzmacherinnen saßen bereits auf ihren Plätzen, Henriette fehlte noch, genau wie Dorothea, die alle Dorle nannten.

»Eine Kutsche hätte sie beinahe totgefahren«, antwortete Hanne an ihrer Stelle, während Christiane ihr Umschlagtuch ablegte und die Arbeitsschürze überzog. »Das war der Wagen der Frau von Stein. Die Christel kann froh sein, dass es nur ihren Rock erwischt hat.«

»Die Frau von Stein?« Friederike lachte. »Die ist stocksauer. Wie ich hörte, macht sie allen das Leben zur Hölle, vor allem Franz, dem Kutscher. Kein Wunder, dass der die Pferde so jagt.«

Sie nahm am Tisch über Eck neben Christiane Platz, damit sie von ihr endlich lernte, wie man Seidenblumen herstellte. Lustlos schlug Friederike das Baumwolltuch auf, in dem sie wie alle anderen ihre Arbeit vom Vortag aufbewahrte, und betrachtete die einzelnen Blütenblätter, die einmal eine Mohnblüte ergeben sollten. »Seit der Geheime Rat aus Italien zurück ist, hat sie nur noch schlechte Laune. Und wisst ihr auch, warum?«

Frau Bertuch betrat den Saal, gefolgt von Auguste Slevoigt. Die beiden Schwestern hatten die Manufaktur gegründet und damit guten Geschäftssinn bewiesen, denn seit ein paar Jahren wünschte sich jede Dame, die etwas auf sich hielt, Seidenblüten, und je echter sie wirkten, desto besser. Bislang hatte man sie für teures Geld direkt aus Paris bezogen, um damit Kleider und Hüte zu verzieren oder sie als niemals welkende Arrangements auf dem Tisch oder der Anrichte zu platzieren. Aber warum aus Paris beziehen?, hatten sich die Unternehmerinnen gefragt und beschlossen, solche Blumen selbst zu produzieren. Der Erfolg gab ihnen recht. Die Manufaktur war bis auf Monate mit Bestellungen ausgelastet. Wer Blüten aus der Bertuchschen Blumenmanufaktur haben wollte, musste Geduld haben.

Die gutmütige Hanne versuchte, Friederike zu bedeuten, besser den Mund zu halten, die Direktorinnen schätzten es nämlich gar nicht, wenn ihre Schützlinge tratschten. Doch die bemerkte es nicht und fuhr unbekümmert fort: »Die von Stein ist so unglaublich wütend, weil …«

»Friederike von Aberstein«, schallte Frau Slevoigts Stimme durch den Raum. »Wenn Ihre Finger im Umgang mit Samt und Seide so behände wären wie Ihre Zunge, dann würden Sie die anderen bei Weitem überflügeln. Da dem aber nicht so ist, wünsche ich von Ihnen heute kein überflüssiges Wort mehr zu hören. Haben Sie mich verstanden?«

»Sehr wohl, Frau Slevoigt«, erklärte Friederike und zog eine Grimasse, die nur ihre Kolleginnen sehen konnten.

»Bislang gaben Sie uns kaum Anlass, mit Ihrer Arbeit zufrieden zu sein«, fuhr Auguste Slevoigt fort. »Wenn ich nicht irre, haben Sie keine einzige annehmbare Blüte zustande gebracht, seit Sie bei uns sind. Stattdessen verderben Sie das kostbare Material. Wenn sich das in absehbarer Zeit nicht ändert …«

»Es wird sich ändern«, unterbrach Friederike sie und senkte devot den Kopf. »Ganz bestimmt. Geben Sie mir ein wenig Zeit, und Sie werden begeistert sein.«

Caroline Bertuchs Mund verzog sich zu einem nachsichtigen Lächeln. Sie hatte ein gutmütiges Herz und überließ den Umgang mit den Putzmacherinnen meist ihrer Schwester, vor allem, wenn es etwas zu tadeln galt. Der Direktorin war es neben dem Profit auch ein Anliegen, verarmten Mädchen und jungen Frauen aus gutem Hause wie Christiane eine Existenz zu ermöglichen. Bei dem reißenden Absatz, den die wunderschönen Stoffblumen, die hier entstanden, in deutschen Landen und sogar in England fanden, war ihr dies möglich geworden. Und Christiane war mehr als dankbar. Ohne diese Anstellung hätte sie nicht gewusst, wie sie auf ehrbare Weise den Unterhalt für sich, Ernestina und die Tante hätte verdienen können.

»Denken Sie immer daran«, sagte Frau Slevoigt zu Friederike, »dass auf meiner Liste noch mindestens zwölf junge Frauen stehen, die sich nichts sehnlicher wünschen, als Ihren Platz einzunehmen.«

Friederike zog die Schultern ein und schwieg. Christiane warf einen Blick in die Runde an dem großen Arbeitstisch. Dorle und Henriette waren inzwischen unauffällig hereingeschlüpft und hatten sich wie alle anderen über ihre Handarbeit gebeugt. Das Schweigen währte allerdings nur so lange, bis die beiden Direktorinnen den Raum wieder verlassen hatten.

»Jetzt erzähl schon«, sagte Hanne mit Blick zur Tür, hinter der ihre Arbeitgeberinnen verschwunden waren. »Wieso ist Frau von Stein so wütend?«

»Na, weil er nichts mehr von ihr wissen will, der Herr von Goethe«, warf Henriette ein, doch Friederike war offenbar entschlossen, sich die Geschichte nicht aus der Hand nehmen zu lassen.

»Meine Schwester ist ja Zofe bei ihr«, erklärte sie wichtigtuerisch. »Und deshalb weiß ich alles aus erster Hand.«

»Ist deine Schwester nicht Dienstmädchen bei der Freifrau?«, mischte sich nun Marie Zoller ein. Ihr Vater war Jagdmeister beim Herzog und im Grunde, so fand Christiane, hatte sie es nicht nötig, hier zu arbeiten. Jeder wusste, wie begeistert der Herzog vom Jagen war, vor allem seit Herr von Goethe in Weimar lebte. Maries Vater bezog sicherlich ein besseres Gehalt als die anderen Beamten. »Die Nanni ist doch keine Zofe!«

»Das ist doch jetzt egal!« Friederike war rot geworden. Obwohl ihre Familie dem niederen Adel angehörte, waren die von Abersteins arm wie die Kirchenmäuse. »Jedenfalls hat sie erzählt, dass von der einstigen Harmonie zwischen den beiden nichts mehr übrig ist. Eisige Kälte herrsche zwischen Charlotte von Stein und dem Geheimen Rat von Goethe. Und das läge an Italien und was er dort alles so erlebt hat. Und ich spreche nicht nur von der Kunst«, fügte sie vielsagend hinzu.

»Er sieht wirklich gut aus«, rief Henriette verzückt aus. »Noch viel besser als früher. So schlank und braun gebrannt ...«

»Wie ein Türke vor Wien, sagt mein Vater.« Marie kniff mit der Zange ein Stück Draht ab und tauchte es in eine Schale mit Leim. Protest erhob sich. Der Geheime Rat Johann Wolfgang von Goethe war der schönste und begehrteste Mann weit und breit, und es gab, so behauptete Henriette, keine Frau, die nicht für ihn schwärmte.

»Wahrscheinlich ist ihm in Italien klar geworden«, überlegte Dorle laut, »dass seine Liebe zu Frau von Stein keine Zukunft hat. Schließlich ist sie verheiratet und viel älter als er. Ich bin gespannt, wen er einmal heiraten wird.«

»Dich bestimmt nicht«, rief Friederike und einige kicherten.

»Natürlich nicht«, erwiderte Dorle, die rot geworden war. »Für unsereins ist so ein Mann unerreichbar.«

»Tja, solange man nicht dem Adel angehört«, gab Friederike spitz zurück. Dorle und Henriette wechselten vielsagende Blicke. Keine von ihnen konnte die arrogante Friederike wirklich leiden. Mal tat sie so, als gehöre sie zu ihnen, vor allem, wenn sie

Hilfe bei der Arbeit benötigte. Dann wieder brüstete sie sich mit ihrem Adelstitel und gab sich als etwas Besseres.

»Ach, rechnest du dir etwa Chancen aus?«, wagte sich Marie Zoller vor und erntete schallendes Gelächter.

Nur Christiane stimmte nicht mit ein. Seit der Name des Geheimen Rats Johann Wolfgang von Goethe gefallen war, musste sie an das Versprechen denken, das sie ihrem Bruder gegeben hatte.

»Bitte, Christel, überreiche ihm diesen Brief«, hatte Christian gesagt. »Ich brauche eine neue Anstellung. Ich habe doch nicht jahrelang Jura studiert, um diesem einfältigen Mann den Schreiberling zu machen. Aber ohne Fürsprache komme ich aus diesem jämmerlichen Stand niemals heraus.«

»Warum gibst du ihn dem Herrn von Goethe nicht selbst?«, hatte sie gefragt und den versiegelten Brief gedreht und gewendet. Der Gedanke, bei dem Geheimen Rat vorzusprechen, war ihr unangenehm. Immerhin war Goethe neben dem Herzog höchstpersönlich der mächtigste Mann im Land.

»Kein Mensch weiß, wann er aus Italien zurückkommt. Und ich kann nicht länger warten, sonst bin ich meine Anstellung gleich los.«

»Könntest du den Brief nicht per Post schicken, wenn Herr von Goethe zurück in Weimar ist?«

Da hatte ihr Bruder ihre beiden Hände ergriffen und sie so flehentlich angesehen, dass ihr Widerstand dahingeschmolzen war. Von klein auf hatten sie zusammengehalten wie Pech und Schwefel. Christian hatte ihr das Lesen und Schreiben beigebracht, denn nur Jungen durften kostenfrei das Gymnasium besuchen, während für Mädchen Schulgeld verlangt wurde. Das war eine dieser vielen Ungerechtigkeiten, die Christiane und ihre Freundinnen zu ertragen hatten, und deshalb hatte Christian seiner Schwester vieles von dem beigebracht, was an der Schule unterrichtet wurde. Lesen und Schreiben. Und vor allem das Rechnen. Sie liebte das Lernen. Und noch mehr liebte sie das Theater, das

Komödienhaus, in das Christian sie regelmäßig mitgenommen hatte, als Gymnasiast hatte er oft Freibilletts bekommen.

»Wenn du ihm mein Bittschreiben überreichst«, hatte er gesagt, »hat das eine viel größere Wirkung.«

»Und warum soll das so sein?«, hatte sie misstrauisch gefragt. Spielte er etwa auf ihr Aussehen an? Sie konnte es nicht leiden, wenn die Männer ihr wegen ihrer dichten, schwarzen Locken und ihrem Busen hinterhersahen.

»Weil du ein so wundervolles Geschöpf bist, mein Schwesterchen«, hatte er geantwortet. »Weißt du noch, wie es dir gelungen ist, Vater aus dem Kerker zu holen?«

»Er war ja schließlich unschuldig«, hatte sie trotzig zurückgegeben. Ihr tat das Herz weh, wenn sie an die ungerechten Vorwürfe dachte, die man ihrem Vater gemacht hatte. Er sollte Geld unterschlagen haben. Ausgerechnet er.

»Wie eine Löwin hast du darum gekämpft, dass man ihn rehabilitierte«, fuhr Christian fort.

»Du weißt genau, dass mir das nicht gelungen ist«, entgegnete sie traurig.

»Immerhin hast du erreicht, dass er wieder in Dienst genommen wurde. Und als er starb, wer war es da, der die Ämter so lange bestürmt hat, bis uns eine angemessene Waisenrente ausgezahlt wurde? Das Tinchen bezieht sie ja immer noch. Du wirst auch erreichen, dass der Herr von Goethe mich nicht ganz vergisst. Schließlich bin ich Schriftsteller, so wie er. Bitte, tu mir den Gefallen, Christel.«

Seither lag dieser Brief wie Blei in der Schublade ihrer Kommode. Seit zwei Wochen war der Geheime Rat von Goethe zurück in Weimar. Auf welche Weise sollte sie ihm Christians Bittgesuch bloß überbringen, im Amt hielt er sich ja gar nicht mehr auf? Darüber zerbrach sie sich schon die ganze Zeit den Kopf …

Während sie solchen Gedanken nachhing, hatten ihre Hände die am Vortag zugeschnittenen Kelch- und Blütenblätter einer Kamelie mit ihrem Metallwerkzeug, das wie ein schmaler Löffel aussah, in die charakteristische gewölbte Form gebracht. Dazu hatte sie es über einer Kerze erhitzt und wie mit einem winzigen Bügeleisen eine Delle in die Mitte des Seidenstoffs gedrückt. An den Wänden der Manufaktur hingen botanische Kupferstiche, auf denen alle Arten von Pflanzen in allen Facetten dargestellt waren. Selbst das Innenleben der Blüten war auf diesen Radierungen anhand eines Querschnitts samt der exakten Form ihrer Blätter, Knospen und Samen offengelegt. Das war außerordentlich hilfreich, denn eine hochwertige Kunstblume musste von innen nach außen ihrer lebendigen Schwester genaustens nachgebaut werden, eine aufwendige Arbeit. Vor allem für die feinen Staubfäden und den Stempel brauchte man geschickte Finger, aber es lohnte sich. Durch diese Details wirkte die Arbeit erst echt. Und da keine Blüte in der Natur perfekt war, fertigte Christiane für besonders lebensechte Gestecke mitunter halb verblühte Exemplare und Knospen, so dass das Ganze wirkte, wie direkt vom Strauch geschnitten.

Christiane liebte Blumen. Es war ein Glück, dass es der Tante gelungen war, bei ihrer Wohnung in der Jacobsgasse auch den Garten anzumieten. Außerdem hatte Christiane gemeinsam mit ihrem Bruder ein kleines Stück Land vor den Toren der Stadt erworben. Hier wie dort pflanzten sie Gemüse an, allerlei Wurzeln, Kohl und Kartoffeln, und wenn sie ein paar Groschen übrig hatten, kauften sie Gurken- und Kürbissamen oder tauschten mit Nachbarn Jungpflanzen aus, um mehr Abwechslung auf den Teller zu bekommen. Ernestina sammelte auf den Wiesen vor den Stadttoren wilden Salat und essbare Blüten. Am Rand des Hausgartens wuchsen ein paar uralte Johannisbeersträucher, die sie erst vor Kurzem abgeerntet und aus den Beeren, die nicht gleich aufgegessen worden waren, Saft gekocht hatte. Christiane liebte die warme Jahreszeit, dann war ihr Speiseplan reichhaltig, während sie mit sauer eingelegtem Kohl, den eingebunkerten Kartoffeln und Rübchen und natürlich mit dem Korn, das Ernestina als Waise vom Rentamt jährlich erhielt, über den

Winter kommen mussten. Die größte Freude hatte sie allerdings an ihren Blumen …

Den Stiel der Kamelie hatte Christiane bereits am Tag zuvor angefertigt. Nun befestigte sie an seinem Ende das Büschel leuchtend gelber Staubgefäße samt dem Blütenstempel und umwickelte den Blütenboden mit grünem Seidenband.

»Wie geschickt du bist!« Friederike betrachtete neidisch die Blüte, die unter Christianes Händen nach und nach Gestalt annahm. »Ich kann mir einfach nicht merken, welcher Schritt nach dem anderen kommt. Liebe, liebe Christel«, bettelte sie, »würdest du es mir noch einmal zeigen? Ich meine, von Grund auf?« Friederike sah sie mit einem Blick an, von dem sie wohl glaubte, er sei unwiderstehlich. Christiane stöhnte innerlich. Sie hatte ihr das schon so oft gezeigt.

»Natürlich erst, wenn du mit dieser hier fertig bist«, schob ihre Kollegin rasch hinterher.

»Pass bloß auf, Christel«, rief Marie vom anderen Ende des Tischs herüber. »Am Ende bringt sie dich dazu, die gesamte Blüte anzufertigen. So wie bei mir neulich. Immer lässt sie andere für sich arbeiten.«

»Gar nicht wahr!«

»Es ist wohl wahr«, gab Marie ärgerlich zurück. »Das ist doch nicht so schwer zu begreifen. Immerhin machst du nur ganz einfache Mohnblüten. Schau dir dagegen mal diese Pfingstrose an!« Sie hob eine prächtige, fast vollendete Päonie hoch.

»Aber diese gefiederten Blätter«, warf Friederike empört ein und wies auf den kolorierten Kupferstich an der Wand, auf dem eine blühende Mohnpflanze abgebildet war. »Seht euch die mal an. Wie soll man das bloß hinbekommen?«

»Ist schon gut«, beruhigte Christiane die Gemüter. »Ich zeige es dir noch einmal. Noch ein einziges Mal, hörst du, Rike? Danach musst du es selbst …«

»Ach, du bist ein Engel«, fiel ihr Friederike überglücklich ins Wort.

Seufzend besah Christiane sich, was ihre Kollegin bislang zustande gebracht hatte. Den Stiel konnte man zur Not so lassen, wie er war. Die Blätter hingegen waren nicht zu gebrauchen.

»Es ist wirklich nicht schwierig, wenn du es richtig anpackst«, begann sie zu erklären. »Du nimmst diesen feinen Draht hier und biegst damit das Blattgerüst zurecht. Dabei folgst du einfach den Blattadern.« Christiane hatte eine feine Zange zur Hand genommen und begann mit geschickten Bewegungen, die fedrige Struktur des Mohnlaubs nachzubilden. »Siehst du?« Friederike nickte eifrig. »Und nun muss es auf den Stoff geklebt werden.« Christiane tauchte das Blattgerüst kurz in ein Metallgefäß mit flüssigem Leim, ließ es eine Weile abtropfen und legte es auf ein Stück dunkelgrün gefärbter Seide. »Danach muss das Blatt auf seiner Unterseite mit einem Stück Organza doubliert werden, damit man den Draht nicht sieht.« Sie nahm einen Pinsel und trug sorgfältig etwas Leim auf das Blatt samt Drahtgeflecht auf, legte ein Stückchen Organza darauf und strich behutsam von innen nach außen den überschüssigen Klebstoff heraus.

»Sobald das getrocknet ist, schneidest du mit der Schere rund um den Draht die Blattform aus, so wie hier auf dem Bild.« Sie wies auf den Kupferstich. »Inzwischen machst du einfach Blätter auf Vorrat für weitere Blumen. Du wirst sehen, von Blatt zu Blatt wird es dir leichter fallen. Und wenn sie nicht alle exakt gleich werden, umso besser. Auch in der Natur gleicht kein Blatt dem anderen.« Friederike nahm zögernd das feuchte Blatt in die Hand und betrachtete es von allen Seiten. Christiane reichte ihr Draht und Zange und schenkte ihr ein aufmunterndes Lächeln. Doch Friederike wirkte enttäuscht.

»Hier muss man ja erst noch die Kerben einarbeiten. Kannst du nicht vielleicht …«

»Rike, bitte, das hab ich dir schon zweimal gezeigt. Das schaffst du jetzt alleine.«

Christiane wandte sich ihrer Kamelie zu und setzte zügig die leuchtend roten Blütenblätter um den Kranz aus gelben Staubgefäßen, befestigte jedes einzelne geschickt mit Draht und fügte schließlich die Kelchblätter wie einen grünen Kragen rundherum an.

»Du hast gesagt, du machst mir die Blume von Anfang bis Ende«, begann Friederike zu quengeln.

»Nein, das habe ich nicht«, erklärte Christiane entschlossen. »Wir alle haben dir so oft geholfen. Jetzt musst du dich allein durchbeißen.« Konzentriert beendete sie ihre Kamelie und beachtete Friederike nicht weiter. Sie hoffte, an diesem Tag vier weitere Blüten fertig zu bekommen und außerdem für den folgenden Tag die Kelchblätter für die nächste Bestellung zu präparieren. Diesmal sollte es ein Körbchen voller Frühlingsblumen sein und sie freute sich auf die Herausforderung. Maiglöckchen waren in der Manufaktur bislang nicht hergestellt worden und Frau Slevoigt hatte Christiane mit dieser schwierigen Aufgabe betraut. Wenn sie auch mit diesen ihr Geschick bewiese, würde sie eine Zulage erhalten, hatte ihre Arbeitgeberin versprochen. Und die konnte sie wahrlich gebrauchen.

Christiane hatte gerade die zweite Kamelie an diesem Tag beendet, als nicht nur Frau Slevoigt, sondern auch das Ehepaar Bertuch in der Werkstatt erschien. Der Unternehmer ließ sich bei ihnen normalerweise nie sehen, und Christiane hatte sofort das Gefühl, dass sein Erscheinen nichts Gutes bedeuten konnte.

»Im Lager fehlt eine ganze Rolle Silberdraht«, begann er ohne Umschweife. »Da sie gestern noch da war, muss sie jemand von euch genommen haben. Ich möchte jetzt bitte wissen, wer das war.« Er machte eine Pause und sah jeder einzelnen streng in die Augen. »Wenn sich die Schuldige jetzt und hier meldet, werde ich davon absehen, die Sache den Behörden zu melden. Also bitte. Ich warte.«

Keine der Putzmacherinnen wagte zu atmen. Christiane war bestürzt. In den ganzen sechs Jahren, in denen sie hier arbeitete, war so etwas nicht vorgekommen. Allein der Gedanke, eine von ihnen könnte eine Diebin sein, war entsetzlich. Genauso empfand es wohl auch seine Frau, die mit zusammengekniffenen Lippen die Kupferstiche an der Wand zu betrachten schien und jeden Blickkontakt mit ihren Angestellten vermied. Ihre Schwester jedoch musterte ihre Belegschaft ungehalten.

»Na, es liegt ja wohl auf der Hand, wer das war«, unterbrach Friederike von Aberstein die angespannte Stille. »Der Apfel fällt nicht weit vom Stamm.« Sie richtete ihren Blick auf Christiane. »Schließlich saß schon der alte Vulpius wegen Diebstahls im Kerker.«

Christiane schoss das Blut ins Gesicht. Wenn sie eins nicht ertragen konnte, dann waren es solche Reden über ihren Vater.

»Nimm das sofort zurück«, fauchte sie.

Friederike lehnte sich mit einem arroganten Lächeln zurück und verschränkte die Arme vor ihrer Brust. Auf einmal ging alles ganz schnell. Christiane schnellte von ihrem Stuhl hoch und verpasste ihr eine deftige Ohrfeige, die das Mädchen beinahe vom Stuhl gefegt hätte. Friederike stieß einen Schrei aus, sprang auf und wich vor Christiane zurück, die aussah, als wollte sie sich gleich erneut auf sie stürzen.

»Nimm das zurück!«

Doch ehe Christiane sie an den Haaren packen konnte, hielt Friedrich Justin Bertuch sie am Arm fest.

»Ganz ruhig«, sagte er leise. »Beruhige dich, Christel. Ich weiß, dass du das nicht getan hast. Ebenso wenig wie dein Vater damals schuldig war. Komm, setz dich hin.«

So rasch der Zorn sie überfallen hatte, so plötzlich wich er einer abgrundtiefen Traurigkeit. Einer Verzweiflung, die in ihr lauerte, seit ihre Mutter und all die anderen, die sie liebte, sie mit Christian und Ernestina allein zurückgelassen hatten. Und obwohl Christiane das alles sonst stets in den Tiefen ihres Innern verborgen hielt und immer ein fröhliches Gesicht zeigte, brach sie jetzt zum Entsetzen aller in Tränen aus.

Am Ende wurde es nichts aus dem Arbeitspensum, das sie sich für diesen Tag vorgenommen hatte. In ihrem Büro ließ Frau Bertuch Christiane auf dem Besuchersessel Platz nehmen und schenkte ihr ein Glas süßen Wein ein, damit sie sich beruhigte.

»Mein Vater war kein Dieb«, schluchzte Christiane und gab acht, dass sie nichts von dem Wein verschüttete, so sehr zitterten ihre Hände. Durch die geschlossene Tür drang die schneidende Stimme von Frau Slevoigt, die Friederike zurechtwies und herauszufinden versuchte, wer den Silberdraht entwendet hatte.

»Natürlich war er das nicht.« Herr Bertuch stand vor dem Regal mit den Auftragsordnern und hatte die Hände hinter dem Rücken verschränkt. »Die Anklage wurde ja fallen gelassen. Vielleicht hatte irgendwer ein Interesse daran, ihm zu schaden, wer weiß.« Er wechselte einen Blick mit seiner Frau. »Am besten gehst du jetzt nach Hause, Christel.«

»Sie … Sie werfen mich doch nicht etwa raus?« Christiane sah ihn mit ängstlich aufgerissenen Augen an. »Ich hab den Silberdraht nicht genommen. Noch nie hab ich auch nur den kleinsten Fetzen Seidenstoff oder sonst etwas …«

»Das wissen wir«, unterbrach Frau Bertuch sie sanft. »Selbstverständlich wirst du weiterhin bei uns arbeiten. Wir trennen uns bestimmt nicht von unserer besten Mitarbeiterin. Aber nach der Aufregung geben wir dir heute Nachmittag frei. Komm morgen früh wieder, wenn du dich beruhigt hast.«

Christiane schluckte schwer.

»Ich kann es mir nicht leisten, auf einen halben Arbeitstag zu verzichten«, sagte sie leise. »Wir brauchen das Geld.«

Frau Bertuch nickte, öffnete eine Schatulle auf ihrem Schreibtisch und entnahm ihr eine funkelnde Münze.

»Das wollte ich dir eigentlich erst Ende der Woche geben. Ein Extralohn, weil du so gut und schnell arbeitest. Ich denke, du kannst ihn jetzt schon gebrauchen. Geh nach Haus und hör auf, dir Sorgen zu machen. Grüß mir deine Tante.«

Ein Strahlen lief über Christianes Gesicht, als sie das Geldstück entgegennahm, das einem ganzen Wochenlohn entsprach.

»Vergelte es Ihnen Gott«, sagte sie. »Das ist sehr großzügig von Ihnen.«

Draußen auf der Straße wusste sie zunächst nicht, was sie tun sollte. Wenn sie jetzt nach Hause ging, würde sie alles erzählen müssen und damit Ernestina und die Tante in Aufregung versetzen. Eigentlich hatte sie angenommen, dass inzwischen Gras über die Sache mit ihrem Vater gewachsen war. Die jüngeren Putzmacherinnen konnten sich an die Geschichte seiner Kerkerhaft und Degradierung schon gar nicht mehr erinnern. Doch nun hatte Friederike von Aberstein die alten Wunden erneut aufgerissen. Und wenn auch so bedeutende Männer wie Herr Bertuch sagten, dass er ihrer Meinung nach unschuldig gewesen war, so klebte allein an der Tatsache, dass er ganze vier Tage im Kerker hatte zubringen müssen, etwas Schändliches. Damals war Christiane von Pontius zu Pilatus gelaufen und hatte schließlich erreicht, dass Johann Friedrich Vulpius freigelassen wurde. Dennoch war er danach nicht mehr derselbe gewesen. Seinen alten Posten, den hatte er nicht mehr bekommen.

Die Sonne brach durch die Wolken und ihre Strahlen wärmten ihr Gesicht. Christianes Herz wurde ein wenig leichter. Es war nun einmal ihre Art, sich auch im größten Kummer die Zuversicht zu erhalten, dass alles gut werden würde. Einfach, weil die Welt so schön war und Christiane nicht aufhören konnte, über ihre Wunder zu staunen.

Die Münze lag warm in ihrer Hand. Sie könnte sich ausnahmsweise etwas Süßes kaufen, und allein beim Gedanken daran lief ihr das Wasser im Mund zusammen. Nichts war tröstlicher als ein paar Mandelmakronen, wenn man traurig war.

Wie von allein trugen ihre Füße sie zur Zuckerbäckerei am

Markt. Erst vor der prächtigen Auslage im Fenster besann sie sich. Sie sollte das Geld Tante Juliane bringen und es nicht für einen solch vergänglichen Genuss vergeuden. Und dennoch. Es war so lange her, dass sie etwas zum Naschen gehabt hatte. Das letzte Mal hatte sie sich an Weihnachten eine dieser Köstlichkeiten auf der Zunge zergehen lassen können. Heute hatte sie süßen Trost definitiv nötig.

»Drei Mandelmakronen«, sagte sie zu der Frau des Zuckerbäckers. Und als ihr plötzlich in den Sinn kam, wohin ihr Weg sie als Nächstes führen würde, korrigierte sie sich rasch. »Vier, meine ich.«

Sie nahm die rosa-weiß gestreifte, unten spitz zulaufende Papiertüte entgegen und zählte die vielen kleinen Münzen nach, die sie zurückbekam. An der Tür atmete sie noch einmal tief den Duft der Backwaren ein. Draußen kämpfte sie ihre Gier nieder, das Tütchen auf der Stelle leer zu futtern, und lief so schnell sie konnte zur Jacobskirche. Eilig stieg sie die steilen Treppen bis unters Dach zur Türmerwohnung hinauf.

»Onkel Fridolin!«, rief sie außer Atem. »Bist du da?«

»Wo soll ich wohl sonst sein?«, antwortete eine knarzige Stimme von oben. Fridolin Ernst Melchior Vulpius stand auf der Schwelle seiner winzigen Wohnung und reckte seinen Kopf, um zu sehen, wer da kam. »Ja, die Christel, glaub ich es denn! Pass auf deinen Kopf auf«, ermahnte er Christiane im breitesten Thüringisch und trat beiseite, um sie durch die niedrige Türöffnung hereinzulassen. »Groß bist du geworden«, sagte der Stadttürmer und musterte sie eingehend. »Richtig erwachsen.«

»Ich war schon ewig nicht mehr hier.« Verlegen umarmte Christiane den Onkel. Dünn und knorrig war er geworden. Wie genau sie um mehrere Ecken miteinander verwandt waren, wusste sie gar nicht so genau. »Hier«, sagte sie und hielt die Zuckerbäckertüte hoch. »Ich hab dir etwas mitgebracht.«

»Plätzchen?«, fragte der Alte erstaunt. »Eine Kanne Bier wär mir lieber.«

»Bier kannst du jeden Tag trinken«, gab Christiane lachend zurück. »Das hier ist etwas ganz Besonderes. Komm, probier mal.«

Sie nahm einen Teller von dem Bord an der Wand und legte eine der Mandelmakronen für ihn und eine für sich selbst darauf. Die beiden anderen hob sie für die Tante und Ernestina auf.

Andächtig aßen die beiden die seltene Leckerei. Dann erkundigte sich der Onkel nach Juliane und dem Tinchen, wie er Ernestina nannte. »Dass du dich an den alten Onkel Fridolin erinnerst«, sagte er forschend und betrachtete sie aus seinen hellwachen Augen. »Es ist hoffentlich nichts passiert? Im ersten Moment hast du mir einen Schrecken eingejagt.«

»Es ist nichts passiert«, beruhigte Christiane ihn und schluckte. Sie musste wieder an Friederike denken, die sie doch tatsächlich des Diebstahls bezichtigt hatte. Dennoch gab sie sich Mühe, fröhlich zu sein. »Ich hatte einfach Lust, dich zu besuchen nach der langen Zeit.«

Ihr Blick glitt an den Wänden entlang, blieb an der Trompete hängen, die griffbereit an einem Haken hing. Zweimal am Tag, morgens und abends, teilte der Stadttürmer der Bevölkerung mit seinem fanfarenartigen Spiel mit, dass es Tag beziehungsweise Nacht wurde und die Stadttore geöffnet oder geschlossen wurden. Auch bei Bränden schlug er Alarm. Erst vor vierzehn Jahren war das Stadtschloss nach einem Blitzschlag bis auf die Grundmauern niedergebrannt, Christiane erinnerte sich gut daran, obwohl sie damals erst neun gewesen war. Die schwarz verkohlten Ruinen gemahnten noch immer an diese fürchterliche Nacht. Seit der Zeit wohnte die Herzogfamilie im sogenannten Fürstenhaus gegenüber der Bibliothek.

Sie stand auf und trat an eines der schmalen Fenster. Der Blick über die Stadt war schwindelerregend. Mauersegler schossen um den Kirchturm. Sie flogen tief, bald würde es wohl Regen geben.

»Du hast es gut«, sagte sie nachdenklich. »Von hier wirkt das Treiben da unten wie Puppentheater. Den Lärm hört man gar nicht …«

»Ja, Ruhe gibt es reichlich, seit meine Rosalie tot ist«, antwortete Fridolin Vulpius mit diesem ironischen Unterton, der so typisch für ihn und fast alle männlichen Verwandten ihrer Familie war. Auch Christian hatte davon eine tüchtige Portion abbekommen, und deshalb waren seine Schriften so unterhaltsam. »Wann wirst du eigentlich heiraten? Gehst du noch mit dem Gust?«

»Nein«, antwortete sie und drehte sich zu ihm um. »Ich hab Schluss gemacht. Er hätte mich eh nicht geheiratet, sein Vater wäre niemals damit einverstanden gewesen.«

»Aber warum denn nicht?«

»Denen bin ich zu arm«, gab Christiane trotzig zurück. »Der alte Schmied will eine Schwiegertochter mit Mitgift. Und ich hab keine Lust, mich mit jemandem zu treffen, der es nicht ernst genug meint, um sich gegen seinen Vater zu behaupten.«

Lange sah Christiane aus allen vier Fenstern der Türmerwohnung, so lange, bis Gust aus ihren Gedanken verschwunden war und auch das dumme Gerede dieser blöden Gans von Aberstein und ihre unverschämte Anschuldigung an Bedeutung verloren hatte. Sie waren immer anders gewesen, die »Vulpiusse«, wie man sie nannte. Ihr Großvater mütterlicherseits war Strumpffabrikant und ein angesehener und wohlhabender Mann gewesen. Und auf der väterlichen Seite hatte es einen Pastor nach dem anderen gegeben. Erst als ihr Großvater statt Theologie unbedingt Jura hatte studieren müssen und ihr Vater ebenso, hatte ihr sozialer Abstieg begonnen. Weil die Herzöge es vorzogen, kostspielige Schlösser zu bauen und prunkvolle Feste zu feiern, Treibjagden zu veranstalten und sich Mätressen zu halten, statt ihren Beamten ihren Lohn auszuzahlen. Man fand keine Arbeit als Jurist, und wenn, wurde sie nicht honoriert.

»Du und der Christian«, unterbrach Onkel Fridolin ihre Gedanken, »ihr habt euch doch das Bürgerrecht erkauft.«

»Ja, vor vier Jahren«, antwortete sie stolz. Einfach war das nicht gewesen. Um in die Bürgerschaft aufgenommen zu werden, musste man Land besitzen, aus diesem Grund hatten sie auch das Gartengrundstück außerhalb der Stadttore gekauft. Die Eintragung ins Bürgerbuch und die Urkunden ließ sich der Herzog teuer bezahlen, außerdem mussten sie Brand- und Baumsteuer entrichten und einen Löscheimer aus Leder anschaffen.

»Das ist gut«, brummte der Alte. »Als Bürger können euch die feinen Herrschaften nicht ganz so arg auf den Kopf spucken. Es ist schon schlimm genug, wie sie unsereins behandeln.«

Eine Weile redeten sie noch über dies und das, Fridolin erzählte von seinem Sohn, der ihm bald im Amt nachfolgen und dann endlich heiraten würde.

»Große Sprünge kann man hier oben zwar nicht machen«, sagte er lakonisch und machte eine Geste, die sein wenige Quadratmeter großes Reich umfasste. »Nun, es ist besser als nichts. Und die Stellung ist wenigstens bezahlt.«

»Du bist der wichtigste Mann in ganz Weimar«, antwortete Christiane und ihre Augen blitzten vor Schalk. »Wenn du mal verschläfst, machen sie das Tor nicht auf am Morgen. Das Geschrei möchte ich hören!«

Onkel Fridolin verzog sein Gesicht zu einem breiten Grinsen.

»Wer weiß«, sagte er. »Vielleicht mach ich das an meinem allerletzten Arbeitstag.«

Beschwingt verließ Christiane den Kirchturm und nahm sich vor, bald wieder bei dem Türmer vorbeizuschauen. Bevor sie nach Hause ging, erstand sie von dem restlichen Geld, das sie an diesem Tag erhalten hatte, dringend notwendige Dinge. Eine neue Porzellankanne, denn bei der alten war zu Tante Julianes Leidwesen am Tag zuvor die Tülle abgebrochen. Nadeln und Faden zur Ausbesserung getragener Kleidung. Helles Mehl, um das grobe braune ein wenig zu verfeinern. Ein Töpfchen Schmalz und, als einzig Exotisches, eine Zitrone.

Sie wusste auch nicht so recht, warum. Die Früchte sahen so frisch und appetitlich aus mit ihrer leuchtend gelben Schale und dem dunkelgrünen Blättchen, das noch am Stiel haftete. Automatisch überlegte sie, wie sie es aus gelackter Seide nachbauen könnte. Und die Frucht selbst? Aus Wachs. Vielleicht sollte sie das Frau Bertuch mal vorschlagen?

»Wie blühen Zitronen eigentlich?«, fragte sie die Obsthändlerin.

Diese starrte sie aus kleinen Äuglein erstaunt an.

»Was weiß denn ich«, gab sie unwirsch zurück.

»Weiß«, tönte es aus dem Innern des Ladens. Aus der Tür trat ein Mann.

»Die Blüten sind weiß und sehen aus wie winzige, fünfzackige Sterne.« Dann ergriff er einen prächtig gefüllten Obstkorb, nickte der Verkäuferin zu und ging mit großen Schritten davon.

»Der Herr Seidel muss es wissen«, erklärte die Obsthändlerin gewichtig. Und als Christiane sie verständnislos ansah, fügte sie hinzu: »Na, das ist doch der Hausdiener bei dem Herrn von Goethe. Und der war ja gerade in Italien.«

Christiane wandte sich um, doch von dem Mann war nichts mehr zu sehen. Schade. Ihn hätte sie fragen sollen, wie sie am besten seinen Herrn persönlich sprechen könnte. Jetzt war es zu spät.

2. KAPITEL

Weimar, Juni 1788

Ich bin nur hier, um meinen Lohn abzuholen.« Friederike von Aberstein stand trotzig mitten in der Manufaktur und vermied es, einer ihrer ehemaligen Kolleginnen in die Augen zu sehen.

»Kommst du nicht mehr zur Arbeit?«, wollte Lilli Schönthaler, eines der jüngeren Mädchen, mitfühlend wissen. »Man hat dir doch gar nicht gekündigt.«

»Nein, natürlich nicht«, entgegnete Friederike. »Schließlich habe ich mir nichts zuschulden kommen lassen, so wie manch eine hier.« Sie warf einen verächtlichen Blick in die Runde. »Aber mein Onkel hat endlich ein Machtwort gesprochen. Eine von Aberstein hat in einer Manufaktur nichts zu suchen, hat er gesagt. Das Mädchen wird reich heiraten und fertig.«

Christiane musste ein Kichern unterdrücken.

»Soso, reich heiraten und fertig«, echote Marie Zoller ironisch. »Nun, wenn das so einfach ist – viel Glück, Rike.«

»Ihr werdet alle noch von mir hören«, erklärte diese. »Lebt wohl!« Und damit drehte sie sich auf dem Absatz herum und verschwand im Büro der Direktorin.

Kaum war die Tür hinter ihr ins Schloss gefallen, prusteten die meisten der Putzmacherinnen laut los, vor allem Hanne, Henriette und Dorle konnten kaum mehr an sich halten.

»Eine von Aberstein hat in einer Manufaktur nichts zu suchen«, äffte Dorle Friederike nach und die anderen wollten sich fast ausschütten vor Lachen.

»Was habt ihr denn?«, wollte Lili Schönthaler wissen. »Wenn die Rike die Gelegenheit hat, einen reichen Mann zu heiraten …« Der Rest ihres Satzes ging erneut in Gelächter unter.

»Einen reichen Mann«, meinte Marie Zoller und wischte sich die Lachtränen aus den Augenwinkeln, »wenn der so leicht zu finden wäre. Reichtum bleibt unter sich, sagt meine Mutter immer. Und Armut auch. Wer bitte schön sollte die Rike heiraten? Nun, wenn sie eine Schönheit wäre, stünde es vielleicht anders. Aber selbst dann würde ein reicher Mann sie höchstens zu seiner Mätresse machen. Schaut euch doch mal um im Herzogtum. Geheiratet wird unter Adelskreisen nach dem Stammbaum.«

»Wer weiß«, warf Henriette kichernd ein. »Womöglich haben die von Abersteins einen ellenlangen Stammbaum.«

»Ich würde es ihr gönnen«, erklärte Christiane und suchte nach der kleinen, scharfen Schere, die sie hütete wie ihren Augapfel, um neue Kamelienblüten aus der Seide auszuschneiden. »Denn fürs Arbeiten ist Friederike ganz eindeutig nicht geschaffen.«

Dem stimmten die meisten zu und langsam kehrte wieder Ruhe ein.

Erst nach der Mittagspause fiel Christiane auf, dass die kleine Anna Tuchwein gar nicht mehr da war.

»Sie hat es eingestanden, das mit dem Silber«, wisperte ihr Henriette zu, als sie sich vorsichtig nach dem Mädchen erkundigte. »Den Rest kannst du dir denken.«

Frau Slevoigt hatte sie entlassen. Wie traurig für Anna und ihre Familie, von der sie nur wusste, dass auch sie den Verdienst ihrer Tochter aus der Kunstblumenmanufaktur bitter nötig hatte.

Am Nachmittag begann Christiane, die ersten winzigen Blüten der Maiglöckchen anzufertigen, und Frau Slevoigt war voll des Lobes über die Ergebnisse. Hier und da regte sie Verbesserungen an, die Christiane sogleich umzusetzen versuchte. Darüber verging der Tag wie im Flug.

Als sie am Abend müde nach Hause kam, lag neben ihrem Suppenteller das versiegelte Bittgesuch ihres Bruders, das die ganze Zeit in der Kommodenschublade gesteckt hatte.

»Wann bringst du es endlich dem Geheimen Rat?« Tante Juliane warf ihr einen vorwurfsvollen Blick zu, während sie die Suppe austeilte. »Heute kam ein Brief vom Christian. Er fragt, ob du Goethe sein Bittgesuch schon überreicht hast. Du weißt, dass es dringend ist …«

»Ja, ich weiß«, antwortete Christiane. »Ich hab nur keine Ahnung, wie ich es anstellen soll.«

»Du bist doch sonst nicht so schüchtern«, hakte ihre Tante nach. Christiane biss sich auf die Lippen und schwieg. »Warum gehst du nicht einfach mal im Park auf ihn zu und sprichst ihn an? Frau Kirms sagt, er geht dort jeden Morgen zu seinem Gartenhaus. Da wohnt nämlich seit einiger Zeit der Herr Knebel, sein Freund.«

»Ich hab keine Zeit, ihm im Park aufzulauern«, entgegnete Christiane. »Ich muss arbeiten …«

»Vier Tage die Woche. Am Freitag nicht.« Juliane betrachtete sie forschend. Manchmal war sie wirklich hartnäckig. Jetzt faltete sie die Hände und sprach das Tischgebet. Christiane konnte sich nicht darauf konzentrieren. Die Tante hatte recht. Es wurde höchste Zeit.

»Na gut«, erklärte sie mit einem Seufzen, als sie ihren Teller leer gegessen hatte. »Am besten gehe ich gleich heute zum Frauenplan.«

Sie merkte, wie Ernestina neben ihr die Luft anhielt.

»Du bist aber mutig. Willst du dort einfach läuten?« Die kleine Schwester sah sie aus großen Augen an, als hätte sie etwas Ungeheuerliches vor.

»Ja, warum nicht?«

»Und was sagst du?«

»Dass ich den Herrn Geheimen Rat sprechen muss.«

»Ich würde mich das niemals getrauen.«

»Dafür bist du ja auch unser Nesthäkchen.« Christiane fuhr ihr zärtlich übers Haar, obwohl sie genau wusste, dass Ernestina das seit einiger Zeit nicht mehr leiden konnte. Im Gegensatz zu ihr hatte ihre Schwester feines, dunkelblondes Haar und das Gesicht eines Engelchens. Ihre eigenen Locken dagegen waren so dunkel, dass sie fast schwarz wirkten. Im Sommer trug Christiane sie offen und flocht ein Band ein, damit sie ihr nicht ins Gesicht fielen. Richtig schlimm wurde es jedoch, wenn die Luft feucht wurde, dann ringelten sie sich noch mehr und waren kaum zu bändigen. Außerdem wurde sie bei den ersten Sonnenstrahlen im Jahr braun im Gesicht wie die spanische Wahrsagerin des fahrenden Volks, das alle paar Jahre außerhalb der Stadttore sein Zelt aufschlug. Nein, sie entsprach nicht dem Schönheitsideal, nachdem man einen bleichen Teint zu haben hatte und möglichst golden schimmerndes Haar. Aber das war ihr egal.

Dass sie einmal einen Mann heiraten würde, der ihr gefiel, diese Hoffnung hatte sie nach der Erfahrung mit Gust aufgegeben. So manch einer hätte sie gern hinter eine Hecke gezogen und sich über sie hergemacht, wenn sie sich nicht so gut zu wehren verstünde. Sie zur Ehefrau nehmen würde sie hingegen keiner. Nicht mit diesem Aussehen. Und schon gar nicht ohne Mitgift. Sie war dreiundzwanzig Jahre alt und damit eine »Späte«, wenn nicht gar eine alte Jungfer. Ernestina sollte jedoch einmal heiraten können. Das hatte sich Christiane fest vorgenommen.

Gleich nach dem Essen zog sie ihr Sonntagskleid aus weißhellblau gestreiftem Sommerleinen an und bat die Tante um das himmelblaue seidene Busentuch, das in den weiten Ausschnitt duftig über Kreuz gelegt wurde und damit ihre schönen Brüste vollständig verhüllte und gleichzeitig auch betonte.

»Dazu passt mein Caraco gut«, sagte Juliane eifrig und reichte ihr das dunkelblaue Jäckchen, das direkt unter der Brust endete und hinten in einem gerafften Schößchen auslief.

»Zu eng«, antwortete Christiane, als sie vergeblich versuchte, es zu schließen. »Ich hab viel mehr Busen als du. Außerdem ist der Caraco zu warm. Besser, ich nehme mein Schultertuch. Es ist zwar nicht so hübsch, dafür sehe ich nicht aus wie eine Presswurst.« Ernestina prustete los, und auch Christiane lachte herzlich.

Endlich war sie bereit. Juliane zupfte noch ein wenig an dem Tuch herum, versuchte ihre Nichte vergeblich dazu zu überreden, einen ihrer Hüte zu tragen, und drängte ihr schließlich eine Handtasche auf, in die der Briefumschlag genau hineinpasste.

»Gott sei mit dir«, sagte sie an der Tür. »Hoffentlich kann der Herr von Goethe dem Christian helfen.«

Es war sieben Uhr abends. Die Sonne hatte sich gegen die Wolken durchgesetzt, ihr Licht brach sich auf den schwarzen Schindeln der Stadtkirche St. Peter und Paul, flutete über das Pflaster des Töpfermarkts und fing sich in den Kronen der Bäume auf dem Frauenplan. Erst hier hielt Christiane inne und holte tief Luft.

Das Gebäude, in dem Goethe wohnte, wirkte auf sie wie ein kleines Schloss. Auf jeden Fall war es kaum kleiner als das Fürstenhaus. Sechzehn Fenster zählte sie im zentralen Gebäude, die Mansardenfenster nicht mitgerechnet. An beiden Seiten gab es zwei kleinere Flügel mit je drei Fenstern über Toreinfahrten. Der Haupteingang, zu dem sechs Steinstufen emporführten, befand sich genau in der Mitte. Zwei Säulen zu beiden Seiten des Portals stützten ein winziges dreieckiges Dach.

Entschlossen ging sie darauf zu und pochte mit dem eisernen

Ring gegen das massive Holz. Er ist nur ein Mensch wie wir alle, sagte sie sich, auch wenn alle Welt von ihm sprach wie von einem Halbgott. Sie hörte Schritte, die Tür wurde geöffnet. Es war der Mann aus dem Obstladen, der Diener namens Seidel.

»Ich möchte bitte den gnädigen Herrn sprechen«, sagte sie mutig. »Den Geheimen Rat von Goethe.« Hitze stieg ihr ins Gesicht. Hatte sie das jetzt richtig gesagt?

»Und was genau wünschen Sie von Herrn von Goethe?«, erkundigte sich Seidel.

Christiane straffte sich. »Das möchte ich ihm lieber selbst sagen, wenn Sie erlauben«, erklärte sie höflich.

Goethes Hausdiener schien unschlüssig. Dann sagte er: »Mein Herr ist ausgegangen. Vielleicht mögen Sie später wiederkommen?«

»Wann würde ihn ein kurzer Besuch am wenigsten stören?«, fragte Christiane. »Ich möchte nicht gern ungelegen kommen.«

Seidel nickte. »Sie möchten Herrn von Goethe um eine Gefälligkeit bitten, richtig?« Sie fühlte, wie sie rot anlief. »In diesem Fall wäre es das Beste, Sie bringen Ihre Bitte schriftlich vorbei.«

»Ich habe sie schriftlich dabei«, gab Christiane zurück und zog den Brief aus Tante Julianes Tasche. Doch als Seidel die Hand ausstreckte, um ihn entgegenzunehmen, wich sie zurück. »Nichts für ungut, Herr Seidel. Ich habe versprochen, diesen Brief nicht aus der Hand zu geben und nur Herrn Johann Wolfgang von Goethe persönlich zu überlassen, niemandem sonst.«

Ob der Hausdiener über ihre Antwort verärgert war oder nicht, konnte Christiane an seiner Miene nicht ablesen.

»Natürlich«, murmelte er. »Ganz wie Sie wünschen. In diesem Fall wäre es vermutlich das Beste, Sie schauen an einem Vormittag vorbei.«

Christianes Mut fiel in sich zusammen. Vormittags musste sie arbeiten. Außer Freitag und Samstag, und bis dahin war es noch ein paar Tage. Schade. Sie hätte die Sache so gern hinter sich gebracht.

»Verbindlichsten Dank«, sagte sie enttäuscht und deutete einen Knicks an. »Dann komme ich eben wieder.«

Der Abend war schön und Christiane beschloss, durch den Park an der Ilm entlang nach Hause zu gehen. Um ihre Befangenheit loszuwerden, rannte sie durch die Seifengasse, in der ihre Schritte widerhallten, vorbei am Palais des Freiherrn von Stein, und erst, als die Bäume des Parks in Sicht kamen, hielt sie inne und ging in normalem Tempo hinunter zum Fluss. Wie schön es hier war. Nie nahm sie sich Zeit, spazieren zu gehen. Ständig wartete Arbeit auf sie, auch außerhalb der Manufaktur. Die Gärten mussten bestellt werden, doch das machte sie gerne. Sie mochte das Einpflanzen, Harken und Ernten, das war ihr lieber, als Wäsche zu waschen und zu bleichen, zu bügeln oder zu flicken. Außerdem hatten sie immer etwas zu nähen, auch wenn es meist nur alte Kleider waren, die sie umarbeitete. Jemand musste Tante Juliane beim Kochen helfen, abspülen, die Wohnung auskehren und durchwischen. Einen Haushalt zu führen bedeutete eine Menge Arbeit, und obwohl Ernestina von klein auf mithalf, hatte Christiane nur sonntags ein paar Stunden Zeit für sich. Da traf sie sich am liebsten mit ihren Freundinnen und ging mit ihnen zum Tanzen, wann immer sich eine Gelegenheit dazu bot. Zu gerne würde sie ins Komödienhaus gehen, doch die Eintrittskarten waren teuer. Manchmal las sie, vor allem wenn Christian etwas Neues verfasst hatte, Sachen, die sie zum Lachen brachten und oft zum Nachdenken …

Sie sah sich um. Jetzt hatte sie vor lauter Träumen die falsche Richtung eingeschlagen. Vor ihr lag die hölzerne Brücke, die über die Ilm führte. Von der anderen Seite her näherte sich ein Mann. Ihr Herz machte einen zugleich erschrockenen als auch freudigen Sprung. Es war der Geheime Rat von Goethe, der gerade über die Brücke auf sie zukam, den Blick konzentriert auf die Planken gerichtet, so als dächte er intensiv über etwas nach. Gleich würde er an ihr vorübergehen. Wenn sie ihn jetzt nicht ansprach, wann dann?

»Ich bitte vielmals um Vergebung«, sagte sie höflich und machte rasch einen Knicks, schließlich wusste sie, was sich gehörte. Der Geheime Rat blieb stehen, richtete seine ausdrucksvollen, dunklen Augen auf sie, und Christiane glaubte, ein interessiertes Aufblitzen in ihnen zu erkennen. Meine Güte, dachte sie, und ihr Atem stockte kurz. Er ist tatsächlich ein wunderschöner Mann, so wie es alle sagen.

»Welcher Himmel schickt dich zu mir?«

Hatte er das gerade wirklich gesagt? Nein, sie musste sich verhört haben.

»Mein Bruder schickt mich«, entgegnete sie schnell. »Christian August Vulpius. Er hat mich gebeten, Ihnen dies zu geben.« Sie zog das Schreiben aus der Tasche. »Hier, Herr Goethe … ich meine, Herr von Geheimer Rat …« Sie hatte sich rettungslos verhaspelt und biss sich ärgerlich auf die Unterlippe. Als sie verlegen aufsah, stellte sie fest, dass er lachte.

»Schon gut«, sagte er amüsiert. »Herr von Goethe reicht völlig aus.« Er sah sie an, und obwohl sie normalerweise keineswegs schüchtern war, ging ihr sein Blick durch und durch. Ja, es stimmte, was sie gehört hatte. Er war schlank, braun gebrannt und strahlte etwas aus, was völlig neu für sie war. Eine Art Energie, der sie sich nicht entziehen konnte … Sie besann sich ihres Auftrags.

»Mein Bruder, Christian August Vulpius, braucht ganz dringend Ihre Hilfe. Vor ein paar Jahren haben Sie ihn schon einmal unterstützt, und ich bitte Sie von ganzem Herzen, tun Sie es noch einmal!«

»Was braucht er denn?«

Der Geheime Rat hatte den Brief genommen, machte allerdings keine Anstalten, ihn zu öffnen. Christiane holte tief Luft, dann sprudelte es nur so aus ihr heraus. Dass Christian so viele

Begabungen hatte und nun als Privatsekretär eines reichen Mannes, der ihn schlecht behandelte, in Nürnberg regelrecht verkümmerte.

»Das Schlimme ist«, erzählte sie, »dass er auch diesen Posten bald verlieren wird, weil ein anderer angeboten hat, für noch weniger Geld dieselbe Arbeit zu verrichten. Dabei erhält Christian nur einen Hungerlohn. Was er braucht, ist eine Anstellung, die seiner würdig ist. Aber ohne Empfehlung ist das unmöglich. Es gibt viel zu viele Bewerber und zu wenig Stellen. Ich bitte Sie, Herr von Goethe! Sie sind doch mit der ganzen Welt bekannt. Tun Sie uns die Liebe und verwenden sich für ihn.«

Goethe sah nun nachdenklich auf den Brief in seiner Hand.

»Zunächst wird er Geld benötigen, hab ich recht?«

Christiane nickte beschämt und senkte den Blick zu Boden.

»Glauben Sie mir, Herr Geheimer … ich meine, Herr von Goethe«, stammelte sie und musste plötzlich Tränen niederkämpfen. »Wir sind eine ehrbare Familie und keine Bettler. Mein Bruder und ich besitzen das Bürgerrecht von Weimar und …«

»Ist Johann Friedrich Vulpius Ihr Vater?«

Christiane sah ihm trotzig in die Augen. Wenn er jetzt mit der Geschichte von der angeblichen Unterschlagung kam, würde sie ihm schon die Meinung sagen, Geheimer Rat hin oder her.

»Ja, das war er. Er ist vor zwei Jahren gestorben. Christian, meine jüngere Schwester und ich, wir stehen ohne Vater und Mutter da. Wir wohnen mit unserer Tante Juliane Vulpius zusammen in der Jacobsgasse in dem Haus, in dem wir alle zur Welt kamen.«

»Und wovon ernähren Sie sich, wenn ich das fragen darf?«

»Von meiner Hände Arbeit«, antwortete Christiane selbstbewusst. »In der Bertuchschen Seidenblumenmanufaktur. Ich bin seit ihrer Gründung dort angestellt.«

Goethe nickte nachdenklich.

»Ja, die ist mir bekannt«, sagte er. »Vor meiner Reise habe ich sie besucht. Da waren Sie allerdings nicht anwesend, oder? Nein. An Sie würde ich mich bestimmt erinnern.«

Seine Stimme klang auf einmal wie Samt und Seide, und in Christianes Brust breitete sich ein ihr bislang völlig unbekanntes Gefühl aus. Sie wusste nicht, was sie antworten sollte. Schließlich räusperte sie sich, so belegt war ihre Stimme: »Ich weiß. An diesem Tag hatte mir Frau Bertuch freigegeben. Meine kleine Schwester hatte Fieber …«

Aber alle anderen, so fuhr sie in Gedanken fort, haben tagelang von diesem hohen Besuch geschwärmt, und ich habe es bitter bereut, nicht auch dabei gewesen zu sein.

»Wie lautet denn Ihr Name?«, erkundigte sich Goethe.

»Meine Taufnamen sind Johanna Christiana Sophia Vulpius.« Mein Gott, was war nur los mit ihr? Wieso klang ihre Stimme plötzlich so piepsig? »Mein Vater hat mich stets Christiane genannt.«

»Christiane und Christian.« Goethe lachte leise in sich hinein. Auf eine freundliche Art, irgendwie liebevoll, fand sie.

»Diese Namen sind Tradition in unserer Familie«, sagte sie. »Und eigentlich nennen mich sowieso alle nur Christel.«

Goethe nickte.

»Also, wir machen es folgendermaßen.« Er wurde eine Spur förmlicher. »Gleich morgen lass ich Ihrem Bruder etwas Geld anweisen, damit er fürs Erste aus der Not heraus ist. Um mir jedoch über seine weitere berufliche Verwendung ein genaueres Bild machen zu können, möchte ich Sie bitten, mich morgen noch einmal aufzusuchen. Ich wohne am Frauenplan, das große Haus mit der Nummer 1.«

»Ich weiß«, entfuhr es ihr. »Vorhin habe ich dort vorgesprochen. Sie waren ja nicht da.«

»Morgen werde ich da sein. Und da Sie tagsüber arbeiten, besuchen Sie mich am Abend. Gegen acht. Dann sehen wir weiter.« Er wandte sich zum Gehen. Doch im letzten Moment drehte er sich noch mal zu ihr um. »Sie erinnern mich an jemanden, Christel Vulpius. Und es ist eine schöne Erinnerung, sie hat mich sehr glücklich gemacht.«

Aufrecht und ein wenig steif schritt er über die letzten Planken der Brücke und nahm den Weg, den Christiane gerade erst gekommen war. Oder schon vor langer Zeit? Sie hatte jedes Gefühl dafür verloren. Ganz so, wie wenn sie in ein spannendes Buch versunken war und alles um sie herum vergessen hatte. Oder in einer Tanzfigur herumgewirbelt und in der Musik aufgegangen war. Nun aber nahm die Wirklichkeit um sie herum wieder Gestalt an. Ein elegantes Paar, das gerade vorüberflanierte, warf ihr neugierige Blicke zu. Offenbar fragten sich die feinen Herrschaften, was ein so vornehmer Herr wie Goethe mit einem einfachen Mädchen wie ihr zu besprechen hatte. Jetzt verzog die Dame sogar hämisch den Mund.

Christiane drehte sich abrupt um, raffte ihren Rock und rannte nach Hause. In ihr war eine jubelnde Freude, die sie sich selbst nicht erklären konnte.

»Morgen Abend um acht?« Ihre Tante musterte sie verwundert. »Da komme ich natürlich mit.«

»Nein, Tante, auf keinen Fall.« Erschrocken stellte Christiane das heiße Eisen auf den Ofen, mit dem sie gerade eines ihrer Mieder bügelte, das bessere, das sie sich erst im Frühjahr genäht hatte.

»Dann wird dich Ernestina begleiten.«

Ihre Schwester hob erwartungsvoll den Kopf von ihrer Stopfarbeit und sah gespannt von der Tante zu Christiane.

»Ich muss allein hingehen«, beharrte Christiane und prüfte, wie heiß das Eisen war.

»Das schickt sich nicht«, insistierte die Tante und betrachtete sie besorgt über den Rand der Brille ihres verstorbenen Bruders hinweg, die sie seit einer Weile zum Handarbeiten benutzte. »Du kannst nicht ganz allein zu einem unverheirateten Mann gehen. Ganz Weimar wird sich über dich das Maul zerreißen.«

Christiane schwieg und bearbeitete das feine Wäschestück mit dem Bügeleisen. Natürlich hatte ihre Tante recht. Aber aus unerklärlichen Gründen wollte sie niemanden dabeihaben, wenn sie mit Johann Wolfgang von Goethe über ihren Bruder sprechen würde. Warum das so war, darüber wagte sie selbst nicht nachzudenken. Auch nicht darüber, warum sie beschlossen hatte, unter dem Kleid ihre beste Wäsche zu tragen. Sie wollte einfach … nun ja, rundum einen guten Eindruck machen.

»Er hat gesagt, ich soll allein kommen«, schwindelte sie. »Ich bin schließlich kein junges Mädchen mehr.«

Sie sah Ernestinas Enttäuschung, die wohl zu gerne das Haus am Frauenplan an ihrer Seite betreten und den berühmten Dichter kennengelernt hätte.

»Die Leute werden reden«, wiederholte ihre Tante.

»Dann lass sie«, entgegnete Christiane trotzig. Und damit war für sie das Thema beendet.

»Wie war er denn so, der Geheime Rat?«, flüsterte Ernestina, als sie am Abend zu Bett gegangen waren. Die Schwestern teilten sich eine der Schlafkammern, die so eng war, dass zwischen den beiden Betten gerade genug Platz war, um sich hindurchzuzwängen. Christiane stieß sich regelmäßig die Schienbeine an den hölzernen Bettpfosten.

»Er war freundlich«, antwortete sie.

»Hat er den Brief gelesen?«

»Mitten auf der Ilm-Brücke? Nein. Bestimmt hat er ihn zu Hause in aller Ruhe geöffnet.«

»Hat er wirklich gesagt, dass er Christian Geld schickt?«

Christiane gähnte. »Das hab ich doch schon alles erzählt, Schwesterchen.«

Eine Weile schwieg Ernestina. Christiane konnte jedoch an ihrer Art zu atmen hören, dass sie nicht schlief, sondern intensiv nachdachte.

»Sieht er denn so gut aus, wie alle behaupten?«

Christiane dachte an die lebhaften Augen, die fast ebenso dunkel waren wie die ihren, an das strahlende Lächeln und diese eigentümliche Energie, die ihn umgeben hatte und für die sie keine Worte fand.

»Jetzt mach es nicht so spannend«, bettelte Ernestina. Sie schlüpfte aus ihrem Bett und setzte sich auf Christianes Bettrand.

»Er ist durchaus nicht hässlich«, gab sie amüsiert zur Antwort, zog die zarte Ernestina liebevoll zu sich ins Bett und begann sie zu kitzeln, wie sie es früher oft getan hatte, als ihre Schwester noch klein gewesen war. Das Mädchen kreischte auf und begann sich strampelnd zu wehren, bis Tante Juliane, die im Zimmer nebenan schlief, gegen die Wand klopfte und um Ruhe bat.

Den gesamten folgenden Tag konnte Christiane sich kaum konzentrieren, stets wanderten ihre Gedanken zu der kurzen Begegnung auf der Ilm-Brücke zurück. Als ihr bewusst wurde, dass sie selbst die kleinste Regung im Gesicht des Geheimen Rats immer wieder überdachte, rief sie sich zur Ordnung. Sie beendete ihren ersten vollständigen Maiglöckchenstängel, erntete Lob und Bewunderung, und eine Weile freute sie sich darüber und begann auf der Stelle mit einem neuen. Doch schon bald dachte sie nur an das, was ihr Besuch im Haus am Frauenplan wohl bringen mochte. Sie würde nichts weiter tun können, als die Lage ihres Bruders so anschaulich zu schildern, dass Herr von Goethe seine Bitte schnellstmöglich erfüllte.

Beim Abendessen war sie wortkarg und geistesabwesend, floh vor Julianes vorwurfsvollen Blicken in den Garten, wo sie eine halbe Stunde Unkräuter zupfte, bis es endlich Zeit war, sich zu waschen und die frischen Sachen anzuziehen, die seit dem Vortag bereitlagen: die »Unaussprechliche« mit den Spitzen, das einfache Hemdchen und darüber das Mieder, das ihre Brust in Form hielt. Schließlich schlüpfte sie in ihr Sommerkleid und legte dieses Mal nicht das von ihrer Tante geliehene, sondern ihr eigenes Busentuch aus dünner weißer Baumwolle in den Ausschnitt. Sorgfältig kontrollierte sie, ob alles richtig saß. Dann bürstete sie unter Ernestinas sehnsüchtigen Blicken ihre Locken gründlich durch, bis sie glänzten.

»Viel Glück!«

Die kleine Schwester war ihr bis zur Tür gefolgt, während die Tante sich seit dem Abendessen nicht mehr hatte blicken lassen.

»Danke, mein Schatz«, antwortete Christiane und verließ rasch die Jacobsgasse.

Der Frauenplan, so fand sie, war der schönste Platz in Weimar. Es gab einen Brunnen mit vorzüglichem Wasser. Da haben es die Anwohner gut, dachte sie. Christiane konnte ein Lied davon singen, welche Mühe es machte, einen Haushalt mit ausreichend Wasser zu versorgen. Seit sie einen vollen Eimer tragen konnte, und war er anfangs auch klein gewesen, war das ihre Aufgabe. Sie kannte die Qualität jedes einzelnen Brunnen in der Stadt, wusste, welcher sich besser zum Wäschewaschen eignete, welcher zum Bierbrauen und welches Wasser am besten schmeckte. Dieser hier vor Goethes Haus war für alles gut zu gebrauchen.

Sie erschrak, als auf einmal ein Mann neben ihr stand. Es war Seidel, der Hausdiener.

»Der Herr Geheime Rat hält sich gerade in seiner Rosenlaube auf, also ist es das Beste, ich bringe Sie durch die Gartentür von der Ackerwand her direkt zu ihm. Bitte folgen Sie mir.«

Sie war in Weimar groß geworden und kannte jeden Winkel der Stadt. Und so war ihr auch das Gässchen »Ackerwand« vertraut, das direkt hinter der Mauer des Anwesens verlief und die Stadtgrenze markierte. Als Kind hatte sie gemeinsam mit Hanne und ihren anderen Freunden versucht, über die hohe Mauer zu spähen, hinter der sich der Garten verbarg, der zum Haus am Frauenplan Nr. 1 gehörte. Paulchen, der Sohn des Schlossers Breuning, war einmal sogar so verwegen gewesen, auf die Mauer zu klettern, doch ehe er den Mädchen hatte hinaufhelfen können, war dort drinnen ein Bediensteter erschienen. Der hatte Paulchen einen solchen Schrecken eingejagt, dass er sich beim Herunterspringen den Knöchel verstaucht und zwei Wochen lang gehumpelt hatte. Dem Garten hinter der Ackerwand hing seither in ihrer Vorstellung ein Zauber an, gleich einem verbotenen Reich, das sie in ihrer Phantasie mit den wundersamsten Blumen bevölkert hatte. Als ihr Seidel nun die massive Gartenpforte aufschloss, war sie unwillkürlich enttäuscht. Eine Anlage mit symmetrischen Blumenrabatten, wie sie in vielen Gärten anzutreffen war, tat sich vor ihr auf.

»Gefällt er Ihnen?«

Christiane fuhr herum. Sie hatte Goethe nicht kommen hören.

»Nun ja, er ist ganz hübsch …«, sagte sie zögernd und betrachtete die Beete mit gerunzelter Stirn. »Ich würde den Garten allerdings anders gestalten.«

»Tatsächlich? Wie denn?«

»Die Anlage ist meines Erachtens zu kleinteilig«, antwortete sie. »Da kann man ja nichts Brauchbares anpflanzen. Besser wären drei oder vier lang gestreckte Beete für Gemüse. Verschiedene Rübchen, Salat und Kohl. Erbsen und Bohnen …« Ihr lief das Wasser im Mund zusammen, wenn sie nur daran dachte. »Und natürlich Kartoffeln.« Sie sah sich prüfend um. »Dort im Schatten der Mauer Beerensträucher. Rote und schwarze Johannisbeeren. Und an der Fassade des Hauses könnte man ein Spalier für Weintrauben anbringen.«

»Und was ist mit Blumen? Lieben Sie die gar nicht?«

»Und ob ich die liebe!« Christiane strahlte ihn an. »Schließlich stelle ich Blüten her.«

»Welche Blumensorten machen Sie denn?«

»Kamelien«, antwortete Christiane stolz. »Und neuerdings Maiglöckchen.«

»Nur duften die nicht«, wandte Goethe ein. »Oder?«

»Nein, das tun sie nicht«, räumte Christiane ein. »Sie wachsen nicht, und welken tun sie auch nicht. Sie halten den Augenblick fest.«

»So nach der Art: Verweile, Augenblick, du bist so schön?«

Sie warf Goethe einen prüfenden Blick zu. Wollte er sie auf den Arm nehmen?

»Man kann die Zeit nicht festhalten«, sagte sie ernst. »Außer …« Sie stockte. Redete sie gerade dummes Zeug? Und das in Gegenwart dieses großen Mannes …

»Außer was?« Seine Stimme war sanft, als habe er Angst, einen Schmetterling zu vertreiben, der sich auf seine Hand gesetzt hatte.

»Außer man erlebt etwas Einzigartiges, etwas, was sich in die Seele einbrennt. Dann bleibt es dort für ewig erhalten. In der Erinnerung erleben wir diesen Augenblick wieder und wieder. Mag er nun schön sein oder schrecklich.« Sie dachte an den Moment, als sie am Bett ihrer sterbenden Mutter gesessen hatte. An die Hinrichtung der Kindsmörderin Johanna Catharina Höhn, der sie, wie alle anderen Weimarer, hatte beiwohnen müssen. Aber auch an den wunderbaren Moment, als ihr Vater aus dem Kerker nach Hause gekommen war und sie sich in den Armen gelegen hatten.

Sie fühlte, wie Herr von Goethe sie aufmerksam beobachtete, und wandte sich verlegen dem Garten zu. »Wenn das mein Garten wäre«, versuchte sie von dem schwierigen Thema auf etwas Reales, Greifbares umzulenken, »würde ich zwischen den Gemüsebeeten Blumen pflanzen. Kapuzinerkresse, die schrecken die Schnecken ab und man kann sie sogar essen. Ringelblumen, aus denen macht man eine Salbe. Vergissmeinnicht und Veilchen. Nelken …« Christiane stockte. »Diese Rosen dort, die sind übrigens wunderschön.«

»Sie stammen aus Damaskus.«

»Sind sie ... Das sind doch nicht etwa die berühmten Damaszener Rosen?« Christiane war ganz aufgeregt.

»Sie kennen die Sorte?«

»Nur von einem botanischen Kupferstich«, antwortete sie. »Wir produzieren diese Blüte in der Manufaktur. Die echte Pflanze hab ich allerdings noch nie gesehen.«

»Kommen Sie mit!«

Er reichte ihr seinen Arm und nach kurzem Zögern hakte sie sich bei ihm ein. Herr von Goethe trug nur ein leichtes Hemd, das er bis zu den Ellenbogen hochgeschlagen hatte, und bei der Berührung seiner nackten Haut durchströmte es Christiane heiß.

»An meinem Gartenhaus auf der anderen Seite der Ilm ziehe ich Spargel«, erzählte er. »Haben Sie den schon einmal probiert?«

»Meine Großmutter mütterlicherseits hatte Spargel in ihrem Garten. Und Artischocken.« Christiane seufzte. »Das waren bessere Zeiten.«

»Wie hieß sie denn, Ihre Großmutter?«

»Christiana Riehl. Mein Großvater besaß eine Strumpffabrik. Er war sehr wohlhabend. Als er starb ...« Christiane verstummte. Es hatte zu viel Sterben in ihrer Jugend gegeben. »Wir waren nicht immer auf Fürsprecher und Almosen angewiesen, Herr von Goethe. Einer unserer Ahnen hat ein ganzes Gesangbuch voll mit Kirchenliedern verfasst, samt den Melodien. Mein Vater hat oft gesagt, dass Christian sein Talent von ihm geerbt habe. Er hieß Melchior Vulpius und lebte vor 150 Jahren«, sagte sie ehrfürchtig.

»Womit wir bei Ihrem Bruder wären«, stellte Goethe freundlich fest. Sie hatten inzwischen die kleine, hinter einer Rosenhecke verborgene Gartenlaube erreicht. »Bitte«, sagte er und wies auf die Bank darin. »Nehmen wir doch Platz. Erzählen Sie mir, was Christian August Vulpius gemacht hat, solange ich in Italien war.«

Christiane begann bereitwillig zu erzählen. Dass er einer der besten Abiturienten seines Jahrgangs gewesen und gebeten worden war, zur Abschlussfeier eine Rede zu halten. Wie eifrig er in Jena sein Jurastudium abgelegt hatte, und dass sie zu Hause seine gesammelten Mitschriften der Vorlesungen aufbewahrten, die er mit den zierlichsten Zeichnungen illustriert hatte. Wie gewissenhaft er sei und wie sehnlichst er sich eine Aufgabe wünschte, in der er sich gefordert fühlte.

»Im Grunde ist er ein Schriftsteller, so wie Sie, Herr von Goethe«, schloss sie, und als sie zu ihrer Bestürzung bemerkte, wie sich seine Miene verschloss, fügte sie rasch hinzu: »Natürlich hat er noch viel zu lernen, jedenfalls sagt er das selbst. Mir hingegen gefällt alles, was er schreibt.«

Goethe erwiderte daraufhin nichts, sondern schien die Rosen zu betrachten. Christiane hatte mehr und mehr das Gefühl, etwas Falsches gesagt zu haben. Wie ungeschickt von ihr! Natürlich war es nicht klug gewesen, ihren Bruder mit einem berühmten Mann wie Goethe zu vergleichen. Aber so hatte sie es ja gar nicht gemeint. Fieberhaft überlegte sie, wie sie diese Scharte wieder auswetzen konnte.

»Ich werde sehen, was ich für Ihren Bruder tun kann«, sagte Goethe schließlich. »Wie ich gestern sagte, gingen heute zweiundzwanzig Taler an ihn. Und wenn Sie mich fragen: Auch wenn er augenblicklich in keinen glücklichen Verhältnissen lebt, kann er sich doch glücklich schätzen, eine solche Schwester wie Sie zu haben. Sie können also lesen und schreiben?«

Sie nickte. »Es war kein Geld da, um mich zur Schule zu schicken«, bekannte sie freimütig. »Dass Mädchen nur gegen Gebühren die Schule besuchen dürfen, finde ich sehr ungerecht. Christian war so lieb und hat mir das Lesen, Schreiben und Rechnen beigebracht. Das tut gewiss nicht jeder Bruder. Sie sehen also, auch ich bin glücklich, ihn zu haben.«

Es wurde langsam kühl im Garten, Christiane begann zu frösteln. Seidel eilte auf die Laube zu, eine Hausjacke auf dem Arm für seinen Herrn. Zeit zu gehen, dachte Christiane. Ihren Auftrag hatte sie erfüllt. Sie stand auf und setzte an, sich zu bedanken.

»Lassen Sie uns hineingehen«, sagte Goethe stattdessen. »Ich möchte Ihnen etwas zeigen.«

Der Raum, in den Goethe sie führte, stand voller Holzkisten. Einige waren geöffnet, andere noch vernagelt. Auf dem Tisch in der Mitte des Zimmers lagen allerhand merkwürdige Dinge. Winzige Figürchen aus einem grünlichen Metall, vermutlich Messing. Köpfe aus Gips, die sie mit rätselhaftem Ausdruck anzustarren schienen. Daneben ein Häufchen Steinbrocken mit auffallenden Maserungen, einige schwefelgelb, andere pechschwarz. Tonscherben und Versteinerungen. Ein wahres Sammelsurium.

»Das habe ich alles von meiner Reise mitgebracht«, erklärte ihr Gastgeber. »Repliken antiker Gegenstände. Abdrücke und Kopien. Ein paar Originale sind auch dabei, die haben wir noch nicht ausgepackt.« Seidel stand neben ihm und wirkte alles andere als zufrieden. Christiane hatte das Gefühl, dass er sie als Eindringling empfand. Oder er fürchtete, sie könnte diesen Dingen Schaden zufügen. »Wie finden Sie das?«

»Ich finde, zuallererst müsste hier mal jemand gründlich Ordnung schaffen«, entfuhr es Christiane und sie schlug sich vor Verlegenheit sogleich die Hand vor den Mund.

Goethe lachte schallend.

»Ja, das müsste man unbedingt.«

Er nahm eine der kleinen Figuren vom Tisch und reichte sie ihr. Sie war höchstens so groß wie ihr Zeigefinger und stellte ein Männchen dar, gedrungen und rundlich, so wie sie sich einen Zwerg vorstellte. Doch statt der Zwergenmütze trug dieser hier einen übertrieben großen Phallus stolz zur Schau, der hoch aufgerichtet das Männlein noch überragte. Das sah so grotesk aus, dass Christiane fühlte, wie ihr die Schamröte ins Gesicht schoss, und sie gleichzeitig lachen musste. Dabei wurde ihr bewusst, dass der Geheime Rat sie schmunzelnd beobachtete.

»Darf ich vorstellen?«, fragte er mit seiner samtigen Stimme. »Sein Name ist Priapos. In der Antike war er ein Gott der Fruchtbarkeit und somit der Gärten. Und natürlich der genüsslichen Liebe, wie man deutlich sehen kann. Gefällt er Ihnen?«

»Ich finde ihn lustig.« Sie konnte nicht aufhören zu kichern.

Seidel wandte sich indigniert ab und verließ den Raum.

»Ich habe noch mehr Darstellungen von ihm«, fuhr Goethe fort und kramte in einer der Kisten. »Jede Menge. Ich finde ihn nämlich auch amüsant …«

Sie hatte sich unwillkürlich über die Kiste gebeugt, und auf einmal fühlte sie seine Hand auf ihrem Rücken. Sie fuhr hoch und drehte sich erschrocken zu ihm um. Dann trafen ihre Augen die seinen. Wie sehr hatten ihre Freundinnen von ihm geschwärmt – und nun sah er ausgerechnet sie an, als wäre sie der wahrhaft größte Schatz unter all den vielen Dingen, die sich um sie türmten.

Bevor sie recht wusste, wie ihr geschah, zog er sie sanft an sich und fuhr mit einer Hand durch ihr Haar, strich es behutsam zur Seite und drückte zarte Küsse auf ihren Hals. Ihr Atem ging schnell, als sie seine Hitze spürte – oder war es ihre? Der Duft, den er verströmte, ließ sie schwindeln, die Berührung seiner Lippen raubte ihr den Verstand. So also war das, dachte sie erstaunt, während sie sich an ihn schmiegte und er sich an sie, wenn man liebt, und zwar nicht nur mit dem Herzen, sondern mit dem gesamten Körper. Sachte drückte er seinen Unterleib gegen ihren.

»Kannst du ihn spüren?«, raunte er ihr ins Ohr und vergrub erneut seine Hände in der Fülle ihres Haars. »Möchtest du mehr davon?«

Als Antwort presste sie sich enger an ihn, ließ zu, dass er ihr das Tuch aus dem Ausschnitt zog. Ja, sie wollte mehr von ihm, sie wollte alles. Er stieß einen tiefen Seufzer aus, als darunter die

Wölbung ihrer Brüste zum Vorschein kam, murmelte unverständliche Worte und führte sie zu einem Sofa, das sie vorher gar nicht bemerkt hatte.

Mit ihrer Kleidung kannte er sich erstaunlich gut aus, wusste, wo gehakt und wo geschnürt worden war, und als er ihr endlich das Hemdchen über den Kopf streifte und sie nackt und bloß vor ihm lag, bekam sie plötzlich Angst. Das war genau das, wovor ihre Tante sie gewarnt hatte. Es war das, was sie bislang noch jedem Mann verwehrt hatte. Natürlich hatte sie sich schon streicheln lassen und selbst so lange gestreichelt, bis die Erfüllung gekommen war. Damals mit Gust, in den sie sehr verliebt und von dem sie ganz sicher gewesen war, dass er sie heiraten würde. Oder mit Willem, der unbedingt hatte weitergehen wollen und sie verlassen hatte, als er begriff, dass er sie dafür zuerst zum Traualtar führen musste. Aber dazu war sie ihm zu arm gewesen. Und jetzt? Der Geheime Rat von Goethe würde sie nie im Leben heiraten, da brauchte sie sich erst gar keine Hoffnungen zu machen …

»Was ist mit dir, Kleines?«, raunte er an ihrem Ohr. »Sollen wir lieber aufhören?«

»Nein«, sagte sie entschlossen. Es lagen Welten zwischen dem, was sie im Augenblick erlebte, und dem, was jemals gewesen war. Diese Küsse, diese Berührungen, alles fühlte sich richtig an, so als seien sie füreinander gemacht. »Nein«, wiederholte sie. »Nicht aufhören. Ich möchte dich genauso wie du mich.«

»Dann hilf mir«, bat er leise. Und mit einem Lachen in der Stimme fügte er hinzu: »Oder sollen wir den Seidel rufen, damit er mich entkleidet?«

Lachend öffnete sie den Bund seiner Hose, schob sie nach unten und war erst zufrieden, als Schuhe, Strümpfe und seine Beinkleider in wildem Durcheinander auf dem Boden lagen.

»Wie schön du bist«, flüsterte er heiser und begann, ihre Brüste zu liebkosen, während seine Hand ihr Allerheiligstes umfing und rhythmisch massierte, bis sie vor Lust aufstöhnte, sich ihm gar entwinden wollte, weil das, was sie fühlte, so überwältigend war, dass sie dachte, es nicht mehr länger auszuhalten. Das habe ich nicht gewusst, wollte sie sagen. Dass es so sein kann, hat niemand je gesagt, und dabei war es noch nicht zu Ende, sondern schien für ihn gerade erst zu beginnen. Und als er schließlich mit seinem Glied sachte an ihrer Pforte anklopfte, spielerisch und wie zur Probe, öffnete sie ihre Schenkel weit, und als er zögerte, schlang sie ihre Beine um sein Gesäß und zog ihn an sich. Sie schrie leise auf, und er schien einen Moment lang zu verharren, in seinen Augen las sie Überraschung. Doch sie hielt ihn umso fester, zog seinen Kopf zu sich herunter und küsste ihn, so dass er nun endlich tief in sie eindrang.

Er ist ein Meister der Liebe, dachte sie, als er sich rhythmisch wiegend in ihr zu bewegen begann und in ihren Augen zu lesen schien, wie es ihr am besten gefiel, als sei ihre Seele ein aufgeschlagenes Buch. Und sie war bereit zu allem, bereit, sich führen zu lassen, schwerelos, zeitlos, bis sie ihre Lust hemmungslos herausschrie und er endlich gemeinsam mit ihr zum Höhepunkt kam.

»Oh mein Liebstes«, flüsterte er, als er wieder Atem fand und sie sich in seine Arme gebettet an ihn schmiegte. »Du weißt gar nicht …« Er brach ab und hob den Kopf, um ihr in die Augen zu sehen. »Dich hat nicht dein Bruder, sondern ein gnädiger Gott zu mir geschickt. Denn du bist meine Rettung.«

Christiane lauschte benommen.

»Ich hab dich auch lieb«, sagte sie leise. »So lieb, wie ich noch niemanden jemals hatte.«

3. KAPITEL

Weimar, Juni 1788

Als sie sich endlich angekleidet hatte, war es spät. Nach und nach drängte sich die Wirklichkeit zurück in ihr Bewusstsein und mit ihr die Sorgen. Zu dieser Stunde konnte sie unmöglich das Haus über den Frauenplan verlassen. Wenn sie jedoch durch die Gartentür hinausschlüpfte, würde sie das Stadttor verschlossen finden. Um diese Zeit konnte man es nur mit einer besonderen Erlaubnis passieren.

»Philipp wird dich heimbegleiten«, sagte Goethe, so als hätte er ihre Gedanken gelesen. »Aber du musst wiederkommen, hörst du? Morgen Abend um zehn?« Sie nickte benommen, während er sie von hinten in die Arme nahm und nochmals zärtlich an sich zog. »Ich vermisse dich schon jetzt«, flüsterte er nah an ihrem Nacken, so dass sein Atem sie kitzelte. Seine rechte Hand war unter ihrer Achsel hindurchgeschlüpft und streichelte ihre Brust.

»Hör auf«, bat sie leise lachend. »Sonst komm ich heute Nacht nicht mehr nach Hause.«

Er lachte ebenfalls und biss zärtlich in ihr Ohrläppchen.

»Du hast recht«, sagte er und ließ sie zu ihrem Bedauern los. Sanft drehte er sie zu sich um und zupfte behutsam ihr Busentuch zurecht. »Du kommst doch, oder? Um zehn. Ich bitte dich darum.«

Sie nickte. Natürlich würde sie wiederkommen. So oft er sie wollte. Auch wenn sie genau wusste, dass das nicht sehr lange sein würde. Was konnte ein Mädchen wie sie diesem großen Mann geben? Ihre Liebe. Mehr hatte sie nicht.

Als sie sich zum Gehen wandte, stand Seidel schon bereit. Hatte er etwa die ganze Zeit vor der Tür gestanden?

Das Gesicht des Hausdieners war unbewegt. »Wollen wir?«

Sie folgte Philipp Seidel zurück in den Garten. Es war stockdunkel, nur das Licht der Sterne und Seidels Laterne erhellten ihren Weg. Der Garten kam ihr jetzt tatsächlich wie verzaubert vor, so wie sie ihn sich in ihrer Kindheit vorgestellt hatte. Und auch sie war nicht mehr dieselbe, die vor wenigen Stunden hereingekommen war. Die Blüten der Madonnenlilien, die sie bei Tag gar nicht bemerkt hatte, leuchteten in der Dunkelheit. Von den Damaszener Rosen wehte ein betörender Duft herüber.

Am Frauentor winkte sie der Wächter durch und Seidel hob seine Hand zum Gruß, so als geleitete er jede Nacht eine Frau in die Stadt. Christiane wurde es heiß bei diesem Gedanken. Sie wusste rein gar nichts über das Liebesleben des Dichters. Nur, dass es zwischen ihm und der Frau von Stein offenbar »aus« war, hatte sie sagen hören. Dann fiel ihr ein, dass es Friederike gewesen war, die das erzählt hatte. Konnte sie diesem arglistigen Mädchen glauben? Und was genau war eigentlich »aus« zwischen der von Stein und ihm? Sie hatte keine Ahnung. Schließlich war die Freifrau verheiratet und hatte bereits erwachsene Kinder. Jetzt bereute Christiane es, sich nie für Klatsch und Tratsch interessiert zu haben. Ob sie Seidel fragen könnte? Er ging ihr eilig durch die Gassen voraus, die Laterne erhoben, so dass sie sehen konnte, wohin sie trat. Nein. Ein Hausdiener musste verschwiegen sein, und Seidel sah nicht so aus, als würde er über die Privatangelegenheiten seines Herrn plaudern.

Auf dem Töpfermarkt bat sie ihn, stehen zu bleiben.

»Von hier aus geh ich allein.« Sie wollte auf keinen Fall, dass die Nachbarn sie in Begleitung von Goethes Diener sahen.

Seidel deutete mit dem Kopf eine knappe Verbeugung an und verschwand. Und mit ihm auch der Lichtkegel der Petroleumlampe.

Schon als sie in die Jacobsgasse einbog, sah sie, dass in der Wohnung noch Licht brannte. Einige Atemzüge lang stand sie im Dunkeln und versuchte, sich zu wappnen, ehe sie eintrat.

Die Tür zum Zimmer der Tante stand weit geöffnet. Juliane saß an ihrem Tisch über eine Näharbeit gebeugt. Nun sah sie ihre Nichte über die Brillengläser hinweg aus müden Augen an.

»Warum schläfst du nicht?«, fragte Christiane sie in gespielt heiterem Ton. »Du verdirbst dir die Augen.«

Die Tante schwieg und legte ihre Arbeit beiseite. Sie sah alt aus, obwohl sie erst in ihren Fünfzigern war, und irgendwie verloren, wie sie da im Schein der Petroleumlampe saß.

»Es ist eine Stunde nach Mitternacht«, sagte Juliane Vulpius. »Wo bist du so lange gewesen?«

Christiane legte ihr Umschlagtuch ab.

»Beim Geheimen Rat«, sagte sie. »Das weißt du doch«, fügte sie ein wenig trotzig hinzu.

»Sicher nicht, um die halbe Nacht über deinen Bruder zu sprechen.«

Christiane beschloss, sich auf keine Diskussion einzulassen. »Ich bin müde«, sagte sie mit Nachdruck. »Lass uns schlafen gehen.« Sie war schon im Flur, als Juliane sie zurückrief.

»Komm, setz dich hin. Ich hab mit dir zu reden.« Widerstrebend nahm Christiane auf der äußersten Kante eines Hockers Platz. »Weißt du eigentlich«, fuhr ihre Tante fort, »was ich deinem Vater auf dem Sterbebett versprochen habe?« Juliane blickte auf ihre Hände und presste die Lippen zusammen. »Dass ich auf dich und deine Geschwister aufpassen werde.« Zu ihrer Bestürzung sah Christiane, dass in den Augen der Tante Tränen glänzten.

»Das hast du ja auch getan«, antwortete Christiane liebevoll und legte besänftigend die Hand auf Julianes Arm. »Du hast dir nichts vorzuwerfen.« Und als sie bemerkte, dass Juliane heftig entgegnen wollte, fügte sie rasch hinzu: »Ich bin volljährig und deshalb selbst verantwortlich für das, was ich tue.«

»Und was ist mit deinem guten Ruf?«

Sie zuckte mit den Schultern.

»Hast du mal darüber nachgedacht, welchen Preis wir Frauen für diesen guten Ruf bezahlen?«, fragte sie. »Ich bin dreiundzwanzig. Kein Mann wird mir mehr einen Antrag machen. Wir sind zu arm. Und die Sache mit Vater hat uns auch nicht gerade genützt. Soll ich mein Leben lang auf die Freuden der Liebe verzichten? Nur damit die Leute nicht über mich reden? Das tun sie ohnehin. Weil ich bei Bertuch arbeite. Weil ich aussehe wie eine Italienerin. Und weil ich einen üppigen Busen habe und runde Hüften. Weißt du, was neulich einer zu mir gesagt hat? Dass jemand mit meinem Aussehen gar nicht anders könnte, als eine Dirne zu sein. So sieht es aus, liebste Tante. Deshalb habe ich beschlossen, dass mir mein guter Ruf egal ist.« Juliane Vulpius wandte entsetzt den Blick von ihr ab. Offenbar musste sie das Gehörte erst einmal verdauen. »Ich bin dennoch keine Käufliche, und das weißt du. Aber heute ist etwas geschehen …« Sie brach ab und suchte nach den richtigen Worten »Etwas Wunderbares. Ich hab mich verliebt. Und der Herr Geheime Rat … er mag mich. Er hat sogar gesagt, dass er mich braucht und ich …«

»Ich will davon nichts hören«, schnitt ihr die Tante heftig das Wort ab. »Ja, es stimmt, inzwischen trägst du selbst die Verantwortung für dein Leben. Allerdings lebst du nicht allein. Was ist mit mir? Und mit Ernestina? Dein Ruf wird auf sie abfärben, ob du willst oder nicht.« Christiane wandte den Blick ab. »Und denk daran«, fuhr die Tante unbarmherzig fort, »falls das, was ihr tut, Folgen hat, wirst du sie irgendwann allein tragen müssen. Der Geheime Rat wird dann nicht mehr für dich da sein.«

Christiane biss sich auf die Unterlippe, bis sie Blut schmeckte.

»Ich weiß.« Sie machte sich keine Illusionen. Und doch war sie erfüllt von diesem süßen, aufregenden Gefühl, das sie nie mehr missen wollte, seit sie in Goethes Armen gelegen hatte.

»Christel, wach auf!« Juliane Vulpius sah sie eindringlich an. »Dieser Mann wird dich niemals heiraten.«

»Natürlich nicht«, entgegnete Christiane und stand auf. »Gute Nacht, liebste Tante. Und hör auf, dir Sorgen zu machen.«

In der Schlafkammer zog Christiane sich leise aus, um Ernestina nicht zu wecken. Als sie in ihr Nachthemd schlüpfte, war es ihr, als fühlte sie die Hände ihres Geliebten noch immer auf ihrem Körper.

Mein Geliebter, dachte sie. Morgen seh ich dich wieder. Und eine Seligkeit überkam sie, ein unnennbares Gefühl des Glücks.

»Sieh mal!« Hanne wies auf dem Weg zur Arbeit auf ein großes Plakat, das die Premiere eines neuen Stücks im Komödienhaus ankündigte. »Wollen wir uns das ansehen?«

Christiane hielt kurz inne.

»Ich fürchte, ich kann mir den Eintritt nicht leisten«, gab Christiane bedauernd zur Antwort.

Als ihr Bruder noch Gymnasiast gewesen war, hatte er ab und zu als Statist in einer Aufführung mitgewirkt und dafür eine Freikarte für sie ergattert. Jetzt musste Christiane sehen, wie sie ohne ihn ins Theater kam.

»Schau, auch deine Freundin spielt mit.« Hanne zeigte auf den Namen einer jungen Schauspielerin, mit der sich Christiane ein wenig angefreundet hatte. »Könntest du sie nicht bitten, Freikarten für uns alle beide zu besorgen?«

»Ich hab Marianne eine Ewigkeit nicht mehr gesehen.« Christiane nahm ihre Freundin an der Hand und zog sie weiter. Sie wollte auf keinen Fall zu spät kommen. »Weißt du, ich hab einfach keine Zeit mehr, mich mit ihr zu treffen. Wenn ich hier fertig bin, warten schon Ernestina und die Tante auf mich. Danach geht es in den Garten.« Und dann zu Herrn von Goethe, fügte sie in Gedanken hinzu und fühlte, dass sie errötete. Nur mit halbem Ohr hörte sie, wie Hanne ihr riet, öfter mal freizumachen und sich ihre guten Kontakte zu den Schauspielerinnen zu erhalten, wie sollten sie denn sonst je wieder ins Theater kommen?

»Ich werde dir Marianne am besten eines Tages vorstellen«, beendete Christiane das Gespräch und öffnete die Tür zum Bertuchschen Haus. »Dann kannst du dich selbst mit ihr anfreunden und um Karten betteln.« Reumütig biss sie sich auf die Zunge. Das war ihr schärfer entfahren, als sie es beabsichtigt hatte.

»Ist ja gut«, murrte Hanne beleidigt und rannte die Stufen vor ihr hinauf zur Manufaktur.

Christiane seufzte. Und doch wusste sie, dass Hanne niemals lange böse sein konnte. Als sie alle mit ihren Blüten beschäftigt waren, begann sie mit Christiane schon wieder freundschaftlich zu plaudern.

Gegen elf kam Frau Slevoigt in die Manufaktur, in den Händen eine Vase mit einem üppigen Strauß duftender Rosen. Sie stellte die Blumen feierlich mitten auf den großen Arbeitstisch. Christiane erkannte auf den ersten Blick die Damaszener Rosen aus Goethes Garten.

»Dies hat uns kein Geringerer als der Geheime Rat von Goethe durch seinen Diener schicken lassen.« Man konnte Auguste Slevoigt noch immer die Überraschung und den Stolz über diese Ehre ansehen. »Als lebendiges Anschauungsmaterial und zur Ergötzung der Putzmacherinnen, schreibt er in einem Billett. Ist das nicht außerordentlich großzügig?« Sie blickte in die Runde, und Christiane hoffte, dass sie nicht allzu heftig errötete. »In Weimar gibt es nur einen Garten, in dem diese Sorte gedeiht, und das ist der des Geheimen Rats Herrn von Goethe. Nicht einmal die Herzoginmutter Anna Amalia hat eine so prächtige Rose. Wer weiß, um welche Sorte es sich handelt?«

Christiane senkte den Kopf und biss sich auf die wunde Unterlippe. Um keinen Preis würde sie zugeben, dass sie diese Rosen nur zu gut kannte.

»Ist das die berühmte Rose aus Damaskus?« Marie Zoller, deren Spezialität die Herstellung dieser Blüte war, betrachtete den Strauß mit konzentriert gerunzelter Stirn.

»Sehr gut, Marie. Aber natürlich solltest gerade du diese seltene Sorte am besten kennen.« Auguste Slevoigt richtete ihren Blick auf Christiane und lächelte. »Und das ist noch nicht alles«, fuhr sie fort. »Herr von Goethe hat für seine Frau Mutter ein Blumenkörbchen bestellt. Er wünscht sich ausdrücklich Maiglöckchen darin. Christiane, du kannst stolz darauf sein, dass deine allerersten Blüten dieser Art zu Herrn Goethes Mutter nach Frankfurt reisen werden.« Sie wandte sich wieder an Marie Zoller. »Und du, Marie, betrachte diese wunderbaren Blüten ruhig ein wenig genauer. Mal sehen, ob du deine Kunstfertigkeit noch vervollkommnen kannst.«

Sie nickte ihren Putzmacherinnen gut gelaunt zu und verließ den Raum.

Zuerst sagte niemand etwas, alle starrten auf die wunderschönen Blumen, deren Duft den Raum erfüllte. Nur Christiane wusste nicht, wohin sie schauen sollte, und hoffte, dass keine der Kolleginnen ihre Verlegenheit bemerkte. Dabei war es weniger der Strauß von jenem Rosenstrauch, den sie am vergangenen Abend mit eigenen Augen gesehen hatte, sondern die Tatsache, dass ihr Geliebter seiner Mutter Blüten von ihrer Hand schenken wollte.

Was hatte das zu bedeuten? Hatte es überhaupt etwas zu bedeuten? Unwillkürlich zitterten ihre Hände. Sie benötigte ihre gesamte Konzentration, um das Maiglöckchen, an dem sie gerade arbeitete, nicht zu verderben.

An diesem Tag verging die Zeit viel zu langsam. Endlos zogen sich die Stunden dahin. Als in der Manufaktur die Glocke schrillte, wäre sie am liebsten direkt zum Frauenplan gelaufen.

Geduld war nicht ihre Stärke. Dabei musste sie noch warten, bis es Nacht wurde.

Da half es, gleich nach dem Essen, während dem Tante Juliane ungewöhnlich einsilbig war, in den Garten zu gehen und die Beete zu harken. Vor einer guten Woche hatte sie in einem abgeernteten Streifen Radieschen gesät, und nun konzentrierte sie sich auf die mühevolle Aufgabe, die winzigen Triebe zu vereinzeln, entschlossen, auch nicht das kleinste der Pflänzchen zu verlieren.

Gegen neun war sie damit fertig, holte Wasser vom Dietrichsbrunnen auf dem Töpfermarkt und goss die Radieschentriebe vorsichtig an. Endlich war es Zeit, sich zu waschen und zurechtzumachen.

»Wo gehst du denn heute hin? Ist irgendwo Tanz?« Ernestina sah sehnsüchtig zu, wie Christiane ihren hübschesten Rock heraussuchte. Sie konnte doch nicht zum dritten Mal in Folge im selben Kleid vor Goethes Augen treten. »Kann ich mitkommen?«

Christiane ließ sich Zeit mit der Antwort. Es kam nicht infrage, ihrer kleinen Schwester die Wahrheit anzuvertrauen. Ernestina hatte noch reichlich unschuldige Vorstellungen von der Liebe und vom Heiraten. Dass ihre ältere Schwester die Geliebte des großen Dichters war, würde sie zutiefst verwirren. Außerdem stand zu befürchten, dass die Vierzehnjährige sich gegenüber anderen verplappern könnte. Und zum Dritten: Wer wusste denn, ob die Beziehung zu Herrn von Goethe nicht morgen schon beendet sein würde?

»Ich muss etwas für Christian erledigen«, schwindelte sie und wandte sich ab, um dem Mädchen nicht in die Augen sehen zu müssen. Sie hatte keine Erfahrung im Lügen und es war ihr unangenehm.

»Beim Herrn von Goethe?« Ernestina strahlte sie arglos an.

»Ja«, antwortete Christiane. »Stell dir vor, er hat ihm bereits zweiundzwanzig Taler geschickt.«

»Zweiundzwanzig Taler? So viel?« Das Mädchen schlug die Hände zusammen und warf sich übermütig auf ihr Bett. »Und jetzt hilfst du ihm beim Schreiben seiner Empfehlungen?«

Christiane musste ein Kichern unterdrücken. Sie und dem Geheimen Rat helfen? Ausgerechnet beim Schreiben? Das war ja lustig. Und es brachte sie auf einen Gedanken.

»Was ist mit dir?«, fragte sie und nahm entschlossen eine ihrer Blusen vom Haken. »Hast du deine Rechenübungen gemacht?« Sie war darauf bedacht, ihr Wissen an die Schwester weiterzugeben, so wie es damals ihr Bruder getan hatte. Ernestina verzog das Gesicht. Lesen konnte sie recht gut, offenbar lag die Freude an Geschichten in der Familie. Mit der Welt der Zahlen stand die Kleine allerdings auf Kriegsfuß. »Dann weißt du ja, was du zu tun hast.« Christiane schloss den letzten Blusenknopf und band sich das Haar mit einem Stoffstreifen zurück, der beim Nähen der Bluse übrig geblieben war. »Morgen früh schau ich es mir an.«

Ernestina stöhnte, doch sie widersprach nicht, sondern kramte in der Kommode nach Heft und Bleistift. Und war damit so beschäftigt, dass sie kaum mitbekam, wie Christiane kurz darauf das Haus verließ.

Als sie pünktlich um zehn an der Gartenpforte anklopfte, wurde sie sogleich geöffnet. Philipp Seidel empfing sie mit demselben Nicken, mit dem er sie in der vergangenen Nacht verabschiedet hatte, und seinem üblichen unbewegten Gesichtsausdruck. Offenbar ist das seine Art, sagte sich Christiane, die dennoch ihr leises Unbehagen gegen den Diener nicht abschütteln konnte.

An diesem Abend war Goethe nicht im Garten. Seidel führte sie durch den Flur des Hauses, in dem sie am Vortag gewesen war, direkt hinaus in einen Innenhof. Christiane hörte Wasser plätschern und entdeckte beeindruckt einen privaten Brunnen.

Sie hatte nicht gewusst, dass das Anwesen am Frauenplan ein Vorder- und ein Hinterhaus hatte und dazwischen gar einen eigenen Brunnen. Wie luxuriös!

»Kommen Sie?« Es waren die ersten Worte, die Seidel an diesem Abend sprach. Er wirkte ungeduldig. »Der Geheime Rat erwartet Sie.«

Rasch folgte sie ihm in den vorderen Flügel, dessen Fassade zum Frauenplan hin ausgerichtet war.

»Ich hab nicht gewusst, dass es so groß ist«, sagte sie zu Seidel.

»Herr von Goethe bewohnt nicht das gesamte Gebäude«, erwiderte der Diener, während er sie ins Obergeschoss führte. »Sondern den östlichen Teil von Vorder- und Hinterhaus.« Er blieb vor einer Tür stehen, klopfte an und öffnete. Mit einer knappen Bewegung bat er Christiane hinein.

Der Raum war von den fünf Kerzen eines silbernen Leuchters erhellt, und das Erste, was Christiane sah, war eine Etagere mit Gebäck, dessen Duft ihr sofort das Wasser im Mund zusammenlaufen ließ. Daneben funkelte in einer geschliffenen Karaffe roter Wein. Erst jetzt bemerkte sie Johann Wolfgang von Goethe, der aus dem Dämmerlicht in den Schein der Kerzen trat. Er trug über der Hose ein elegantes Seidenhemd mit Volants nach der neuesten Mode. Als er sie in die Arme nahm und ihren Mund mit seinen Lippen verschloss, fühlte sie die Zartheit des Gewebes. Er hielt sie, als wollte er sie gar nie mehr loslassen, und in ihr entlud sich die erwartungsvolle Anspannung dieses langen Tages in einer Kaskade aus Begehren und Lust.

Sie zog ihm das Hemd aus der Hose, glitt mit ihren Händen darunter und strich ihm über den Rücken, so dass er aufstöhnte und seinerseits den rückwärtigen Knopf ihres Rockes löste. Sie schob ihre Finger unter den Hosenbund, liebkoste seinen straffen Hintern, bis er, ohne sie loszulassen, den Verschluss öffnete, ihre Hand nahm und auf sein Geschlecht drückte, das hart und geschwollen war und Christiane unwillkürlich an den kleinen Gott Priapos erinnerte. Ihr Geliebter warf den Kopf in den Nacken und stöhnte heftig, hielt ihre Hand fest, die begonnen hatte, ihn mit rhythmischen Bewegungen zu streicheln.

»Warte«, keuchte er. »Wir wollen uns Zeit lassen.«

Liebevoll zog er sie aus, hob sie auf seine Arme und trug sie zu dem Alkoven, legte sie auf sein Bett und liebkoste sie genüsslich, bis sie ihm ihre Beine weit öffnete und ihn drängte: »Komm zu mir, ich bitte dich. Ich kann nicht mehr länger warten.«

Er nahm sie, aber nicht so, wie sie es erwartet hatte. Statt gleich in sie einzudringen, versenkte er seinen Kopf zwischen ihren Schenkeln und tat mit seinem Mund und seiner Zunge Dinge mit ihr, so dass sie glaubte, vor Lust den Verstand zu verlieren. Sie hörte sich schreien und konnte es nicht verhindern, hob ihren Schoß seinen Lippen und sogar seinen Zähnen entgegen, bis alles um sie versank und nur noch er und sie auf dieser Welt zu existieren schienen. Schließlich schlang er die Arme um ihre Hüfte, warf sie herum, so dass sie über ihm zu knien kam.

»Nimm du mich«, forderte er sie auf, »so …« Und dann zog er sie über sich, bis sie ihn in sich aufnahm, langsam, genüsslich. Und während er ihre Brüste knetete, sein Gesicht in ihnen begrub, lernte sie schnell, wie sie sich bewegen musste. »Ja«, flüsterte er. »Nimm mich im Galopp.«

Es war eine Art Tanz, und mit dem Tanzen kannte sie sich aus. Das Bett begann jammervoll zu knarren, sie achteten nicht darauf. Und als sie endlich schweißüberströmt gemeinsam zum Höhepunkt kamen, er sich in ihr ergoss und die Wellen der Lust über sie hinwegbrandeten, gab es einen fürchterlichen Ruck und das Bett brach unter ihnen zusammen.

Einen Moment lang hielten sie die Luft an und hielten sich umklammert. Dann brachen sie gleichzeitig in Gelächter aus.

»Das war zu viel für das arme Möbel«, brachte Goethe mühsam hervor.

»Was für eine miserable Schreinerarbeit«, gluckste Christiane.

»Ob wir hier jemals herauskommen?«, fragte Goethe und blinzelte zu den Brettern des Bettgestells empor. Christiane kam es so vor, als befänden sie sich in einer Art Kiste. Wie in einem Frühbeet. Der Gedanke ließ sie erneut kichern. »Egal«, beschloss Goethe. »Wir bleiben einfach für immer hier.«

Und damit fuhr er fort, sie zu liebkosen, bis sie erneut bereit waren für die Spiele der Liebe. Sie seufzte tief auf, als er sich nun über sie legte und alles wieder von vorne begann, inzwischen vertraut und doch auf vollkommen neue Weise.

Später, viel später, sah er ihr zu, wie sie genüsslich die Etagere nach und nach leerte. In seinen Augen war ein liebevolles und zugleich staunendes Lächeln, und Christiane sah sich selbst in seinen Pupillen gespiegelt, nackt und unbefangen auf dem Sessel neben dem Tischchen gerekelt.

»Du bist so schön«, sagte er leise. »Ich kann es gar nicht fassen, dass ich dich ausgerechnet hier in Weimar gefunden habe. Vielleicht glaubst du mir das nicht«, fuhr er fort und drehte die Etagere ein wenig, damit sie an die Marzipanrosen auf der anderen Seite herankam. »Du bist wirklich und wahrhaftig meine Rettung.«

»Deine Rettung? Wovor denn?«, wollte Christiane ungläubig wissen und griff nach dem Marzipan. »Du bist doch der berühmte Geheime Rat, von allen bewundert und geliebt. Du verkehrst in den höchsten Kreisen …«

»Ach, weißt du«, gab er zurück, »da liegt ja gerade das Problem. Diese höchsten Kreise, die sind mir wahrlich zuwider. Du glaubst ja nicht, wie steif es da zugeht.«

»Auch beim Herzog?«

»Nein, der Herzog ist anders. Er ist mein Freund. Nur seinetwegen bin ich aus Italien zurückgekehrt. Aber weißt du, mein Kind, selbst ein Herzog kann nicht immer, wie er gern möchte. Bei Hof gilt Etikette. Starre Regeln, die schon lange keinen Sinn mehr machen. Und wenn man es genau nimmt, verbieten sie alles, was das Leben lebenswert macht.«

»Und deshalb … bin ich die Rettung?« Christiane war keineswegs überzeugt. »Wieso gerade ich?«

»Weil du wundervoll bist.« Goethe erhob sich und ließ sich zu ihren Füßen nieder. »Du bist ein Naturkind. Die Schönheit in Person. Du hast den noblen Charakter der einfachen Leute … Doch, unterbrich mich nicht. Dir kann ich in die Seele schauen.« Er schmiegte sein Gesicht an ihren nackten Schenkel und schloss die Augen. Seine Hand hatte er leicht um ihren rechten Knöchel gelegt. »In Italien habe ich erst begriffen, was es heißt, ausgeglichen zu sein. Nur wenn Körper und Geist im Einklang sind, ist man glücklich. Nur so kann Großes entstehen. Hier in Weimar allerdings legt man einzig und allein Wert auf das Geistige.«

»Die Leute sagen oft, dass ich aussehe wie eine Italienerin«, warf Christiane ein und leckte sich die Fingerspitzen ab. Schuldbewusst betrachtete sie die leere Etagere. »Jetzt habe ich alles aufgegessen«, sagte sie beschämt.

»Genau das hatte ich gehofft«, antwortete er und sah mit einem verschmitzten Lächeln zu ihr auf. »Und das ist es, wovon ich gerade spreche: Man muss auch in der Lage sein, sich dem Genuss ganz und gar hinzugeben.«

Sie lachte hell auf.

»Nichts leichter als das«, erklärte sie und zog ihn zu sich hoch. »Schwieriger ist es, zu verzichten.«

»Siehst du«, murmelte er zwischen zwei Küssen. »Und deshalb bist du meine Rettung.«

Es gab unendlich viele Arten, sich zu lieben, das lernte Christiane in dieser Nacht. Auch auf einem Sessel war es möglich, und ganz einfach war es auf einem Teppich. Das gefiel ihr sogar besonders, man konnte herumkugeln und stieß nicht dauernd gegen den hölzernen Rahmen des Betts. Sie wollte gern die Rettung des Geheimen Rats sein, wann immer und solange er sie brauchte. Denn dass sie ihn brauchte, das war gewiss.

»Wirst du von jetzt an jede Nacht kommen?«, fragte er, als die Finsternis einem tiefblauen Himmel wich und sie sich hastig anzog. Sie sah ihn ernst an. »Oder zumindest so oft wie möglich?«

»Ich komme, solange du es möchtest«, erklärte sie offen. »Nur müssen wir vorsichtig sein. Die Leute …«

»Ich weiß«, unterbrach er sie sanft. »Ich hab darüber nachgedacht. Kennst du mein Gartenhaus, drüben im Park?« Sie nickte. »Im Augenblick wohnt ein Freund von mir darin. Bald wird er ausziehen. Es wird einfacher sein, sich dort zu treffen. Ich werde dich nicht dem Gerede der Leute aussetzen. Aber ohne dich …«, er brach ab und holte tief Luft. »Ohne dich kann ich nicht mehr meine Ämter und Aufgaben erfüllen.« Er sah sie so flehend an, dass sie ihre Arme um ihn schlang und ihn an sich zog. »Und mit dem Dichten wird es auch schwierig sein.«

»Ich werde kommen«, sagte sie mit fester Stimme, obgleich sie nicht wusste, wie sie das mit ihrem eigenen Leben vereinbaren konnte. Was sollte sie Ernestina sagen, wo sie sich nachts so lange aufhielt? Was würde Christian von ihr denken, wenn er es erfuhr? Wie sollte sie ihrer Arbeit nachkommen, wenn sie kaum schlief?

»Alles wird sich fügen«, raunte Johann Wolfgang von Goethe dicht an ihrem Ohr. »Vertrau mir.«

Sie löste sich von ihm und nickte.

»Ich vertraue dir«, sagte sie feierlich. Und für sie hatten diese Worte fast dieselbe Bedeutung wie das Jawort in der Kirche.

Der Tag war am Erwachen, als sie sich zu Bett legte. An Schlaf war nicht zu denken. Zum einen glaubte sie immer noch seine Berührungen auf ihrem Körper zu spüren. Ihr Schoß pulsierte und fühlte sich wund an, ihre Brustwarzen brannten. Doch es war ein süßer Schmerz, den sie nie und nimmer missen wollte. Und zum anderen waren da die vielen ungelösten Fragen. Von nun an würde sie zwei Leben führen, eines mit Tante und

Schwester und als Putzmacherin in der Manufaktur. In dem anderen, neuen Leben war sie die Geliebte des Geheimen Rats Herrn von Goethe. Und von diesem Leben durfte außer ihrer Tante niemand etwas wissen, nicht einmal ihre Schwester. Auf außerehelichen Beischlaf standen schwere Strafen.

Nein, sie wollte nicht an den Pranger gestellt werden, wollte nicht die Haare geschoren bekommen und öffentlich ihr Verfehlen eingestehen. Ihre Liebe zu Goethe durfte sie nicht blind machen für die Gefahren, in die sie sich schon jetzt begeben hatte. Eine Stimme, die der ihrer Tante Juliane verdächtig glich, wollte ihr einflüstern, dass sie das Ganze unbedingt beenden musste, auf der Stelle. Und doch kam das auf gar keinen Fall für sie infrage.

Als Christiane hörte, wie ihre Tante aufstand und leise in der Küche zu hantieren begann, erhob sie sich ebenfalls. Sie würde mit ihr sprechen und versuchen, mit ihr gemeinsam einen Weg zu finden, wie sie von nun an nachts außer Haus sein konnte, ohne dass Ernestina es bemerkte. Und vor allem nicht die Nachbarn.

»So früh auf?« Juliane musterte sie mit argwöhnischem Blick.

»Wir müssen reden«, antwortete Christiane und band sich die Schürze um. »Ich werde von nun an jede Nacht fort sein.« Juliane Vulpius wirkte kein bisschen überrascht. »Bloß … unsere Kleine darf es nicht merken. Irgendwann wird sie aufwachen und dann bin ich nicht da.«

»Wir könnten die Betten tauschen«, schlug die Tante vor. Offenbar hatte auch sie sich Gedanken gemacht. »Du schläfst in meiner Kammer und ich beim Tinchen.«

Christiane verschlug es den Atem. »Das würdest du tun?«, fragte sie ungläubig.

»Bleibt mir denn etwas anderes übrig?« Erleichtert hörte Christiane einen fast zärtlichen Beiklang unter der schroffen Bemerkung. Hatte sich die Tante tatsächlich mit ihrem Verhältnis abgefunden? »Starr mich nicht so an, Christel«, fuhr Juliane fort.

»Ich kenne dich lange genug, um zu wissen, dass du dich nicht mehr umstimmen lässt. Und ja, warum sollst du nicht auch mal eine solche Freudenzeit genießen? Früher oder später ist es ja sowieso vorbei.« Sie seufzte tief. »Aber merken darf das keiner, hörst du? Wir haben alle viel durchgemacht. Gerade jetzt fängt es an, uns besser zu gehen. Dank deines Verdienstes. Und deiner Fröhlichkeit.«

Christiane nahm sie spontan in die Arme.

»Danke«, stieß sie erleichtert hervor.

»Du machst am besten einen Bogen an der Ilm entlang und gehst über die Kegelbrücke«, erklärte Juliane und machte sich sanft los. »Und zwar bevor die Stadttore schließen. Du hältst dich rechts auf der kleinen Chaussee in Richtung Oberweimar und …«

»Ich weiß, Tante Juliane«, fiel ihr Christiane sanft ins Wort. »Demnächst treffen wir uns in seinem Gartenhaus.«

»Ja, dann wird es einfacher«, murmelte die Tante und wandte sich ab. Offenbar kamen ihr erneut Skrupel. »Sei vorsichtig, mein Kind. Versprich es mir.«

»Ich verspreche es«, antwortete Christiane liebevoll und musste daran denken, dass sie innerhalb weniger Stunden zwei so folgenschwere Versprechen abgegeben hatte. Sie legte sich das Tragjoch über die Schultern und nahm die beiden Wassereimer, so wie sie es jeden Morgen tat, um mit dem herbeigeholten Wasser alle Krüge und Töpfe zu füllen und außerdem den Garten zu wässern.

Ernestina war überhaupt nicht begeistert, nun mit der Tante ihre Kammer teilen zu müssen statt mit ihrer geliebten Schwester, mit der sie vor dem Einschlafen noch mächtig viel Unfug treiben oder »Frauengespräche führen« konnte, wie sie ihre vorsichtig tastenden Fragen bezeichnete, die all das beinhalteten, was ein heranwachsendes Mädchen bewegte und die sie sonst niemandem zu stellen getraute.

»Christiane arbeitet hart und verdient für uns den Unterhalt«, erklärte die Tante mit Nachdruck. »Sie braucht ein Zimmer für sich allein, in dem sie sich ausruhen kann.«

»Störe ich dich denn so sehr?«, fragte ihre Schwester sie und wirkte derart unglücklich, dass Christiane versucht war, ihren Plan aufzugeben. Doch Tante Juliane gelang es schließlich, das Mädchen zu überzeugen.

Und so nahm sie ihr Doppelleben auf. Damit sie in der Blumenmanufaktur nicht über ihrer Arbeit einschlief, hatte sie sich vorgenommen, nur von zehn Uhr abends bis zwei Uhr morgens am Frauenplan zu bleiben, obwohl es ihr jedes Mal schwerer fiel, sich von Goethe zu trennen und sich mitten in der Nacht über Umwege nach Hause zu schleichen. Stets wurde sie dabei von Seidel begleitet und bald hatte sie sich an seine Schweigsamkeit gewöhnt. Ohnehin hing sie lieber ihren Gedanken nach, wenn er sie durch den Park geleitete, der in viele einzelne private Gärten unterteilt war. Einige der Besitzer hatten ihr Grundstück mit Zäunen gesichert und die Tore verschlossen, so dass Seidel einen ganzen Schlüsselbund mit sich trug, den der Geheime Rat von Goethe selbstverständlich zur Verfügung gestellt bekommen hatte, immerhin gehörte ihm ein Anwesen auf der anderen Seite der Ilm.

Gut zwei Wochen nach ihrem ersten Kennenlernen hatte Goethes Freund Knebel endlich eine andere Unterkunft gefunden und zog aus dem Gartenhaus aus. Das zweistöckige Haus am Hang über der Ilm, das Goethe klein nannte, Christiane jedoch ziemlich groß erschien, war der ideale Zufluchtsort für ihre Liebe.

Beim ersten Mal erwartete Goethe sie voller Ungeduld am Gartentor. Es war der 19. Juni und die Nächte waren kurz. Gerade erst war die Sonne untergegangen und ein beinahe unwirkliches, tiefgoldenes Licht hatte sich über die Gärten und das Gebäude gelegt.

»Willkommen in meinem Zauberreich.« Er nahm sie bei der Hand und führte sie zum Eingang an der dem Hang zugeneigten Seite. »Hier habe ich schöne Stunden erlebt und meine besten Gedichte geschrieben.«

Als Christiane die dämmrige Diele betrat, wurde ihr ganz feierlich zumute, so als hallten hier all diese Gedichte wider, die ihr Geliebter verfasst hatte. Scham stieg in ihr auf, dass sie kein einziges davon kannte. Damals, als sich eine andere Christiane, die siebzehnjährige Hofdame von Laßberg, nicht weit von hier in der Ilm ertränkt hatte und man bei ihr ein Exemplar von *Die Leiden des jungen Werthers* fand, hatte auch sie in dem Buch, das ihr Bruder besaß, zu lesen begonnen. Weit war sie nicht gekommen, zu schaurig war die Vorstellung, ihre unglückliche Namensvetterin hätte sich durch den Roman zum Freitod inspiriert gefühlt.

Eilig schüttelte sie diese Erinnerung ab. Das war jetzt zehn Jahre her und ging sie nichts an. Interessiert sah sie sich um. Das Gartenhaus mochte im Vergleich zu dem am Frauenplan klein sein, doch es strahlte etwas Ehrwürdiges und gleichzeitig Heiteres aus. Und allein in dem großen Raum, den Goethe sein »Erdsälchen« nannte, hätten ihre beiden Schlafkammern aus der Jacobsgasse leicht Platz gefunden.

»Hier speisen wir gewöhnlich, wenn Gäste kommen«, erklärte Goethe. Er trat an eines der Fenster, die zum Fluss hinausgingen. »Ist der Blick nicht wunderschön?«

Christiane stellte sich neben ihn. Der Abendhimmel hatte sich inzwischen purpurn verfärbt. Ein feines Nebelband erhob sich aus dem Fluss.

»Oh ja«, sagte sie beeindruckt. »Und wie viel Platz du hier hast! Wie weit reicht eigentlich dein Garten?«

»Den zeig ich dir später«, murmelte er und trat hinter sie. Sie bekam Gänsehaut, als sie seinen Atem im Nacken fühlte. »Komm mit, ich zeig dir erst das ganze Haus.«

Er zog sie die Treppe hinauf in die obere Etage. Entzückt entdeckte Christiane einen Raum, durch den man auf eine Art Veranda gelangte.

»Das ist mein Altanzimmer«, erklärte Goethe und trat durch eine Fenstertür hinaus. Unter seinen Tritten knarrte das Holz.

»Sind wir hier über einem Anbau?«, erkundigte sich Christiane und folgte ihm. Interessiert lehnte sie sich über das Geländer.

»Ja, es ist ein Holzbau, unter uns befinden sich Wirtschaftsräume. Ich habe ihn nachträglich anfügen lassen, als ich hier einzog. Das ist praktisch. Und das Schönste daran ist, dass ich damit diesen Altan gewonnen habe.« Er wandte sich zu ihr um. »Während meiner ersten sieben Jahre in Weimar hab ich hier im Gartenhaus gewohnt. Und in so manchen Sommernächten draußen geschlafen ...«

»Im Freien unter dem Sternenhimmel?« Christiane war überrascht und fasziniert zugleich. Nie hätte sie gedacht, dass dieser vornehme Geheime Rat unter freiem Himmel kampieren würde. »Und wenn über Nacht Regen kam? Bist du nie nass geworden?«

Goethe lachte leise.

»Manchmal. Dann nahm ich wie Lazarus mein Bett und ging zurück ins Schlafzimmer.« Er sah sie liebevoll an. »Das hättest du mir wohl nicht zugetraut, was?« Zärtlich küsste er sie auf die Nase. »Wenn du willst, können wir unser Lager heute Nacht hier aufschlagen.« Er drückte sie an sich und küsste sie erneut. Als sie sich nach einer Weile voneinander lösten, fiel ihr Blick auf eine Strohmatratze, über die ein feines Leintuch samt Kissen gelegt worden war. Sie lachte fröhlich auf.

»Hast du das etwa schon geplant?« Sie ging zu dem Lager und ließ sich probehalber darauf nieder. »Gar nicht übel«, meinte sie und streckte sich aus. »Man muss sie noch ein bisschen einliegen. Magst du mir dabei helfen?« Das brauchte sie ihn nicht zweimal fragen. Mit drei Schritten war er bei ihr und kniete sich zu ihr nieder. Behände knöpfte er ihr Mieder auf und ließ eine Hand unter ihren Rock gleiten. »Kann uns auch niemand hören?«, fragte sie ihn zwischen zwei Küssen. »Wo ist Seidel?«

»Zu Hause am Frauenplan«, sprach er in ihren Mund hinein und brachte sie damit zum Lachen. »Nachts ist niemand im Park, mein Lieb. Du kannst also so laut sein, wie du willst, und ich hoffe, du wirst viel Gelegenheit dazu bekommen.«

So ging es den ganzen Sommer lang. Die schönen Nächte verflogen viel zu schnell und sie zogen vom Altan ins Schlafzimmer um. Auch hier ging das Bett bald zu Bruch und Goethe musste erneut den Schreiner Spangenberg beauftragen, es zu richten.

»Sicher fragt er sich, was du auf dem Bett so treibst.« Christiane lachte herzlich, als sie sich auf das reparierte Bett setzte.

»Was ich darauf treibe?«, fragte Goethe heiter zurück und nahm sie in seine Arme. »Na, Gymnastik natürlich.« Er sprang aufs Bett und hüpfte ein paarmal darauf herum. »Siehst du«, meinte er zufrieden und ließ sich auf die Matratze plumpsen. »Jetzt hält es.«

Später in der Nacht, als sie friedvoll in seinen Armen lag, beschloss sie, ihrem Geliebten anzuvertrauen, was sie auf dem Herzen hatte.

»Mein Bruder hat noch keine Stelle gefunden«, sagte sie. »Die Herren, denen du geschrieben hast, sind offenbar nicht in der Lage, ihm zu helfen.« Oder sie wollen ganz einfach nicht, fügte sie in Gedanken hinzu.

Goethe drehte sich auf den Rücken und seufzte. Sogleich bereute sie, überhaupt davon angefangen zu haben. Doch sie machte sich ernsthaft Sorgen um Christian. Er war verzweifelt. Und Tante Juliane lag ihr ständig in den Ohren.

»Ich weiß«, antwortete er niedergeschlagen. »Es ist nicht so einfach, wie ich gehofft hatte. Ich habe ihn nicht vergessen, mein Lieb, sondern weitere Empfehlungsschreiben abgeschickt. Und gleich Morgen werde ich ihm nochmals etwas Geld schicken.«

Er wandte sich ihr zu. »Und du bekommst auch etwas. Seidel wird dir nachher …«

»Nein!«

Sie war unwillkürlich zurückgezuckt. War dies das Ende? Wollte er sie nachträglich für das bezahlen, was sie ihm geschenkt hatte?

»Was hast du?«, fragte er.

»Ich will kein Geld.« Schon lange hatte ein Teil von ihr auf den Moment der Trennung gewartet. Seine Liebe hatte länger gedauert, als sie es zu hoffen gewagt hatte. Nun musste sie stark sein. »Ich … ich bin nicht so eine, hörst du?« Sie bemerkte selbst, wie brüchig ihre Stimme auf einmal klang. Goethe sah sie erschrocken an, dann schlug er sich mit der Hand vor die Stirn.

»Ich Trottel«, stöhnte er. »Natürlich, das musstest du ja falsch verstehen.« Er zog sie an sich. »Ich meine es ernst mit dir, Christel. Deshalb möchte ich, dass es dir und deiner Familie gut geht. Das beschränkt sich nicht auf deinen Bruder.« Christianes Herz pochte, als wollte es zerspringen. »Wenn es dir nicht gefällt, machen wir es anders«, fuhr Goethe beruhigend fort. »Ich lass mir etwas einfallen.«

Sanft strich er ihr das Haar aus dem Gesicht, streichelte ihre Wange, liebkoste ihre Schulter. Langsam entspannte sie sich wieder und schmiegte sich an ihn. Hatte er wirklich gesagt, dass er es ernst mit ihr meinte? Auf einmal fühlte sie ihre Liebe zu diesem Mann so übermächtig, dass es sie schwindelte. Ja, wenn es die Umstände erlauben würden, so würde sie nichts lieber tun, als immer und ewig mit ihm zusammenleben. Offen, nicht in aller Heimlichkeit. Aber das waren Wunschträume, die nicht in Erfüllung gehen konnten. Für den Augenblick waren sie ein Paar. Und das war alles, was zählte. Der Augenblick. Und seine Liebe.

»Schau, ich will dir etwas zeigen.«

Goethe war aufgesprungen und nahm eine Glasplatte von einem kleinen Tisch. Zu Christianes Verwunderung ergriff er mit der anderen Hand einen Geigenbogen. Sie lachte.

»Willst du mir Glasmusik vorspielen?«

»Warte nur, ich werde dir ein Wunder zeigen.« Aus einer Dose streute er Sand auf die Glasscheibe und verteilte ihn gleichmäßig auf der Oberfläche. Dann warf er ihr einen verschmitzten Blick zu. »Jetzt pass gut auf, was der Sand macht.« Vorsichtig strich er mit dem Geigenbogen am Rand der Platte entlang. Ein hohler Klang entstand, nicht besonders hübsch.

Sie wollte sich eben über seine Katzenmusik lustig machen, als sie es sah: Der Sand begann sich wie durch Zauberkraft zu bewegen. Nach und nach formierte er sich zu einem wellenförmigen, symmetrischen Muster.

»Wie machst du das?« Christiane war ebenfalls aufgesprungen und besah sich die Platte genauer. »Erklär mir bitte, wieso diese Muster entstehen.«

»Willst du nicht erst selbst mal probieren?« Er reichte ihr den Geigenbogen und schüttelte behutsam die Platte, bis der Sand wieder eine gleichmäßige Fläche bildete.

»Ich?«

»Ja, du!«

Vorsichtig nahm Christiane die Glasscheibe in die Hand.

»Und du hast keinen Trick angewendet?«

Er grinste über das ganze Gesicht und schüttelte den Kopf. Sie brauchte ein paar Versuche, danach wusste sie, wie sie den Bogen an der Kante entlangführen musste. Und siehe da, wieder bewegte sich der Sand ganz wie von selbst und formierte sich in kurzer Zeit zu Schleifen und Bögen. Das probierte sie gleich ein zweites Mal. Und ein drittes Mal.

Sie war so vertieft in diese wundersame Sache, dass sie erst nach einer Weile bemerkte, dass Goethe Zeichenblock und Stift in der Hand hielt.

»Was machst du da?«, fragte sie überrascht.

»Dich zeichnen«, gab er zur Antwort. »Sie mal, wie schön du bist.«

Er reichte ihr den Block. Sie sah sich selbst splitternackt auf dem Bett knien. Ihre Locken fielen in ihr Gesicht und verdeckten es halb. Glasplatte und Geigenbogen waren nur angedeutet, ihre Brüste dagegen waren besonders ausgearbeitet.

Beinahe wäre ihr die Glasplatte aus der Hand gefallen, sie konnte sie gerade noch halten. Der Sand jedoch ergoss sich auf das Leintuch.

»Tut mir leid«, entfuhr es ihr.

Er lachte nur.

»Siehst du, das macht deine Schönheit. Man lässt auf der Stelle alles andere fallen.«

Sie wollte das Leintuch ausschütteln, doch er ließ es nicht zu. Er kam zu ihr aufs Bett und zog sie in seine Arme. Sein Hunger nach ihr schien grenzenlos und Christiane gab sich ihm mit Freuden hin, ganz und gar. Wen kümmerte es da, dass am Ende überall an ihren Körpern Sandkörner hafteten und es zwischen ihren Zähnen knirschte? Alles war unwichtig, wenn sie nur beisammen sein konnten.

Als er ihr beim Abschied sagte, dass er für ein paar Tage die Stadt verlassen würde, um nach Kochberg zu fahren, fragte sie: »Was gibt es denn in Kochberg?«

»Ich besuche Frau von Stein.« Sie erschrak. Er hatte diese Frau kein einziges Mal erwähnt, seit sie zusammen waren. »Ich habe es lange hinausgeschoben«, fuhr er fort. »Jetzt kann ich nicht mehr länger warten.« Er seufzte.

»Liebst du Frau von Stein?«, entfuhr es ihr und sie fühlte einen Stich von Eifersucht.

Er zögerte eine Weile mit seiner Antwort.

»Ich habe sie geliebt. Ob ich es immer noch tue, weiß ich selbst nicht.«

Christiane hatte sich bereits angezogen. Ihr graute vor dem Gang durch den Park. Mehr Angst machte ihr allerdings der Gedanke an eine adelige Dame, die ihrem Geliebten etwas bedeutete. Die er geliebt hatte.

»Weißt du, es war eine vollkommen andere Liebe als das mit uns. Es war eher eine geistige Liebe.«

»Das verstehe ich nicht.«

Wieder lächelte er.

»Und genau darum liebe ich dich.«

Darüber musste sie nachdenken. Auf dem Nachhauseweg und später, als sie in ihrer Kammer lag und durch die dünne Wand die Tante schnarchen hörte. Was sollte das sein, eine geistige Liebe? So wie er es gesagt hatte, schien es etwas Wunderbares zu sein. Warum liebte er sie gerade deswegen, weil sie davon nichts verstand? Hieß es, dass er sie für naiv hielt? Oder hatte er sie etwa gar verspottet?

Jedenfalls würde sie ihn eine Weile nicht sehen. Ein paar Tage, das konnte sich leicht ausdehnen. Was, wenn er feststellte, dass er Frau von Stein noch immer liebte?

Zumindest komme ich jetzt mal ein paar Nächte lang zum Schlafen, sagte sie sich und drehte sich auf die andere Seite. Und doch lag sie wach, bis die Hähne krähten.

4. KAPITEL

Weimar, Juli 1788 – Frühjahr 1789

Schau doch nur«, sprudelte es aus Ernestina heraus, als Christiane am folgenden Abend müde und niedergeschlagen von der Arbeit kam. Aufgeregt zog ihre Schwester sie in die Küche.

Auf dem Tisch stand ein Korb, über dessen Rand eine Wurstkette baumelte. In seinem Innern entdeckte sie einen ganzen Schinken und einen Laib Hartkäse.

»Darf ich einen davon haben?« Ernestina sah sie flehentlich an. »Tante sagt, wir dürfen erst etwas nehmen, wenn du damit einverstanden bist.«

»Wo kommt das her?« Erst jetzt entdeckte sie unten im Korb ein gutes Dutzend der rotbackigen Äpfel, die sie aus Goethes Garten kannte.

»Ein Mann hat an der Tür geklingelt und gesagt, der Herr von Goethe wolle nicht nur unseren Bruder unterstützen, sondern auch uns etwas schenken. Ist das nicht nett von ihm? Ich meine, das bräuchte er ja nicht zu tun, oder? Offenbar hast du mächtigen Eindruck auf ihn gemacht.«

Christiane wechselte einen raschen Blick mit Juliane.

»Ich weiß nicht, ob wir das annehmen können«, sagte die Tante.

»Doch, das können wir«, antwortete Christiane. »Warum nicht?«

Und zu ihrer Schwester gewandt fügte sie hinzu: »Such dir ruhig einen schönen Apfel aus.«

Der Gedanke, dass ihr Geliebter sich eine so noble Geste ausgedacht hatte, um Geldgeschenke zu vermeiden, machte sie glücklich. Ernestina schnappte sich einen Apfel und lief damit in den Garten. Christiane griff ebenfalls nach einem und biss herzhaft in die Frucht.

Juliane schien noch mit sich zu ringen.

»Nun ja«, sagte sie schließlich und konnte den Blick nicht von dem Schinken wenden. »Wenigstens schickt er dir kein Geld. Das wäre …«

»Er schickt uns Äpfel, Wurst und Käse«, unterbrach Christiane sie, ehe die Sorgen der vergangenen Nacht erneut in ihr aufsteigen konnten. »Was ist daran schlimm? Lass uns heute Abend ein Festmahl halten. Ich hab genau gesehen, wie gut dir der Schinken gefällt.«

Sie nahm ihre Tante in die Arme und nötigte sie zu ein paar Tanzschritten, wobei sie in der engen Küche überall anstießen.

»Lass mich los, du Derwisch«, prustete Juliane Vulpius und entwand sich ihr. »Na gut. Stell dir vor, in dem Korb ist sogar eine Flasche Wein.«

Erleichtert stelle Christiane fest, dass ihre Tante sich offenbar mehr und mehr mit der Situation abzufinden schien. Als Ernestina gegen halb zehn schlafen ging, schenkte Christiane Juliane von dem Wein nach.

»Brichst du nicht bald auf?«, erkundigte sich die Tante überrascht.

Christiane schüttelte den Kopf.

»Er ist nach Kochberg gefahren«, antwortete sie. »Zur Frau von Stein.« Sie nippte an ihrem Wein. Es war jener, den sie oft gemeinsam mit Goethe trank. Er hatte gesagt, dass er aus einer fernen Gegend am Rhein stammte. »Vielleicht ist es ja bald so weit.«

»Was meinst du?«

»Vielleicht ist es bald aus zwischen uns.« Kurz zögerte sie. Dann beschloss sie, ihrer Tante ihr Herz auszuschütten. »Er hat gesagt, dass er diese Frau sehr geliebt hat. Und sicher liebt sie ihn auch. Vielleicht wärmen sie gerade ihr altes Verhältnis auf.«

»Charlotte von Stein? Sprichst du von ihr?«

Christiane nickte bedrückt.

»Nein, nein«, versuchte Juliane sie zu beruhigen. »Die ist mit dem Oberstallmeister verheiratet und hat ihm ... wie viele Kinder geboren? Sieben?«

»Ich weiß es nicht. Ich weiß nichts über diese Frau.«

»Weißt du, Kind, ich hab mich ein bisschen umgehört«, erklärte Juliane zu Christianes Überraschung. »Ich muss doch wissen, mit wem du es zu tun hast. Die von Stein hat den armen Herrn Geheimen Rat am Gängelband geführt. Große Gefühle. Aber in ihr Bett hat sie ihn nicht gelassen. Sie ist ja eine ehrbare und tugendhafte Frau. Und vor lauter Ehrbarkeit ...«

»Ich dachte, sie liebt ihn?«

»Was weiß ich.« Juliane nahm einen Schluck von dem Wein. »Nach allem, was ich von ihr gehört habe, halte ich sie für ein arrogantes Luder. Stell dir mal vor: Zehn Jahre lang macht sie dem armen Mann Hoffnungen. Schreibt Hunderte von Briefen. Und als er sie endlich bittet, mit ihm zu fliehen und gemeinsam eine neue Existenz zu gründen, lehnt sie ab. Daraufhin ist er allein nach Italien gefahren und fast zwei Jahre dort geblieben. Und jetzt ...«

»Woher weißt du das alles?«

»Ach, das weiß doch ganz Weimar.«

»Das kann nicht sein«, entgegnete Christiane misstrauisch. »Solche privaten Details ... Das ist vermutlich alles gar nicht wahr.«

Plötzlich hatte sie ihre gute Laune wieder verloren. Was für eine krude Geschichte. Goethes Worte fielen ihr wieder ein, dass diese Liebe geistiger Natur gewesen sei. Also ohne Sinnlichkeit? Gab es das? Ihr graute bei dem Gedanken, jemanden zehn Jahre lang zu lieben und sich nicht diese unsagbaren Freuden zu erlauben. Fast tat sie ihr leid, diese Charlotte von Stein.

Auf einmal wurde ihr leicht ums Herz. Wenn diese Frau sich zehn Jahre lang geweigert hatte, Goethes Geliebte zu werden, dann würde sie es auch jetzt nicht mehr tun.

»Ich weiß es aus sicherer Quelle«, rechtfertigte sich ihre Tante fast schon beleidigt. »Glaubst du, ich rede Marktgeschwätz nach? Die Mine, meine Freundin aus Kindertagen, ist Köchin beim Freiherr von Stein. Und glaub mir: Köchinnen wissen alles über ihre Herrschaften.«

Goethe blieb zwar länger in Kochberg als einige Tage, doch als er zurückkam, bat er sie in einer zärtlich verfassten Nachricht, ihn in der folgenden Nacht unbedingt zu besuchen. An der Pforte des Grundstücks erwartete er sie bereits, küsste sie stürmisch, hob sie auf seine Arme und trug sie ins Haus, die Treppe hinauf und in sein Schlafzimmer. Seine Liebe war noch leidenschaftlicher als zuvor, und überglücklich gab Christiane ihm alles, was sie zu geben hatte. Als sie endlich erschöpft in seiner Armbeuge lag und seinen Duft ganz tief in sich einsog, fragte sie sich, ob das immer so war zwischen Mann und Frau. Oder ob es eine so große Liebe nur einmal gab auf dieser Welt.

»Ach, wie bin ich froh, dieser schrecklichen Gesellschaft entronnen zu sein«, sagte er mit einem Aufseufzen. »Du hast mir ganz entsetzlich gefehlt.«

»Und du mir erst«, flüsterte sie. »Warum bist du überhaupt so lange geblieben, wenn es schrecklich war?« Sie hatte sich ein wenig aufgerichtet und gab ihm einen Kuss. Er drehte sich ganz zu ihr um und zeichnete mit dem Zeigefinger ihr Profil nach.

»Ich bin ein zerrissener Mann«, sagte er schließlich. »Zum einen stehe ich in des Herzogs Diensten und muss gewissen gesellschaftlichen Verpflichtungen nachgehen. Dazu gehört auch der Umgang mit Charlotte. Sie ist Hofdame und mit der Herzogin sehr vertraut. Außerdem betreue ich ihren jüngsten Sohn, den Fritz, der ist ein prächtiger Junge. Er ist sechzehn und ich habe vor langer Zeit versprochen, mich um seine Erziehung zu kümmern. Weißt du, was ich verspreche und beginne, das halte ich. Deshalb kann ich mich nicht ganz ...« Er brach ab und ließ sich zurück in die Kissen sinken. »Dieses Experiment mit dem Sand auf der Glasscheibe, das hat dir gefallen, oder?«

»Oh ja«, antwortete sie eifrig. »Ich hab es zu Hause meiner kleinen Schwester gezeigt. Dabei war es überhaupt nicht einfach, einen Geigenbogen zu bekommen. Am Ende hat mir mein Onkel, der Stadttürmer, geholfen. Er hat einen befreundeten Musiker überredet, ihn mir zu leihen. Also ... wir haben das ausprobiert, weil ich geglaubt habe, du hättest mich vielleicht irgendwie hereingelegt. Nicht böse sein«, fügte sie rasch hinzu und spürte, wie sie errötete. Goethe schien es ihr allerdings überhaupt nicht übel zu nehmen. Im Gegenteil, er wirkte belustigt.

»Das hast du wirklich getan? Und wie ging es weiter?«

»Die Muster waren wieder da«, antwortete Christiane. »Und nach dem ersten Staunen wollten wir herausfinden, woher das überhaupt kam. Wir haben es noch oft wiederholt. Irgendwann hat Ernestina gesagt, dass das so lustig in den Fingerspitzen kribbelt, wenn sie die Glasplatte hält.«

»Tatsächlich?« Goethe betrachtete sie gespannt.

»Ja, und dann hab ich das auch gemerkt. Die Platte vibriert, wenn man mit dem Bogen am Rand entlangstreicht. Und die Sandkörner fangen an zu tanzen und legen sich in diese Linien. Es ist die Vibration, die Schwingung. Mit einem Holzbrett funktioniert das nicht. Auf einem Backblech schon eher ...« Sie hatte sich in Eifer geredet und merkte erst jetzt, wie aufmerksam Goethe sie ansah. »Verzeih«, sagte sie verlegen. »Ich rede Unsinn.«

»Ganz und gar nicht«, entgegnete ihr Liebster. »Du und deine Schwester, ihr seid klug. Ihr habt recht, es ist die Schwingung. Das hat ein gelehrter Mann aus Wittenberg namens Ernst Florens Friedrich Chladni herausgefunden. Letztes Jahr hat er eine höchst interessante Schrift veröffentlicht, er nannte sie *Entdeckun-*

gen über die Theorie des Klanges. Darin beschreibt er dieses Phänomen und verrät, wie die Muster entstehen. Er nennt sie Klangfiguren. Herr Chladni ist übrigens Musiker.« Er wandte sich von ihr ab und verstummte. Seine Stirn verfinsterte sich, während er zur Decke starrte.

Jetzt ist er mir doch böse, dachte Christiane bang.

»Ich habe das der Gesellschaft in Kochberg vorgeführt. Glaubst du, auch nur einer hätte sich dafür interessiert? So dumpf sind diese Leute. So ohne Neugier, ohne Forschungsdrang. Stattdessen haben sie mich mit Blicken gemessen, als sei ich nicht recht bei Trost.« Er zog sie auf sich. »Während du und deine kleine Schwester dem Geheimnis ein gutes Stück auf die Spur gekommen seid! Und wodurch ist es euch gelungen?« Erwartungsvoll ruhte sein Blick auf ihr.

»Keine Ahnung«, antwortete sie ratlos und küsste ihn zärtlich. »Durch Zufall wahrscheinlich.«

»Oh nein«, gab er heftig zurück. »Zufälle gibt es nicht. Ihr habt das herausgefunden, weil ihr neugierig wart. Und aufmerksam. Ihr habt eine Erfahrung gemacht und die richtigen Schlüsse gezogen. Damit seid ihr dieser Hofgesellschaft um Meilen voraus.«

»Ernestina und ich?«

»Genau.«

Er küsste sie leidenschaftlich und hörte gar nicht mehr damit auf. Wieder verschmolzen sie miteinander und es kam ihr so vor, als sei sie die Glasplatte mit dem Sand und er der Geigenbogen, der sie in Vibration versetzte, bis alles in ihr zu diesem geheimnisvollen Muster zu werden schien, dessen Linien einzig und allein zu ihm hinstrebten.

Und eh sie es sich versah, waren die schönen Sommertage vorüber. Der Herbst meldete sich mit viel zu kühlen Temperaturen. An einem Tag im Oktober wollte sie gerade tief in der Nacht das Gartenhaus verlassen, als sie glaubte, zu träumen: Die Welt um sie herum war in einen weißen, glitzernden Mantel gehüllt. Der volle Mond brachte den verfrühten Schnee zum Schimmern.

»Ach«, entfuhr es ihr, »wenn ich doch einmal bis zum Morgen bei dir bleiben könnte.« Vor Kälte zitternd schlug sie den Kragen ihres viel zu leichten Mantels hoch.

»Ja, warum tust du es nicht einfach?« Goethe legte seinen Arm um ihre Schultern. »Bei diesem Wetter kann ich dich unmöglich nach Hause gehen lassen. Heute Nacht schläfst du hier bei mir.«

»Und wenn mich morgen früh jemand sieht?«, erwiderte sie unschlüssig.

»Bestimmt nicht«, gab er zurück. »So früh, wie du zur Arbeit musst, kommt keiner in den Park. Und bei diesem Wetter schon gar nicht.«

Nur zu gern gab sie nach, schlüpfte aus ihren Kleidern und kuschelte sich an ihn. Es dauerte nicht lange, und ihr Geliebter war eingeschlummert. Obwohl auch sie todmüde war, blieb sie eine Weile wach und lauschte seinen regelmäßigen Atemzügen. Eine Welle der Zärtlichkeit erfasste sie. Noch nie hatte sie diesen wunderbaren Mann schlafend erlebt, und diese Selbstverständlichkeit, mit der er sie in seinen Armen hielt, so als seien sie Mann und Frau, war so ungewohnt und neu für sie, dass sie beinahe so aufgeregt war wie in jener Nacht, als sie seine Geliebte geworden war.

Sie fühlte seinen Atem an ihrer Wange, spürte die Wärme, die von seinem Körper ausging, bis sie endlich hinüberglitt in einen sanften Traum.

Als sie erwachte, wusste sie zuerst nicht, wo sie war. Dann fiel ihr Blick auf Goethe, der sie zärtlich betrachtete.

»Du hast im Schlaf gelächelt«, flüsterte er. »Ich wüsste zu gern, wovon du geträumt hast.«

Sie versuchte sich zu erinnern, doch die Traumbilder lösten sich auf wie Nebel in der Sonne.

»Ich weiß es nicht mehr«, bekannte sie und rieb sich die Augen. »Wie spät ist es?«

»Zeit aufzustehen, fürchte ich«, antwortete er bedauernd.

Es war bitterkalt geworden im Gartenhaus. Über Nacht war das Feuer im eisernen Ofen erloschen.

»Bleib liegen«, riet sie ihm fürsorglich, als er Anstalten machte, ebenfalls aufzustehen. »Es ist viel zu kalt. Deck dich gut zu, sonst wirst du noch krank.« Fröstelnd schlüpfte sie in ihre klammen Kleider. Rasch legte sie ein paar Scheite nach, schlug Funken aus zwei Feuersteinen auf ein Stück Zunder, und wenige Minuten später stiegen die Flammen im Ofen hell auf.

»Adieu«, sagte sie und drückte ihm einen Kuss auf seine schlafwarmen Lippen. »Ich muss los.«

Draußen war es noch immer dunkle Nacht. Christiane hastete durch den verschneiten Park, den das Mondlicht in sein kaltes Licht tauchte. Ihr war unheimlich zumute. Falls sich jemand um diese Zeit ans Ufer der Ilm verirrt hatte, würde er sie unweigerlich sehen. Sie schlang ihr Wolltuch fest um ihren Kopf, damit es sie vor der Kälte und vor fremden Blicken schützte, jedenfalls hoffte sie das. Der Heimweg von einer Viertelstunde erschien ihr endlos. Dennoch nahm sie den üblichen Umweg, damit ihre deutlich sichtbaren Spuren im Schnee nicht geradewegs zu ihrem Haus führten. Sie konnte ihre Sorge nicht abschütteln und glaubte in dieser mondhellen Nacht tausend Augen auf sich zu spüren.

Zitternd vor Kälte schloss sie leise die Haustür auf. Wie froh war sie, dass sie mit der Tante die Kammer getauscht hatte. Sie legte ihr Wolltuch und den Mantel ab, zog ihre nassen Schuhe aus, machte Feuer und stellte den Wasserkessel auf den Ofen. Als sie sich eine Scheibe Brot abschnitt, hörte sie die Tür zur anderen Schlafkammer knarren.

»Du wirst unvorsichtig.«

In der Tür stand die Tante. Sie trug ihre geflickte Wolljacke über dem Nachthemd.

»Es war zu kalt heute Nacht.«

»Kälter als jetzt?«

Christiane schwieg. Sie bestrich ihr Brot ganz dünn mit der kostbaren Butter und biss hinein. Als der Wasserkessel zu pfeifen begann, goss sie eine kleine Menge davon in eine Emailschüssel, gab kaltes Wasser dazu, bis die Temperatur stimmte, dann legte sie ihre Kleider ab, um sich zu waschen.

»Sei so lieb und brüh mir einen Kaffee auf«, bat sie die Tante. Und ehe diese protestieren konnte, denn echten Kaffee gab es eigentlich nur sonntags, fügte sie hinzu: »Bitte. Sonst überstehe ich diesen Tag nicht.« Dass sie bereits ein Kratzen im Hals verspürte, erwähnte sie lieber nicht.

Sie erschien pünktlich in der Blumenmanufaktur. Als sie das Tuch mit der am Vortag begonnenen Arbeit aufschlug, fühlte sie den Blick von Auguste Slevoigt auf sich ruhen.

»Geht es Ihnen gut?«, fragte sie. »Seit ein paar Wochen sehen Sie bleich aus und haben Ränder unter den Augen.«

»Mir geht es gut. Vielen Dank«, erwiderte Christiane.

Frau Slevoigt musterte sie aufmerksam.

»Falls Sie sich leidend fühlen, sollten Sie es mir sagen. Ich gebe Ihnen lieber ein paar Tage frei, damit Sie sich auskurieren, bevor Sie womöglich richtig krank werden und die anderen anstecken.«

»Nein, das tu ich bestimmt nicht«, erwiderte Christiane erschrocken. Sah man ihr den Schlafmangel so deutlich an?

Ihre Vorgesetzte hatte sich Henriette zugewandt und prüfte deren Arbeit an einer Christrose, gab Hinweise hier und Verbesserungsvorschläge dort und ließ die Putzmacherinnen nach einer Weile allein.

»Wisst ihr schon das Neueste?« Henriette sah ängstlich in Richtung der Tür, hinter der Frau Slevoigt gerade verschwunden war. »Der Geheime Rat hat eine Geliebte.«

Einen Augenblick lang glaubte Christiane, ihr Herz würde stillstehen. Dann begann es wie wild zu rasen. Marie ließ einen ärgerlichen Laut hören und warf Henriette einen wütenden Blick zu.

»Ich hab dir doch gesagt, du musst das für dich behalten.«

Die Putzmacherinnen lachten schallend, während Christiane nur mit Mühe Fassung bewahrte. Jetzt würde alles herauskommen.

»Wenn du jemandem ein Geheimnis anvertraust, solltest du nicht ausgerechnet Henriette auswählen«, spottete Dorle.

»Du bist gemein«, schmollte Henriette.

»Nun erzähl endlich«, bat Hanne in Richtung Marie. »Wer ist es denn?«

Auf einmal war es mucksmäuschenstill in der Werkstatt. Jetzt erst schienen die anderen wirklich zu begreifen, was das bedeutete. War es tatsächlich einer Frau gelungen, den begehrten Johann Wolfgang von Goethe zu erobern?

»Vermutlich die Frau von Stein ...«, beantwortete Hanne ihre Frage selbst und wirkte enttäuscht. »Sicher haben sie sich wieder miteinander versöhnt.«

»Das glaube ich nicht.« Dorle runzelte ihre hübsche Stirn. »Soviel ich weiß, hatten die beiden stets eine platonische Beziehung. Schließlich ist sie verheiratet und ...«

»Platonisch?«, fragte eines der jüngeren Mädchen. »Was soll denn das bedeuten?«

»Jetzt lasst mal Marie zu Wort kommen«, bat Henriette und richtete ihre himmelblauen Augen auf die Tochter des Jagdmeisters. »Sie hat mir noch nicht alles erzählt. Nun, wer ist diese heimliche Geliebte unseres großen Dichters?«

»Das weiß ich nicht«, antwortete Marie verärgert. Offenbar bereute sie längst, dass sie überhaupt davon angefangen hatte.

»Und woher willst du dann wissen, dass ...«

»Mein Vater hat heute Morgen eine Frau aus Goethes Gartenhaus kommen sehen. Der Geheime Rat hat sie zum Abschied geküsst.«

Die jungen Frauen seufzten theatralisch auf.

»Was ist danach passiert?«, drängte Henriette. »Dein Vater ist ihr doch sicher gefolgt?«

»Nein, das ist er nicht«, gab Marie ruhig und fast schon ein wenig hochmütig zurück. »Er hatte zu tun und konnte ganz sicher nicht einer Frau folgen, um herauszufinden, wer sie war.«

Christiane wäre vor Erleichterung beinahe ohnmächtig geworden. Was der herzogliche Jagdmeister so früh am Tag im Park zu suchen hatte, war ihr herzlich egal. Vermutlich war er zu den Schießhäusern gegangen und hatte dabei die Abkürzung über die Ilm-Brücke genommen. Mein Gott, um ein Haar wäre sie erwischt worden. Hatte sie nicht das deutliche Gefühl gehabt, beobachtet zu werden? Wie gut, dass sie ihr Wolltuch um den Kopf geschlungen hatte. Wenn überhaupt, hätte man sie am Gang erkennen müssen. Der Jagdmeister kannte sie allerdings nur flüchtig …

»Wer immer es ist«, schloss Marie die Diskussion, »es ist eine Schande.«

»Ich wäre gern an ihrer Stelle«, schmachtete eine der jüngeren Putzmacherinnen und seufzte.

In der darauf folgenden Stille glaubte Christiane heimliche Zustimmung zu fühlen und den Neid, nicht selbst diesem umschwärmten Mann nähergekommen zu sein.

»Um keinen Preis wollte ich die Geliebte von irgendeinem Mann werden«, bekundete Marie mit einem bitteren Zug um den Mund.

Auch sie war nicht mehr die Jüngste und Christiane hatte sich so manches Mal gefragt, warum sie nicht längst verheiratet war.

»Was meinst denn du dazu?«, riss Hanne sie aus ihren Gedanken. »Du hast ja noch gar nichts gesagt.«

Erschrocken sah sie in die Runde. Ihr Gesicht fühlte sich heiß an. War sie etwa schon wieder rot geworden?

»Ich finde«, begann sie vorsichtig, »dass es jeder so halten sollte, wie er es für richtig findet. Wenn der Herr Geheime Rat mit dieser Frau glücklich ist, warum dann nicht?«

»Und was ist mit der Frau?« konterte Marie. »Bei Männern wird das als selbstverständlich angesehen. Sie schlafen mit ihren Mägden, den Hausangestellten, ihren Schülerinnen und mit Huren. Keiner stört sich dran. Dabei ist es eine Todsünde und vom Gesetz verboten. Und die Frau gilt als Verworfene.«

Christiane betrachtete konzentriert die Blüte, an der sie arbeitete. Sie war weder Hausangestellte noch Goethes Schülerin. Also war sie eine Hure – vor der Kirche und dem Gesetz.

»Ach Unsinn«, erklärte Hanne ernst. »Würdest du etwa den Geheimen Rat von Goethe abweisen, wenn er dir den Hof machen würde? Ja? Das glaubst du wohl selbst nicht. Ich kann mich gut daran erinnern, wie hingerissen du warst, als er uns besucht hat. Tagelang warst du völlig entrückt.« Einige lachten und Marie wollte zornig widersprechen, doch Hanne ließ sie nicht zu Wort kommen. »Wir alle träumen von einem solchen Mann. Nur dass wir nie an ihn herankommen werden.«

»Und wenn man schwanger wird?« Maries Augen blitzten. »Habt ihr etwa die arme Johanna Catharina Höhn vergessen? Vor fünf Jahren wurde sie hingerichtet, weil sie aus lauter Verzweiflung das Kind getötet hat, das ihr der Hausherr gemacht hatte. Da war keiner da, um ihr zu helfen, auch nicht Herr von Goethe, obwohl er im Geheimen Rat seinen Stuhl gleich neben dem Herzog hat und es ein Leichtes gewesen wäre, sie zu begnadigen. Aber Mitleid kennen diese Herren nicht. Sie nehmen die Frauen, wie es ihnen gefällt. Der Rest geht sie nichts an.«

Beladen mit verschiedenfarbigen Seidenballen betrat ein Lagergehilfe die Manufaktur und alle senkten die Köpfe. Es fehlte noch, dass er ihre Reden an Herrn Bertuch weitertrug. Eine Weile später erschien Frau Slevoigt und verteilte die nächsten Aufträge. Vierundzwanzig Kamelien in den Farben Weiß, Rosa und Dunkelrot fielen Christiane zu. Wie jedes Jahr waren diese Winterblüher in der Vorweihnachtszeit besonders begehrt. Und nachdem alle Punkte auf dem Block der Direktorin besprochen waren, schienen ihre Kolleginnen die Neuigkeit über Goethes geheime Liebschaft zu Christianes Erleichterung vergessen zu haben.

Sie selbst jedoch vergaß es nicht. Ihre Tante hatte recht, sie war zu unvorsichtig geworden. Hin- und hergerissen zwischen Furcht und Sehnsucht beschloss sie, nicht mehr zum Gartenhaus zu gehen. Zumindest eine Weile nicht.

Stattdessen schickte sie Ernestina mit einem Brief zum Frauenplan, angeblich um sich für einen weiteren Lebensmittelkorb zu bedanken, mit dem Goethe ihnen neben Butter und Kaffee kandierte Feigen und Gebäck gesandt hatte. Dass ihr Schreiben außer dem Dank die Information enthielt, dass sie beinahe entdeckt worden war, und ihr Fernbleiben mindestens für die nächsten zwei Wochen ankündigte, wusste ihre kleine Schwester natürlich nicht.

Gleich am folgenden Abend, einem Donnerstag, erschien Seidel in der Jacobsgasse und überreichte ihr ein samtenes Beutelchen.

»Herr Seidel«, sagte Christiane leise. »Ich nehme kein Geld an.«

»Es ist kein Geld«, erwiderte der Diener und drückte ihr das Beutelchen in die Hand. »Sehen Sie selbst nach.«

Zögernd öffnete sie es und spähte hinein. Zum Vorschein kam eine Kette, an der ein fremdartiges Medaillon baumelte. Dann entdeckte sie das zusammengefaltete Stück Papier.

Geliebtes Kind, stand darauf, *ich kann ohne dich nicht mehr sein. Aphrodite, die Göttin der Liebe, wird dich schützen, wenn du morgen früh zum Markt gehst. Dort triffst du meine treue Köchin Anna Dorothea Wagenknecht. Du wirst ihr helfen, die Einkäufe in mein Haus zu tragen. Dann bleibst du bei mir bis zum Sonntag. Vertraue und alles wird gut. Dein JWG.*

»Gehen Sie zum neuen Fischstand. Der Händler ist erst seit einer Woche hier in Weimar und kennt Sie noch nicht. Bringen Sie einfach den Korb mit, den wir Ihnen neulich geschickt haben. So fällt es weniger auf.« Und schon wandte er sich zum Gehen.

»Herr Seidel«, rief Christiane ihn zurück. »Und wie soll ich am Sonntag das Haus verlassen?«

Seidel lächelte sie huldvoll an, so als sei sie eine Bittstellerin.

»Dafür wird gesorgt sein.«

Am nächsten Morgen verlief alles, wie Goethe es ihr geschrieben hatte. Sie nahm den leeren Geschenkkorb und begab sich zum Markt. Am Fischstand beugte sich eine ältere Frau, die viel Ähnlichkeit mit einem Wiesel hatte, über einen Karpfen und schnupperte.

»Wann wurde der gefangen?«, erkundigte sie sich streng.

»Heute früh«, versicherte der Fischhändler und sah auf, als Christiane sich zögernd näherte.

»Na da bist du ja endlich«, sagte die Frau zu ihr, ohne zu ihr aufzublicken. »Wird auch Zeit. Hier, lass dir diesen Karpfen einwickeln und komm dann zu den Apfelsinen.« Sie zählte ein paar Münzen ab und ging schnurstracks zum Obststand.

»Man hat es nicht leicht mit diesen alten Vetteln«, versuchte der Fischhändler ein vertrauliches Gespräch, doch Christiane schwieg. Sorgsam nahm sie den großen Karpfen entgegen und verabschiedete sich mit einem Kopfnicken.

Kaum hatte sie sich zu ihr gestellt, drückte Frau Wagenknecht ihr einen schweren Korb voller Zwiebeln und Kartoffeln in die Hand, hob selbst einen mit exotischen Früchten auf und verließ den Markt in Richtung Frauentor. Es war nur ein Katzensprung, schon wenige Minuten später folgte Christiane der Köchin durch eines der beiden großen Seitentore in den Innenhof des Anwesens. Hier befanden sich verschiedene Wirtschaftsgebäude und vom Hof aus gelangte man direkt in eine geräumige Küche.

»Stell die Körbe auf den Tisch«, wies Anna Dorothea Wagenknecht sie an. Noch immer hatte sie Christiane nicht angesehen und wandte sich jetzt einem großen Topf zu, in dem eine Fleischbrühe köchelte. »Findest du allein zum gnädigen Herrn oder muss ich Herrn Sutor rufen?«

»Ich finde allein zu ihm.« Christiane musste sich räuspern, ihre Stimme klang klein und kratzig. Diese Frau hatte sie eingeschüchtert. Unter ihrer Schroffheit glaubte sie grenzenlose Verachtung zu spüren. Rasch wandte sie sich ab und trat hinaus in den Hof.

Vor dem Brunnen blieb sie stehen und probierte sein Wasser. Es schmeckte köstlich rein, ganz ohne jeden Nebengeschmack. Dann holte sie tief Luft und betrat das Vorderhaus, stieg die Treppen hinauf und ging den Flur entlang bis zu dem wohlbekannten Schlafzimmer. Leise klopfte sie an.

»Komm rein«, hörte sie seine Stimme durch die Tür. Sie drückte die Klinke nieder, und sofort war ihre Befangenheit verflogen. In einem orientalisch gemusterten Schlafrock stand er an einem Schreibpult und legte die Feder beiseite. »Komm«, wiederholte er leise und streckte ihr beide Hände entgegen. Und schon flog sie in seine Arme.

Zwei ganze Tage und zwei Nächte – zum ersten Mal verbrachten sie so viel Zeit miteinander. Von nun an wurde Goethe erfinderisch, wenn es galt, sie in sein Haus zu »schmuggeln«, ohne Aufsehen zu erregen. Ihr wurde bewusst, dass sie sich bislang nur nachts getroffen hatten, flüchtige Stunden, viel zu schnell vorüber. Wenn sie jetzt noch vor Morgengrauen aufwachte, fand sie ihren Liebsten am Schreibtisch über Unterlagen gebeugt. Oder über ein paar Gesteinsproben, zu denen er sich Notizen machte. Oder sie entdeckte ihn vor dem Gartenhaus, in den Anblick des großen Wacholderbaums versunken, manchmal mit einem Zeichenblock in der Hand. So hockte er nicht selten vor irgendeiner Pflanze und studierte und skizzierte einen Trieb. Er sprach mit ihr über das Werden und Vergehen der Vegetation und dass er ihr das Geheimnis ihrer steten Verwandlung entlocken wollte. Es kam vor, dass er ihr ein paar Samen brachte, sie auf die Bettdecke legte und ihr seine Beobachtungen schilderte. Ihr Fragen stellte, zum Beispiel, ob auch sie seine Annahme teilte, dass es irgendwo eine Pflanze geben müsste, von der alle anderen abstammten. Eine Art Urpflanze. Er las ihr aus den Schriften berühmter Botaniker vor und verglich deren Aussagen mit ihrer Erfahrung als Gärtnerin. Er war so eifrig bei der Sache, dass sie fand, dass er Ähnlichkeiten mit einem Kind hatte, das staunend durch die Welt ging und alles um sich herum mit neuen, fragenden Augen betrachtete. Und dafür liebte sie ihn nur umso mehr.

Er überließ ihr die Schlüssel zum Gartenhaus, wo sie sich weiterhin in den dunklen Nächten des neuen Mondes trafen und von wo sich Christiane am Morgen frühzeitig verabschiedete. Damit man sie nicht an der Kleidung erkannte, versorgte er sie mit den unterschiedlichsten Mänteln, meist prächtig aus Samt genäht oder aus gefärbtem Hasenfell. Sie stammten, so erzählte er, aus dem Fundus der Liebhaberbühne, die er leitete, und man würde sie sicherlich für eine Frau »von Stand« halten, wenn man sie in dieser Garderobe sah.

Zu Weihnachten kam ihr Bruder zu Besuch, und da er in der Küche schlief, wagte sie es zunächst nicht, Goethe zu besuchen, unentschlossen, ob sie sich Christian anvertrauen sollte oder besser nicht. Und doch kannte er sie viel zu gut, um nicht zu spüren, dass etwas an ihr anders war.

»Du hast dich verändert«, sagte er eines Abends zwischen den Feiertagen. »Da ist etwas, was du mir nicht erzählen willst. Hast du etwa einen Verlobten?«

Christiane wurde über und über rot und wusste nicht, was sie antworten sollte. Schließlich beschloss sie, ihrem Bruder die Wahrheit zu sagen.

»*Du* bist das?«, fragte er konsterniert. »Ich hab schon gehört, dass Goethe eine Liebschaft haben soll. Nie im Leben wäre ich darauf gekommen, dass du … Oh mein Gott, Christel, du machst das doch nicht etwa meinetwegen?«

Er wirkte so entsetzt, dass sie lachen musste. Was bildeten die Männer sich eigentlich ein!

»Nein«, antwortete sie. »Wofür hältst du mich? Das hat mit dir nichts zu tun, Christian.«

»Womit dann?«

»Ich liebe ihn. So einfach ist das.«

»Aber Christel«, fuhr er besorgt fort, »siehst du nicht, wie gefährlich das für dich ist? Er wird dich niemals heiraten. Die Schande, wenn das rauskommt, wird allein dich treffen …«

»Das weiß ich alles«, fiel sie ihm ins Wort. »Die Tante hat mir das alles tausendmal gesagt. Außerdem bin ich selbst schlau genug, das zu wissen. Ich liebe ihn eben. Mit Leib und Seele. Und solange er mich will, bin ich für ihn da.«

Christian wirkte ehrlich besorgt. »Dir ist doch klar«, fuhr er fort, »dass du damit nicht ewig durchkommen wirst? Irgendwann werden die Leute es herausfinden und du bist erledigt. Oder er hat genug von dir.« Er ergriff ihre beiden Hände. »Christel«, beschwor er sie. »Er ist nicht irgendein Mann. Es handelt sich um Johann Wolfgang von Goethe, weltberühmt und mächtig. Und du, was bist du gegen ihn?«

Brüsk entzog sie ihrem Bruder die Hände und wandte sich ab. Zorn wollte in ihr aufwallen. Wie konnte er so von ihr sprechen? Sein Blick sagte ihr jedoch, dass er sich ernsthafte Sorgen um sie machte.

»Wer ich bin, fragst du? Ich bin die Frau, die ihn liebt«, antwortete sie schlicht. »Nicht mehr und nicht weniger. Und du und all die anderen – ihr habt nicht die geringste Ahnung, was dieser Mann wirklich braucht.«

Ihr Bruder starrte sie zweifelnd an. Doch dann stahl sich ein trauriges Lächeln in sein Gesicht.

»Hoffentlich weiß der Geheime Rat, wie gut er es hat«, murmelte er und zog die Zeitung zu sich, die auf dem Tisch lag. Christiane verstand die Geste, für ihren Bruder war das Gespräch beendet. Sie erhob sich und wollte gerade die Küche verlassen, als er sie zurückrief. »Begleitest du mich trotzdem noch zum Silvesterball, so wie jedes Jahr? Oder hast du andere Pläne?«

Ein Strahlen lief über Christianes Gesicht.

»Endlich fragst du«, sagte sie erleichtert. »Du glaubst nicht, wie ich mich aufs Tanzen freue.«

War es nach jenem ersten Schneefall im Oktober wieder milder geworden, so fegten im Januar heftige Stürme über das Land. Auf sintflutartige Wolkenbrüche folgten Massen von Schnee, so dass im Februar die Flüsse über die Ufer traten und die Wege im Park unpassierbar wurden, wenn man nicht hohe Lederstiefel trug.

Sie trafen sich im Haus am Frauenplan, und erst im März, als die Unwetter endlich nachließen und die ersten schönen Frühlingstage anbrachen, zogen sie zurück ins Gartenhaus. Allmählich hatte Christiane sich an das Doppelleben gewöhnt und an die damit verbundenen Heimlichkeiten. Neun Monate waren sie nun ein Paar und nichts deutete darauf hin, dass ihre Liebe bald enden würde. Goethe war zärtlich mit ihr, verliebt, dichtete wollüstige Verse in ihrer Gegenwart, die sie zum Lachen brachten, in denen er ihr den Namen Faustina gegeben hatte und so tat, als seien sie beide in Rom. Besonders die Zeile *Und des geschaukelten Betts lieblicher, knarrender Ton* ließ sie kichern, denn sie erinnerte sie daran, wie einmal bei ihrem Liebesspiel der Bettrost nachgegeben und zweimal hatte repariert werden müssen.

Ihre Ängste vor einer Schwangerschaft behielt sie jedoch für sich. Ihre Tante wagte sie nicht zu fragen, schließlich war sie unverheiratet und Christiane hatte keine Ahnung, ob sie jemals eine Liebschaft gehabt hatte. Natürlich konnte sie auch mit ihren Freundinnen nicht über ein solches Thema sprechen, sie hätte sich sofort verdächtig gemacht. Sie hoffte, dass es genügte, nach jedem Treffen gründliche Waschungen zu Hause durchzuführen, und betete zur Jungfrau Maria, dass sie sie vor einer solchen Katastrophe verschonen möge.

Und trotzdem fühlte Christiane sich im April irgendwie seltsam. Dass sie in der Taille etwas zugenommen hatte, schob sie auf die Süßigkeiten, die Goethe stets für sie bereithielt, angeblich weil es für ihn nichts Schöneres gab, als sie nackt im Bett mit Zuckerzeug zu verwöhnen. Aber dass ihre Brüste wuchsen und spannten, lag sicher nicht an diesen Naschereien. Und als sie sich am Morgen schon das dritte Mal vor der Arbeit erbrach, nahm Tante Juliane sie außer Hörweite der kleinen Schwester beiseite.

»Was ist mit dir?« Sie musterte Christiane eingehend. »Hast du dir den Magen verdorben?«

»Ich weiß nicht«, gab sie zur Antwort, und doch ahnte sie längst, was mit ihr los war.

»Du bist schwanger.«

Es klang wie ein Todesurteil. Christiane schlug die Hände vors Gesicht und begann haltlos zu schluchzen.

Sie wagte nicht, es Goethe zu sagen. Nacht für Nacht schob sie es auf. Dies bedeutete das Ende, das war ihr klar. Wenn er sich anständig verhielt, würde er sie irgendwohin schicken, wo man weder sie noch ihn kannte. Und wenn sie Glück hatte, würde er für die Unkosten aufkommen. Sie würde sein lästiges Anhängsel bleiben, bis er sie und das Kind irgendwann vergessen hätte. Vielleicht würde sich seine Liebe in Hass verkehren. Und sie müsste dann sehen, wie sie allein mit einem Kind zurechtkäme.

Nein, noch brachte sie die entscheidenden Worte nicht über die Lippen. Noch ist Zeit, dachte sie. Noch sieht man es mir nicht an.

»Deine Brüste sind wundervoll«, raunte er ihr eines Nachts ins Ohr. »Sie sind größer und fester geworden. Du bist verführerischer, als du es jemals warst, mein Lieb.«

Sie gab sich alle Mühe, ihre Angst von sich zu schieben, und gab sich ihm hin, leidenschaftlicher als je zuvor, wenn das überhaupt möglich war. Schließlich war ihre schlimmste Befürchtung bereits eingetreten, was hatte sie also zu verlieren?

An einem ihrer freien Nachmittage ging sie an der Ilm spazieren. Es zog sie ins Gartenhaus, um eine Weile dort ganz allein zu sein, umgeben von den Dingen, die zu ihrem Liebsten gehörten und sie seine Gegenwart spüren ließen, auch wenn er gar nicht da war. Sie ging den Weg auf und ab, bis der Park sich geleert hatte. Dann schlüpfte sie ins Haus.

Alles war still. So oft war sie hier gewesen, jedoch nie zuvor allein. Langsam durchstreifte sie die Räume und betrachtete gedankenverloren jeden einzelnen Gegenstand, so als müsste sie sich alles ganz genau einprägen. Im Speisezimmer, dem »Erdsälchen«, strich sie dem überirdisch schönen Knabenkopf aus Gips sanft über den Kopf. Goethe hatte ihr erzählt, dass er den griechischen Gott Apoll darstellte und aus einem Ort namens Belvedere stammte, dort war das Original aus Marmor gefunden worden. Die Büste stand auf einem der Schränkchen, in dem Goethe seine Steinsammlung aufbewahrte.

Er liebte Steine und hatte ihr manches von ihnen erzählt. Von der Schönheit dieses Materials, aus dem die Erde bestand, und was es über die Vergangenheit des Erdplaneten verriet. Christiane genoss es, wenn er ihr solche Dinge erklärte. Wieder hatte er sie um ihre Meinung gebeten, sie ernst genommen und erläutert, dass Steine sich aus verschiedenen Mineralien zusammensetzten, so wie der Boden ihres Gartens, der fruchtbar sein konnte oder auch nicht. Solche Dinge erforschte er, die sich nützlich anwenden ließen, denn wenn man einmal herausgefunden hatte, was Pflanzen zum Wachstum anregte, könnte man diese Substanz dem Garten zufügen, falls nötig. Das war ihre Idee gewesen, und er hatte sie heftig geküsst und behauptet, dass sogar Gelehrte Schwierigkeiten hätten, das zu verstehen, was sie verwunderte. Vielleicht bestand ja ein Unterschied zwischen Gelehrsamkeit und gesundem Menschenverstand?

Sie riss sich von den Kästen mit den Mineralien los und ging hoch ins obere Stockwerk. Dort betrat sie den hübschen Salon, der auf den Altan hinausführte. Bald würde es Sommer werden, da könnten sie hin und wieder draußen schlafen, so wie im vergangenen Jahr. Bis ihr einfiel, dass sie dann sicher nicht mehr hierherkommen konnte, jeder würde ihr bis dahin die Schwangerschaft ansehen und Goethe sich längst von ihr abgewandt haben.

Auf einmal vernahm sie das charakteristische Knarren der Gartenpforte.

Ihr Herz machte einen freudigen Satz. Das konnte nur ihr Liebster sein. Sie wusste, dass er an diesem Nachmittag beschäftigt war. Hatte er sich früher freimachen können?

Sie beugte sich über das Geländer und fuhr sogleich zurück. Ein ihr unbekannter junger Mann, fast noch ein Knabe, ging eiligen Schritts um das Haus herum zum Eingang. Wer um alles in der Welt konnte das sein? Ein Diener, den sie nicht kannte? Nein, dazu war er viel zu prächtig gekleidet.

Sie huschte zurück in den Salon und schloss die Fenstertür. Schon hörte sie den Schlüssel unten im Schloss und das Öffnen der schweren Tür. Hektisch blickte sie sich um. Wer immer das war, er durfte sie nicht sehen.

Sie beschloss, sich im Schlafzimmer zu verstecken. Dorthin, so nahm sie an, würde der Fremde ganz sicher nicht kommen.

Auf Zehenspitzen schlich sie durch das Arbeitszimmer und die kleine Bibliothek dorthin, wo sie die meiste Zeit ihres Zusammenseins verbrachten. Der Raum war karg eingerichtet, da war die Schlafstatt, ein kleiner Tisch mit Papieren, ein Stuhl – das war alles. Nicht einmal einen Vorhang gab es hier, der lang genug gewesen wäre, um sich dahinter zu verbergen. Ratlos setzte sie sich aufs Bett und lauschte. Stiefel polterten die Treppe herauf, die Schritte kamen näher und die Tür zum Schlafzimmer wurde aufgerissen. Erschrocken fuhr Christiane auf und sah sich einem vielleicht Sechszehnjährigen gegenüber, der sie ebenso entsetzt anstarrte wie sie ihn.

»Wer sind Sie?«, fuhr er sie an. »Und was tun Sie hier?«

Christiane holte tief Luft.

»Das könnte ich Sie genauso fragen.«

»Ich bin Fritz von Stein«, gab er im Ton jener Leute zurück, die wissen, dass ihnen nie im Leben etwas Schlimmes zustoßen konnte, weil stets jemand da war, der die Hand über sie hielt. »Der Geheime Rat hat mich geschickt, etwas zu holen.« Er funkelte sie misstrauisch an. »Und nun möchte ich wissen, wer Sie sind. Gehören Sie zum Personal?«

»Nein«, gab Christiane zurück und bereute es sofort. Hätte sie doch Ja gesagt und behauptet, im Gartenhaus Ordnung zu schaffen. Aber das wäre eine Lüge gewesen. Und sie war außerdem viel zu stolz, um sich als Magd auszugeben. Sie gehörte der Weimarer Bürgerschaft an und hatte eine respektable Arbeit.

»Wer sind Sie dann? Wie sind Sie überhaupt hereingekommen? Sind Sie etwa eingebrochen?«

Christiane wurde ärgerlich. Wie kam dieser Milchbube dazu, ihr solche Unterstellungen zu machen? In aller Ruhe holte sie den Schlüssel aus ihrer Rocktasche, den Goethe ihr überlassen hatte.

»Ich habe ebenso viel Recht, hier zu sein, wie Sie. Vermutlich mehr.«

Die Verwunderung des jungen Herrn von Stein wuchs.

»Und … um was zu tun?«

»Das geht nur Herrn von Goethe und mich etwas an«, antwortete sie schnippisch und wusste sogleich, dass dies ein Fehler war.

Die Augen ihres Gegenübers weiteten sich. Er war kein Kind mehr. In seinem Alter hatte ihr Geliebter bereits zu studieren begonnen, wie er ihr einmal erzählt hatte. Fritz von Steins Blick glitt an ihrer Figur hinunter, blieb an ihrem Dekolleté hängen, wanderte zum Bett, und auf einmal sah sie ihm an, dass er alles begriff. Fassungslos musterte er sie erneut.

»Ich muss gehen«, sagte er schließlich, suchte auf dem Tischchen ein paar Blätter zusammen und wandte sich zur Tür. Ohne ein weiteres Wort rannte er die Treppe hinunter und verließ das Haus.

»So, du hast also den Fritz kennengelernt.« Goethe schmunzelte, dann sah er ihre Tränen. »Warum weinst du denn? Komm her, mein Herz, komm in meinen Arm.« Christiane konnte ihr Schluchzen nicht mehr länger unterdrücken und warf sich an seine Brust. Fest klammerte sie sich an ihn und wartete auf die Worte, vor denen sie sich schon so lange fürchtete. Die Abschiedsworte. »Weinst du, weil es bald alle wissen werden, seine Mutter und all die adeligen Hühner? Ja, sie werden dich und mich dafür hassen. Und weißt du was? Das interessiert mich längst nicht mehr, mein Kind. Der Herzog wird es verstehen. Er ist ein sinnlicher Mensch und mein Freund.«

Mit tränennassen Augen sah sie ihn an. Er war gar nicht böse auf sie? Aber das mit dem Kind, das würde er nicht wollen. Sie schluckte. Es wurde Zeit, ihm alles zu sagen.

»Da ist noch etwas anderes«, flüsterte sie. »Etwas, was alles ändern wird.«

»Wovon sprichst du, mein Lieb? Hast du etwa einen anderen Mann lieber als mich?«

Er wirkte ernsthaft bestürzt.

»Nein! Natürlich nicht.« Sie suchte nach einem Taschentuch, um sich die Nase zu putzen.

»Nun raus damit«, ermutigte er sie und reichte ihr sein eigenes.

»Ich bin schwanger«, flüsterte sie. Sie hielt den Kopf gesenkt und wagte nicht, ihn anzusehen.

Er schwieg. Schwieg eine lange Weile. Doch er ließ sie nicht los. Er hielt sie in seinen Armen und streichelte ihr sanft den Rücken, wie einem Kind, das man beruhigen musste. Irgendwann hielt sie es nicht mehr länger aus und hob den Kopf. Er wirkte milde und nachdenklich, sein Blick ging zum Fenster hinaus in den Garten.

»Sag mir, was du denkst«, flüsterte sie ängstlich. Er sah sie an und sein Lächeln war warm.

»Ich überlege mir gerade, wie wir das alles am besten einrichten«, antwortete er. »Du kannst nicht mehr bei Bertuch arbeiten, ich werde mit ihm sprechen. Und da es jetzt ohnehin alle wissen, brauchen wir uns nicht mehr zu verstecken. Ach, weißt du, mein Lieb, das hab ich mir sowieso die ganze Zeit gewünscht. Schluss mit der Heimlichkeit.«

Er stand auf und riss das Fenster auf.

»Ich liebe ein wundervolles Mädchen«, schrie er ins Tal der Ilm. »Sie heißt Christiane Vulpius.«

Er wiederholte es mehrfach, und obwohl ihr Gesicht tränennass war, musste sie lachen, wollte ihn wegziehen und das Fenster schließen, doch er hörte einfach nicht auf.

»Sei still!«, bat sie ihn und zog an seinem Arm. Endlich wandte er sich zu ihr um. »Wie stellst du dir das vor? Man wird mich bestrafen.« Sie holte tief Luft. Auf einmal war die Angst wieder da. »Du weißt ganz genau, was man ledigen Müttern antut. Man wird mir die Haare scheren und mich an den Pranger stellen. Sie werden mich zwingen, deinen Namen öffentlich zu nennen. Zwei Wochen Kerker. Und eine Geldbuße obendrein …«

»Nichts davon wird geschehen«, sagte er zärtlich und schloss sie erneut in seine Arme. »Denn du stehst unter meinem Schutz. Vertrau mir. Alles wird gut.« Er streichelte ihr sanft über die Locken. »Ich werde das nicht zulassen, mein Herz. Du brauchst dir keine Sorgen zu machen.« Ungläubig lehnte sie sich gegen seine Brust. Meinte er das wirklich ernst? »Nur eines musst du wissen«, fuhr er fort, und sogleich sah sie ihm erschrocken in die Augen. »Heiraten werde ich dich nicht. Ich habe schon lange beschlossen, das niemals zu tun. Ich bin ein Heide, Christel, ich hoffe, das schreckt dich nicht. Dieser strenge Gott der Christenheit ist mir stets fremd geblieben. Meine Götter beleben einen anderen Himmel. Kannst du damit leben?«

»Du willst niemals heiraten?«, fragte sie verwirrt. »Auch nicht, wenn irgendwann eine wunderschöne, kluge Frau von Adel daherkommt, eine, die viel besser zu dir passen würde als ich?«

»Keine passt besser zu mir als du«, entgegnete Goethe mit Bestimmtheit. »Ich stamme vom Frankfurter Bürgertum ab«, erklärte er. »Wir sind vom selben Stand. Meine Mutter ist bis heute eine einfache, humorvolle Frau, und du erinnerst mich oft an sie. Es ist erst ein paar Jahre her, dass mich der Herzog geadelt hat.« Er betrachtete sie liebevoll, ein spöttisches Lächeln umspielte seine Lippen. »Das Wörtchen ›von‹ hat er mir nur deswegen verliehen, damit er mir all diese schrecklichen Ämter aufhalsen kann. Mir bedeutet es gar nichts.« Er küsste sie. Noch immer konnte sie es nicht glauben. »Also, liebste Christel, bist du mutig genug, mit mir diesen Weg zu gehen?«

»Ja«, sagte sie schließlich und ihr Herz klopfte bis zum Hals. »Ich habe Mut für zwei, solange du mich nur liebst. Das tust du doch, oder?«

»Ja, das tue ich.«

»Und wie wollen wir sie also nennen, unsere Verbindung?«

»Eine wilde Ehe«, sagte Goethe voller Überzeugung und grinste. »Denn wild soll sie sein, unsere Ehe ohne Zeremonie. Und voller Liebe.«

5. KAPITEL

Weimar, Frühjahr 1789

Den Sturm der Entrüstung, der nun folgte, würde Christiane niemals vergessen. Fritz von Stein hatte natürlich alles sofort seiner Mutter erzählt. Charlotte von Stein teilte diese Neuigkeit umgehend der Hofgesellschaft mit, allen voran der Herzoginmutter Anna Amalia, ihren gesamten Hofdamen, Herzogin Louise und natürlich dem Herzog selbst. In kürzester Zeit wusste ganz Weimar und durch rege Korrespondenz die ganze Welt von dem Skandal.

Christiane wurde zum Stadtgespräch. Sie war es, die den begehrten Mann erobert hatte? Neid und Missgunst schlugen ihr von den einen entgegen, von den anderen Empörung und Verachtung. Es kam vor, dass ihr ehrbare Damen auf der Straße vor die Füße spuckten, während wohlmeinende Frömmlerinnen ihr versicherten, für sie zu beten, damit sie zur Besinnung käme und die Kraft fände, den Weg der Schande zu verlassen.

Ganz unterschiedlich hielten es Christianes Freundinnen. Zu ihrer Überraschung stand ihr ausgerechnet Marie Zoller, die stets so streng gewesen war, bei und verteidigte sie sogar gegen böse Reden. Auch Henriette und Dorle sprachen weiterhin mit ihr, jedoch schienen sie mehr auf Details aus Christianes Liebesleben aus zu sein, als ihre Sorgen zu teilen. Und so manche junge Frau, die mit ihr bislang nur hier und da ein Wort gewechselt hatte, suchte jetzt ihre Nähe, weil sie sich Vorteile von ihrer Beziehung zu Goethe versprach. Nur Hanne blieb dieselbe, die sie immer gewesen war, und Christiane war ihr dankbar dafür.

Goethe hatte sein Versprechen gehalten und mit Friedrich Justin Bertuch gesprochen. Er hatte ihr außerdem geraten, nicht mehr in der Manufaktur zu erscheinen, und versprochen, ihr den Lohn zu ersetzen. Ein paar Tage später bekam Christiane jedoch Besuch von Caroline Bertuch höchstpersönlich.

Juliane Vulpius wurde schrecklich verlegen, als die vornehme Frau so plötzlich in ihrem winzigen Salon stand, der ihnen gleichzeitig als Näh- und Spinnstube diente. In letzter Zeit hatte Christianes Tante Wäsche von fremden Haushalten angenommen, um etwas Geld dazuzuverdienen. Ein ganzer Stapel lag nun auf ihrem Sofa, bereits gewaschen und gebleicht wartete er darauf, gebügelt zu werden. So unauffällig wie möglich verfrachtete Juliane ihn in ihr Schlafzimmer. Wie gut, dass Christiane stets auf Ordnung und Sauberkeit hielt, auch Ernestina hatte sie dazu erzogen. Im Augenblick war die Schwester Wasser holen gegangen und Christiane hoffte, dass das Ernestina eine Weile fernhalten würde. Am Brunnen auf dem Töpfermarkt herrschte stets großer Andrang und meistens war die Schlange lang. Ernestina wusste nämlich noch nichts von den Neuigkeiten, die ganz Weimar in Aufruhr versetzt hatten.

»Ich möchte mit Ihnen sprechen«, begann Caroline Bertuch, nachdem sie an dem kleinen Tisch Platz genommen hatte. »Schließlich waren Sie eine meiner ersten Angestellten und ... ja, ich habe Sie ins Herz geschlossen, Christiane. Ich kenne die Familie Vulpius schon seit langer Zeit und deswegen fühle ich mich verpflichtet, Sie zu warnen.« Sie räusperte sich und sah sich in der kleinen, ordentlichen Stube um. »Es ist bemerkenswert«, fuhr sie fort, »wie tapfer Sie diesen kleinen Frauenhaushalt über Wasser halten. Wovon werden Sie und Ihre Verwandten leben, wenn Sie nicht mehr bei uns arbeiten?«

Tante Juliane brachte Tee aus selbst gesammelten Kräutern, dummerweise war ihnen der echte Kaffee ausgegangen. Und erst als die Tassen endlich gefüllt waren und Juliane sich wieder in die Küche zurückgezogen hatte, fuhr Frau Bertuch fort.

»Sie haben sich auf etwas eingelassen, was, wie ich fürchte, zu groß für Sie ist. Der Geheime Rat Johann Wolfgang von Goethe ist nicht der richtige Umgang für Sie.«

»Sie meinen es sicherlich umgekehrt«, warf Christiane gefasst ein. »Ich bin kein Umgang für ihn.«

Frau Bertuch wurde verlegen.

»So oder so, ich fürchte ernsthaft, dass Sie ins Unglück laufen. Was glauben Sie, welchen Sturm Sie hier im Fürstentum Weimar gerade auslösen? Sie haben mächtige Gegner. Jede Frau von Stand schäumt vor Wut. Die Freifrau von Stein. Und erst die Herzogin, sie ist empört. Die Mutter des Herzogs hat großen Einfluss auf ihren Sohn, auch wenn Anna Amalia nicht mehr regiert. All diese mächtigen Frauen fühlen sich seit vielen Jahren mit diesem bemerkenswerten Mann persönlich verbunden. Sie müssen das verstehen, Goethe kam als ein Niemand nach Weimar, sie haben ihn erst zu dem gemacht, der er heute ist. Und sie empfinden es als Beleidigung, dass er sich mit einem Mädchen wie Sie …« Sie stockte.

»Dass er sich mit einem Mädchen wie mir eingelassen hat«, beendete Christiane freundlich den unterbrochenen Satz. »Nun, wenn sich diese hohen Damen durch sein Verhalten brüskiert fühlen, sollten sie das doch wohl Herrn von Goethe selbst sagen, nicht mir.«

Caroline Bertuch schüttelte ratlos den Kopf. »Das wird man, Christiane, aber wollen Sie das? Dass man ihn mit Schimpf und Schande überhäufen wird?«

»Der Mann, den ich liebe, ist stark«, gab Christiane eine Spur reservierter zurück. »Er kümmert sich nicht um Gerede. Außerdem ist er großmütig und liebt aus dem Herzen heraus. Nicht aus dem Verstand.«

»Bei aller Großmut«, warf Caroline Bertuch ein, »heiraten wird er Sie nicht.«

»Natürlich nicht«, gab Christiane zurück.

»Und dann?« Die Direktorin der Blumenmanufaktur starrte sie aus sorgenvoll geweiteten Augen an. Christiane mochte sie. Caroline Bertuch war immer freundlich zu ihr gewesen, sicher meinte sie es auch jetzt gut mit ihr.

»Ich bin Ihnen sehr dankbar«, sagte Christiane und sah ihrer früheren Vorgesetzten offen in die Augen. »Dafür, wie Sie und Ihr Mann damals meinem Vater geholfen haben. Dafür, dass Sie mir Lohn und Brot gegeben haben. Und ich danke Ihnen von Herzen für diesen Besuch. Sie brauchen sich um mich keine Sorgen zu machen.« Instinktiv legte sie die Hand auf ihren Bauch und fühlte einen kurzen Augenblick lang eine kalte Angst, sie könnte sich tatsächlich fürchterlich täuschen. Dann riss sie sich zusammen und erinnerte sich an das, was ihr Geliebter gesagt hatte. »Herr von Goethe liebt mich, auch wenn es Ihnen Mühe bereitet, sich das vorzustellen. Ich hab es ja selbst anfangs nicht geglaubt. Er müsste mich nicht anerkennen, und das Kind unter meinem Herzen ebenso wenig.«

Caroline Bertuch bedeckte erschrocken ihren Mund mit der Hand und schloss die Augen.

»Grundgütiger«, flüsterte sie betrübt. »Das hab ich nicht gewusst.« Sie erhob sich. »Bleibt nur zu hoffen, dass unser Dichterfürst sich verantwortungsvoll zeigen wird.« Sie sah Christiane voller Mitleid in die Augen. »Eigentlich wollte ich vorschlagen, dass Ernestina in der Manufaktur anfangen könnte. Unter diesen Umständen ist das jedoch keine gute Idee. Das arme Ding würde von allen nur gequält werden.« Sie seufzte. »Ich wünsche Ihnen alles Gute auf Ihrem Weg, Christel.«

Sie verabschiedete sich und verließ eilig das Haus.

»Da hörst du es«, sagte Juliane leise und vorwurfsvoll. »Der Kleinen hast du den Weg zu einem anständigen Leben verbaut.«

Christiane wurde das Herz schwer. Für sich selbst zu entscheiden war eine Sache. Die Verantwortung für ihre Familie jedoch wog schwer. Und doch. Sie würde weder Ernestina noch Tante Juliane im Stich lassen.

»Alles wird gut werden«, sagte sie im Brustton der Überzeugung. »Ich werde dafür sorgen, dass sie es besser hat als ich. Sie soll einen guten Mann finden. Und um dich kümmere ich mich auch.«

Die Tante betrachtete sie mit einer Mischung aus Zweifel und Bewunderung.

»Nun ja. Du hast schon einiges Erstaunliches zuwege gebracht«, meinte sie schließlich. »Ich hoffe, du hältst Wort.«

Die Tür wurde aufgerissen und Ernestina stürzte herein. Sie war tränenüberströmt. In ihrem zarten Gesicht erkannte Christiane blutige Kratzspuren.

»Was ist passiert?«, rief sie entsetzt aus. »Wer hat das getan?«

»Ich hab der Line eine runtergehauen«, stieß Ernestina außer sich vor Zorn hervor.

»Du hast ...?« Christiane verschlug es die Sprache. Noch nie hatte ihre sanfte Schwester irgendjemanden geschlagen.

»Sie hat schreckliche Dinge über dich gesagt«, schluchzte das Mädchen. Christiane und die Tante wechselten Blicke. »Sie hat gesagt ...«, wieder erstickten Tränen Ernestinas Stimme, »... dass du ... dass du ... nein, ich kann es nicht sagen.«

Christiane legte ihrer Schwester den Arm um die Schultern und strich ihr behutsam die blonden Löckchen aus der Stirn. Zwei tiefe Kratzer zogen sich über ihre Wange.

»Hast du dich gerauft?«

»Natürlich«, gab die Kleine stolz zurück. »Glaubst du, ich halte einfach still, wenn sie so über dich reden?« Bei der Erinnerung an die schlimmen Worte, die offenbar gefallen waren, kamen ihr erneut die Tränen.

»Jetzt beruhige dich erst einmal«, schlug Christiane vor. Ihr Herz war schwer. Sie konnte sich ungefähr vorstellen, was am Brunnen geredet wurde. Es war höchste Zeit, Ernestina alles zu erzählen, das hätte sie längst tun müssen. Eigentlich hatte sie sie mit aller Vorsicht einweihen wollen. Das war nun wohl nicht mehr möglich.

»Wo hast du denn die Eimer gelassen?«, erkundigte sich die Tante.

Ernestina schlug die Hände vors Gesicht. »Hast du sie am Brunnen vergessen?« Und als das Mädchen nickte, sagte Juliane mit einem Seufzen: »Nun. Ich geh sie besser holen, ehe sie Füße bekommen.« Und schon war sie aus der Tür. Christiane wusste nur zu gut, dass Juliane liebend gern das Feld geräumt hatte.

»Komm«, sagte sie zu ihrer Schwester. »Lass mich die Kratzer in deinem Gesicht versorgen, damit du keine Narben behältst. Und dann erzählst du mir in Ruhe, was dich so in Wut versetzt hat. Danach verrate ich dir ein Geheimnis.«

Augenblicklich hörten das Schluchzen und Schniefen auf.

»Ein Geheimnis?«

Ernestina folgte ihrer Schwester in die Küche. Erst als Christiane die Wunden gereinigt und eine Kompresse aus Kamille und Arnikablüten auf Ernestinas Wange gelegt hatte, begann sie zu erzählen. Die Line aus der Färbergasse hätte gesagt, Christiane sei eine Hure. Daraufhin habe sie dem Mädchen eine Ohrfeige versetzt, die es nicht so schnell vergessen würde.

»Und dann hat sie dir das Gesicht zerkratzt?«

»Nein, zuerst hat sie an meinen Haaren gerissen und ich hab ihr gegen das Schienbein getreten und …«

»Ist gut«, unterbrach Christiane sie und musste sich ein Lächeln verkneifen. Sie zog Ernestina auf ihren Schoß, so als wäre sie noch ein ganz kleines Mädchen und nicht fünfzehn Jahre alt. »Jetzt hör mir gut zu. Es gibt nämlich wunderbare Neuigkeiten. Ich bekomme zu Weihnachten ein Kindlein und du wirst Tante.«

Ernestina, die sich an sie geschmiegt hatte, richtete sich überrascht auf.

»Also gibt es bald eine Hochzeit?« Sie sprang von ihrem Schoß und klatschte in die Hände. »Warum hast du mir das nicht früher erzählt! Das ist ja wunderbar!«

»Eine Hochzeit gibt es nicht«, sagte Christiane sanft.

Es schnitt ihr ins Herz, als sie den Wandel in Ernestinas Miene sah. Zuerst starrte sie Christiane verständnislos an. Schließlich verzog sich ihr Gesicht, als wollte sie weinen. Doch sie weinte nicht, presste ihre Fäuste vor die Augen und wandte sich ab.

»Soll ich dir sagen, wer der Vater ist?« Ernestina schüttelte den Kopf und wollte aus der Küche laufen. »Johann Wolfgang von Goethe. Der Geheime Rat.«

Ihre Schwester blieb stehen und sah sie ungläubig an.

»Herr von Goethe? Ist das auch wahr?« Christiane nickte und beobachtete ängstlich, wie Ernestina reagieren würde. In ihrem Gesicht schien es zu arbeiten. »Aber … er will dich nicht heiraten?«

»Nein«, entgegnete Christiane, als sei das ganz normal.

»Warum nicht?«

»Er hat ein Gelübde abgegeben, niemals zu heiraten.«

»Ein Gelübde? So wie ein Mönch?«

»Nein, nein«, antwortete Christiane rasch. Wie sollte sie das ihrer Schwester bloß erklären? »Weißt du, mein Schatz, große Künstler wie er haben eine andere Sicht auf die Welt. Er hält nichts von der Kirche. Und wenn man sich umsieht – die meisten Ehen sind ja nicht gerade glücklich, oder? Meistens geht es ums Geld oder um ganz andere Dinge als um Liebe.«

»Bei Mama und Papa nicht«, warf Ernestina ein. »Die hatten sich wirklich lieb.«

»Ja, das hatten sie.« Christiane zog ihre Schwester wieder an sich. »Sie waren eine der wenigen Ausnahmen. Schau mal unsere Nachbarn an, die Millers. Ständig hören wir sie zanken. Und manche schlagen ihre Frauen.«

»Das würde der Geheime Rat doch wohl nicht tun, oder?«

»Ganz bestimmt nicht. Er liebt mich. Und deshalb will er eine andere Art von Ehe mit mir leben.«

Christiane holte tief Luft. Hoffentlich würde er sein Wort halten. Hoffentlich waren das alles nicht nur die Hirngespinste eines großen Künstlers.

»Eine andere Art von Ehe?« Ernestina runzelte die Stirn und versuchte offenbar angestrengt, zu verstehen, was das bedeutete. Die Kratzwunden auf ihrer Wange leuchteten hellrot und Christiane hoffte, dass sie sich nicht entzünden würden. Auf einmal erhellte ein Lächeln Ernestinas Gesicht. »So wie in den romantischen Geschichten von Christian? Oder wie in einem Märchen, in dem der Prinz das Aschenbrödel liebt, weil er erkennt, dass sie in Wirklichkeit die beste aller Schwestern ist?«

Christiane musste lachen.

»Ja, so ähnlich.« Erleichtert schloss sie Ernestina in die Arme. »Die anderen Menschen verstehen das nicht so richtig. Und stets gibt es welche, die neidisch sind.«

»So wie die bösen Schwestern von Aschenputtel. Am Ende werden sie alle beschämt.«

Christiane war froh, dass ihre kindlich gebliebene Schwester die Angelegenheit auf diese Weise auffasste. Die Vorstellung, Christiane sei das leibhaftige Aschenputtel und würde eines Tages im Abendkleid zum Ball gehen, wo der Prinz sie unter allen anderen erwählte, schien ihr die Kraft zu geben, den Bosheiten ihrer Kameraden zu trotzen. Christiane selbst schöpfte aus der Liebe des Geheimen Rats, aus seiner Fürsorge und Zärtlichkeit die dringend nötige innere Ruhe für den Spießrutenlauf, dem sie tagtäglich ausgesetzt war, sobald sie einen Fuß vor die Tür setzte. Dennoch überfielen sie mitunter schreckliche Ängste. Die Zweifel kamen oftmals in jenen Nächten, wenn ihr Geliebter mit seinem Diener Paul Götze für mehrere Tage verreist war. Würde er sie vor der Bestrafung, die eine unverheiratete Mutter zwangsläufig traf, bewahren können? Reichte sein Arm so weit?

Oder würde die Herzogin, aufgehetzt von Frau von Stein, aus Eifersucht oder welchen Beweggründen auch immer dafür sorgen, dass sie die ganze Schande durchlaufen musste?

Erst nachdem Goethe ihr versichert hatte, mit seinem Amtskollegen, dem Geheimen Rat Voigt, alles geregelt zu haben, und dass ihr keinesfalls etwas geschehen würde, wurde sie ruhiger.

So verging der Frühling. Es wurde Sommer und allmählich war ihre Schwangerschaft nicht mehr zu übersehen. Das schlimme Gerede, das gerade etwas nachgelassen hatte, flammte mit doppelter Kraft erneut auf, und sie brauchte ihr ganzes Selbstbewusstsein, um die skandallüsternen Blicke zu ertragen.

Selbst in Goethes Haus war sie nicht vor Kränkungen sicher. Sobald die Köchin sie sah, verzog sie verächtlich das Gesicht und schlug die Küchentür hinter sich zu. Philipp Seidel, der bislang nie hatte erkennen lassen, was er von der Liebschaft seines Herrn hielt, gab sich keine Mühe mehr, zu verbergen, wie sehr er die Entwicklung der Dinge missbilligte. Außer ihm gab es zwei weitere Diener. Christoph Erhard Sutor war mit den Angelegenheiten rund ums Haus betraut, und er behandelte Christiane stets unbefangen und freundlich, während sie mit dem jüngeren Diener namens Paul Götze bislang nicht viel zu tun gehabt hatte. Wer sonst hier wohnte, hatte sie noch nicht durchschaut. Gelegentlich hatte sie eine ältere Dame zu Gesicht bekommen, die sich jedoch stets zurückzog, wenn sie Christiane bemerkte.

Goethe schien von dem Verhalten der Dienerschaft ihr gegenüber nichts zu bemerken, und Christiane beschloss, darüber ebenfalls kein Wort zu verlieren und keine Fragen zu stellen. Sie fühlte sich als Gast in Goethes prächtigem Haus. Und so würde es sicherlich bleiben.

Eines Tages im Juni standen eine Flasche Champagner und zwei wunderschöne, geschliffene Kristallkelche auf dem Tisch seines Zimmers, als sie zu ihm kam.

»Gibt es etwas zu feiern?«, fragte sie erfreut.

»Und ob es das gibt. Weißt du gar nicht, welchen Tag wir heute haben?«

»Den 12. Juni, wenn ich mich nicht irre«, antwortete sie ratlos.

»Richtig. Heute vor einem Jahr kamst du zu mir in den Garten. Wir saßen im Pavillon hinter den Rosen, weißt du nicht mehr?« Ein überraschtes Lächeln glitt über ihr Gesicht. Das hatte er sich gemerkt? Er blieb dicht vor ihr stehen und legte eine Hand an ihre Wange. »Heute vor einem Jahr bist du meine Frau geworden.«

Christiane schloss benommen die Augen, als er sie küsste. Hatte er sie wirklich und wahrhaftig »seine Frau« genannt? Ungläubig sah sie zu, wie er die Champagnerflasche öffnete und die beiden Kelche füllte. Ihr kamen die Tränen, so sehr bewegten sie seine Worte.

»Entschuldige«, sagte sie, als er es bemerkte. »Seit ich schwanger bin, muss ich andauernd weinen.« Sie nahm ihr Glas entgegen. »Dass du das noch so genau weißt …«

»Ich führe Tagebuch, meine liebe Kleine«, erklärte er. »Da steht alles drin, kurz und knapp.«

»Auch ich steh da drin, kurz und knapp?«

Sie mussten beide lachen.

»Auch du.«

Sie stießen miteinander an.

»Auf unsere Liebe«, sagte er und sah ihr in die Augen.

Golden perlte es in ihrem Kristallglas. Christiane hatte nie zuvor Champagner getrunken und betrachtete hingerissen die winzigen Blasen, die an die Oberfläche stiegen. Ihr war feierlich zumute.

»Auf unsere Liebe«, antwortete sie leise und trank vorsichtig von der prickelnden Flüssigkeit.

»Ich habe mir überlegt, wie es weitergehen wird«, sagte er und bat sie, Platz zu nehmen. »Am besten, so dachte ich, ziehst du zu mir.«

Verdutzt sah sie ihn an.

»Hierher?«

»Ja«, antwortete er. »Bei euch zu Hause wird es viel zu eng werden, wenn das Kind erst einmal da ist. Und schließlich sind wir dann eine Familie – Vater, Mutter, Kind. Da sollte man doch beisammen sein. Findest du nicht?«

Christiane wurde es ganz schwindelig vor Freude. Oder lag das an dem ungewohnten Getränk?

»Du willst vor aller Augen mit mir zusammenleben, so als wären wir verheiratet?«

»Wir *sind* verheiratet«, korrigierte er sie eindringlich. »Und zwar auf unsere Weise, ohne Zeremonie, jedoch nicht weniger ernsthaft. Du hast Ja gesagt, als ich dir einen Antrag gemacht habe, mit mir in wilder Ehe zu leben. Weißt du das nicht mehr?«

»Natürlich weiß ich das noch«, flüsterte sie. Eine unendliche Erleichterung durchströmte sie. Er meinte es tatsächlich ernst. An den Gedanken musste sie sich erst gewöhnen. Dann kamen ihr die Tante und Ernestina in den Sinn. »Nur, was ist mit meinen Verwandten?«, warf sie sorgenvoll ein. »Was soll aus Ernestina werden? Sie ist im Februar fünfzehn geworden. Und die Tante …«

»Du bringst die beiden einfach mit«, erklärte Goethe, als gäbe es nichts Selbstverständlicheres auf der Welt. »Hier ist Platz genug. Ich plane ohnehin, mich zu erweitern. Nach und nach möchte ich gern das gesamte Gebäude übernehmen, weißt du? Mir schwebt ein Umbau vor. Das schöne Haus ist in viel zu kleine Kammern aufgeteilt. Ich habe da ein paar Ideen, wie ich das ändern könnte. Dazu muss ich nur noch mit dem Herzog einige Gespräche führen. Er wird einsehen, dass ich repräsentativere Räume benötige.« Mit wachsendem Erstaunen lauschte Christiane seinen Worten. »Und jetzt, da meine Familie so unverhofft wächst, wird er mir sicher zustimmen.« Christiane war sprachlos. Seidel hatte ihr einmal erklärt, dass Goethes Räume auf Vorder- und Hinterhaus verteilt waren, die mit einem seitlichen Flügel miteinander verbunden waren. In der anderen Hälfte des Gebäudes wohnte der Besitzer. Kein Wunder, dass ihr Goethes Wohnbereich wie ein Labyrinth erschien. »Eventuell könnte deine Tante ja im Haushalt mithelfen«, fuhr Goethe fort. »Sie sollte sich an Götzes Mutter wenden, die gute Dorothea gehört ja ebenfalls zu unserer Hausgemeinschaft. Und deine Schwester?« Er überlegte. »Vielleicht möchte sie lieber etwas lernen? Meinst du, sie hätte Freude daran, sich um meine Sammlungen zu kümmern? Ach, wir werden sehen, wozu sie sich eignet.«

»Alle beide werden sich sicherlich gern nützlich machen«, entgegnete Christiane rasch.

»Wenn sie erst einmal hier wohnt, werden wir schon herausfinden, wo ihre Neigungen liegen«, erklärte Goethe. »Weißt du, ich fördere jeden, der in meiner Nähe lebt. Frag Philipp Seidel. Er hat bereits zwei Ämter in der Stadt inne, die ich ihm vermittelt habe. Und mein guter Paul Götze war ein wilder kleiner Bursche von sechzehn Jahren, als ich ihn aufnahm. Er hatte nichts als seinen guten Willen. Das Erste, was er tat, war einen Beutel mit sechzehn Goldtalern zu verlieren.« Goethe lachte bei der Erinnerung laut auf. »Ich hatte zwei Möglichkeiten: ihn wegzujagen oder ihm noch eine Chance zu geben. Ich hab mich für Letzteres entschieden und heute ist er der beste Begleiter, den ich mir wünschen kann.« Er blieb vor Christiane stehen und sah sie nachdenklich an. »Ich glaube fest daran, dass jeder Mensch das Recht darauf hat, sich weiterzuentwickeln. Allerdings muss er es auch wollen. Deine Verwandten sind mir willkommen, wenn sie freundliche Menschen sind. Ich würde mir ungern einen Drachen ins Haus holen.«

»Falls du meine Tante meinst, brauchst du dir keine Sorgen zu machen«, beruhigte Christiane ihn. »Sie hat mich und meine Geschwister großgezogen, nachdem meine Mutter und die Stiefmutter gestorben waren. Allerdings hat sie ihren Stolz. Unser heimliches Verhältnis sah sie nicht gern. Jetzt hat sie verstanden, dass du es ehrlich mit mir meinst.« Sie nahm vorsichtig noch einen Schluck von dem Champagner. »Ich kann Tante Juliane nicht allein zurücklassen«, fügte sie hinzu. »Sie hat nie geheiratet und bezieht keine Renten oder andere Zuwendungen. Ohne mich wäre sie verloren.«

»Unser Heim soll auch ihr Heim werden«, antwortete Goethe mit Nachdruck. »Das versteht sich von selbst.«

Die Nachricht, dass sie alle in nächster Zukunft gemeinsam zu Goethe ins Haus am Frauenplan ziehen würden, wurde in der Jacobsgasse unterschiedlich aufgenommen. Während Ernestina glückselig über diesen Plan war, zeigte die Tante zunächst außer Verwunderung kaum eine Reaktion.

»Was ist?«, wollte Christiane wissen, als sie einige Tage später am Nachmittag bei herrlichem Sonnenschein ihren Kaffee auf der Bank im Garten tranken. »Freust du dich denn gar nicht, dass wir uns nicht trennen müssen?«

Die weiße Pfingstrose, die ihr Hannes Mutter vor Jahren als winzige Staude geschenkt hatte und die sich seither prächtig entwickelte, öffnete gerade ihre ersten Blüten und wurde emsig von Bienen umschwärmt. Christiane würde sie vorsichtig ausgraben und in Goethes Garten wieder einpflanzen.

»Ich lebe jetzt seit über vierzig Jahren hier«, unterbrach die Tante ihre Gedanken, »und kann mir nicht vorstellen, woanders zu wohnen.«

»Du kannst doch nicht ganz allein hierbleiben«, entgegnete Christiane erschrocken.

»Warum nicht?« Juliane Vulpius funkelte sie selbstbewusst an. »Christian braucht schließlich auch ein Zuhause, wenn er nach Weimar kommt.«

Darüber hatte sich Christiane noch gar keine Gedanken gemacht. Konnte ihr Bruder nicht für sich allein sorgen? Musste sie sich denn um alle kümmern?

»Und wovon willst du leben, Tante?«

»Ich nehme eben mehr Wäsche an.« Juliane starrte störrisch auf die Blüten der Pfingstrose.

»Das schaffst du niemals«, brach es aus Christiane heraus. »Allein die Miete kostet mehr, als du verdienen kannst. Bitte sei vernünftig, liebste Tante. Im Haus am Frauenplan …«

»Ich kenne den Herrn Geheimen Rat nicht«, fiel ihr Juliane heftig ins Wort. »Ich zieh doch nicht bei jemandem ein und liefere mich ihm auf Gedeih und Verderb aus, der noch nicht einmal den Anstand hatte, hier vorbeizukommen und sich vorzustellen.«

Ach, daher wehte der Wind. Christiane atmete auf.

»Schöner wäre es, er würde dich und Ernestina zu sich einladen, nicht wahr?« Sie betrachtete das Gesicht ihrer Tante von der Seite. »So könntet ihr euch gleich ein Bild davon machen, wo ihr in Zukunft leben werdet. Hab ich recht?«

Sie konnte fühlen, wie die Tante sich langsam ein wenig entspannte.

»Mal angenommen, er ist ein so honetter Mann, wie alle sagen. Angenommen, ich bin einverstanden und ziehe mit dir dorthin und das Tinchen auch. Was, wenn er es sich eines Tages anders überlegt und dich und das Kind fortschickt – was wird dann aus uns? Und hast du mal daran gedacht, was passiert, wenn ihm etwas zustößt? Dann stehst du nämlich ganz schön da ohne Heiratsurkunde. Und wir mit dir.« Juliane betrachtete ihre Nichte voller Sorge. »Wird er wenigstens dem Kind seinen Namen geben?«, fragte sie eindringlich.

Christiane schluckte. Darüber hatten sie bislang nicht gesprochen.

»Vermutlich nicht.« Sie war ernüchtert. Die Tante hatte recht. Sie selbst würde das Risiko eingehen müssen, daran gab es nichts zu rütteln. »Wenn es dir lieber ist, bleib hier. Irgendwie finde ich einen Weg, euch zu unterstützen.«

Juliane Vulpius seufzte tief.

»Eigentlich wäre es an deinem Bruder, uns alle drei zu unterstützen«, sagte sie müde. »Aber der gute Junge hat noch immer keine Stelle. Er reist von Stadt zu Stadt und nirgendwo hat er Glück. Offenbar überschätzen wir Goethes Einfluss.«

»Er wird etwas finden«, beteuerte Christiane, obwohl sie keine Ahnung hatte, wie sich für Christian die Dinge entwickeln würden. Sie wusste nur, dass Goethe ihn nicht vergessen hatte und sich unermüdlich für ihn einsetzte. »Soviel ich gehört habe, soll er möglicherweise in Leipzig …«

»So Gott will.« Juliane trank ihre Tasse leer und erhob sich. »In jedem Fall fände ich es angebracht, vom Geheimen Rat von Goethe empfangen zu werden.«

Christiane sah ihrer Tante sorgenvoll nach, als diese über den Kiesweg zurück ins Haus ging. Gleich würde sie ihr folgen und ihr beim Bügeln der fremden Wäsche helfen. Eine mühselige Angelegenheit, und kaum an einem Tag zu bewältigen.

Einen Moment lang schloss sie die Augen und versuchte sich vorzustellen, wie sie in wenigen Wochen diese Arbeit im Haus am Frauenplan erledigen würde. Es war so unfassbar groß. Ohne Wäscherinnen und Büglerinnen kam man dort nicht aus. Wer kümmerte sich um all das? Etwa Seidel? Und welche Rolle würde ihr dabei künftig zufallen?

Sie stand auf und ging nach den Radieschen sehen, die sie nachgesät hatte, und zog probehalber eines aus der Erde. Es war noch klein, man konnte die anderen ruhig eine Woche lang weiterwachsen lassen, damit sie rund und schön wurden.

Sie rieb die Erde von dem roten Ding und biss hinein. Die sanfte Schärfe stieg ihr in die Nase und brachte sie zum Niesen. Dann beschloss sie, sich umzuziehen, um ihrem Liebsten einen Besuch abzustatten und ihm die Bitte ihrer Tante zu überbringen.

Vergnügt brachte sie nach einer Stunde ein Billett, in dem der Geheime Rat nicht nur die Tante, sondern auch Ernestina herzlich einlud, ihn am Sonntagvormittag gemeinsam mit Christiane zu besuchen.

»Was bringen wir ihm denn bloß mit?«, fragte sich Juliane besorgt. »Wir können doch nicht mit leeren Händen kommen!«

Christiane seufzte innerlich. Dauernd fand die Tante etwas, um das sie sich sorgen musste.

»Einen Strauß Pfingstrosen«, schlug Ernestina vor. »Die sind gerade erst aufgeblüht und wunderschön.«

»Ja, so machen wir das«, pflichtete Christiane ihr bei. »Das ist eine gute Idee.«

»Blumen? Für einen Herrn?«

»Goethe liebt Blumen«, versuchte Christiane sie zu überzeugen. »Er wird sich freuen.«

»Jetzt sei halt mal ein bisschen lustig, liebe Tante«, fügte Ernestina hinzu, die es gar nicht erwarten konnte, das prächtige Haus am Frauenplan endlich zu betreten. »Wir ziehen unsere schönsten Kleider an und bringen Blumen mit. Was könnte daran falsch sein?«

»Hast du schon gehört?«

Hanne war ganz aufgeregt. Während Christiane konzentriert beobachtete, wie der Händler Salz für sie abwog, damit er sie ja nicht betrog, hatte ihre Freundin sie über die Marktstände hinweg ausgemacht und war zu ihr geeilt.

»Was denn?«

»Die Friederike wird heiraten. Ich hab das Aufgebot gesehen.«

»Wie schön für sie.« Christiane nahm das Salzsäckchen entgegen und verstaute es sorgsam in ihrem Korb. »Wer ist der Bräutigam?«

»Ein Baron von Wurmb. Der muss von außerhalb sein, keiner kennt ihn.«

»Ein Baron? Donnerwetter. Und? Hat er Geld?«

»Keine Ahnung. Aber«, Hanne rückte ein wenig näher an ihre Freundin heran, »er soll steinalt sein.«

Christiane zuckte mit den Achseln.

»Hauptsache, sie wird glücklich.«

Hanne lachte gutmütig.

»Hauptsache, sie wird glücklich? Das ist so typisch Christel. Du trägst ihr überhaupt nicht mehr nach, dass sie dich damals als Diebin bezeichnet ...«

»Ach, Hanne«, fiel ihr Christiane ins Wort. »Das ist doch Schnee von gestern.« Und dennoch hoffte sie, Friederike nie wiedersehen zu müssen. »Zieht sie von hier weg?«, erkundigte sie sich.

»Keine Ahnung«, gab Hanne zurück. »Hoffentlich irgendwohin in die Provinz, wo sie sich so richtig langweilen kann.« Sie kicherte boshaft.

»Hauptsache, sie massakriert keine Seidenblüten mehr«, erklärte Christiane mit einem Grinsen und Hanne hielt sich den Bauch vor Lachen.

»Nein, das steht nicht zu befürchten«, meinte sie und griff nach dem Henkel ihres Marktkorbs.

»Was ist eigentlich mit dir?« Christiane zwickte Hanne spielerisch in die Seite, während sie den Heimweg einschlugen. »Ich hab dich ein paarmal zusammen mit Gust gesehen. Bist du in ihn verliebt?«

Hanne wurde rot.

»Würdest du mir das übel nehmen?«

»Ich?« Christiane war überrascht stehen geblieben. »Bestimmt nicht, Hanne. Schließlich war ich es, die mit ihm Schluss gemacht hat, egal, was er dir erzählen mag. Und inzwischen ist ja sowieso alles ganz anders.«

Hanne war still geworden. Sie wirkte verlegen.

»Liebst du den Geheimen Rat eigentlich?«

»Oh ja.« Christiane nahm den schweren Korb in die andere Hand. »Ich liebe ihn über alles. Und ich bin seine Frau. Auch ohne Zeremonie.«

Ihre kleine Prozession am Sonntag in Richtung Frauenplan blieb natürlich nicht unbemerkt. Es war die Zeit des Kirchgangs und viele neugierige Blicke folgten ihnen, als sie am Töpfermarkt nicht die Stadtkirche betraten, sondern in Richtung Marktplatz weitergingen. Christiane hatte sich längst daran gewöhnt und behielt stets den Kopf erhoben und ein freundliches Lächeln auf den Lippen. So hatte sie sich bei Ernestina untergehakt. Es war allerdings deutlich zu spüren, wie unangenehm es der Tante war, so viel Aufsehen zu erregen.

Wenn wir erst einmal bei ihm wohnen, werden sich die Leute daran gewöhnen, dachte Christiane.

Alle drei waren sie nervös, als Seidel ihnen die Haustür öffnete und sie mit unbewegter Miene musterte. Er nahm Ernestina die Blumen ab und Christiane drückte ihrer Schwester beruhigend die Hand, als diese protestieren wollte. Still wie Kirchenmäuse folgten sie dem Diener, und doch blieb Christiane nicht verborgen, dass Juliane sich überall unauffällig mit Hausfrauenblick umsah. Es fehlt nicht viel, dachte sie und musste ein Kichern unterdrücken, und sie prüft mit dem Finger auf dem Holzgeländer, ob auch ordentlich Staub gewischt wurde.

Vor der Tür zu Goethes Zimmer blieben sie stehen. Seidel klopfte an und öffnete sie.

»Salve!«

Johann Wolfgang von Goethe kam ihnen mit offenen Armen und einem liebenswürdigen Lächeln entgegen. »Das ist ein lateinischer Gruß und heißt: Mögt Ihr gesund sein! Bitte, machen Sie es sich bequem. Sie müssen wissen, die Verwandten meiner lieben Christel haben schon einen Platz in meinem Herzen, noch ehe ich sie richtig kenne. Aber das holen wir jetzt nach.«

Um den kleinen Tisch waren vier Polsterstühle bereitgestellt worden und Goethe bat sie, Platz zu nehmen. Die Etagere, die Christiane so gut kannte, war an diesem Tag mit kandierten Früchten beladen und ihr Gastgeber forderte sie herzlich auf, zuzugreifen.

»Diese Früchte stammen direkt aus dem Orient«, erzählte er. »Ein Freund hat sie mir geschickt. Sie sind köstlich, das kann ich versichern.«

Während Ernestina mit leuchtenden Augen artig eine kandierte Aprikose nahm, blieb die Tante zurückhaltender. Christiane kannte sie gut genug, um zu erraten, was sie gerade dachte: Mit Zuckerwerk kannst du mich nicht täuschen. Doch schon eine halbe Stunde später bemerkte sie, wie Julianes Miene sich entspannte. Nach einer Weile lachte sie bereits und unterhielt sich angeregt und in beinahe vertrautem Ton mit dem Geheimen Rat, vor dem sie so viel Respekt hatte und dem sie als Gefährte ihrer Nichte eine Menge Vorbehalte entgegenbrachte.

»Könnten wir vielleicht die Räumlichkeiten sehen, in denen wir leben werden?«, fragte sie und griff nach einer kandierten Dattel.

Goethe fuhr sich nachdenklich über das Kinn.

»Es haben sich da ein paar Änderungen ergeben«, antwortete er, ehe das Schweigen peinlich wurde. »Vermutlich werden wir umziehen.«

Christiane horchte auf. Das war ihr neu. Hatte er nicht gesagt, sie würden hier am Frauenplan gemeinsam leben? Und was war mit seinen Plänen, das gesamte Haus zu übernehmen?

»Weshalb denn?«, fragte sie.

»Der Herzog hat mir mitgeteilt, dass dieses Haus umgebaut werden soll«, antwortete Goethe. »Aus diesem Grund hat er mich gebeten, es im Herbst zu räumen.«

Nach diesen Neuigkeiten herrschte Schweigen. Der Raum war plötzlich von Enttäuschung und Unsicherheit erfüllt. Die Tante vergaß gar, ihre Dattel zu essen. Himmel, dachte Christiane, jetzt hatte sie gerade Zutrauen zu ihm gefasst. Und auch sie hatte das Gefühl, dass der Boden unter ihrem Stuhl ein wenig wankte.

»Weißt du schon, wo wir künftig wohnen werden?«, fragte sie.

Goethe nickte langsam und bedächtig. Es war ihm anzusehen, dass ihm die ganze Sache nicht so recht gefiel.

»Wir bekommen ein paar Etagen in einem der Jägerhäuser«, sagte er und bemühte sich, fröhlich zu klingen.

»In den Jägerhäusern?«, echote Juliane ungläubig. »Draußen vor den Toren der Stadt?«

»Nun, sie befinden sich wenige Minuten zu Fuß von hier«, versuchte Goethe sie zu beruhigen. »Gleich hinter dem Frauentor. Herr Wieland lebt nur ein paar Häuser weiter. Eine gute Gegend also.«

»Trotzdem … Außerhalb der Stadt«, murmelte die Tante vor sich hin. Sie schien nachzudenken. »Nun«, sagte sie schließlich, »auch wenn der Herzog Sie dorthin verbannt, Herr von Goethe, werden wir Ihnen gern Gesellschaft leisten.«

»Von einer Verbannung kann doch wohl kaum die Rede sein, oder?« Christiane wandte sich verwirrt an ihren Geliebten. Goethe antwortete nicht, ganz so, als ob er sie gar nicht gehört hätte.

»Das freut mich, Frau Vulpius«, sagte er stattdessen charmant zu ihrer Tante. »Und Sie, mein Fräulein?« Ernestina schrak zusammen, als er sie so direkt ansprach. »Werden auch Sie Christiane und mir Gesellschaft leisten?«

»Ja, natürlich«, brach es aus dem Mädchen begeistert heraus. »Ich gehe mit Ihnen, wohin immer Sie wollen.« Dann bemerkte sie den tadelnden Blick ihrer Tante. »Und natürlich, wo die Christel hingeht«, schob sie kleinlaut hinterher und errötete.

»Und wann wird das sein?«

Fasziniert beobachtete Christiane, wie sehr ihre Tante offenbar von Goethes Charme eingenommen war. Sie zeigte ihre Begeisterung zwar nicht so offen wie ihre kleine Schwester, wer sie kannte, konnte es allerdings deutlich erkennen.

»Im Herbst«, lautete Goethes Antwort. »Genaueres weiß ich noch nicht. Aber Sie werden es früh genug erfahren, um Ihre Wohnung zu kündigen.«

»Wir werden ein Zimmer für den Christian behalten«, überlegte Juliane laut auf dem Nachhauseweg. »Was meinst du, Christel, welches gefällt ihm wohl am besten?«

»Die größere Schlafkammer«, antwortete Christiane. »Und wir fragen, ob er die Küche mitbenutzen darf, die wenigen Male, die er hier sein wird.«

»Warum kann er nicht auch in den Jägerhäusern wohnen?« Ernestina sprach das Wort aus, als stellte sie sich darunter eine abenteuerliche Behausung vor, in der außer ihnen jede Menge Jäger wohnen würden.

»Wir wollen den Herrn von Goethe nicht über Gebühr strapazieren«, erklärte die Tante. »Es ist großzügig genug, dass er sich mit uns belasten will. Wir werden ihm schon zeigen, dass wir keine unnützen Gäste sind, nicht wahr, Tinchen? Wir werden im Haushalt mithelfen und danach sehen, dass es der Geheime Rat schön behaglich hat.«

»Vor allem möchte ich das Kindlein hüten«, gab Ernestina zurück. »Bitte!« Sie richtete ihre himmelblauen Augen auf ihre große Schwester. »Lass mich seine Kinderfrau sein!«

Christiane stimmte gerne zu. Einerseits war sie erleichtert, der Besuch hatte alle Bedenken zerstreut. Sogar in ein noch unbekanntes Haus war die Tante bereit, einzuziehen. Doch der Grund für diesen Ortswechsel, der mit Sicherheit nicht Goethes Wünschen entsprach, erfüllte sie andererseits mit Besorgnis. War es tatsächlich eine Verbannung, wie ihre Tante es ausgedrückt hatte? Dann konnte nur sie und ihr ungeborenes Kind Ursache dafür sein.

Ihr wurde ganz heiß vor Schreck. Würde ihr Liebster ihretwegen in Ungnade fallen?

6. KAPITEL

Weimar, Herbst 1789

Christiane ging die Liste durch, während Ernestina einpackte.

12 Zinnteller, stand da. *1 Kaffeekanne und 1 Milchkanne aus Zinn.*

1 ganzes Porzellanservice und einzelne Tassen.

3 große Tischtücher, 2 neue kleine, 2 alte kleine …

»Schau mal, wie fadenscheinig das ist.«

Ihre kleine Schwester hielt kritisch eine der alten Tischdecken gegen das Licht.

»Aber die ist noch von meiner Mutter«, antwortete Christiane und betrachtete die Blütenstickereien. Eine ganze Welle von Erinnerungen schien von dem Muster aufzusteigen. Sie setzte sich. Inzwischen war sie im siebten Monat und kam sich vor wie ein Tanzbär. Ernestina warf ihr einen besorgten Blick zu, legte das Tuch sorgfältig zusammen und tat es zu den anderen in die Umzugskiste.

»Bettüberzüge aus blauer Leinwand. Ich glaub, das sind acht«, diktierte sie Christiane. Der ganze Stapel wanderte zu den bereits gepackten Dingen. »Betttücher aus starker Leinwand.«

In der anderen Kammer lagerte noch mehr Besitz: Kissen, Unterbetten, Deckbetten, sogar die kleine Wiege, die seit Generationen in der Familie weitergereicht wurde, wartete dort auf sie. Auch die Bettgestelle waren ihr Eigentum samt einer Kommode. Sie würden nicht als Bettlerinnen in Goethes Hausstand einziehen, sondern konnten die obere Wohnung fast vollständig einrichten, die Goethe den »Damen Vulpius«, wie er sie alle drei nannte, zugewiesen hatte. Er selbst würde mit seinem Hausdiener in der unteren Etage wohnen. Seit ein paar Wochen war außerdem ein Maler und Kupferstecher namens Johann Heinrich Lips, den Goethe aus seiner Zeit in Rom kannte, bei ihm zu Gast. Er würde ebenfalls mit in die Jägerhäuser ziehen.

Christiane legte den Bleistift weg und rieb sich den unteren Rücken. Inzwischen war es Oktober geworden. Graue Wolken hingen seit Tagen über der Stadt. Die neuen Wohnungen in den Jägerhäusern waren frisch getüncht, die Vorhänge aus dem Frauenplan angepasst und aufgehängt. Alles war bereit für ihren Einzug.

»Na, wie sieht es denn bei euch aus?«

Christiane stöhnte innerlich. Es vergingen kaum ein paar Stunden, ehe nicht irgendeine ihrer früheren Freundinnen oder ein entfernter Verwandter vorbeischaute, um sich davon zu überzeugen, dass es nicht nur Gerüchte waren: Die Christel zog zum Geheimen Rat Goethe und nahm Schwester und Tante mit. »Stimmt es, dass ihr in die Vorstadt zieht? Hinter das Frauentor?«

Diesmal war es der Nachbar von drei Häusern weiter.

»Ja«, erklärte Ernestina geduldig zum wohl hundertsten Mal. »Wir ziehen in eines der nördlichen Jägerhäuser. Es ist wunderschön dort mit all den Tieren. Dort gibt es sogar Rehe und Hasen. Und Fasanen …«

»Na ja, das ist außerhalb der Stadt«, antwortete der Nachbar und musterte Christianes Bauch. »Aber zum Geheimen Rat«, fuhr er maliziös fort, »ist es von da ja auch nur ein Katzensprung …«

»Der Geheime Rat zieht ebenfalls dort hinaus.« Diesen Teil der Geschichte genoss Ernestina, das wusste Christiane.

Dennoch erhob sie sich. Sie hatte genug von diesem Gerede und ging in den Garten. Es hatte gerade aufgehört zu regnen.

In vollen Zügen sog sie die reine Luft in ihre Lungen. Es duftete nach feuchter Erde und verwitternden Pflanzenresten. Zwei Wochen zuvor hatte sie gemeinsam mit der Tante alle Beete abgeerntet. Den Grünkohl hatten sie stehen lassen, der schmeckte erst, wenn mehrere Frosttage über ihn hinweggegangen waren. Wie es sich gehörte, hatte die Tante die Erde umgegraben, nur die zartblauen Herbstastern und einige Fetthennen gaben hier und dort ein paar Farbakzente. Die Pfingstrose hatte sie bei Goethes Gartenhaus eingepflanzt, ebenso wie die Johannisbeersträucher. Hoffentlich würden sie den Ortswechsel gut überstehen.

Dass sie den Garten hinter dem Frauenplan verloren hatten, machte sie traurig. Zu gerne hätte sie ihn nach ihren Vorstellungen umgestaltet und Gemüsebeete angelegt. Hinter den Jägerhäusern gab es zwar jede Menge Grünflächen mit Tiergehegen, jedoch keine Gärten. Zum Glück blieb ihnen der Garten, der ihr gemeinsam mit ihrem Bruder gehörte, doch der war nicht besonders groß. Vielleicht konnte sie Goethe dazu überreden, irgendwo zusätzlich ein Krautland zu pachten, damit sie ausreichend Kartoffeln, verschiedene Kohlsorten und Rüben anpflanzen konnte. Der Gedanke, drei neue Kostgänger in seinen Haushalt mitzubringen, erfüllte sie mit Unbehagen.

Dass ihr der Auszug aus dem Haus, in dem sie geboren worden war, so schwerfallen würde, hätte sie nicht gedacht. Womöglich war auch ihre Schwangerschaft der Grund für die unerklärlichen Stimmungsschwankungen, denen sie in letzter Zeit unterworfen war. Sicher würde alles gut werden, wenn sie erst einmal mit dem Mann, den sie liebte, unter einem Dach lebte. Im Grunde, so sagte sie sich, war es gar nicht so schlecht, außerhalb der Stadtmauern zu wohnen. Sie würde nicht mehr stets von allen Seiten beobachtet werden, so wie hier mitten im alten Zentrum.

Immerhin hatten Goethes Bemühungen für ihren Bruder endlich Erfolg gezeigt. Seit Kurzem war Christian bei dem Buchhändler und Herausgeber Göschen in Leipzig als Sekretär angestellt, und wie er schrieb, gefiel es ihm gut dort. Eine große Sorge weniger.

Sie hörte, wie jemand ihren Namen rief, und ging zurück ins Haus. Es war Marie Zoller. Christiane wappnete sich, schließlich hatte Marie stets die Moral an oberste Stelle gesetzt; sie erinnerte sich nur zu gut an das Gespräch in der Manufaktur an jenem Tag, als ihr Vater sie aus dem Gartenhaus hatte gehen sehen. Sie führte ihre frühere Kollegin in die Küche, den einzigen Raum, dessen Einrichtung sich noch nicht in Auflösung befand. Zu ihrer Verwirrung ergriff Marie ihre beiden Hände.

»Ich wollte dir sagen, wie sehr ich mich für dich freue«, sagte sie. Christiane sah ihr überrascht in die Augen. »Dass der Geheime Rat es ehrlich mit dir meint und dich und deine Familie bei sich aufnimmt, ist eine schöne und noble Geste. Sie zeigt, dass er dich wirklich liebt.«

Christiane wusste nicht, was sie darauf antworten sollte. Schließlich sagte sie: »Er ist ein guter Mensch.«

»Das sehen allerdings nicht alle so«, fügte Marie mitfühlend hinzu. »Die meisten ärgern sich darüber, sie hatten sich schon so darauf gefreut, dich mit geschorenen Haaren am Pranger zu sehen.« Christiane wusste das, und doch zuckte sie unwillkürlich zusammen. »Du hast keinen leichten Weg gewählt, liebe Christel. Die Neider werden vermutlich nie verstummen. Denkst du noch manchmal daran, wie du mit uns bei Bertuch die Seidenblumen gemacht hast?«

»Natürlich«, antwortete Christiane leise. »Glaubst du, ich hätte das vergessen?«

»Damals hast du ja gehört, wie alle von Johann Wolfgang von Goethe geschwärmt haben. Eine jede hätte sich gern in sein Bett gelegt. Aber nur du hast seine Liebe errungen. Das nehmen sie dir übel, alle, auch die adeligen Damen. Mein Vater als herzoglicher Jagdmeister hört da so einiges, was bei Hof geredet wird. Die Herzoginmutter Anna Amalia ist verärgert darüber, dass *ihr* Goethe jetzt mit dir zusammenleben will, und deswegen hat er das Haus am Frauenplan verloren. Und die Herzogin Louise, die gerade wieder schwanger ist, soll gesagt haben, sie fände es seltsam, dass er sein Kind täglich an ihr vorüberspazieren ließe.«

Christiane wurde das Herz schwer. Genau das war es, was ihr diese düsteren Gedanken bescherte. Oder waren es gar Vorahnungen? Erst vor Kurzem hatte sie von ihrer Mutter geträumt, und obwohl sie sich gar nicht mehr an ihr Gesicht erinnern konnte, hatte sie es in diesem Traum glasklar vor sich gesehen. Träumte man nicht von Toten, wenn man selbst bald sterben musste?

»Ich weiß, dass du stark bist, Christel. Du wirst das schaffen. Und eines Tages wird er dich offiziell zu deiner Frau machen.«

Christiane schüttelte den Kopf.

»Nein, das wird er nicht«, entgegnete sie. »Und es ist in Ordnung so.« Hauptsache, er behält mich lieb, fügte sie in Gedanken hinzu. Und beinahe trauerte sie den unbeschwerten Tagen nach, als keiner außer ihnen beiden von ihrem Verhältnis etwas geahnt hatte.

Volle drei Wochen dauerte es, bis sie endlich so weit eingerichtet waren, dass sie sich in den neuen vier Wänden zurechtfanden. Eine Vorhangschiene fehlte hier und eine Fußleiste dort. Goethe hatte die gesamten Klingelzüge aus dem Haus am Frauenplan aus- und hier wieder einbauen lassen, noch funktionierten nicht alle. Während Christiane mit Schwester und Tante unermüdlich Dinge schleppte und Kisten auspackte, Handwerker beaufsichtigte und seine Wohnung so weit herrichtete, dass er mit Dienern und Gast nur umzuziehen brauchte, widmete Goethe sich mitten in dem Durcheinander, das inzwischen auch das Haus am Frauenplan erfasst hatte, seinen Forschungen zur Metamorphose der Pflanzen, oder er sprach stundenlang mit Maler Lips. An manchen Tagen bekam Christiane ihren Geliebten überhaupt nicht zu Gesicht.

Eines Tages hielt sie es nicht mehr aus und ging kurz vor Schließung des Stadttors zum Haus am Frauenplan. Sie fand ihn allein in seinem Schlafzimmer über ein paar Schriftstücke gebeugt. Mit einem abwesenden Blick, den sie inzwischen an ihm kannte, sah er auf, als sie zu ihm ins Zimmer schlüpfte. Sogleich zog ein Lächeln über sein Gesicht.

»Was für eine Überraschung«, sagte er und schloss sie in die Arme. »Ich wollte eben zu Bett gehen. Kommst du mit?«

Als Antwort küsste sie ihn, trotz ihres beträchtlichen Bauchs, der sie auf Abstand zu halten schien.

»Passen wir da überhaupt noch gemeinsam hinein?«, fragte sie schmunzelnd. »Ich hoffe, für die neue Wohnung hast du dir ein größeres Bett machen lassen.«

»Ich weiß es gar nicht«, entgegnete er und half ihr, sich auszuziehen. »Seidel hat das für mich erledigt. Es war seine letzte Amtshandlung.«

»Was sagst du?«

»Ja, ich habe ihn entlassen«, sagte Goethe, während er ihr aus dem Kleid half. »Ich hab doch gesehen, dass ihr beide nicht miteinander harmoniert. Der Ärmste ist eifersüchtig.«

»Eifersüchtig? Philipp Seidel? Auf mich?«

Goethe ließ das Kleid an ihrem Körper entlang zu Boden sinken.

»Oh ja, durchaus«, sagte er bedauernd. »Aber du musst dir um ihn keine Sorgen machen. Durch meine Empfehlung bekleidet er mehrere Ämter in der Stadtverwaltung. Unter anderem hab ich ihm den begehrten Posten eines Rentamtsleiters verschaffen können, er kennt sich gut mit Zahlen aus, der gute Philipp. Und falls wir ihn brauchen sollten, ist er stets zu unseren Diensten. Das hat er mir versprochen.«

Christiane schwieg nachdenklich. Man hatte ihr erzählt, dass Philipp Seidel bereits Goethes Mutter gedient hatte und ihn von

Frankfurt nach Weimar begleitet hatte, damals, als er hergezogen war. Ihr war klar, dass dieser Mann Goethe nicht nur verehrte, sondern liebte wie einen eigenen Bruder. Wenn nicht mehr.

»Ist dir das denn nicht schwergefallen?«, fragte sie.

Inzwischen hatte sich Goethe ins Bett gelegt und rückte bis an die Wand, um für sie Platz zu machen.

»Komm unter die Decke«, schlug er vor. »Es ist viel zu kalt.«

Es dauerte eine Weile, bis sie sich in dem schmalen Bett zurechtgekuschelt hatten, der Bauch war immer irgendwie im Weg.

»Ach, weißt du«, erklärte sie mit einem Seufzen, als sie endlich eine einigermaßen bequeme Lage gefunden hatte, »manchmal ist mir so sonderbar zumute mit diesem Kind im Bauch.«

»Wie denn?«, wollte er wissen.

»Ich kann es gar nicht ausdrücken …«

»Versuch es«, ermutigte er sie und legte seine Hand auf ihren Bauch. »Wie fühlt es sich an?«

»Irgendwie so …« Sie suchte vergeblich nach einem passenden Ausdruck für dieses Gefühl. »Dafür hat unsere Sprache nichts.«

»Dann erfinde ein Wort dafür«, schlug er vor. »Ist es irgendwie schluppig oder schlänksig?«

Sie kicherte.

»Nein, eher krabbsig oder krällig«, antwortete sie.

»Also krabbskrällig?«

Sie nickte. »Ja, das kommt hin. Krabbskrällig.« Ein tiefer Friede senkte sich über sie. Er verstand sie. Obwohl sie oft selbst nicht wusste, was mit ihr los war.

»Mach dir nichts draus«, flüsterte ihr Liebster in ihr Ohr. »Wir alle fühlen uns manchmal irgendwie schlumbumsig.«

Er streichelte ihr über den Kopf, strich ihr die Haare aus dem Gesicht und küsste sie auf den Scheitel.

»Du, mein Lieb«, raunte er. Seine Hand, die auf ihrem Bauch gelegen hatte, wanderte weiter nach unten. »Und bist du auch manchmal noch hasig?«

»Hasig bin ich die ganze Zeit«, murmelte sie, entspannte sich und schmiegte sich fester an ihn.

Sie überließ sich der Zärtlichkeit seiner Hände und endlich gelang es ihnen irgendwie, sich wieder miteinander zu vereinigen, ganz sacht und wohlig, bis sie irgendwann in einen tiefen Schlaf sank.

Beim Frühstück am nächsten Morgen erfuhr sie, dass Goethe nicht nur Seidel, sondern auch der Köchin zum Monatsende gekündigt hatte.

»Glaubst du, ich hab nicht bemerkt, wie abfällig sie dich behandelt hat?«, erklärte er seelenruhig und aß seine Buchweizengrütze. »Wer dich nicht respektiert, hat in meinem Haus nichts verloren.«

»Das … das ist dir aufgefallen?«

Als Antwort gab er ihr einen Kuss.

»Wir werden eine neue suchen«, sagte er. »Oder möchtest du …«

»Oh ja«, fiel ihm Christiane begeistert ins Wort. »Ich koche gern für uns.« Sie hielt kurz inne. »Ich weiß allerdings nicht, ob dir mein Essen schmecken wird. Es ist ziemlich einfach, Fleisch kam bei uns nur einmal im Monat auf den Tisch.«

»Ich bin ein anspruchsloser Esser«, behauptete Goethe. »Am liebsten mag ich ohnehin Makkaroni mit Käse aus Parma.«

»Makkaroni?«

»Das sind italienische Nudeln. Ich lasse sie stets aus Dresden bringen, genau wie den Käse«, erklärte Goethe. »Für gewisse Gelegenheiten könnte allerdings ein anspruchsvolles Mahl angebracht sein.« Er schob seine leere Schale von sich und stand auf. »Irgendwo habe ich ein altes Kochbuch, das stammt noch von meiner Großmutter.« Er trat vor seine Büchervitrine und sah die Bände durch, die er dort verwahrte. »Sie hat es, soviel ich weiß, zu ihrer Konfirmation bekommen. Warte, gleich hab ich es.« Kurz darauf zog er ein kleines Büchlein heraus und schlug die erste Seite auf. »Sie hieß Anna Margaretha Justina Textor geborene Lindheimer«, sagte er nachdenklich. »Ich kann mich gut an sie erinnern, sie war die Mutter meiner Mutter. Bei ihr gab es immer ganz besonders leckeres Essen. Vor allem die Süßspeisen … ein Gedicht. Sie ist erst vor ein paar Jahren verstorben.« Er schlug das Buch zu und reichte es Christiane. »Es ist lange in unserer Familie weitergereicht worden. Nun bekommst du es.«

Ehrfürchtig nahm sie es entgegen. Man sah dem Büchlein an, dass es häufig benutzt worden war, einige Seiten waren besonders abgegriffen.

»Wer hat das alles aufgeschrieben?«

»Das weiß ich nicht. Vielleicht stammt es ja von meiner Urgroßmutter, wer weiß? Aber lass dir ruhig Zeit damit, eine erstklassige Köchin zu werden«, beruhigte Goethe sie und legte zärtlich seine Hand auf ihren Bauch. »Zuerst soll mal dieses Kleine da auf die Welt kommen. Danach sehen wir weiter. Einstweilen essen wir eben deine einfache Küche oder lassen uns etwas bringen.«

Im November folgte nun endlich Goethes ungleich größerer Umzug. Er hatte den Herzog gebeten, ihm dazu einige Soldaten zur Verfügung zu stellen, die mithalfen, unter der Aufsicht von Christoph Sutor seine Möbel, Sammlungen und wissenschaftlichen Gerätschaften in die neue Wohnung im Jägerhaus zu transportieren.

Dass Sutor, der neuerdings Seidels Aufgaben übernommen hatte, gar nicht mit umzog, sondern schon seit einigen Jahren mit Frau und Kindern in einer eigenen Wohnung in der Stadt lebte, hatte Goethe ihr neulich erklärt. Und nachdem sie sich danach erkundigt hatte, wer die alte Dame war, der sie ab und zu im Haus begegnete, erzählte er ihr die Geschichte von Maria Dorothea Götze, der Mutter seines anderen Dieners.

»Die arme Frau ist vor zwölf Jahren von ihrem nichtsnutzigen Ehemann verlassen worden und stand mit sieben Kindern ganz allein da. Wenn ich sie, Paul und den jüngsten Bruder damals nicht ebenfalls aufgenommen hätte, wären sie im Elend gelandet. Sie ist eine gute Frau und hilft mit, wo man sie braucht.«

Einmal mehr hatte Christiane erfahren, was für ein großherziger Mensch ihr Geliebter doch war.

»Hoffentlich komm ich gut mit der Götzen aus«, murmelte die Tante und sah aus dem Fenster. Maria Dorothea war im Anmarsch, und beide Söhne folgten ihr schwer beladen mit Körben und Kisten.

»Sie ist freundlich«, rief Christiane aus dem anderen Zimmer herüber. »Ich habe neulich mit ihr gesprochen. Du kannst ganz beruhigt sein.«

Während die Tante gemeinsam mit Ernestina die Wäsche einräumte, richtete Christiane in ihrer Kammer die Wiege her. Bald würde alles fertig sein, und das wurde auch Zeit. Seit Tagen verspürte sie ein Stechen und Ziehen in ihrem Bauch. Der war inzwischen so schwer, dass sie manchmal fast das Übergewicht bekam, wenn sie sich zu stark nach vorne beugte.

»Außerdem werden sie ja oben in der Mansarde wohnen«, warf Ernestina ein, die ihrer Schwester das winzige Federbett für die Wiege brachte. »Da brauchen wir gar nicht so viel mit ihnen zu tun zu haben.«

»Ich hoffe, ihr beide freundet euch ein wenig mit ihr an«, entgegnete Christiane. »Wäre es nicht nett, ein bisschen Gesellschaft zu haben?«

Ein Schmerz fuhr durch ihren Unterleib und fraß sich in ihrer Lendenwirbelsäule fest. Christiane stöhnte leise auf.

»Wir werden sehen«, beschloss Juliane das Thema. Erst jetzt bemerkte sie, dass sich Christiane mit schmerzverzerrtem Gesicht gegen den Türstock lehnte. »Geht es dir nicht gut?«

»Es ziept und rumpelt in meinem Bauch.« Christiane zog eine lustige Grimasse, die ihr nicht so recht gelingen wollte. »Am Ende hab ich da lauter Rumpelsteine drin.«

Ernestina lachte, doch die Tante betrachtete sie sorgenvoll.

»Du hast dich übernommen«, lautete ihr Urteil. »Bitte leg dich hin. Es ist fast alles getan. Auch wenn bis zur Geburt noch Zeit ist, so kann in deinem Zustand ein bisschen Ruhe nicht schaden.«

»Hinlegen? Nein, ich muss zuerst nachsehen, ob in Goethes Räumen alles richtig eingeräumt wird«, entgegnete Christiane.

»Wozu hat er seine Diener? Das wird wohl kaum deine Aufgabe sein. Ganz sicher möchte er, dass du auf dich achtgibst und sein Kind gesund zur Welt bringst.«

Sie hatte natürlich recht. Christiane ließ sich dazu überreden, ein wenig zu ruhen, und begab sich erst am folgenden Morgen in das untere Stockwerk, um nachzusehen, wie weit Goethes Umzug gediehen war. Die Räume wirkten bereits wohnlich, wenn man von den Kisten, die entweder leer oder ungeöffnet herumstanden, und dem überall verstreuten Stroh, das die wertvollen Gegenstände geschützt hatte, einmal absah. Arbeitszimmer und Stube waren beinahe fertig, es fehlten nur der Lüster über dem Tisch und die Bilder an den Wänden.

Im Schlafzimmer dachte sie zunächst, man habe irrtümlich das alte Bett vom Frauenplan herübergetragen. Dann stellte sie fest, dass es tatsächlich neu war. Es roch nach frischem Holz. Hatte Seidel den Auftrag seines Herrn falsch verstanden und ein Einzelbett bestellt? Sie hatte sich so sehr auf ein breiteres gefreut. Wie schade! Enttäuscht ließ sie sich darauf nieder.

»Und, wie findest du es?«

In bester Laune stand Goethe auf der Schwelle.

»Es ist zu schmal«, sagte sie enttäuscht. »Dabei hast du es extra anfertigen lassen.« Dass Seidel das verschuldet hatte, schluckte sie im letzten Moment hinunter.

»Nun ja …« Er setzte sich neben sie und legte seinen Arm um ihre umfangreiche Taille. »Stimmt, du hast recht.« Er legte sie liebevoll auf das Bett und quetschte sich daneben. »Aber es geht trotzdem.« Er kuschelte sich an sie und gab ihr einen schallenden Kuss. »Das darfst du dem armen Seidel nicht übel nehmen«, flüsterte er ihr ins Ohr. »Der Gute ist eingefleischter Junggeselle und hat keine Ahnung, was Mann und Frau so miteinander machen. Und dass sie dafür Platz brauchen, weiß er auch nicht.«

Christiane fand das wenig überzeugend. Sicher war das Seidels Rache dafür, dass sein Dienstherr ihn ihretwegen weggeschickt hatte. Sanft löste sie sich aus Goethes Armen.

»Ich krieg kaum Luft«, beschwerte sie sich mit einem Lachen. Bald wurde sie jedoch wieder ernst. »Wirst du ein neues machen lassen? Ein breiteres?« Und als er überrascht schwieg, schlug sie vor: »Das hier könnten wir ins Gästezimmer stellen.«

»Darin steht hoffentlich schon mein altes«, erklärte er und erhob sich, offenbar, um nachsehen zu gehen.

Christiane hielt ihn zurück und zog ihn erneut in ihre Arme.

»Wir könnten auch ein zweites bestellen und es neben dieses hier stellen«, flüsterte sie ihm ins Ohr. »Ach bitte.«

»Dann lieber ein breiteres«, gab er nach. »Und das mit den zwei Gästebetten ist gar kein so übler Gedanke. Heinrich Meyer hat sich nämlich angemeldet, und der gute Lips bleibt noch eine Weile. Er hat versprochen, Kupferstiche von einem Teil meiner Sammlung anzufertigen. Und Meyer wird ihm dabei helfen. Er ist ein begabter Zeichner, du wirst ihn mögen.«

»Siehst du?«, fügte sie rasch an, obwohl sie insgeheim hoffte, dass dieser Meyer keiner von jener Sorte Gäste war, die ihr den geliebten Mann auf Wochen hinaus Abend für Abend wegnehmen würde. »Auch Heinrich Meyer soll sich bei uns wohlfühlen.«

An Ruhe war also vorerst nicht zu denken. Es gab eine Menge zu tun, Dinge, an die nur eine Frau dachte, die ein Heim jedoch erst gemütlich machten. Es war Mitte November, und vor allem in der Wohnung im Erdgeschoss war es empfindlich kalt. Sutor heizte wohl den Ofen ein, doch fehlte es überall an Teppichen. Gemeinsam mit Juliane fand Christiane auf dem Markt einen Schäfer, der mit Fellen handelte. Auf eigene Faust erstand sie gleich ein Dutzend davon und verteilte sie auf ihre und auf Goethes Wohnung. Er war so glücklich darüber, dass sie eine Woche später gleich ein weiteres halbes Dutzend holen ging, und diesmal begleitete sie Sutor, damit sie nicht so schwer trug. Außerdem kaufte sie eine mit Schaffell gefütterte Hausjacke für Goethe und feine Wolle zum Stricken.

»Du sollst dich schonen«, sagte er, als sie ihn fragte, warum er sich das Essen für sich und seine Diener aus seinem Stammlokal bringen ließ, statt bei ihnen mitzuessen. »So ist es viel einfacher.«

Juliane war darüber ein paar Tage lang verstimmt. Christiane hatte nicht die Kraft, sie zu beruhigen. Immer häufiger fühlte sie sich nun unwohl. Zu ihrer Erleichterung verstand sich ihre Tante von Tag zu Tag besser mit Dorothea Götze und die beiden Frauen verbrachten so manche freie Stunde zusammen. Dorothea wurde nicht müde, Goethes Güte zu rühmen, während sie die Socken ihres Sohnes stopfte und seine Hosen ausbesserte, die allesamt vom Geheimen Rat gekauft worden waren, so wie der Stoff ihres Kleides und überhaupt alles, was sie besaßen.

»Wer in seinem Haus lebt«, erzählte sie, »den behandelt er wie ein Familienmitglied. Jeder bekommt sein Weihnachtsgeschenk, und auch für Kleider und Schuhe sorgt er.«

Da beruhigte sich Juliane. Ihre Züge entspannten sich, offenbar wurde sie sich darüber bewusst, wie gut sie es getroffen hatte.

Es war an einem der ersten Dezembertage, als Christiane mitten in der Nacht mit einem fürchterlichen Schrei erwachte. Das Ziehen in ihrem Bauch war einem schneidenden Schmerz gewichen.

»Wenn das nur nicht die Wehen sind«, hörte sie die Tante sagen, die im Nachthemd neben ihrem Bett stand. Ernestina streckte erschrocken den Kopf zur Tür herein. »Es ist noch viel zu früh.«

»Vielleicht hat sich die Wehfrau verrechnet«, warf Ernestina ein.

»Ja, vielleicht«, wimmerte Christiane. Nie zuvor hatte sie einen solchen Schmerz erlebt.

»Was ist denn los?«, hörte sie eine weitere Frauenstimme aus dem Flur. »Wer hat da so geschrien?« Christiane erkannte Dorothea Götze mit einer Nachthaube, die mit einer Kerze in der Hand ins Zimmer leuchtete. »Geht es etwa schon los?«

»Wir sollten nach der Hebamme schicken«, beschloss Juliane.

»Ich weck meinen Paul«, erklärte Frau Götze. »Den Geheimen Rat sollte man besser nicht stören. So gutherzig er ist, er erträgt es nicht, wenn jemand im Haus leidet.«

»Auf keinen Fall dürft ihr ihn wecken«, keuchte Christiane, ehe eine weitere Welle Schmerz sie durchwogte und sie krampfhaft versuchte, nicht mehr so laut zu schreien wie zuvor.

Als Antonie Laubner, die Wehfrau, endlich kam, waren die Abstände zwischen den Anfällen größer geworden.

»Es ist noch lange nicht so weit«, sagte sie, nachdem sie Christiane gründlich untersucht hatte. »Aber das Kind liegt ungünstig, Sie sollten besser im Bett bleiben.«

»Wie lange?«

»Bis zur Geburt. Und die wird in vier oder fünf Wochen sein, so Gott will nicht früher. Alles andere wäre gar nicht gut für das Kind.«

»So lange kann ich nicht im Bett liegen bleiben«, protestierte Christiane.

»Zum Wohl des Kindes«, sagte die Hebamme eindringlich. »Seien Sie vernünftig, Mamsell Vulpius.«

Sie zog ein Beutelchen aus ihrer Schürzentasche und übergab es der Tante. Paul Götze, der in der Stube gewartet hatte, erhob sich, um die Hebamme durchs Frauentor in die Stadt zurückzubegleiten.

Erschöpft sank Christiane zurück in die Kissen. Was ist mit dir?, fragte sie in Gedanken ihr Kind und lauschte in sich hinein. Einige Male kam der Schmerz zurück, wurde jedoch schwächer und hörte schließlich auf. Endlich schlief sie ein und träumte, sie liefe durch den Park der Ilm entlang zu Goethes Gartenhaus. Der Mond schien hell. Dann verfärbte er sich blutrot. Der Weg zog sich hin. Das Wasser im Fluss rauschte. Und rauschte …

Als sie erwachte, drang fahles Tageslicht durch die Vorhänge. Der Regen rauschte vor ihrem Fenster. In ihrer Kammer war es kalt und sie sehnte sich danach, sich an ihren geliebten Goethe zu schmiegen und ihre Füße an ihm zu wärmen, so wie sie es tat, wenn sie bei ihm schlief. Eine bleierne Schwere lastete auf ihr, sie erinnerte sich an die Schmerzen der vergangenen Nacht, doch das alles erschien ihr wie ein ferner Traum, etwas, das nicht ihr zugestoßen war, sondern einer anderen. Als sie sich aufsetzen wollte, schossen die Schmerzblitze jedoch wieder durch ihren Unterleib. Liegen bleiben, hatte Antonie Laubner gesagt. Sie war noch nie in ihrem Leben länger als bis acht Uhr morgens im Bett geblieben. Normalerweise war sie um fünf auf den Beinen.

Warum schlief sie eigentlich allein? Düster überdachte sie ihre Lage seit dem Umzug. Alles wirkte so festgefügt: Sie lebte mit ihrer Familie hier oben, er mit Paul Götze unten. So wie früher, dachte sie resigniert. Aber nein, wies sie sich selbst zurecht. Inzwischen trennte sie ja nur ein Stockwerk. Sollte sie nicht glücklich sein? Warum hatte sie nur das Gefühl, dass sie mit dem Umzug ihrem Liebsten ferner gerückt war? Gehörten sie nicht zusammen? Wo war er jetzt? Sie wünschte sich ihn so sehr an ihre Seite.

Leise ging die Tür auf und Ernestina spähte herein.

»Bist du wach?«, flüsterte sie. Christiane nickte und ihre Schwester brachte ihr einen Becher, aus dem es kräftig dampfte. »Das ist der Tee, den die Laubnerin heute Nacht dagelassen hat.«

Behutsam stellte sie den Becher auf Christianes Nachttisch. »Der soll dir helfen.« Scheu nahm sie auf dem Bettrand ihrer Schwester Platz. Christiane wurde auf einmal bewusst, wie sehr Ernestina in den vergangenen Wochen gewachsen war. Und nicht nur das. Sie wirkte ernster, nachdenklicher. Und so beunruhigt.

»Was ist mit dir?«, fragte sie und griff nach der Hand ihrer Schwester.

Ernestina schreckte aus ihren Gedanken auf.

»Mit mir? Nichts. Ich mach mir Sorgen um dich.«

»Das brauchst du nicht.« Christiane war es unerträglich, Anlass für Sorgen zu sein. Von jeher war sie die Starke, Unverwüstliche. Das war ihre Rolle. Bemitleidet zu werden war nicht ihre Sache. »Das ist eben so, wenn man in Umständen ist. Das ist ganz normal.«

»Nein, das ist nicht normal«, widersprach Ernestina mit Tränen in den Augen. »Die Laubnerin hat uns erklärt, dass das überhaupt nicht normal ist. Sie hat uns das Versprechen abgenommen, dafür zu sorgen, dass du schön im Bett bleibst.«

Zuerst wollte Christiane aufbegehren. Doch sie ließ es sein, um ihre Schwester nicht noch mehr zu ängstigen. Im Stillen beschloss sie, bald gesund zu werden. Was sollte Goethe von ihr denken, wenn sie, kaum in seinem Haus, die Faule spielte, die den ganzen Tag im Bett herumlag?

Sie blieb zwei Tage lang liegen, dann stand sie auf. Sie fühlte sich viel besser und das Ziehen im Unterleib hatte aufgehört. Wenige Tage danach fand sie ein paar Tropfen Blut in ihrer Wäsche, außerdem kehrten die Schmerzen mit aller Macht zurück.

»Willst du dein Kind umbringen?«, schimpfte die Tante. »Du bist ja ganz heiß. Hast du etwa Fieber?«

Schweiß perlte auf ihrer Stirn, ihr Herzschlag dröhnte in ihren Ohren. Der neuerliche Anfall war noch schwerer als der erste.

Ernestina blieb an ihrer Seite und tupfte ihr Gesicht mit einem feuchten Tuch ab.

Auf einmal stand auch Goethe an ihrem Bett und starrte erschrocken auf sie hinab. Sie wollte etwas sagen und nach seiner Hand greifen, doch er wandte sich bereits ab und befahl, man möge seinen Arzt rufen, und zwar sofort.

Danach blieb er verschwunden. Christiane schlief, erwachte an Schmerzen, schlief ein, wenn sie nachließen, und wurde erneut von ihnen geweckt.

»Hier, trink«, hörte sie die Tante sagen und würgte mühsam warme Fleischbrühe hinunter. Sie nahm wahr, wie man sie zur Ader ließ und jemand Schröpfgläser auf ihren hochgewölbten Bauch setzte. Man gab ihr bitteren Kräutersud zu trinken und ab und zu fühlte sie Hände zwischen ihren Schenkeln. Hände, die drückten und in sie eindrangen, tastend und suchend. Sie wand sich, wollte die Hände loswerden, wollte auch die Decke loswerden und ihr Nachthemd, dann wieder fror sie und klapperte mit den Zähnen.

»Wird sie es schaffen?«, wisperte jemand.

Die Antwort blieb aus. Stattdessen hörte sie vertraute Stimmen, die tränenerstickt Gebete murmelten.

Musste sie sterben?

Im Halbschlaf sprach sie mit dem Kind. Es war ein Junge, auf einmal war sie sich dessen ganz sicher. Und er wollte nicht sterben, wollte geboren werden und sein Quantum Leben haben, und sie war dafür verantwortlich, dass er es erhielt. Sie war seine Mutter. Er war noch so klein, hilflos ruhte er in ihrem Bauch, mit ihr vom Fieber geschüttelt und voller Angst. Sie musste für sich und ihn stark sein, und als sie das begriffen hatte, kehrten auf einmal ihre Kraft zurück und ihr Wille. Und das brauchte sie auch, denn es galt einen Kampf auszufechten, einen Kampf, wie ihn ihre Mutter verloren hatte und ihre Stiefmutter ebenso. Sie jedoch würde ihn gewinnen. Ganz langsam sank das Fieber, und ihr Bewusstsein, das viel zu lange in einem tiefen Meer aus

Schmerzen herumgetrieben war, kehrte zurück an die Oberfläche. Sie durfte nicht sterben. Ihr Kind brauchte sie. Goethe brauchte sie. Das hatte er ihr einst geschrieben: *Geliebtes Kind, ich kann ohne dich nicht mehr sein.* An diesem Satz hielt sie fest. Auch sie wollte leben, ihren Sohn in den Armen halten und ihn Goethe zeigen. Sie wollte eines Tages wieder tanzen gehen und lachen und Aufführungen des Komödienhauses besuchen. Sie sah sich im Kreis ihrer Freundinnen unbeschwert über die Wiesen laufen und Salatkräuter sammeln, so viele, dass ein Teil davon einer Marktfrau verkauft werden konnte. Sie sah sich gemeinsam mit Christian in den Wald gehen, Körbe in den Händen, um Pilze zu sammeln, die die Tante am Abend mit ein wenig Schmalz in der Pfanne briet, so dass ihnen vom Duft Hören und Sehen verging und sie es nicht erwarten konnten, ihren Anteil zu erhalten.

Sie wachte auf und hatte Hunger. Am liebsten hätte sie Pilze, hörte sie sich sagen und fiel erneut in Schlaf, und als sie die Augen aufschlug, hatte die Tante tatsächlich Pilze für sie gebraten. Heißhungrig aß sie ein wenig davon und sank zurück in die Kissen. Sie tastete nach ihrem Bauch – das Kind war noch da.

»Gott sei's gedankt«, flüsterte sie und machte Anstalten aufzustehen.

»Nichts da«, hörte sie eine strenge, männliche Stimme. Den Mann, dem sie gehörte, kannte sie nicht. »Sie können nicht aufstehen, Mamsell Vulpius. Die Gefahr ist noch längst nicht vorüber.«

»Wo ist Goethe?«, fragte sie.

»In Jena«, antwortete der Mann.

In Jena? Erneut wurde es ihr schwindelig. Warum war ihr Geliebter in Jena und nicht an ihrer Seite? Plötzlich wurde sie wütend.

»Wer sind Sie überhaupt?«, blaffte sie ihn an.

»Huschke mein Name. Leibarzt der herzoglichen Familie«, gab er würdevoll zurück. »Der Geheime Rat hat mir die Instruktion erteilt, Sie nicht mehr aus den Augen zu lassen, bis das Kind wohlbehalten auf der Welt ist.« Er maß ihren Puls und sie unterdrückte den Wunsch, ihm die Hand zu entziehen. »Nur Geduld«, fügte er etwas sanfter hinzu. »Lange wird es nicht mehr dauern.«

Sie konnte nicht glauben, dass sie vier Wochen lang gefiebert hatte. Die Wohnung duftete nach allerlei Zuckergebackenem, nach Zimt, Kardamom und gerösteten Mandeln, und vor allem nach den *Schüttchen*, den leckeren Weihnachtsstollen ihrer Tante Juliane.

Sie und Dorothea Götze werkelten abwechselnd in der Küche herum und waren sich darin einig, dass der Herr Geheime Rat von Goethe ganz sicher bald eintreffen würde, und bis dahin sollte alles so sein, wie er es gern hatte. Während Paul Götze seinen Herrn stets begleitete und auch diesmal mit ihm nach Jena gefahren war, half Christoph Sutor überall im Haus mit, machte Besorgungen und kümmerte sich darum, dass es in den Wohnungen des Jägerhauses schön warm war.

»Was macht er eigentlich in Jena?« Ernestina leistete Christiane Gesellschaft und strickte dabei eine Schlafmütze für Goethe aus der feinen Wolle, die Christiane kurz nach ihrem Einzug bei dem Schäfer gekauft hatte.

»Ich weiß es nicht«, gestand sie. »Wichtige Menschen treffen, schätze ich. Gelehrte und Kollegen.« Vielleicht auch eine andere Frau, fügte sie in Gedanken hinzu.

Sie war niedergeschlagen. Alles drehte sich hier um Goethe, dabei war er überhaupt nicht da. So lange hatte er sie nicht mehr in seinen Armen gehalten.

»Könntest du mal den Christoph fragen?«, bat sie ihre Schwester. »Aber lass dir nicht anmerken, dass ich keine Ahnung davon habe, wo mein Mann ist.«

»Natürlich nicht«, entgegnete Ernestina schnell. Und gleich nach dem Abendessen kam sie mit Neuigkeiten in Christianes Kammer.

»Der Herr von Goethe ist Direktor der Universität in Leipzig«, erklärte sie mit wichtiger Miene und leuchtenden Augen. »Und natürlich muss er sich dort um viele Dinge kümmern. Sutor sagt, dass er deswegen regelmäßig ein paar Wochen in Jena …«

»Gleich ein paar Wochen?« Christiane ließ sich auf ihr Kopfkissen zurückfallen. »Na, das sind ja wundervolle Nachrichten«, fügte sie resigniert hinzu. »Da werde ich ja wochenlang allein sein …«

»Bestimmt nimmt er dich mit.« Ernestina war die Optimistin in Person. »Und überhaupt, du bist gar nicht allein«, versuchte sie Christiane zu trösten. »Du hast uns. Und bald kommt dein Kind auf die Welt. Da bist du überhaupt nie mehr allein.«

Es wurde Heiligabend, und Goethe kam noch immer nicht nach Hause. Ernestina hatte Christiane in der Stube ein Lager auf dem Sofa bereitet, damit sie im Kreis der neuen Hausgemeinschaft Weihnachten feiern konnten. Christoph Sutor hatte einen Tannenbaum aufgestellt, und angesichts des geschmückten Lichterbaums überwand Christiane ihren Kummer um die Abwesenheit ihres Liebsten.

In der Nacht jedoch setzten die Schmerzen wieder ein, und zwar so heftig, dass die Frauen Christoph Sutor nach der Hebamme schickten.

»Wie es aussieht, wirst du ein Christkindlein bekommen«, prophezeite die Laubnerin und verlangte nach abgekochtem Wasser und sauberen Leintüchern.

»Sollten wir Doktor Huschke kommen lassen?«

Ernestina rang besorgt die Hände, doch die Hebamme widersprach vehement.

»Wenn der Schwarzkittel kommt, bin ich weg«, drohte sie. »Er ist nicht gut auf unsereins zu sprechen.«

»Lass«, stöhnte Christiane zwischen zwei Wehen. »Ich mag den Doktor nicht.«

Es wurde die längste Nacht in Christianes Leben, und es gab Augenblicke, in denen sie dachte, sie sei auch ihre letzte. Der Morgen dämmerte bereits, als das Kind endlich mit den letzten verzweifelten Presswehen aus dem Leib seiner Mutter glitt. Es war ein gesunder, kräftiger Junge, und alle atmeten erleichtert auf. Antonie Laubner legte den Kleinen sogleich an Christianes Brust, was ihr half, die Nachgeburt zügig auszustoßen. Mit kleinen, gierigen Schlucken sog das Kind seine erste eigene Nahrung in sich ein. Endlich ließ es die Brustwarze los, schloss die Augen und sank erschöpft in einen tiefen Schlaf.

»Ist er nicht schön?«, flüsterte Christiane.

Sie war ganz absorbiert vom Anblick ihres Kindes, doch auf einmal nahm sie an der Tür eine Bewegung wahr. Als sie aufsah, stand Goethe auf der Schwelle. Ein Strahlen glitt über ihr Gesicht.

»Geht es dir gut?«, fragte er ängstlich und nahm auf dem Stuhl direkt neben ihrem Bett Platz, den Ernestina sofort für ihn geräumt hatte. Liebevoll griff er nach Christianes Hand und küsste sie. »Was für ein prächtiger Bursche. Wir werden ihn August nennen, nach unserem Landesherrn. Gefällt dir der Name, mein Lieb?«

Er erhielt keine Antwort. Christiane war eingeschlafen. In ihrer Armbeuge lag sicher das Kind. Und mit ihrer anderen Hand hielt sie ihn fest, den Mann, den sie liebte.

7. KAPITEL

Weimar, Frühjahr 1791

Bist du fertig?« Ungeduldig öffnete Christiane die Tür zur Kammer ihrer Schwester. Ernestina stand vor dem Spiegel und zupfte an ihrem neuen Kleid herum. »Was ist los? Gefällt es dir nicht?«

»Es ist wirklich hübsch«, gab Ernestina kleinlaut zu. »Aber dieser Ausschnitt! Mein Busen ist zu klein. Schau mal, ich hab eine richtige Hühnerbrust.«

Christiane brach in Gelächter aus.

»Das liegt daran, dass du dauernd die Schultern nach vorn hängen lässt«, erklärte sie. »Schau mich an, so musst du dich halten.« Sie straffte ihren Bauch, schob die Brust nach vorn und nahm die Schultern zurück. Ernestina versuchte, es ihr nachzumachen. »Siehst du, so sitzt das Kleid perfekt. Du musst lernen, dich wie eine Dame zu halten. Jetzt komm! Die Kutsche wartet.«

Ach, was war sie aufgeregt. An diesem Abend würde das Hoftheater eröffnet werden. Das alte Komödienhaus war unter Goethes Aufsicht umgebaut worden. Und natürlich war er zum Direktor ernannt worden, nachdem der Herzog dem Impresario Bellomo gekündigt hatte. Er wollte eine ernsthafte Bühne etablieren, was jedoch nicht hieß, dass keine Komödien mehr aufgeführt werden sollte. Goethe würde schon dafür sorgen, dass das Hoftheater zu Weimar sich einen Ruf als niveauvolle Bühne verdiente. »Nach dem Schlendrian der vergangenen Jahre werden wir zuerst das Gegenwärtige und Mögliche verfolgen. Dann nach und nach das Wünschenswerte bis zum beinahe Unmöglichen in die Tat umsetzen«, hatte Goethe mit blitzenden Augen verkündet, als sie vor ein paar Tagen über seine Theaterpläne gesprochen hatten.

»Was wird denn eigentlich gespielt?«, erkundigte sich die Tante, die zu Hause blieb, um auf den kleinen August aufzupassen, der selig in Christianes Kammer schlief. Er war fast siebzehn Monate alt und der Liebling des ganzen Hauses.

»*Die Jäger* von Iffland«, antwortete Christiane, während sie in ihren Mantel schlüpfte.

»Nichts von deinem Goethe?«

»Bald geben sie seinen *Egmont*«, erklärte Christiane, die Hand schon auf der Klinke. »Das ist ein Trauerspiel, deshalb eignet es sich nicht so gut zur Eröffnung. Nun komm«, mahnte sie Ernestina. »Wenn du so trödelst, nehme ich dich nicht mit.«

Das half. In die inzwischen Siebzehnjährige kam Bewegung. Wie jedes Mädchen in ihrem Alter haderte sie mit ihrem Aussehen. Sie fand ihr Haar zu dünn und farblos, ihren Busen zu klein, die Haut zu unrein, und manchmal brachte sie die Tante mit ihren Stimmungsschwankungen zur Verzweiflung.

»Du siehst wunderschön aus, meine Kleine«, sagte Christiane in der Kutsche zu ihr. »Und das Kleid steht dir ausgezeichnet. Es hat genau die Farbe deiner himmelblauen Augen.«

Ernestina lächelte sie unsicher an.

»Siehst du nicht diesen Pickel hier?« Sie berührte mit dem Finger eine winzige entzündete Stelle an ihrem Kinn.

»Nicht anfassen«, riet Christiane. »Wenn du daran herumkratzt, wird es nur schlimmer. Und jetzt hör auf mit dem Gejammer. Schließlich musst du nicht auf der Bühne stehen, sondern sitzt mit mir auf einer Bank im Parkett.«

»Ich versteh gar nicht«, wandte Ernestina ein, »warum du nicht mit Goethe gemeinsam in der Direktorenloge sitzen darfst.«

»Weil ihm dort die vornehmen Leute Besuche abstatten werden«, gab Christiane zurück. »Womöglich der Herzog und die Herzogin. Glaub mir, ich bin froh, dass ich da nicht im Rampenlicht sitzen muss und von allen angestarrt werde.« Sie waren auf dem Theaterplatz angekommen und der Kutscher drehte eine kleine Runde, um sie direkt vor dem Portal aussteigen zu lassen.

Tatsächlich legte Christiane kein bisschen Wert darauf, bemerkt zu werden. Nur ihre Liebe zum Theater hatte sie an diesem Abend hierher geführt. Und natürlich der Stolz auf ihren Liebsten.

Als der Herzog Goethe vorgeschlagen hatte, die Direktion des Hoftheaters zu übernehmen, hatte er sie um ihre Meinung gebeten.

»Sollen wir das gemeinsam machen?«, hatte er gefragt.

»Wie meinst du das, gemeinsam?«, hatte sie erstaunt zurückgegeben.

»Weißt du«, hatte er erklärt, »meine Lust am Theater ist eigentlich schon fast wieder vorbei. So ein Direktorenposten klingt vermutlich aufregender, als er ist. Ich kann unmöglich jeden Abend dort sein, um zu kontrollieren, ob die Vorführungen auch nach der Premiere das Niveau halten. Dabei ist das, was wir da übernehmen, der reinste Schlendrian. Möchtest du mich dabei unterstützen, etwas Seriöses daraus zu machen? Du hast ein gutes Auge für das Bühnengeschehen und die Schauspieler haben dich gern.«

Mit Freuden hatte sie zugesagt. Man würde zunächst zwar die beliebtesten Stücke aus dem Repertoire der Truppe übernehmen, so wie an diesem Abend, auf lange Sicht hatte Goethe allerdings große Pläne. Er hatte mit Schauspielern bedeutender deutscher Bühnen Kontakt aufgenommen und bald würden die ersten Vorsprechen beginnen. Ja, er hatte den Herzog außerdem dazu überredet, Bellomo das kleine Theatergebäude in der Kuranlage von Bad Lauchstädt in der Nähe von Halle abzukaufen, das während der Badesaison gute Umsätze versprach. Der provisorische Bau glich zwar eher einem Stall, die Studenten aus Halle nannten ihn liebevoll »Schafhütte«, doch Goethe hatte bereits wundervolle Ideen, wie man an derselben Stelle ein wahres Theaterkleinod errichten könnte.

Als Christiane mit ihrer Schwester das festlich erleuchtete Foyer betrat, waren sie beide geblendet von dem ungewohnt hellen Licht der vielen Lüster. Ernestina blieb beinahe der Mund offen stehen angesichts des prachtvollen Inneren des von außen eher schlichten Gebäudes.

»Das ist ja wie ein Feenschloss«, flüsterte sie, während Christiane ihre Mäntel an der Garderobe abgab, und ließ sich dann von ihrer Schwester weiterziehen. Christiane lag viel daran, möglichst unbemerkt zu ihren Plätzen zu gelangen. Das Letzte, was sie wollte, war Aufsehen zu erregen.

Sie hatte für sich und ihre Schwester Plätze im Parkett reservieren lassen, mitten unter dem Volk, so wie früher. Denn sie wollte hautnah miterleben, wie die Aufführung beim Publikum ankam. Goethe hingegen würde in einem prächtigen Sessel in der Direktorenloge thronen, und sie war jetzt schon ungeheuer stolz auf ihn. Als sie sich ihren Plätzen näherte, stellte sie fest, dass diese längst belegt waren.

Zwei Studenten saßen dort, als wäre es ihr angestammtes Recht. Christiane überlegte kurz, dann bat sie den Platzanweiser, den sie von früher kannte, den Irrtum aufzuklären.

»Selbstverständlich«, erklärte dieser. »Das haben wir gleich, Mamsell Vulpius. Bitte warten Sie solange hier an der Tür.«

Doch wie es aussah, verwickelten die Studenten den guten Mann in eine unerfreuliche Diskussion.

»Christel«, flüsterte ihr Ernestina zu. »Die weigern sich aufzustehen.«

Christiane seufzte. Am Ende musste sie sich wohl selbst darum kümmern.

»Nun, meine Herren, es wird Zeit, dass Sie sich Ihrer guten Erziehung erinnern«, wandte sie sich energisch an die Studenten.

»Was?«, höhnte einer der jungen Männer. »Das ist ja die Vulpius, das Liebchen des Direktors! Kann ich es fassen? Du teilst sein Bett und bekommst keine besseren Karten?«

»Was erlauben Sie sich …«, empörte sich der Platzanweiser. Christiane schob ihn sanft in Richtung Tür, wo sich eine Menschentraube gebildet hatte. Zahlreiche Köpfe wandten sich ihr zu, sogar vom nächstgelegenen Rang beugten sich Besucher vor, um zu sehen, was da vor sich ging. Vornehme Damen schlugen sich ihre Taschentücher vor den Mund, als sie Christiane erkannten. Und die nicht so vornehmen stießen einander an und tuschelten.

»Komm, lass uns gehen«, raunte Ernestina. Sie war den Tränen nahe. Christiane ließ sich allerdings so schnell nicht vertreiben.

»Sie haben noch eine Menge zu lernen, Sie Grünschnabel«, sagte sie so ruhig, wie sie es vermochte, zu dem Studenten. »Wenn Sie nämlich nicht auf der Stelle unsere Plätze freigeben, werde ich dafür sorgen, dass Sie nie wieder Zutritt zu diesem Theater erhalten. So ein Hausverbot ist eine traurige Sache, wenn man die Kunst liebt.«

Der eine Student wollte zornig aufbegehren, doch der andere legte ihm begütigend die Hand auf den Arm. Betont langsam erhoben sich die beiden und trollten sich, allerdings nur ein paar Meter weiter ins Stehparkett.

»Wir behalten Sie ganz genau im Auge«, erklärte der Wortführer und die Studenten im Stehparkett lachten und applaudierten.

»Christel, ich möchte lieber nach Hause«, flüsterte Ernestina.

»Still«, herrschte Christiane sie leise an. »Setz dich hin. Es geht gleich los.«

Im Zuschauerraum wurde es etwas dunkler, Christiane wusste, dass Metallblenden das Kerzenlicht dämpften. Das Reden und Lachen verebbte. Vollends still wurde es, als der Schauspieler Johann Friedrich Domaritius durch eine Öffnung des Vorhangs an die Rampe trat, um den Prolog zu sprechen, den Goethe eigens für diesen besonderen Abend verfasst hatte.

Beim Anblick des liebenswürdigen und allseits beliebten Darstellers beruhigte sich Christiane ein wenig. Dennoch hatte dieser kleine Zwischenfall sie so aufgewühlt, dass es ihr nicht gelang, seinen Worten zu folgen. Fest hielt sie die Hand ihrer Schwester in der ihren. Und konnte fühlen, dass das Mädchen am ganzen Leib zitterte.

Es tat ihr so leid für die Kleine. Dieser Abend sollte etwas ganz Besonderes für sie werden. Sie hatte geglaubt, sie könnte Ernestina in die Gesellschaft einführen. Wie dumm sie doch war! Der Ruf, der an ihr klebte, würde auch Ernestina im Wege stehen. Ganz egal, welche Rolle sie selbst in Goethes Leben spielte. Die Welt sah in ihr nur die Bettgenossin. Und wenn sie auch ansonsten über dem stand, was die Leute sagten, dieser dumme Auftritt hatte sie verletzt. Und Ernestina erst recht.

Das Theaterstück begann, und wie immer, wenn sich der Bühnenvorhang geöffnet hatte, zog das Geschehen dort vorn sie in seinen Bann, obwohl sie das Stück schon oft gesehen hatte und jede Regieanweisung kannte. Die Schauspieler waren ihr vertraut und gerade heute gaben sie ihr Bestes. Christianes Gedanken schweiften jedoch ständig ab.

Eineinhalb Jahre lebte sie nun mit Goethe zusammen. Aber taten sie das wirklich? Christiane dachte an die langen Zeiten seiner Abwesenheit. Natürlich. Ein so wichtiger Mann wie ihr Goethe wurde allerorts gebraucht. Nur drei Monate nach Augusts Geburt hatte ihn die Herzoginmutter Anna Amalia, die gerade in Italien unterwegs gewesen war, gebeten, sie in Venedig zu treffen und nach Hause zu begleiten. Zwar hatte er aus dieser fernen Stadt zärtliche und sehnsuchtsvolle Briefe geschrieben, seine Abwesenheit hatte sich allerdings hingezogen. Aus den geplanten sechs Wochen waren drei Monate geworden. Italien, sein Sehnsuchtsland – sie nahm ihm nicht ganz ab, dass es ihm dort überhaupt nicht mehr gefallen habe. Kaum zurück wurde er vom Herzog ins Schlesische Feldlager beordert. Wie sehr hatte sie ihn vermisst, bis er endlich im Oktober heimgekehrt war. Natürlich verstand sie, dass man die »Bitten« der Herrscherfamilie auf keinen Fall ausschlagen durfte, im Grunde waren es Befehle. Und sie wurde den Eindruck nicht los, dass das Herzogshaus alles dafür tat, um ihr Goethe zu entfremden.

Bislang war ihnen das nicht gelungen. Wenn sie an das große Vertrauen dachte, das ihr Goethe entgegenbrachte, daran, wie ausgelassen und zärtlich er mit seinem kleinen Sohn umging, wurde ihr Herz ganz weit. Sie hatte von Anfang an gewusst, dass es Mut kosten würde, Goethes Antrag auf eine wilde Ehe anzunehmen, doch Mut hatte sie genug. Und so hatte sie auch den Wermutstropfen hinuntergeschluckt, dass während der Abwesenheiten ihres Geliebten Philipp Seidel, obwohl er eigentlich gar nicht mehr angestellt war, nicht nur die Haushaltsbücher, sondern auch Goethes Geldschatulle wieder unter Verschluss gehalten hatte. Jede Nähnadel, jedes bisschen Zwirn notierte der Buchhalter akribisch in der Bilanz und zählte ihr die kleinen Münzen einzeln hin. Das war mitunter schwer zu ertragen gewesen.

»Der Umgang mit Geld ist heutzutage ziemlich schwierig«, hatte Goethe ihr nach seiner Rückkehr erklärt. »Es sind so viele Münzen im Umlauf, hinter jeder Grenze findest du eine andere Währung und der Wechselkurs ändert sich dauernd, so dass selbst ich oft den Überblick verliere. Außerdem gibt es eine Menge Betrüger, die Goldmünzen fälschen, indem sie billiges Metall außen vergolden. Man kann sie nur an ihrem Gewicht als Fälschung erkennen, deswegen hat Seidel stets eine Waage zur Hand. Ich wollte dich mit all dem nicht belasten. Wenn es dir lieber ist, hinterlasse ich dir in Zukunft ein eigenes Budget. Dann musst du nur zu Seidel, wenn es nicht reichen sollte …«

Nein, sie durfte nicht undankbar sein. Seit vergangenem Oktober hielt sich ihr Geliebter durchgehend zu Hause auf und es war offensichtlich, wie sehr er das Zusammenleben mit ihr und dem kleinen August genoss. Sein Söhnchen hing an ihm und Goethe hatte eine wunderbare Art, mit ihm umzugehen. Das neue Theater hatte ihn in Anspruch genommen und nebenher hatte er sich von ihr verwöhnen lassen. Und wenn er in ihren Armen lag, war seine Leidenschaft, mit der er sie liebte, genauso stark wie in ihrer allerersten Zeit.

Diesen Monat waren ihre Blutungen erneut ausgeblieben. Vielleicht würde August bald ein Geschwisterchen bekommen? Ihr Geliebter hatte gesagt, dass er einen ganzen Stall voller Kinder mit ihr haben wollte ... Unwillkürlich musste sie bei diesem Gedanken lächeln und ihr Herz wurde ein wenig leichter.

Der Pausenapplaus brandete auf und riss sie aus ihren Überlegungen. Sobald die Saaltüren geöffnet wurden, sprang Ernestina auf und eilte hinaus.

»Was ist los mit dir?«, fragte Christiane ihre Schwester, als sie sie endlich hinter einer Säule fand.

»Ich will nach Hause.« Ernestina hatte ihre Lippen zusammengepresst. Ihr zartes Gesicht wirkte blass und verschlossen.

»Warum? Hat es dir nicht gefallen?« Christiane wartete vergeblich auf eine Antwort. »Na gut«, seufzte sie.

Sie holten ihre Mäntel ab, waren schon im Foyer und im Begriff, das Gebäude zu verlassen, als sie jemand bei ihren Vornamen rief. Erstaunt blickten sie sich um. Zu ihrer beider Überraschung war es Christian, der ihnen hinterhereilte.

»Was machst du denn hier?«, rief Christiane freudig aus und Ernestina fiel ihm spontan um den Hals. »Ich dachte, du bist noch in Leipzig!« Sie hatte Goethe davon überzeugen können, ihrem Bruder ab dem kommenden Frühjahr die Stelle eines Dramaturgen zu geben. Dass er allerdings bereits in Weimar war, hatte sie nicht gewusst.

»Es sollte eine Überraschung werden«, lachte der Bruder und machte sich gutmütig aus Ernestinas stürmischer Umarmung frei. »Wo wollt ihr denn hin? Was war das vorhin bei euch da unten eigentlich?«, fragte er.

»Ach«, wiegelte Christiane ab. »Ein paar ungezogene Lümmel haben sich aufgeplustert.«

»Sie haben sehr hässliche Dinge zu Christel gesagt.« Erneut begann Ernestinas Unterlippe zu zittern.

Christians Miene verdüsterte sich.

»Zeigt sie mir und ich nehme sie mir zur Brust.«

»Das lohnt sich doch gar nicht«, versuchte Christiane ihn zu beschwichtigen.

»Ich finde schon«, erklärte Ernestina trotzig. »So redet man nicht mit meiner Schwester. Wie kannst du da so ruhig bleiben, Christel? Wenn unser Vater das wüsste.«

Plötzlich stiegen Tränen in Christianes Augen. Ernestinas Zorn tat ihr mehr weh als alles, was diese Studenten zu ihr sagen könnten. Und eigentlich hatte sie recht. War sie inzwischen so abgestumpft, dass ihr die öffentlichen Schmähungen egal waren? Oder machte sie sich bloß etwas vor? Die Klingelzeichen ertönten, das Foyer leerte sich.

»Kommt zu mir in meine Loge«, erklärte Christian. »Von dort aus sieht man zwar nicht so gut auf die Bühne, aber man lässt euch in Ruhe.«

»Da ist es doch viel zu eng«, wandte Christiane ein. »Nimm das Tinchen mit«, bat sie ihren Bruder. »Ich geh heim. Immerhin kenne ich das Stück in- und auswendig.«

Ehe Christian etwas einwenden konnte, hatte sie das Portal aufgestoßen und war hinaus in die kühle Frühlingsnacht geeilt.

Nein, nach Hause wollte sie noch nicht gehen. Was sollte sie bei der Tante herumsitzen und ihre Fragen beantworten? Sie schlug die entgegengesetzte Richtung ein, überquerte den Karlsplatz, dann führten sie ihre Beine wie von selbst die Neue Straße entlang bis zu Bertuchs Manufaktur. Sie ertappte sich dabei, wie sie sehnsüchtig die Fassade hinauf zu den Fenstern der Mansarde sah, wo sie einst gearbeitet hatte. Wie unbeschwert sie damals gewesen war, als sie hier Kamelien, Maiglöckchen und so manche andere Blüten gefertigt hatte. Inzwischen hatte sie ihren guten

Ruf verspielt und war zum Stadtgespräch geworden, von den einen verachtet und den anderen beneidet. Ihre engsten Freundinnen hatten sie erst einmal in ihrem neuen Quartier besucht, um ihren kleinen Sohn zu bewundern, Hanne und Henriette waren gemeinsam in die Vorstadt gekommen, so als hätten sie alleine nicht ausreichend Mut dazu. Marie Zoller hatte ihr ein Präsent geschickt, einen winzigen Strickanzug für den Kleinen, und eine freundliche Karte dazugelegt. Gekommen war sie allerdings nicht.

Ob Goethe wohl ahnte, wie ungeklärt ihre gesellschaftliche Situation hier in Weimar war? Für ihn hatte sich nicht viel geändert. Oder tat sie ihm unrecht? Hatte er nicht das Haus am Frauenplan ihretwegen verloren und war vor die Tore der Stadt verwiesen worden? Ob man wohl auch ihn ihrer »wilden Ehe« wegen gelegentlich quälte? Ihr gegenüber würde er das niemals erwähnen, falls es so sein sollte.

Als sie an der Schlossruine vorüberging und das sogenannte Fürstenhaus in Sicht kam, in dem die herzogliche Familie seit dem Brand lebte, wurde ihr bewusst, dass seine Stellung und sein Stand allein von der Gunst Carl Augusts von Sachsen-Weimar abhingen. Und dass der nicht immer konnte, wie er wollte, das hatte ihr Goethe erst neulich anvertraut.

»Im Grunde haltet ihr Frauen die Macht in euren zarten Händen«, hatte er scherzhaft gesagt und sie in den Arm genommen. »Und der Herzog ist schließlich auch nur ein Mann.«

Zu Hause fand sie ihren kleinen Sohn und die Tante schlafend vor. Der Anblick des Kleinen machte, dass sich der Aufruhr in ihr legte und ein Gefühl von Frieden sie erfüllte. Alles war gut so, wie es war.

Leise ging sie in die Küche, schürte das Feuer und goss Rotwein in einen Topf aus gebranntem Ton. Goethe liebte es, vor dem Schlafengehen noch einen Schluck gewürzten Wein zu trinken, und gerade heute würde das auch ihr guttun. Sie hob eine Ecke des Tuchs auf, das den Brotteig bedeckte, aus dem sie am folgenden Morgen Laibe formen und diese zum Backhaus tragen würde. Er war schon ordentlich aufgegangen.

Sie nahm den Wein vom Feuer und stellte den Topf an den Rand des Herdes, wo die Hitze kleiner war. Aus ein paar Leinensäckchen, in denen sie die kostbaren Gewürze aufbewahrte, fügte sie Zimt, Kardamom aus Persien und ein paar Nelken hinzu. Von solchen Zutaten hatte sie früher nur träumen können, allenfalls an Weihnachten hatten sie sich winzige Mengen davon gegönnt. Die Verwendung von Safran, Ingwer, Muskatblüte, Koriander und Kubebenpfeffer jedoch hatte sie erst bei Goethe aus dem Kochbuch seiner Großmutter kennengelernt.

Sie goss sich einen halben Becher voll ein und überlegte kurz, ob sie auf Goethe warten oder besser in ihrer Wohnung oben zu Bett gehen sollte. Sie hatte ein solches Bedürfnis, sich an ihn zu kuscheln und ihn sagen zu hören, dass alles in bester Ordnung war. Sie setzte sich an den Küchentisch und wärmte ihre klammen Finger an dem Becher. Hier am Feuer war es um diese Jahreszeit am gemütlichsten.

Sie betrachtete die üppige Ausstattung der Küche. Die blank gescheuerten Kupfertöpfe, die über der Herdstelle hingen, die Zinntöpfe, Eisenpfannen und vor allem das Tongeschirr, die sogenannten Hafen, die ordentlich in den Regalen und Schränken nach Größe sortiert darauf warteten, in Gebrauch genommen zu werden. Sie hatte den Haushalt im Griff, und die Tante, die zeitlebens den ihres Bruders und dessen Familie geführt hatte, unterstützte sie an allen Ecken und Enden. Dankbar dachte Christiane an die Zeit nach Augusts Geburt, von der sie lange gebraucht hatte, um sich zu erholen. Ob sie wohl wieder schwanger war?

Die Haustür flog auf und kurz danach stürmte Ernestina in den Flur.

»Hier bist du!«, rief sie aus, als sie ihre Schwester in der Küche fand. »Ach, es war einfach himmlisch mit Christian. Stell dir vor, er hatte einen Logenplatz, und der nette Platzanweiser hat mir einfach einen kleinen Hocker hineingestellt. Zwölf Vorhänge gab es, der Applaus wollte kein Ende nehmen.«

»Das ist gut«, antwortete Christiane erleichtert. Offenbar hatte die Kleine die Studenten vollkommen vergessen. »Da wird der Geheime Rat zufrieden sein.«

»Bestimmt ist er das«, meinte Christian, der in der Küchentür stand. »Natürlich muss er seine Honneurs machen und wird wohl erst später heimkommen. Na dann also, eine gute Nacht!«

»Bleib bitte noch«, bat Christiane ihren Bruder. »Gib mir deinen Mantel und setz dich hin. Wie schön, dass du in Weimar bist!«

»Das finde ich auch«, fiel Ernestina übermütig ein. »Du musst uns alles erzählen. Was genau wird denn deine Aufgabe am Theater sein?«

»Nun, offiziell werde ich erst ab dem nächsten Jahr für das Theater arbeiten, aber Goethe hat mich gebeten, schon jetzt für ihn da zu sein. Ich soll Bühnenfassungen von diversen Stücken erstellen und Libretti ins Deutsche übersetzen. Operntexte neu adaptieren. Solche Dinge eben, zu denen er selbst keine Zeit hat. Und das Beste ist …« Christian nahm dankbar den Becher mit gewürztem Wein entgegen, den Christiane ihm reichte, und setzte sich auf einen Schemel.

»Was ist das Beste?«, wollte Ernestina wissen, die vor lauter Aufregung ganz zappelig geworden war.

»Das Beste ist«, fuhr Christian schmunzelnd fort, »dass im Juni ein Stück von mir hier in Weimar aufgeführt wird!«

Christiane lächelte still in sich hinein. Auch das war ihr Verdienst gewesen. Wann immer sich eine Gelegenheit bot, legte sie Goethe eines von Christians Werken auf den Schreibtisch. Das brauchten ihre Geschwister nicht zu wissen, vor allem nicht ihr Bruder. Der sollte ruhig glauben, Goethe hätte sein Stück von sich aus ausgewählt.

»Ein Stück von dir?« Ernestina klatschte vor Freude in die Hände. »Das ist ja wunderbar. Wie heißt es?«

»Es heißt *Das rote Käppchen* und ist natürlich eine Komödie.«

»Geht es da um Rotkäppchen?«

»Ganz genau, du Neunmalkluge.« Christian zwickte Ernestina lachend in die Wange. »Rotkäppchen für Erwachsene sozusagen. Es wird eine Operette mit Musik von Ditters von Dittersdorf. Und ich verspreche euch, dass ihr Plätze in meinem Balkon haben werdet. Ich weiß nicht, wie Goethe auf die Idee kommt, euch …«

»Still«, mahnte Christiane. »Ich hab selbst entschieden, wo ich im Theater sitzen will. Und das hat seinen Grund. Ich will wissen, wie die einfachen Leute die Vorstellungen aufnehmen.«

Christian lächelte nachsichtig und stellte den leeren Becher auf den Tisch.

»Du musst ihn sehr lieben«, sagte er gutmütig und erhob sich. Offenbar glaubte er ihr kein Wort. »Ich hoffe, er weiß, was er an dir hat. Ich geh jetzt besser wieder in die Jacobsgasse.« Er nahm Christiane in die Arme, drückte sie fest an sich und strich Ernestina übers Haar. »Hab ich dir eigentlich schon gesagt, wie groß und hübsch du geworden bist?«, sagte er zu seiner jüngsten Schwester. »Am Sonntag hol ich dich ab, dann gehen wir die restliche Vulpius-Sippe besuchen. Was hältst du davon?«

Während Ernestina freudig antwortete, befiel Christiane ein schlechtes Gewissen. Wann hatte sie das letzte Mal nach Onkel Fridolin gesehen? Es wurde höchste Zeit, ihm einen Besuch auf seinem Turm abzustatten.

Sie spülte die Becher aus und füllte einen für Goethe mit dem restlichen Gewürzwein, während Ernestina den Bruder zur Haustür brachte. Als sie in die Küche zurückkehrte, sagte sie mit leuchtenden Augen: »Christian hat mich ein paar von seinen Bekannten vorgestellt. Und stell dir vor: Die haben sich vor mir verbeugt wie vor einer Dame.«

»So? Wie schön«, antwortete sie und bemerkte, dass Ernestinas

Wangen rosarot angelaufen waren. »Und war einer darunter, der dir gefallen hat?«

Ernestina zuckte verlegen mit den Schultern.

»Ich weiß nicht. Nett waren sie alle drei. Danke, dass du mich mitgenommen hast. Und bitte sei nicht böse, dass ich in der Pause … Zu schade, dass du gegangen bist. Das war meinetwegen, oder?«

»Ach, woher«, beschwichtigte Christiane die kleine Schwester. »Jetzt aber rasch ins Bett. Ich hoffe, dass du mir morgen früh mit den Broten hilfst.«

Ernestina gab ihr einen Kuss auf die Wange und verschwand. Sie wird das alles verkraften, dachte Christiane. Die unerfreuliche Geschichte mit den Studenten hat sie offenbar schon vergessen. Ich muss sehen, dass sie Freundschaften schließt und sich ihren eigenen Kreis aufbauen kann. Gut, dass Christian zurück ist, er wird sich um sie kümmern. Und eines Tages werden wir einen guten Mann für sie finden. Ganz sicher hilft uns mein Goethe dabei.

Schon bald wurde zur Gewissheit, was sie zuvor nur geahnt hatte – sie war tatsächlich zum zweiten Mal schwanger. Wenn sie richtig rechnete, würde auch dieses Kind gegen Ende des Jahres zur Welt kommen, zwei Jahre nach Augusts Geburt.

Goethe nahm die Nachricht mit freudiger Gelassenheit auf. »Großartig«, meinte er. »Es wird Zeit, dass unser August ein Geschwisterchen bekommt. Pass gut auf dich auf und arbeite ja nicht zu viel!«

Das war leichter gesagt als getan. Obwohl der Hausherr in diesem Frühling fast jeden zweiten Tag außer Haus speiste, bei Hof oder im Haus der Herders, beim Geheimen Rat Voigt und bei Charlotte von Stein, mit der er sich wieder einigermaßen versöhnt hatte, gab es immer etwas zu tun. Christiane war nicht der

Typ, lange still zu sitzen. Gerade im Frühjahr musste sie sich um ihren Garten und den an der Ilm kümmern. Sie nahm den kleinen August mit und gemeinsam säten sie Zinnien und Tagetes, Ranunkeln und Ringelblumen. Sie bestaunten die Tulpen, die so fremdartig aussahen und aus den fernen Niederlanden als Rarität hergeschickt worden waren. Während August Gänseblümchen pflückte und dabei Käfer und Schmetterlinge beobachtete, pflanzte sie nach den Eisheiligen Gemüsesetzlinge, säte Salat, Petersilie und Kerbel.

Dieses Mal merkte sie kaum etwas von ihrer Schwangerschaft, nur die Fülle ihres Bauches erinnerte daran, dass darin ein neues Menschenleben heranwuchs.

Als im Juni die Operette ihres Bruders mit großem Erfolg aufgeführt wurde, saß sie fröhlich in seiner Loge und scherte sich nicht um die neugierigen Blicke der anderen. Ihr war, als würde ihr dieses zweite Kind eine Art Zaubermantel verleihen, der sie unanfechtbar machte, ganz egal, ob man sich über sie das Maul zerriss. Denn war sie nicht eine vom Schicksal Beschenkte?

Als Goethe allerdings am Tag nach der Premiere vom Mittagessen beim Herzog nach Hause kam, sah ihm Christiane schon an der Tür an, dass etwas nicht in Ordnung war. Sie wartete, bis er in seinem Lieblingssessel Platz genommen hatte.

»Was ist?«, fragte sie ihn dann und reichte ihm ein Glas Wein. »Etwas macht dir Sorgen. Hab ich recht?«

Er lachte überrascht auf.

»Kannst du meine Gedanken lesen?«

»Das ist nicht schwierig«, gab sie liebevoll zurück. »Dazu muss man dir nur in die Augen sehen.«

Er lehnte sich in seinem Sessel zurück und atmete tief aus.

»Der Herzog hat mir heute mitgeteilt, dass wir ausziehen müssen.«

»Was?« Christiane konnte es nicht fassen. »Erst gestern haben wir den letzten der klemmenden Glockenzüge repariert. Wir sind noch keine zwei Jahre hier.« Unwillkürlich hatte sie eine

Hand auf ihren Bauch gelegt. Wenn sie nur daran dachte, wie anstrengend der letzte Umzug gewesen war …

»Ja, das kommt überraschend.«

»Und warum? Was will er mit dem Jägerhaus hier anfangen?«

»Er will es für eine junge Frau und deren Familie«, antwortete Goethe. »Ein englisches Fräulein, das ihn offenbar verzaubert hat.« Er zwinkerte ihr vielsagend zu. »Er will sie zu seiner Geliebten machen. Aber das muss unser Geheimnis bleiben.«

Sie nickte, ließ ihn jedoch nicht aus den Augen. Er wirkte nachdenklich, allerdings kein bisschen bedauernd. So als hätte er eine Idee. Richtig wohl hat er sich hier in den Jägerhäusern ohnehin nicht gefühlt, dachte Christiane. Ein neuerlicher Umzug kommt ihm vielleicht gar nicht so ungelegen.

»Weißt du schon, wohin wir ziehen werden?«

Goethe zögerte mit seiner Antwort.

»Ich habe einen Plan«, verriet er schließlich. »Womöglich ist das jetzt sogar eine Gelegenheit, meinen alten Traum wahr zu machen.« Er stand auf und begann, im Zimmer auf und ab zu gehen, was er gerne tat, wenn er nachdachte. »Ich möchte das Haus am Frauenplan zurückhaben«, sagte er nach einer Weile.

Christiane glaubte nicht richtig zu hören.

»Wäre das denn möglich?«

Goethe ließ sich Zeit, ehe er weitersprach.

»Die Chancen stehen gut.« Er wirkte, als hätte er im Kopf gerade eine Rechenaufgabe gelöst. »Wenn die Damen nicht dazwischenfunken, sollte es klappen. Er hängt sehr an mir, der Herzog. Ich bin nicht nur sein Minister, sondern sein Freund. Der Gedanke, ich würde aus Weimar weggehen, ängstigt ihn, und seit meiner Reise nach Italien weiß er, dass ich dazu imstande wäre. Natürlich spricht einiges dagegen. Es gibt hohe Beamte bei Hofe, die mir meine Sonderstellung neiden. Sie sagen, dass ich fürs Nichtstun so viel verdiene wie sie, die die ganze Arbeit machen.« Er lachte leise. »Der Herzog weiß allerdings, was er an mir hat. Während die anderen Räte sich tagelang die Köpfe heißreden und doch zu keinem Ergebnis kommen, schaffe ich an einem Vormittag mehr als sie in einer ganzen Woche.« Er seufzte. »So etwas darfst du natürlich keinem Menschen je erzählen, hörst du?«

»Natürlich nicht«, gab Christiane fast empört zurück. Als ob sie jemals Dinge weiterplaudern würde.

»Weißt du, ich habe für dieses Fürstentum eine Menge geleistet.« Goethe nahm erneut seinen Gang durchs Zimmer auf. »Den Wegebau habe ich auf Vordermann gebracht. Endlich gibt es im Herzogtum Straßen, die diese Bezeichnung verdienen. Den Abbau von Eisenerz in der Ilmenau habe ich neu organisiert. Seit unser sauberer Herr von Kalb sich mit vollen Taschen davongemacht hat, habe ich die Finanzen so weit geordnet, wie ich nur konnte. Was glaubst du, wie viel Geld täglich zum Fenster hinausgeworfen wird?« Er war vor Christiane stehen geblieben und sah sie an. Eine Menge, dachte sie und erinnerte sich an die schrecklichen Jahre, als ihr Vater für seine Arbeit lediglich einen Hungerlohn bezogen hatte. »Ungeheure Summen«, fuhr Goethe fort. »Da kommt es auf dieses Haus auch nicht mehr an.« Er setzte sich und nahm einen Schluck Wein.

»Es ist das schönste Haus in ganz Weimar«, sagte Christiane träumerisch.

»Genau das Richtige für uns. Innen jedoch ist es ein Labyrinth. Wenn ich es bekomme, baue ich es erst einmal komplett um.«

Kurz war Christiane sprachlos. Dann überschlugen sich ihre Gedanken.

»Sollte es nicht ohnehin umgebaut werden?« fragte sie verwirrt. »Deshalb hast du doch überhaupt ausziehen müssen. Oder nicht?«

»Ach das!« Goethe machte eine wegwerfende Bewegung. »Das waren nur Vorwände.« Er hatte sich an seinen Schreibtisch gesetzt und machte ein paar Notizen. »Ich muss dem Herzog schreiben«, sagte er. »Der ist ja momentan gar nicht in Weimar, sondern bei seinem Regiment in Aschersleben. Er hat Voigt beauftragt, ein neues Quartier für uns zu finden. Und ich werde dafür sorgen, dass er das richtige findet.«

Christiane kaute auf ihrer Unterlippe herum. Dass sie vielleicht bald ohne Bleibe sein würden, erfüllte sie mit Unruhe.

»Wann kommt dieses englische Fräulein nach Weimar?«, fragte sie besorgt.

»Mach dir bloß keine Sorgen, mein Liebes.« Goethe zog am Klingelzug. Gleich darauf erschien Paul Götze, dem er den Brief an den Herzog diktieren würde. »Keiner wird den Geheimen Rat von Goethe und seine Familie auf die Straße setzen, so viel steht fest.«

Wochen vergingen und die Verhandlungen um das Haus zogen sich hin. Goethe gab nicht nach und der Herzog stand tatsächlich kurz davor, ihm das Haus zu geben, als auf einmal kein Geringerer als Christoph Martin Wieland, der ehemalige Erzieher des Herzogs, in seiner Gutmütigkeit und Unkenntnis von Goethes wahren Wünschen ihm eines seiner Häuser zur Miete anbot. Der Herzog fand, dass dies eine wundervolle Idee und die Lösung all seiner Probleme darstellte, schließlich hatte er auf Druck der Herzogin und seiner eigenen Mutter erst zwei Jahre zuvor seinen Freund aus dem Haus am Frauenplan vertreiben müssen. Und jetzt wollte er es gar geschenkt?

»Bei all seinen Verdiensten, aber jetzt übertreibt es der Geheime Rat von Goethe doch«, hörte Christiane zu ihrem Schrecken auf dem Markt die Zuckerbäckerin mit Absicht so laut sagen, dass auch sie es hören musste, die am Nachbarstand gerade Buchweizen für Goethes Morgengrütze kaufte. »Jetzt will er gar das Haus am Frauenplan. Und das auf Kosten der Allgemeinheit. Dafür zahlt unsereins Steuern.«

»Ich habe gehört, dass er in eines der Wielandschen Häuser ziehen wird«, entgegnete eine dicke Dame.

»Die Wielandschen Häuser sind dem Herrn nicht gut genug«, gab die Zuckerbäckerin zurück und tat so, als würde sie Christiane nicht bemerken. »Dabei wird seine Familie immer größer«, fuhr sie fort. »Die Vulpiussin ist schon wieder in anderen Umständen …«

Christiane hatte genug gehört. Bei dieser Frau würde sie nicht mehr einkaufen. Heiß vor Zorn kam sie zu Hause an.

»Ach, lass die Leute ruhig reden«, war Goethes einziger Kommentar, als sie ihm davon erzählte. »Entschieden wird das, wie alles, ganz woanders.«

Es passierte noch in derselben Nacht. Wie aus heiterem Himmel überfielen sie die Presswehen. Als sie das Blut sah, das aus ihrem Unterleib rann, ahnte sie bereits, was geschehen war, und trotzdem wollte sie es nicht glauben. Das Kind war fast geboren, als die Hebamme kam, so schnell war alles gegangen.

»Sieben Monate«, jammerte die Tante. »Und du hast dich so wohlgefühlt. Warum musste das geschehen? Warum?«

Durch eine Wolke aus Schmerz und Verzweiflung sah sie ihren Liebsten in seinem Schlafrock. Fassungslos stand er in der Tür.

»Das Kind ist zu früh gekommen«, hörte sie die Hebamme sagen. »Ein Junge. Aber er hat es nicht überlebt.«

»Es tut uns allen so unaussprechlich leid.« Marianne hatte Tränen in den Augen und Christiane fühlte, wie ernst sie es meinte. »Das gesamte Ensemble schickt Ihnen die allerbesten Wünsche, damit Sie ganz schnell gesund werden. Wir alle vermissen Sie.«

In dunklen Stunden, so dachte Christiane, nachdem die Schauspielerin sich verabschiedet hatte, erfährt man, wohin man gehört. Seit ihrer Kindheit hatte sie sich zum Theater hingezogen gefühlt, und jetzt, da sie so unfassbar traurig war, waren es die Schauspieler, die echtes Mitgefühl zeigten. Von ihren Freundinnen war nur Hanne gekommen, hatte sich allerdings nach einer verlegenen Viertelstunde wieder verabschiedet. So als hätte ich die Pest, dachte Christiane bitter. Als sei mein Leid ansteckend.

Das Leben ging weiter. August brauchte sie. Nachdem sie sich erholt hatte, nahm sie ihn mit zur Familiengruft, wo sein kleiner Bruder, den sie zu früh zur Welt gebracht hatte, namenlos beigesetzt worden war. Sie legte eine Blume darauf nieder, dann stiegen sie gemeinsam die vielen Stufen hinauf zur Wohnung des Stadttürmers.

»Ja, wer kommt denn da?«, begrüßte Fridolin Vulpius sie und schmauchte an seiner Pfeife. Sein Blick ruhte auf August, der ihn mit seinen großen, dunklen Augen musterte. Im Kanonenofen brannte ein Feuer, zusätzlich hatte sich der Alte eine Decke über die Schultern gelegt, so frisch war es im Turm. Es zog durch die geschlossenen Fenster, so dass die Kerzenflamme auf seinem Tisch unruhig flackerte.

»Das ist mein Sohn August«, sagte Christiane mit fester Stimme. »Augustchen, das ist Onkel Fridolin.«

»Guten Tag, Onkel Fridolin.« Die Stimme ihres Sohns war hell und klar. »Was ist das?«

Der Blick des Türmers folgte seiner ausgestreckten Hand, die auf die Wand wies.

»Eine Trompete. Mit der geb ich Signale«, antwortete er.

»Was für Signale?«

Im Nu waren die beiden über die Aufgaben eines Stadttürmers in ein Gespräch verwickelt und Christiane atmete auf. Wie einfach die Welt eines Kindes war. Jetzt holte der Onkel sogar das Instrument vom Haken und reichte es August. Der versuchte, einen Ton aus der Trompete zu pressen, und lief dabei ganz rot an, bis er schließlich einen jammervollen Laut herausbekam und vor Freude juchzte.

»Du bist begabt«, behauptete Onkel Fridolin. »Das nächste Mal, wenn du kommst, geb ich dir eine Lektion.«

Sein Blick wanderte zu Christiane.

»Geht es dir gut, Christel?«

Sie hob die Schultern und nickte. So gut es einem geht, wenn man gerade sein Kind verloren hat, dachte sie. Laut sagte sie: »Sehr gut. Und euch?«

Friedrich Ernst Melchior Vulpius ging nicht darauf ein.

»Du hast einen schwierigen Weg gewählt, Johanna Christiana Sophia Vulpius.« Christiane schrak zusammen. Wollte der Onkel ihr etwa eine Standpauke halten? Doch ein Blick in seine gütigen Augen beruhigte sie. Onkel Fridolin war niemand, der dem Gerede der Leute folgte. »Nicht alle sind damit einverstanden, wie du jetzt lebst«, fuhr er fort. »Du bist stark. Und das musst du auch sein. Ist er gut zu dir, der Herr Geheime Rat?«

Sie nickte. Und plötzlich musste sie mit den Tränen kämpfen. Ja, Goethe war das Beste, was ihr hatte passieren können. Sie liebte ihn und er liebte sie. Das alles wollte sie dem Onkel sagen, doch ihre Kehle war wie zugeschnürt.

»Papa soll Tompete kaufen«, sagte August in die Stille hinein.

»Eine Trompete«, korrigierte Onkel Fridolin ihn geduldig. »Ja, frag ihn mal. Wir Vulpiusse waren immer eine musikalische Familie. Wer weiß, womöglich hast auch du Musik im Blut. Musikanten kann man stets gebrauchen.« Der Türmer wickelte sich wieder fest in seine Wolldecke ein. »Die Zeiten sind schlecht«, fuhr er an Christiane gewandt düster fort. »Nicht für alle. Für unsereins schon. Und glaub mir, bald werden die da oben zu fühlen bekommen, was es heißt, um sein Leben bangen zu müssen. Dieser tägliche Kampf ...« Er hustete. Christiane fiel auf, dass der Onkel seit ihrem letzten Besuch sichtlich gealtert war. »Es wird Krieg geben«, sagte er leise. »Preußen und Österreich ziehen gegen Frankreich. Früher oder später wird das uns alle etwas angehen.«

»Frankreich ist weit«, entgegnete Christiane. Sie hatte ihren eigenen Kummer und wehrte sich dagegen, sich erneut erschrecken zu lassen. »Ich nehme nicht an, dass unser Herzog ...«

»Er hängt von Preußen ab«, unterbrach sie der Alte. »Aber du hast recht. Frauen sollte man mit diesen Dingen in Ruhe lassen.

Vielleicht kann ja dein Geheimer Rat das Schlimmste verhindern.«

Das Schweigen, das nun entstand, lastete schwer auf Christiane. Noch nie war ihr so deutlich bewusst geworden, dass sie sich mit der Entscheidung für ein Leben an Goethes Seite zwischen alle Stühle gesetzt hatte.

»Kommst du uns mal besuchen?«, fragte August den Onkel. »Ich hab eine Trommel. Die zeig ich dir dann.«

Fridolin Vulpius tätschelte dem Jungen das blonde Lockenhaar.

»Da machst du wohl ordentlich Lärm, junger Mann«, sagte er und lachte, bis sein Lachen in Husten überging.

»Wir sollten jetzt gehen«, sagte Christiane und legte unauffällig eine Silbermünze neben den Ofen. Der Onkel würde sie erst finden, wenn sie längst fort waren. »Leb wohl.«

»Gott sei mit dir«, entgegnete der Türmer milde und streckte seine dürre Hand zum Abschied aus. Sie drückte sie, dann nahm sie ihren Kleinen auf den Arm, um ihn die steilen Treppenstufen hinunterzutragen.

8. KAPITEL

Weimar, Herbst 1791 bis Frühjahr 1792

In den Jägerhäusern ging das Leben weiter, als wäre nichts geschehen. Maler Lips hatte eine eigene Wohnung gefunden, kam jedoch weiterhin regelmäßig, um Goethes Bestand an Kunstwerken zu dokumentieren und in Zeichnungen festzuhalten. Eines Tages bat er sie, ihm endlich für das Porträt zu sitzen, das er Goethe versprochen hatte. Als ihr keine Ausrede mehr einfiel, zog sie ihr schönstes Kleid an, kämmte ihre Locken und flocht ein Band in ihr Haar. Dann folgte sie seinen Anweisungen und setzte sich auf den Stuhl, den er ihr an das Tischchen in der Diele geschoben hatte. Ohne es anzusehen, legte sie das Buch auf ihren Schoß, das er ihr aus der Bibliothek geholt hatte, stützte sich mit dem rechten Ellenbogen auf den Tisch auf und blickte schräg an ihm vorbei, genau so, wie er es sie geheißen hatte.

»Wenn Sie jetzt ein wenig lächeln mögen?«

Sie tat ihr Bestes. Und dennoch sah man der Zeichnung später an, dass ihr überhaupt nicht zum Lachen zumute gewesen war.

»Hör zu«, sagte wenige Tage später Antonie Laubner zu ihr, die gekommen war, um nachzusehen, ob sie sich gut erholte, und ihr vor allem half, den Milchfluss einzudämmen, der verschwenderisch aus ihren Brüsten tropfte. »Es ist nicht deine Schuld. Das passiert häufiger, als du denkst, Gott allein weiß, warum. Er gibt die Kindlein und er nimmt sie zurück, wann er will. Dich trifft kein Vorwurf, Christel. Denk daran, du wirst noch viele Kinder haben.«

Sie war der Wehfrau dankbar, doch von ihren Schuldgefühlen befreien konnte sie sie nicht. Das konnte nur die Zeit und August, der von Tag zu Tag mehr Wörter zu sprechen lernte und sie zum Lachen brachte, ob sie wollte oder nicht.

»Wo ist Papa?«, fragte er jeden Morgen, und tatsächlich ließ Goethe ihn meistens in sein Arbeitszimmer, wo er mit glitzernden Steinen spielen durfte, die sein Vater Mineralien nannte. Oder er sah dabei zu, wie Pflanzen in eine eigens dafür angefertigte Presse gelegt wurden und platt und dünn wie das Papier wieder herauskamen, auf das Götze sie dann vorsichtig mit selbst angerührtem *gummi arabicum* klebte.

Wenn er genug von den Experimenten seines Vaters hatte, kam er in die Küche gelaufen, wo Tante Juliane ihm einen Becher warme Milch mit einem Löffel Honig gab und eine Scheibe Brot mit süßer Latwerge aus Kirschen oder Pflaumen dick bestrich. Am meisten freute sich der Junge jedoch, wenn man ihn an der Hand nahm und mit ihm »zu den Tieren« ging, zu den nahen Gehegen voller Hasen und Rehen, die er stets zu füttern versuchte, den riesigen Volieren voller Wachteln, Rebhühner und Fasanen. Besonders liebte er die Pfauen, die zwischen den Käfigen umherstolzierten, und wenn sie ihre Schwanzfedern zu prächtigen Rädern aufschlugen, juchzte er entzückt und versuchte, die Tiere zu streicheln.

Als Christiane eines Novembermorgens aus dem Garten an der Ilm zurückkam, richtete Christoph Sutor ihr Goethes Bitte aus, eines der Gästezimmer herzurichten.

»Wer kommt denn?«, erkundigte sie sich und stellte den großen Korb mit frisch geerntetem Rotkohl, Zwiebeln und ein paar

Rübchen auf dem Küchentisch ab. An diesem Tag sollte dies die Beilage zu dem schönen Stück Hammelbraten werden, den sie am Vortag erstanden hatte.

»Ein Maler namens Heinrich Meyer«, antwortete Sutor und nahm dankend an, als sie ihm eine Tasse Kaffee anbot. »Er hat sich für morgen angesagt.«

»Ach ja, Goethe kennt ihn aus Italien.« Christiane erinnerte sich, dass er seit Langem erwartet wurde. »Am besten wir heizen das Gästezimmer gleich ein.«

Sutor versprach, sich umgehend darum zu kümmern.

Ja, auch die Hausarbeit tat ihr gut. Jeden Morgen, wenn das Essen aufgesetzt war oder ein Braten im Rohr vor sich hin schmorte, ging sie ein Zimmer nach dem anderen durch und sah überall nach dem Rechten. Dabei musste sie strategisch vorgehen, Goethe konnte es nicht leiden, wenn man ihm mitten in seiner Arbeit mit dem Besen kam oder gar die vielen Gegenstände abstauben wollte, die in seinen Zimmern standen. Dennoch wünschte er sich natürlich, dass jeder seiner Apparate blitzsauber war, wenn er ihn zur Hand nehmen wollte. Vor allem seine optischen Geräte in jenem völlig verdunkelten Raum, den er seine »camera obscura« nannte, die vielen unterschiedlich geschliffenen Gläser und Linsen, polierte Christiane nur, wenn er nicht zu Hause war, und entstaubte bei der Gelegenheit auch die Gebilde aus schwarzen Pappen, die er für seine Versuche brauchte. Er machte nämlich stundenlange Experimente mit so etwas Unfassbarem wie dem Licht und rief sie manchmal, um sicherzugehen, dass er sich nicht irrte und tatsächlich die Farben des Regenbogens an der Wand oder auf einem weißen Papier zu sehen waren.

»Was macht Papa?«, fragte dann August interessiert.

»Er löst das Geheimnis des Regenbogens«, erklärte ihm Christiane stolz. »So einen klugen Vater hast du.« Und jedes Mal, wenn sie einen Regenbogen sah, was jetzt im Herbst häufiger der Fall war, zeigte sie ihn ihrem Sohn und erzählte ihm, dass sein Papa in der Lage war, das Sonnenlicht in diese einzelnen Farben zu zerlegen und noch ganz andere Wunder, wie die der farbigen Schatten, zu entschlüsseln.

Christiane fasste auf der Stelle Vertrauen zu Heinrich Meyer. Zwar standen stets zwei steile Falten über seiner Nasenwurzel, was ihm einen skeptischen und manchmal beinahe griesgrämigen Ausdruck verlieh, und doch glitzerte in seinen hellen Augen stets ein verschmitztes Lächeln. Er war nur fünf Jahre älter als sie und erschien ihr trotzdem viel lebenserfahrener mit seiner ruhigen, humorvollen Art. Er sprach in dem singenden Dialekt der Schweizer, den Christiane bereits von einem Käsehändler auf dem Markt kannte, der wie Meyer aus dem Kanton Zürich stammte und der sogar Tante Juliane mitunter zum Lachen brachte. Meyer bezog eines der Gästezimmer, und bald war es, als gehörte er schon lange zum Haushalt. August liebte ihn und kletterte auf seinen Schoß, wann immer sich die Gelegenheit dazu bot. Dann bettelte er um Geschichten, von denen Meyer einen unerschöpflichen Schatz zu kennen schien. Geschichten aus den Bergen seiner Heimat, dem Zürichsee, an dessen Ufern er geboren worden war, von seinen Reisen und nicht zuletzt den Erlebnissen in Italien.

Ja, mit Meyer lernte Christiane endlich wieder das Lachen.

Eines Abends im Dezember kam sie aus dem Theater nach Hause. Wie sie es Goethe versprochen hatte, sah sie sich die Stücke im Hoftheater an, nicht die Premieren, sondern die zweiten oder dritten Vorstellungen, so konnte sie ihm berichten, ob sich die Schauspieler an seine Anweisungen hielten, wenn er nicht zugegen war. Sie fühlte sich unter dem »Theatervolk« wohl. Keiner spielte dort auf ihre Herkunft an, im Gegenteil, als Lebensgefährtin des Theaterdirektors genoss sie in diesen Kreisen Achtung und Respekt. Anders war es nach wie vor im Zuschauerraum, und auch an diesem Abend hatte sie das zu spüren bekommen.

Es hatte geschneit und Christiane schüttelte im Windfang ihren Mantel aus, der auf dem kurzen Weg von der Kutsche bis zur Tür weiß überpudert worden war. Ihre trübe Stimmung jedoch konnte sie nicht mit abschütteln, ebenso wenig wie die hässlichen Worte einer feisten Dame, die hinter ihr an der Garderobe angestanden und sich vergeblich bemüht hatte, sich an ihr vorbeizudrängeln.

Leise betrat sie das Jägerhaus. Sie wusste, dass Goethe an diesem Abend bei der Herzoginmutter Anna Amalia eingeladen war. Womöglich konnte er seinem Ziel, dem Haus am Frauenplan, einen Schritt näher kommen. Christiane wollte eben die Treppe hinauf zu ihrer Wohnung gehen, als sie durch die angelehnte Tür zur Bibliothek gegenüber von Goethes Räumen einen Lichtschein sah. In der Sorge, jemand könnte vergessen haben, die Lampe zu löschen, schob sie die Tür auf.

»Schon zurück?« Es war Heinrich Meyer, der in Goethes altem Ledersessel saß, ein Buch in der Hand. »Kommen Sie doch herein, Frau Christiane. Wie war die Aufführung?«

Christiane zögerte kurz, dann folgte sie seiner Einladung und nahm im Sessel gegenüber Platz. Ihren Mantel behielt sie an, es war kalt in der Bibliothek.

»Sie war sehr gut«, berichtete sie knapp.

Christiane betrachtete die Wände, die vom Fußboden bis zur Decke mit Büchern bedeckt waren. Gesessen hatte sie hier noch nie. In die Bibliothek kam sie stets nur, um Ordnung zu machen. Von all diesen Bücher hatte sie keines gelesen.

Heinrich Meyer betrachtete sie aufmerksam.

»Sie sehen müde aus«, sagte er schließlich. »Das ist ja auch kein Wunder. Von früh bis spät sind Sie auf den Beinen.«

»Das macht mir nichts aus«, antwortete sie. »Ich sorge gern dafür, dass sich alle wohlfühlen. Darf ich fragen, was Sie lesen?«

»Ein Buch mit Entwürfen eines italienischen Baumeisters«, antwortete Meyer und reichte es ihr. Christiane sah Skizzen und Zeichnungen von Gebäuden, die ganz anders aussahen als die vornehmen Weimarer Häuser. Sie hatten Ähnlichkeit mit den Bauten auf den antiken Stichen, die Goethe sammelte, und doch schienen sie nicht so alt zu sein. »Gefallen sie Ihnen?«

»Ja«, antwortete Christiane und blätterte ein paar Seiten weiter. »Sie sehen elegant aus. Die Formen sind irgendwie … so klar. Mir gefallen die Säulen«, fügte sie nachdenklich hinzu. Sie blätterte weiter und sah Entwürfe für Treppen. Sie wirkten schlicht und elegant. »Wie heißt dieser Italiener?«, fragte sie.

»Andrea Palladio«, antwortete Meyer. Er zog die Wolldecke zurecht, die er über seine Knie gelegt hatte. »Er hat vor über zweihundert Jahren gelebt. Der Geheime Rat hat auf seiner Reise durch Italien einige seiner Bauten persönlich gesehen. Dieses Buch ist einer seiner größten Schätze, aber das wissen Sie natürlich.«

»Nein«, gab Christiane leise zurück. »Er spricht selten mit mir über solche Dinge. Ich bin ja nur eine einfache Frau. Und manchmal weiß ich gar nicht, was er an mir hat.« Sie biss sich auf die Zunge. Sie hatte nicht vorgehabt, mit ihrem Gast über Dinge zu sprechen, die nur sie und Goethe etwas angingen. Es lag einzig und allein an dieser boshaften Frau an der Theatergarderobe. »Dass sich unser Goethe mit einer so dummen Pute abgibt«, hatte sie gesagt.

»Was er an Ihnen hat? Oh, das weiß ich wohl«, gab Meyer mit einem freundlichen Lachen zurück. »Er liebt Sie sehr, das sagt er oft. Weil Sie so gut sind. So offen und ehrlich, das findet man heute nicht so oft. Und weil Sie beide einfach füreinander gemacht sind. Wenn Sie mich fragen, kann er sich glücklich schätzen, jemanden wie Sie gefunden zu haben. Doch, doch, ganz gewiss«, wehrte er lachend ihren Widerspruch ab. Dann wurde er ernst. »Vielleicht wissen Sie gar nicht, wie anstrengend es ist, Johann Wolfgang von Goethe zu sein. Jeder will etwas von ihm, jeder sieht etwas anderes in ihm. Dabei ist er auch nur ein Mensch. Von Ihnen bekommt er den Rückhalt, den er für seine unterschiedlichen Aufgaben braucht. Ohne Sie könnte er neben seinen Ämtern, die ihm der Herzog aufbürdet, seine Forschungen nicht betreiben, von seiner literarischen Arbeit ganz zu schweigen.«

Christiane schluckte schwer und sah auf ihre Hände, die das Buch hielten. Hausfrauenhände, denen man ansah, dass sie oft zupackten und sich nicht scheuten, gröbere Arbeiten zu verrichten. Obwohl sie sie regelmäßig mit der fein duftenden Salbe einrieb, die ihr Goethe aus Italien mitgebracht hatte. Meyers Worte taten ihr wohl. Sie hoffte sehr, dass er recht hatte.

»So etwas wünscht sich Herr von Goethe übrigens in seinem neuen Haus.« Meyer nahm ihr das Buch vom Schoß und blätterte einige Seiten um. Christiane sah den Querschnitt einer äußerst seltsamen Treppe. Die Stufen waren nicht besonders hoch, dafür sehr tief und nahmen daher viel Raum ein.

»So kommt man aber nicht zügig von einem Stockwerk ins andere«, wandte sie ein und fühlte, dass ihr Gesicht heiß wurde. Vermutlich war das eine ziemlich dumme Bemerkung.

»Das stimmt«, gab Meyer mit einem Zucken um die Mundwinkel zu. »Sie haben ein scharfes Auge. Statt zwei Treppen braucht man von diesen hier drei, um vom Erdgeschoss des Hauses am Frauenplan in die obere Etage zu gelangen. Die Stufen sind nur so hoch.« Er zeigte das Maß mit seinen Händen an. »Auf solchen Treppen kann man nur langsam schreiten.«

»Ist das praktisch?«

Heinrich Meyer grinste und zuckte mit den Schultern.

»Praktisch nicht«, gestand er. »Dafür elegant.«

Er schloss das Buch und legte es auf den Beistelltisch. »Das ist noch Zukunftsmusik«, fügte er hinzu. »Und ganz gewiss wird es auch eine normale Treppe geben, auf der Sie zwischen den Stockwerken hin- und herflitzen können. Ich sehe Sie schon vor mir, wie Sie in dem großen Haus herumsausen werden …«

»Wann wird es denn so weit sein?« Christiane schämte sich, dass ihr Gast offenbar mehr von den Plänen ihres Mannes wusste als sie selbst.

»Sie meinen den Umbau? Das weiß keiner. Herr von Goethe hat allerdings bereits viele Ideen. Wenn es nach ihm ginge, würde er nur die Fassade stehen lassen und alles andere einreißen und neu bauen.« Er lachte leise. »Dafür bewundere ich ihn. Er hat genaue Vorstellungen von seinem idealen Haus. Und vor allem scheut er keine Mühe, um sie zu verwirklichen.«

»Hoffentlich pass ich da überhaupt rein, in dieses elegante Haus«, entfuhr es Christiane.

»Selbstverständlich«, beruhigte Meyer sie. »Wir machen das gemeinsam, Sie und ich. Einverstanden?«

»Was meinen Sie?«

»Den Umbau natürlich. Ach übrigens, wären Sie dazu bereit, mir in den nächsten Tagen Modell zu sitzen? Ihr Mann hat mich gebeten, Sie zu malen. Er wünscht sich ein Bild von Ihnen mit dem kleinen August auf dem Schoß. Ich dachte an ein Aquarell.« Überrascht sah sie auf. Das wünschte ihr Liebster sich wirklich? Wärme und Glück durchfluteten sie.

Natürlich sagte sie Ja. Tatsächlich waren die Sitzungen mit Meyer weit unterhaltsamer als die mit Lips. Er erzählte interessante Anekdoten, während er Skizzen anfertigte, und obwohl August partout nicht stillhalten wollte, wirkte auch er auf den Zeichnungen lebensecht. Weniger glücklich war sie später mit dem fertigen Bild. Wieso hatte der Freund ihr blondes Haar verpasst? Weil das eher der gängigen Mode entsprach? Sie fand sich hässlich auf dem Bild, und sogar August, der auf den Skizzen so putzig gewirkt hatte, hatte nun etwas Schwerfälliges an sich. Natürlich war sie viel zu höflich, um das laut zu äußern.

Heinrich Meyer schenkte das Aquarell Goethe zu Weihnachten. Und da es ihm offenbar gefiel, wurde es in seinem Arbeitszimmer aufgehängt.

Das Jahr ging zu Ende, das neue begann, und noch immer war nicht entschieden, wo sie in Zukunft wohnen würden. Eine Zeit lang schien sich alles gegen Goethe verschworen zu haben. Wie um alles in der Welt sollte er Wielands Angebot ausschlagen und auf dem Haus am Frauenplan bestehen, ohne alle Beteiligten zu verärgern? Und als ihr Liebster eines Tages im Februar spätabends völlig erschöpft nach Hause kam, war sie sich sicher, dass er mit seinen ehrgeizigen Plänen gescheitert war.

»Es ist vollbracht«, sagte er stattdessen und ließ sich auf einen Stuhl fallen. »Dieses Jahr ziehen wir in das Haus am Frauenplan ein. Ach, meine Christel«, stöhnte er, während Götze ihm die Stiefel auszog. »Das war ein hartes Ringen. Am Ende habe ich gesiegt. So bald wie möglich fangen wir mit den Umbauten an.«

Obwohl es schon spät war, ließ er Meyer aus dem Bett holen, um mit ihm gemeinsam die nächsten Schritte zu planen.

»Bleib bitte«, bat er Christiane, als sie sich zurückziehen wollte. »Schließlich musst du wissen, was auf dich zukommt.«

Einige Tage darauf bat Goethe Christiane, sich den Mantel überzuziehen und mit ihm zu kommen. Er tat geheimnisvoll und wollte ihr nicht verraten, wohin sie gingen. Sie passierten das Frauentor, und wenige Schritte später standen sie vor dem Haus mit der Nummer 1. Goethe zog den altbekannten Schlüssel hervor und schloss auf.

»Wir wollen uns alles ansehen und dann entscheiden, was wir tun«, sagte er.

»Der Umbau ist doch bereits geplant«, wandte Christiane ein. Sie dachte an die Grundrisse mit all den farbig eingetragenen Änderungen, die in Goethes Arbeitszimmer auf dem Schreibtisch lagen.

»Planung und Realität sind zweierlei Dinge. Am Ende wollen wir uns wohlfühlen«, sagte er ernst. »Das Haus ist verwinkelt, da sollten die Wege praktisch sein. Deshalb will ich deine Meinung hören.«

Es fiel ihr nicht leicht, sich die Änderungen vorzustellen, die sich durch den radikalen Umbau des Treppenhauses ergeben würden. Erst im Obergeschoss fand sie sich wieder zurecht. Da das Haus um den länglichen Innenhof herum angelegt war, musste man erst viele andere Zimmer durchqueren, wenn man von einem der vorderen Räume in einen des Hinterhauses gelangen wollte.

»Man müsste hinüberfliegen können«, meinte Christiane und lachte übermütig, als sie an einem der Fenster standen, von dem aus man den hinter dem Hof liegenden Trakt sehen konnte.

»Wir könnten eine Art Brücke bauen«, schlug Goethe vor. »Genau hier. Aus dem Fenster machen wir eine Tür und gehen quer über den Hof hinüber.«

»Eine Brücke? Und was ist, wenn es regnet?«

»Du hast recht«, korrigierte sich Goethe mit einem Lächeln. »Sie muss natürlich ein Dach bekommen und Wände. Weißt du was? Wir bauen ein Brückenzimmer.« Er sah ihren fassungslosen Blick und musste lachen. »Du glaubst mir nicht?«

»Du meinst …«, versuchte sie seinen Gedanken zu folgen, »ein über dem Hof hängendes Zimmer?«

»Ja, genau.« Er zog sein Notizbuch und einen Bleistift aus der Tasche. »Schau, so.« Geschickt skizzierte er, wie er es meinte. »Siehst du? Das verschafft uns nicht nur eine Abkürzung zum Hinterhaus, sondern sogar einen zusätzlichen Raum.«

Christiane sah ihn mit großen, staunenden Augen an.

»Und du meinst, das geht?«

»Warum sollte es nicht gehen?«

Goethe zog einen Plan aus seinem Mantel, dem man ansah, dass er viele Male auf- und zugerollt worden war. Er kniete sich auf den Boden und bat Christiane, den Grundriss des Obergeschosses auf einer Seite festzuhalten. Mit einem Stift zeichnete er entschlossen zwei Linien quer über den Hof.

»Von diesem Fenster«, sagte er mehr zu sich selbst, »zu dem da drüben. Wir folgen einfach den Linien, die die Wände dieses

Raums hier bilden. Wie es aussieht, kommen wir genau beim hinteren Treppenhaus heraus. Von dort geht es hinunter in den Garten. Perfekt.« Zufrieden sah er zu ihr auf. »Was meinst du? Das wäre doch eine großartige Verbesserung, oder nicht?«

Christiane begann die Sache mit dem Umbau Spaß zu machen. Wenn man sich damit Wünsche erfüllen konnte und vor allem das Geld dazu hatte – warum sollte man sich damit begnügen, was fremde Leute vor fast hundert Jahren für richtig befunden hatten?

Sie fragte Goethe, ob er auch an andere Bequemlichkeiten gedacht hatte, wie zum Beispiel an Orte, an denen man seine Notdurft verrichten konnte. Gemeinsam planten sie gleich zwei dieser »Privete« am nördlichen Übergang zwischen Vorder- und Hinterhaus ein. Dort wollte Goethe eine Wendeltreppe errichten lassen, die alle Stockwerke bis unters Dachgeschoss miteinander verband. Christiane war es wichtig, dass sie von den Wirtschaftsräumen und aus der Küche rasch in den Wohnbereich gelangen konnte.

»Wo hättest du denn gern deine Zimmer gemeinsam mit dem Kleinen, Tante und Schwester?«, fragte Goethe, als sie im Hinterhaus durch die verwinkelten Kammern streiften.

Christiane ging zum Fenster und sah hinaus auf den Garten.

»Hier«, sagte sie. »Da ist der Garten nicht weit, gleich nebenan würde dein phantastisches Brückenzimmer die Verbindung zum Vorderhaus schaffen, oder?« Und als Goethe nickte, durchquerte sie die folgenden drei Kammern. »Über diese Treppe gelangt man hinunter in den Hof. Gleich gegenüber ist die Küche. Das wäre praktisch.«

»Dann soll es so sein«, beschloss Goethe.

»Du willst also immer getrennt von mir wohnen?«

»Wir schlafen selbstverständlich zusammen. Wo, das weiß ich

noch nicht. Vermutlich gleich nebenan, auf der anderen Seite des Brückenzimmers. Ich möchte auch zum Garten hinaus wohnen. Da bist du flugs bei mir.«

Er nahm sie in seine Arme und drehte sich übermütig um die eigene Achse.

»Hauptsache, du behältst mich lieb«, flüsterte sie atemlos.

»Und du mich«, gab er zurück und küsste sie innig.

Christiane war froh, sich abends in die Jägerhäuser zurückziehen zu können, auch wenn es sie jeden Morgen aufs Neue zu dem großen Haus zog, das zu einer Baustelle geworden war. Hoffentlich müssen wir erst umziehen, wenn alles fertig ist, dachte sie, als sie den Haufen Schutt sah, den Soldaten, die Goethe extra dafür vom Herzog erbeten hatte, auf die Ladefläche von Pferdekarren schaufelten, bis sie selbst ganz weiß waren von all dem Kalkstaub. Sie begann zu ahnen, dass all die Änderungen, die sie vornehmen wollten, kaum in einem Vierteljahr abgeschlossen sein würden. Dabei hatten sie erst neulich erfahren, dass sie im Sommer endgültig die Jägerhäuser räumen mussten. Und jetzt war es Ende April.

»Wo werden wir dann wohnen?«

Ernestinas Stimme klang ängstlich. Sie saßen gemeinsam mit der Tante und Dorothea Götze um den Küchentisch herum und warteten darauf, dass Christiane den Erbseneintopf verteilte.

»Im Hinterhaus«, verriet sie. »Drei schöne Kammern mit Fenstern zum Hof und zum Garten. Es wird euch gefallen.«

»Im Moment ist das alles ein einziges Durcheinander«, warf Ernestina ein. »Tonnenweise Schutt schaufeln sie heraus. Und man erstickt vor Staub.«

»Das ist normal«, versuchte Christiane sie zu beruhigen. »Man hat Wände und Decken herausgerissen.« Aus den Augenwinkeln sah sie, wie die Tante sich bekreuzigte. »Der Staub legt sich in ein paar Tagen. Bald wird neu aufgebaut und alles wird noch viel schöner.«

»Ich weiß nicht«, ließ sich die Tante vernehmen. »Sollen wir nicht lieber versuchen, in unser altes Haus zu Christian zurückzuziehen? Die Mine hat mir erzählt, dass dort ein paar Kammern frei werden, weil ja die Bärbel heiratet und zu ihrem Mann ziehen wird …«

»Nein, das ist nicht nötig«, antwortete Christiane und warf ihrer Tante einen wachsamen Blick zu. Juliane dachte doch wohl hoffentlich nicht daran, ihre Hausgemeinschaft aufzukündigen?

»Gerade jetzt können wir den Herrn von Goethe nicht im Stich lassen«, warf Dorothea Götze ein. »Der braucht uns mehr denn je. Und Ihre Nichte braucht Sie auch.«

»Das stimmt.« Christiane graute es vor der Vorstellung, sie könnte mit ihrem kleinen Sohn ganz allein dastehen mit dem zu erwartenden großen Haushalt am Frauenplan. »Sag mal«, wandte sie sich an die Tante. »Würdest du mich tatsächlich verlassen?«

»Nein, natürlich nicht«, beeilte sich Juliane zu sagen und wuschelte dem kleinen August durchs Haar. »Ich meine ja nur.« Juliane Vulpius seufzte tief auf. »Einen alten Baum versetzt man nicht so einfach. Schließlich habe ich mich hier gerade erst eingewöhnt. Und jetzt müssen wir so bald schon wieder raus. Und wohin? Auf eine Baustelle.«

»Das geht vorbei«, versuchte Christiane sie zu beruhigen. »Es wird dir am Frauenplan gefallen, da bin ich mir sicher. Wenn ich allein an den Garten denke …«

Wie erwartet blitzten Julianes Augen interessiert auf. Christiane lächelte in sich hinein. Mit einem schönen Garten war die Tante stets zu locken.

Natürlich war die Umgestaltung des Hauses noch lange nicht beendet, als die Frauen im Juni den hinteren Flügel bezogen. Wenigstens waren die gröbsten Arbeiten an der Treppe gemacht. Drei Wochen später feierten sie das Richtfest des Brückenbaus.

»Ob der nicht eines Tages zusammenbricht?«, murmelte Juliane, als sie das eingerüstete Bauwerk vom Hof aus betrachtete. »Mich jedenfalls bringen keine zehn Pferde über diese seltsame Brücke.«

Ernestina kicherte. Ihr schien das Ganze zu gefallen. Dass Goethe die Gegebenheiten nicht als solche akzeptierte, sondern das Unmögliche möglich machte, entsprach ganz ihrer »romantischen Seele«, wie Goethe es manchmal nannte.

»Eine Hängebrücke, wie in einer Burg«, schwärmte sie und ging daran, ihrer Schwester zu helfen, in den Wirtschaftsräumen Ordnung zu schaffen. Ach, überall gab es so viel Platz in diesem Haus. Die Küche war riesig. Und die Vorratsräume im Keller so groß, dass Ernestina sich fürchtete, sie allein zu betreten.

Es war herrliches Wetter, und wenn sie und die Tante den Lärm der Handwerker nicht mehr ertrugen, gingen sie einfach in den Garten. Nicht, dass sie dort auf der Bank hinter der Damaszener Rose saßen und die Hände in den Schoß legten, obwohl Christiane oft hinüberblickte und daran dachte, wie sie an ihrem »Hochzeitstag« dort mit Goethe gesessen hatte. Sie vergaß nie, eine besonders schöne Blüte abzuschneiden und sie ihrem Liebsten in sein Ausweichquartier zu bringen, das er schräg gegenüber in einem anderen Haus für die Zeit der Umgestaltung hinzugemietet hatte.

Gemeinsam mit Juliane begann sie ganz vorsichtig mit der Neuordnung des Gartens. Zwischen den Rabatten spielte August, und ab und zu sah Heinrich Meyer vorbei, der die gärtnernden »Damen« mit seinen lustigen Kommentaren unterhielt.

Sie ahnte nicht, was sich über ihren Köpfen zusammenbraute, während sie in die sorgfältig vorbereiteten Beete Rapunzelsalat, Endivien und Grünkohl aussäte, überglücklich, sich das Saatgut auch für Herbstrübchen und Gartenkresse leisten zu können.

Auf dem Herd brodelten zwei fette Hühner in der Brühe vor sich hin, aus denen sie nach dem Rezept von Goethes Großmutter ein leckeres Frikassee zubereiten würde. Erst am Tag zuvor war eine Lieferung Rheinwein eingetroffen, und so würde es ein rundum zufriedenstellendes Abendessen werden.

Als es zu Tisch ging, fiel Christiane auf, dass Heinrich Meyer sie mitleidig ansah, als sei jemand gestorben.

»Was ist denn heute los mit Ihnen?«, fragte sie amüsiert. »Ist Ihnen eine Laus über die Leber gelaufen?«

»Der Herr Geheime Rat wird es Ihnen persönlich sagen«, antwortete er. Christiane wurde es auf einmal angst und bang. In ihr stiegen tausend Ängste auf.

Als Goethe endlich kam, wirkte er fahrig und abwesend. Während des gesamten Abendessens war er schweigsam und sah ihr nicht in die Augen, und doch lag ein Glanz in den seinen, so als freute er sich auf etwas. Etwas, das wurde Christiane immer klarer, das mit ihr nichts zu tun hatte. Erst als der Nachtisch serviert wurde, begann er zu sprechen.

»Es gibt Neuigkeiten«, sagte er. »Der Herzog bittet mich, mit ihm in den Krieg gegen die Franzosen zu ziehen«, sagte er. »In einer Woche reisen wir ab.«

»Ich komme natürlich mit dir«, sagte sie, als sie mit ihm allein war.

»Nein, Christel, das geht nicht.«

»Und ob das geht.« Sie hatte sich schon alles genau überlegt. »Die Tante und Ernestina passen auf August auf«, sagte sie. »Und Meyer leitet den Umbau. Hier braucht mich niemand. Selbstverständlich begleite ich dich, wenn du nach Frankreich ziehst.« Goethe sah sie an und seine dunkelbraunen Augen wirkten, als wüsste er nicht, ob er weinen oder lachen sollte. »Du nimmst mich nicht ernst!«, beschwerte sie sich.

»Christel, ich ziehe mit dem Herzog in den Krieg. Da können keine Damen mitkommen.«

»Na, zum Glück bin ich ja keine Dame«, sagte sie mit einem unwiderstehlichen Lächeln und gab ihm einen Kuss. »Sieh mal, einer muss nach dir sehen. Wie sollst du sonst ohne mich zurechtkommen? Wenn du in Jena bist, vergeht kein Tag, an dem ich dir nicht irgendetwas hinterherschicken muss. Deine warme Jacke. Oder ein bestimmtes Buch. Eine Schüssel mit deinen Lieblingswürsten. Die Grütze für dein Morgenmahl …«

»Hör auf«, unterbrach er sie. »Du tust ja gerade so, als wäre ich …«

»Du bist ein anspruchsvoller Mann«, half sie ihm aus der Verlegenheit. »Und du brauchst nun mal dies und das. Jemand muss für dich sorgen. Gerade, wenn es in den Krieg geht. Ich lass dich nicht alleine fort.«

Goethe schwieg. Er machte sich von ihr los und begann, seine Papiere zu sortieren. Da war etwas in seiner Haltung, das sie verstummen ließ. Nein, er würde sie nicht mitnehmen. Paul Götze sollte ihn begleiten, nicht sie. Wie lange würde ein solcher Krieg dauern? Keiner wusste das. Genauso wenig, wie man wusste, ob man überhaupt daraus zurückkehren würde.

»So schlimm wird es schon nicht werden«, versuchte Goethe sie zu beruhigen. »Es ist eine Erfahrung für mich. Eine wertvolle. Aber es ist etwas für Männer, Christel. Ich will, dass du hierbleibst und dich in meiner Abwesenheit um alles kümmerst.«

Eine unsagbare Traurigkeit überkam sie, so dass sie sich schnell umwandte und sein Zimmer verließ.

9. KAPITEL

Weimar, Herbst 1792 bis Sommer 1793

Schon an der Tür hörten sie die Musik und Christianes Herz schlug höher. Es war ein Walzer und sie hoffte, ein paar gute Tänzer für diesen Abend zu finden. Sie war viel zu lange nicht mehr auf einem öffentlichen Ball gewesen. Doch jetzt begann die Saison und sie war entschlossen, alles nachzuholen, was sie in den vergangenen drei Jahren versäumt hatte.

»Und wenn sie mir auf die Füße treten so wie neulich?«

Ernestina wirkte verzagt. Erst vergangene Woche hatte Christian die kleine Schwester zu einer Tanzveranstaltung mitgenommen.

»Dann trittst du einfach zurück«, riet Christiane ihr mit einem fröhlichen Lachen.

Das Portal zum Bürgersaal ging auf und zwei herausgeputzte Studenten kamen ihnen entgegen.

»Das ist die falsche Richtung«, scherzte Christiane und musterte die beiden unauffällig. Studenten kamen regelmäßig aus Jena nach Weimar, weil man sich in der Residenzstadt einfach so herrlich vergnügen konnte. Diese beiden hatte sie noch nie gesehen. »Zum Tanzen geht es hinein, nicht hinaus.«

Der eine, ein hoch aufgeschossener Student mit einem kecken Oberlippenbart, erwiderte ihr Lachen und betrachtete Ernestina einen Moment länger als notwendig. Dann beeilte er sich, den beiden Damen die Tür aufzuhalten.

»Keine Sorge, wir kommen gleich zurück«, versicherte er. »Mein Kamerad besteht darauf, in Ruhe eine Runde rauchen zu gehen.«

»Rauchen ist ungesund«, platzte Ernestina heraus. »Das sagt auch der Geheime Rat von Goethe.«

Die beiden jungen Männer lachten erneut.

»Na, wenn er das sagt, muss es wohl stimmen«, antwortete der mit dem Schnauzbart amüsiert. »Bis später, meine Damen.«

Im Ballsaal sah Christiane sich um. Sie entdeckte Hanne auf der Tanzfläche in den Armen ihres frischgebackenen Ehemanns. Sie und Gust hatten geheiratet, und Christiane konnte nur hoffen, dass er es mit Hanne ernster meinte als damals mit ihr. Man hatte sie nicht zur Hochzeit eingeladen, und angesichts ihrer jahrelangen Freundschaft war das eine weitere der vielen Enttäuschungen gewesen. Sie hatte Hanne dennoch ein Geschenk geschickt, ein großes Tischtuch mit vierundzwanzig passenden Servietten aus Damast in allerbester Qualität, so etwas Elegantes hatte das Brautpaar sicher nicht ein zweites Mal bekommen.

Ihr Blick wanderte weiter. Die besten Tänzer befanden sich unter den Schauspielern, und nahe der Kapelle entdeckte sie Marianne Fischer und Carl Friedrich Malcolmi im Kreise einiger anderer Kolleginnen und Kollegen aus dem Ensemble des Hoftheaters. Normalerweise hätte sie sich ihnen angeschlossen, mit Rücksicht auf Ernestina ließ sie das an diesem Abend zunächst sein. Sie wollte ihr die Gelegenheit geben, junge Männer außerhalb des Theaters kennenzulernen. Doch mit Bekanntschaften tat sich die Kleine leider unglaublich schwer.

»Erkennst du denn niemanden von vergangener Woche wieder?«, fragte Christiane. Ernestina schüttelte den Kopf. »Na komm, warten wir einfach ab, bis sie eine Ecossaise spielen«, schlug Christiane vor. Bei diesem Tanz brauchte man nämlich keinen festen Partner, sondern Frauen und Männer stellten sich in langen Reihen einander gegenüber auf und im Laufe der Figuren wechselten die Paare stets durch. Sie nahm ihre Schwester bei der Hand und zog sie zu der Theke, wo sie für sie beide einen Punsch bestellte. Mit ein bisschen Alkohol im Blut würde Ernestina schon mutiger werden.

»*Hier* seid ihr!«

Die letzten Takte des Walzers waren verklungen. Vom Tanzen erhitzt und in bester Laune, begrüßte Hanne sie mit einem Küsschen auf beide Wangen. Gust trottete hinter ihr her und bemühte sich, Christiane nicht in die Augen zu sehen, was diese halb amüsierte, halb wütend machte. Hatte dieser Trottel noch immer nicht verstanden, dass sie sich längst nichts mehr aus ihm machte? Henriette gesellte sich zu ihnen, ihren Verlobten im Schlepptau. Clemens Carius war der neue Gehilfe in der Hofapotheke, und wenn er ihre Freundin tatsächlich heiratete, würde sie eine gute Partie machen.

»Wie steht's, Gust, holst du mir auch einen Punsch?«, fragte Hanne ihren Mann, der sich sogleich an der Theke anstellte, die jetzt in der Tanzpause recht umlagert war. »Ah, da hinten ist Dorle. Wer ist denn der gut aussehende Mann, den sie im Schlepptau hat? Den kenn ich gar nicht!«

»Der Gust wäre sicher nicht erbaut, wenn du jeden einzelnen Weimarer Mann kennen würdest«, spottete Henriette.

»Still«, machte Christiane. »Sie kommen direkt auf uns zu.«

Dorle fiel ihnen allen überschwänglich um den Hals und wirkte, als hätte sie bereits ein, wenn nicht zwei Gläser Punsch hinter sich.

»Willst du uns deinen Begleiter nicht vorstellen?« Hanne platzte schier vor Neugierde.

»Ich bin Johann Friedrich Fischer«, stellte der junge Mann sich mit einem entwaffnenden Lächeln vor, bei dem sich auf seinen Wangen Grübchen bildeten.

»Fritz kommt aus Ober-Weimar«, erklärte Dorle und hakte

sich bei ihm unter. »Sein Vater hat dort einen großen Bauernhof. Sie züchten die schönsten Pferde weit und breit und …«

»Na sieh mal einer an«, unterbrach Gust Dorles Schilderungen und reichte Hanne den Punsch. »Kommst du jetzt zu uns, um uns die schönsten Mädchen abzujagen, Fritz?«

Die beiden schienen sich gut zu kennen.

»Sag, dass du wegen mir hier bist«, forderte Dorle ihren Kavalier forsch auf.

Hanne verdrehte die Augen und wandte sich Christiane zu.

»Wie elegant du bist.« Mit Kennerblick musterte sie das neue Kleid. »Ist das etwa Seide? Eine solche Qualität hab ich hier noch nie gesehen.«

»Ja, es ist Seide. Sie kommt aus Frankfurt«, antwortete Christel und ließ den Rock ein wenig schwingen. »Der Geheime Rat hat ihn mir von seiner Reise mit dem Herzog geschickt.«

»Gibt es Neuigkeiten von der Front?«, wollte der Apothekergehilfe wissen, während Henriette nicht nur Christianes neues Kleid, sondern auch Ernestina von Kopf bis Fuß musterte, so dass die junge Frau bis zu den Haarwurzeln errötete.

»Sie werden hoffentlich bald nach Hause kommen, unsere tapferen Kämpfer«, antwortete Christiane.

Ach, sie war es leid, sich Sorgen zu machen. Goethes Briefe klangen zwar, als sei er mit seinem Freund, dem Herzog, auf einer wundersamen Abenteuerfahrt unterwegs und nicht mitten im Kampfgeschehen. Aber Christiane ließ sich nicht täuschen. Der Krieg war kein Abenteuer, auch wenn die Männer häufig so taten. Er war etwas Schreckliches, und sie konnte nur hoffen, dass der ganze Spuk bald ein Ende hatte.

Und danach sah es aus. Noch vor wenigen Wochen hatte ihr Liebster geschrieben, dass er ihr bald erlesene Stoffe und anderen Putz aus Paris schicken würde. Doch nach Paris waren sie nicht gekommen. Daran sei das Wetter schuld, hieß es. Unablässiger Regen habe das Schlachtfeld in eine Schlammwüste verwandelt, unter den deutschen Soldaten wütete die Ruhr. Die Wahrheit jedoch las sie zwischen den Zeilen: Militärische Missgeschicke hatten zur Folge, dass sich die glorreichen preußischen Truppen verdreckt und verlaust bis zum Hals, erschöpft und an Durchfall leidend zurückziehen mussten.

Im Grunde war Christiane froh darüber. Soldatische Tapferkeit war nichts, was sie beeindrucken konnte, stattdessen musste sie an die Toten und Verletzten denken, die ein solcher Krieg nun mal kostete, selbst wenn er so weit entfernt stattfand, dass Christiane Mühe hatte, sich die Distanzen vorzustellen. Die Worte des Stadttürmers kamen ihr in den Sinn. Hatte nicht Fridolin Vulpius einst vor den Schrecken des Krieges gewarnt? Und hatte er nicht davon gesprochen, dass eines Tages auch bei ihnen die Weltordnung auf den Kopf gestellt werden würde? Das sollte hoffentlich niemals geschehen.

»Wäre die junge Dame bereit für einen Tanz?«

Der lange Student mit dem Schnurrbart stand vor ihnen, von seinem Kameraden keine Spur. Er sah Ernestina an und Christiane versetzte ihr einen unauffälligen, sanften Schubs. Da reichte sie ihm die Hand und ließ sich auf die Tanzfläche führen.

»Ernestina ist wirklich hübsch geworden.« Hanne sah ihr wohlwollend nach.

»Wie alt ist sie denn?«, wollte Henriette wissen. »Sechzehn?«

»Sie ist achtzehn Jahre alt«, antwortete Christiane ernst und beobachtete, wie Ernestina einen artigen Knicks vor ihrem Tanzpartner machte, während er sich vor ihr verbeugte, wie es die Regeln vorschrieben. Ach, wenn die Kleine doch einen anständigen Mann finden würde.

»Sie wirkt viel jünger«, fand Henriette und nahm den Arm ihres Apothekers, um mit ihm zurück auf die Tanzfläche zu gehen. »Wenn ich es nicht besser wüsste, würde ich sie auf höchstens fünfzehn schätzen, so zart, wie sie wirkt.«

»Sag ihr das bloß nicht«, seufzte Christiane. »Ihr Selbstbewusstsein ist nicht das allerbeste.«

»Mit achtzehn wird es Zeit für einen Verehrer«, meinte Hanne.

»Zeit für jemanden mit ernsthaften Absichten«, gab Christiane zurück. »Das wäre mein größter Wunsch, Hanne.«

Ernestina tanzte auch die nächste Runde mit dem Studenten. Christiane, der es in den Füßen juckte, ließ sich nicht zweimal bitten, als Marianne sie fragte, ob sie sich nicht ihr und zwei Kollegen für die folgende Quadrille anschließen wollte, es fehlte ihnen eine Dame, um das Quartett vollzumachen.

Sie tanzten mehrere Runden und hatte eine Menge Spaß dabei. Wie seltsam es doch war: Kaum drehte Christiane sich zur Musik, hüpfte in ihrem Takt und im Gleichklang mit den anderen über den Dielenboden, fielen alle Sorgen von ihr ab. Sie hatte längere Zeit keine Quadrille mehr getanzt und musste sich auf die vielen verschiedenen Figuren konzentrieren. Sie dachte daran, wie schön und gemütlich sie es in ihrem ersten gemeinsamen Winter nach Augusts Geburt in den Jägerhäusern gehabt hatten. Goethe hatte damals sogar nach Berlin geschrieben und einen Bekannten um Noten für neue Tänze gebeten, weil ihnen die alten zu langweilig geworden waren. Sie hatten die Möbel zur Seite gerückt, um mehr Platz zu haben, und ihr Liebster hatte zwei Musikanten engagiert, damit sie zu Hause ihre Tanzleidenschaft ausleben konnte.

Aus den Augenwinkeln sah sie, wie sich Ernestinas Tanzpartner vor ihr verbeugte und sich dann ein paar anderen jungen Damen zuwandte. Rasch holte sie ihre Schwester zu sich in die fröhliche Runde der Theaterleute. Zum Glück erschien zu späterer Stunde Christian, der mit seiner jüngsten Schwester übermütig ein paar Tanzrunden absolvierte.

»Na, ist er dir auf die Füße getreten, dieser schnurrbärtige Student?«, fragte Christiane sie, als sie sich auf dem Heimweg befanden.

»Nein«, antwortete Ernestina traurig. »Aber ich war ihm wohl zu langweilig. Ich weiß einfach nicht, was ich mit diesen Herren reden soll, Christel.«

»Ach, das geht uns allen so«, versuchte sie zu trösten. »Und überhaupt sind für die Konversation eigentlich die Herren zuständig«, fügte sie hinzu.

»Du hast immer so schlagfertige Antworten«, wandte Ernestina ein. »Mir fällt nie etwas ein.«

Christiane seufzte innerlich. Ernestina war einfach zu viel mit der Tante allein. Sie sollte mehr unter junge Menschen gehen, fand sie. Schon seit einer Weile zerbrach sie sich den Kopf, wie sie das anstellen könnte. Auch schüchterne junge Frauen fanden irgendwann einen Mann. Vielleicht sollte sie mal mit ihrem Liebsten über dieses Thema sprechen? Womöglich wüsste er Rat? Ach, wenn er doch endlich wieder zu Hause wäre.

Am nächsten Morgen schlief sie ausnahmsweise ein bisschen länger als sonst. Als sie gegen acht nach dem Fortschritt der Malerarbeiten im neuen Treppenhaus sah, musste sie erst einmal einen Lehrling ausschimpfen, der weiße Farbspuren auf den nagelneuen Treppenstufen hinterlassen hatte.

»Wie oft habe ich gesagt, dass man die Stufen mit Tüchern abdecken muss, ehe man mit Farbeimern darauf herumspaziert? Das ist beste Eiche, junger Mann. Wenn das noch einmal vorkommt …«

Sie lief nach dem Scheuerlappen, versuchte die Fußabdrücke mit einem Schwamm wegzuwischen, und als das nichts half, brachte sie Wasser zum Kochen und schrubbte den halben Vormittag die Stufen, bis endlich alle Flecken beseitigt waren. Dann besorgte sie Tücher aus grobem Nessel und deckte jeden Zentimeter der kostbaren Treppe ab.

Nachdem die Anstreicher das Treppenhaus geweißt und danach in einem zarten Grünton gestrichen hatten, stellten sie für Heinrich Meyer ein kleines Gerüst auf, damit er das ovale Gemälde, das er während der vergangenen Wochen in seinem Zimmer gemalt hatte, dort oben an der Decke befestigen konnte.

August, der bald seinen dritten Geburtstag feiern würde, beobachtete das alles genau.

»Wer ist das?«, fragte er und zeigte auf das Bild.

»Das ist eine Göttin namens Iris«, erklärte der Maler und wies auf den Regenbogen, vor dem die Figur schwebte. »Kannst du dich erinnern, wie wir Farben im Licht gesehen haben?« August nickte andächtig. »Iris steht für das Licht der Erkenntnis«, fuhr Meyer fort.

»Sie sieht aus wie die Mama«, sagte August im Brustton der Überzeugung.

»Richtig«, lobte er August. »Auch deine Mama ist ein Lichtblick für uns alle. Deshalb hab ich mir ihr Gesicht geborgt.«

Der Umbau machte Fortschritte, und doch ging Christiane alles viel zu langsam. Wenn sie abends durch die Räume ging, die bereits halbwegs fertig waren, konnte sie nur staunen. Welches Haus nahm da unter ihrer Aufsicht eigentlich gerade Gestalt an?

Es war ein Haus mit zwei Gesichtern. Das nach vorne hinaus hatte ein prachtvolles Antlitz, das jeden beeindrucken würde, der es betrat. Über die feierliche Treppe gelangte der Besucher in Räume, in denen Goethes Sammlungen zur Geltung kommen würden, die Repliken der antiken Statuen, die er aus Italien mitgebracht oder bei Sammlern eingekauft hatte. Die Gemälde, Zeichnungen und Stiche. Hier würden bald Vitrinen stehen mit den winzigen Figürchen, Gemmen und Gipsabdrücken und all den anderen wertvollen Gegenständen, die Goethe Jahr um Jahr zusammengetragen hatte. Weitere verglaste Schränke mit Mineralien und Versteinerungen, Münzen und Schmuckstücken. Ein Museum, dachte Christiane. Eine Wunderkammer nach der anderen. Räume, in denen man sich aufhielt, um Dinge zu bestaunen und klüger zu werden. Was fehlte, so überlegte sie, waren ein paar Sitzmöbel und Tische, auf denen man die schönsten

Stücke aus der Nähe betrachten konnte. Stühle, um sich von all dem Gesehenen auszuruhen.

Hinten zum Garten gewandt verbarg sich dagegen die intime Seite ihres und Goethes Lebens. Hier befanden sich Christianes Räume, außerdem Goethes Arbeits- und Schlafzimmer, die in demselben Zustand waren wie vor ihrem Einzug. Auch diese Räume würde er eines Tages umgestalten, da war sie sich sicher. Wie lange würde sie in einer Baustelle leben müssen? Jahre? Jahrzehnte? Seltsamerweise hatte sie nichts dagegen. Das Haus wuchs seiner Bestimmung zu, so wie die Pflanzen in ihrem Garten es jedes Jahr aufs Neue taten und so wie sie selbst und jeder Mensch Tag für Tag ein anderer wurde. »Wenn wir aufhören, uns zu verändern, dann sind wir tot«, hatte ihr Liebster eines Tages gesagt, und sie hatte es sich gemerkt, so wie sie sich alles merkte, was sie ihm näherbrachte.

Es gab noch einen dritten, unsichtbaren Bereich – die Mansarden. Ernestina und ihre Tante hatten erwähnt, dass sie lieber dort oben leben würden, wo nicht nur Dorothea Götze und Christoph Sutor ihre Kammern hatten, sondern auch Heinrich Meyer sich ein hübsches Zimmer und direkt daneben ein kleines Malatelier eingerichtet hatte. Platz genug war im Dachgeschoss, in das man über zwei gut verborgene Wendeltreppen gelangte. Und manchmal, wenn sie wie an diesem Abend durch das riesige, ohne Goethe irgendwie hohl wirkende Gehäuse ging, kam es ihr vor wie ein Theater mit einer Bühne samt Zuschauerraum, Hinterbühne, Theatertechnik und Garderoben. Goethe hatte häufig davon gesprochen, dass die ganze Welt zu ihm kommen würde, genau deswegen hatte er so auf diesem Haus beharrt. Weil er eine Bühne brauchte, auf der er sich der Welt präsentieren konnte. Damals hatte sie das für einen Scherz gehalten. Allmählich begriff sie, wie ernst es ihm damit war.

Wenn sie seine Briefe las, kam es ihr so vor, als hielte der Mann, den sie liebte, alles, was geschah, für ein großartiges Schauspiel auf der Bühne des Weltgeschehens. Sogar den Krieg.

Und sie?

In den Wochen seiner Abwesenheit hatte sie viel Zeit, darüber nachzudenken. So wie das Haus hatte auch Goethe zwei Seiten. Die eine war die des Künstlers und Wissenschaftlers von internationaler Bedeutung, der die Rolle des Freunds des Herzogs spielen musste und für die kulturelle Unterhaltung des gesamten Fürstenhofs verantwortlich war. Die wahren Sehnsüchte, Ängste und Bedürfnisse dieses wunderbaren Mannes allerdings kannte nur sie. Und zeigte sich darin nicht der echte Goethe?

Sie selbst, das hatte sie sich fest vorgenommen, würde im Hintergrund dafür sorgen, dass seine Vorstellungen reibungslos verliefen. Doch genau wie ein guter Theaterinspizient sich niemals dem Publikum zeigte, würde auch sie sich in den Bereich zurückziehen, in dem das wirkliche Leben des Johann Wolfgang von Goethe stattfände. Und das war im Hinterhaus.

Dies war ihre Rolle, und als sie das verstanden hatte, konnte sie aufatmen. Sie selbst war nicht für die Bühne geschaffen. Ihre Freude war es, im Hintergrund für den Erfolg seiner Auftritte zu sorgen, das konnte sie wie keine andere. Dass allein sie den Menschen hinter der Fassade kannte, die Goethe im Lauf der Jahre aufgebaut hatte, brauchte niemand zu wissen. Denn jeder, der mit ihm in Kontakt kam, musste seinen idealen Johann Wolfgang von Goethe selbst erschaffen und verehren.

Sollten sie ruhig denken, sie stünden ihm nahe. Wirklich nahe stand er nur ihr.

»Ihr habt Unglaubliches geleistet.«

Als Goethe Mitte Dezember endlich nach Weimar zurückgekehrt war und sich die Veränderungen im Haus am Frauenplan hatte zeigen lassen, war er begeistert. Vor allem die Treppe wurde er nicht müde, auf- und abzugehen. Er bewunderte Meyers Deckengemälde mit der Regenbogengöttin und lobte alles.

Entgegen Christianes Erwartungen sah er gut aus, er hatte etwas abgenommen und schien voller Elan. Natürlich, er war ja auch nicht direkt nach der Schlacht nach Hause geeilt, sondern hatte noch einige Zwischenstationen gemacht, um Kollegen und andere wichtige Menschen zu treffen, bei denen er sich von den Strapazen des Frankreichfeldzugs bereits bestens erholt hatte.

»Ich sah aus wie ein Räuberhauptmann«, gestand er Christiane, als sie allein waren. »Mein Haar war lang und verfilzt wie ein unordentlicher Hanfrocken, und mein Bart erst!« Er küsste sie und zog sie an sich. »So wollte ich dir nicht unter die Augen treten.«

»Das hättest du ruhig tun können«, murmelte sie zwischen zwei Küssen. »Allerdings bin ich froh, dass du uns keine französischen Läuse ins Haus schleppst.«

Vom Krieg, so dachte sie erleichtert, scheint er vorerst kuriert zu sein.

Auf den Bällen zwischen dem Christfest und Neujahr, von denen Christiane und ihre Geschwister keinen einzigen versäumten, sah sich Ernestina vergeblich nach jenem hoch aufgeschossenen Studenten um, der ihr, wie sie Christiane anvertraut hatte, nicht aus dem Kopf ging. Stattdessen tanzte einige Abende lang ein Witwer auf Brautschau mit ihr, der jedoch viel zu alt für sie war und das scheue Mädchen mit Widerwillen erfüllte, so dass Christian ein Gespräch mit ihm führte, woraufhin der Mann sie in Ruhe ließ.

»Wie finden wir bloß einen guten Mann für sie?«, fragte Christiane ihren Bruder während einer Tanzpause, in der sie kurz nach draußen gegangen waren, damit Christian ein wenig rauchen konnte.

»Hat das nicht Zeit?« Christian paffte an seiner Meerschaumpfeife. »Sie kommt mir noch immer so kindlich vor«, fügte er hinzu, als er die sorgenvolle Miene seiner Schwester sah.

»Vielleicht hast du recht«, entgegnete sie mit einem Seufzen. »Ich befürchte nur, dass mein Ruf ihr schadet. Keiner der jungen Weimarer Männer hat auch nur ein Auge für sie.«

»Sie wird im Februar gerade erst neunzehn«, versuchte ihr Bruder sie zu beruhigen. »Ihre Zeit wird kommen. Hör auf, dir Sorgen zu machen. Und wenn Ernestina keine Lust auf diese Art von Zerstreuung hat, soll sie ruhig zu Hause bleiben.«

»Hier versteckt ihr euch!« Die Tür zum Bürgerhaus war aufgegangen, die Klänge einer Ecossaise wehten heraus. Marianne Fischer stand auf der Schwelle, ihr langer, eleganter Mantel wehte offen um ihre schlanke Gestalt.

»Keine Lust mehr auf schottischen Ringelreigen?«, spottete Christian und Marianne stimmte fröhlich in sein Lachen ein.

»Heute sind zu viele da, die die Regeln nicht kennen«, erklärte sie. »Und nichts ist schlimmer, als wenn man beim Wechseln der Figur auf einmal allein dasteht.«

»Oh weh«, entfuhr es Christiane. »Ob sich Ernestina wohl …«

»Keine Sorge«, beruhigte sie die Schauspielerin. »Eure Kleine macht eine sehr gute Figur. Im Augenblick zeigt sie einem jungen Mann die Schritte.«

»Tatsächlich? Wem denn?«

»Soviel ich weiß, ist er der Neffe des Geheimen Rats Voigt.«

»Da geh ich mal nachsehen«, meinte Christian. »Kommt ihr mit rein?«

»Ich bin noch verabredet«, entgegnete Marianne. »Aber ich wollte Ihre Schwester gern etwas fragen …« Sie warf Christian einen verlegenen Blick zu.

»Nun, dann werde ich mal Ernestinas Tanzkünste bewundern gehen«, entschuldigte er sich verständnisvoll grinsend mit einer knappen Verbeugung und ging zurück in den Saal.

»Was kann ich für Sie tun, Marianne?«, fragte Christiane. Sie ahnte, was ihre Freundin auf dem Herzen haben könnte. Goethe war alles andere als zufrieden mit der Leistung des Ensembles, so dass unter den Schauspielern das Gerücht kursierte, es würde eine Reihe von Kündigungen geben. Und dabei lagen sie gar nicht so falsch, soweit Christiane das beurteilen konnte. Goethe und der Verwaltungsleiter Kirms sprachen davon, den alten Schlendrian der Bellomo-Truppe durch eine General-Kündigung ein für alle Mal aus dem Theater zu treiben, um danach mit den Schauspielern, die man behalten wollte, neue Verträge abzuschließen. Auf diese Weise könnte man das Ensemble durch namhafte Darsteller ergänzen. Goethe führte bereits Gespräche mit Künstlern aus Mannheim und Berlin.

»Unter uns herrscht große Sorge«, begann die Schauspielerin. »Dass der Theaterdirektor mit dem großen Besen durch das Ensemble fegen und einige Kündigungen aussprechen wird, das hoffen eigentlich viele von uns.« Sie trat einen Schritt näher und sah sich um, ob niemand sie belauschte. »Das Problem ist nur: Solange er keine Namen nennt, werden sich gerade die besten Kollegen nach einem anderen Engagement umsehen, nicht die, die man vermutlich gern loswerden möchte.«

Christiane nickte. So etwas hatte sie schon befürchtet.

»Weißt du Genaueres? Ich meine, wer …«

»Nein«, fiel ihr Marianne rasch ins Wort. »Bislang sind das nur Überlegungen, soweit ich weiß. Trotzdem sollte der Herr von Goethe sich darüber im Klaren sein, dass andere Theaterdirektoren auch nicht auf den Kopf gefallen sind. Es gibt einige, die nur zu gern den einen oder die andere unserer besten Leute abwerben würden.«

Christiane horchte auf. Daran hatte sie noch gar nicht gedacht.

»Also«, fuhr Marianne fort, »es wäre gut, wenn bald eine verbindliche Ansage von der Direktion käme. Damit wir wissen, woran wir sind. So kursieren eine Menge Gerüchte, und die schaden nur und stiften Unfrieden.«

»Sie haben recht«, erklärte Christiane. »Danke für Ihre offenen Worte.«

Marianne lächelte wehmütig.

»Ich würde natürlich nur zu gern bleiben«, sagte sie leise. »In meinem Alter wird es nicht einfach sein, nochmals irgendwo anders von vorn anzufangen. Tja, aber wenn es sein muss …«

»Machen Sie sich keine Sorgen«, versuchte Christiane sie zu beruhigen. Sie wusste, dass Goethe ihre Freundin schätzte und ihr Engagement sicherlich verlängern würde. Seiner Entscheidung konnte sie allerdings nicht vorgreifen. »Eine so großartige Schauspielerin wie Sie wird immer eine Zukunft haben.«

»Wer hat dir denn den Fuchs geschenkt?«

Christiane wollte gerade mit Goethe über die Sache sprechen, als sie ihn im Arbeitszimmer mit seinem Sohn auf dem Schoß antraf. Ihr Herz ging auf, als sie sah, wie liebevoll Goethe August hielt, damit er nicht von seinen Knien rutschte.

»Großtante Jule«, antwortete der Kleine ernsthaft. »Weil wir doch Füchse sind.«

»Ja, richtig. Vulpius heißt Fuchs.« Goethe nahm das aus rotbrauner Wolle gestrickte Spielzeugtier an sich und tat so, als würde es seinen Kopf an Augusts Knien reiben. Der Junge lachte auf.

»Kennst du die Geschichte von Reinecke Fuchs?«, fragte Goethe.

August schüttelte den Kopf und wollte das Spielzeugtier erhaschen. Der Fuchs wich seinen kleinen Händen aus.

»Ich erzähl sie dir«, begann Goethe und legte den Fuchs zurück in die Arme des Jungen. »Es war einmal ein prächtiger Fuchs, der war ziemlich schlau. Andere hingegen waren der Meinung, dass er sich ein bisschen zu viel herausnahm. Deshalb zeigten sie ihn beim König der Tiere an und …«

Leise schloss Christiane die Tür. Auf keinen Fall wollte sie die seltenen Momente stören, wenn Goethe zu Hause war und Zeit mit seinem Kind verbrachte. So häufig kam es seit seiner Rückkehr aus Frankreich nicht mehr dazu, viel zu oft speiste er außer Haus, verbrachte ganze Tage bei Hofe oder in Gesellschaft seiner gelehrten Freunde. Wieland. Herder. Dem Geheimen Rat Voigt. All die wichtigen Herren, die mitgeholfen hatten, dass er das Haus wiederbekommen hatte. Und die ihm eines Tages einen neuen Gefallen tun würden. Christiane hatte längst verstanden, wie das gesellschaftliche Spiel in Weimar lief. Auch sie profitierte davon. Und abgesehen von seinen eigenen Interessen war da das Hoftheater, mit dem er große Pläne verfolgte.

Noch am selben Abend machte sie ihn auf ihre liebevolle und diplomatische Art auf die Sorgen der Darsteller aufmerksam, und obwohl er rasch handelte, war der Abgang einiger beliebter Schauspieler nicht zu verhindern. Zum Glück entschied sich Marianne Fischer zum Bleiben, ebenso wie der großartige Sänger-Schauspieler Carl Friedrich Malcolmi samt seiner beiden überaus begabten Töchter. »Ich werde mir eine eigene Truppe heranbilden«, beruhigte Goethe Christiane, und die neu engagierten Künstler überzeugten nicht nur sie, sondern auch das Weimarer Publikum. »Überhaupt möchte ich das ganze Theaterwesen von Grund auf verbessern«, erklärte er ihr. »Wir werden Regeln formulieren, an die man sich zu halten hat, wenn man in Weimar auf der Bühne stehen will. Mit Anton Genast haben wir einen ausgezeichneten Tenorbuffo gewonnen.« Das stimmte, und Christiane konnte sich bei ihren Gesprächen mit den Schauspielern selbst davon überzeugen, dass sich nach und nach die Wogen wieder glätteten. Dienstags, donnerstags und samstags wurde gespielt, außer Theaterstücken auch Singspiele und Opern, und Christiane geriet über das Niveau und die Vielseitigkeit des neuen Ensembles immer wieder ins Staunen.

Und dann ging ihr Goethe auf einmal überhaupt nicht mehr aus. Er schrieb. Sein Sohn hatte ihn auf etwas gebracht, was er schon lange hatte tun wollen.

»Ich erzähle die Geschichte von Reinecke Fuchs neu«, verriet er ihr eines Abends mit glänzenden Augen und hielt ein abgegriffenes Buch in die Höhe. »Du kennst doch die alte Fabel aus dem Mittelalter, oder? Vor vierzig Jahren hat Gottsched sie aufgeschrieben.«

»Aber«, unterbrach ihn Christiane, »ich verstehe nicht. Wenn er sie schon niedergeschrieben hat, wieso …«

»Weil ich sie ganz neu erzähle«, unterbrach Goethe sie ungeduldig. »Und zwar in Hexametern. In *Hexametern*«, wiederholte er begeistert und warf das alte Buch auf den Tisch. »Verstehst du, was das bedeutet?«

Nein, Christiane kannte das Wort nicht, ließ sich jedoch gern erklären, dass es sich dabei um ein Versmaß handelte, das ihr Goethe sogleich vorführte. »Ságe mir, Múse, die Táten des víelgewánderten Mánnes«, deklamierte er enthusiastisch und stampfte jeweils auf der ersten, der vierten und siebten Silbe auf.

»Das klingt ja wie ein Walzer«, sagte Christiane begeistert.

»Genau!« Goethe ergriff sie lachend bei den Händen und zog sie von ihrem Stuhl. »Komm, lass uns tanzen!« Er begann, den Beginn seines neuen Werks zu rezitieren:

Pfingsten, das liebliche Fest, war gekommen; es grünten und blühten
Feld und Wald; auf Hügeln und Höhn, in Büschen und Hecken
Übten ein fröhliches Lied die neuermunterten Vögel;
Jede Wiese sproßte von Blumen in duftenden Gründen,
Festlich heiter glänzte der Himmel und farbig die Erde.

»Gefällt dir das?«, wollte Goethe wissen und wirbelte Christiane herum.

»Und ob mir das gefällt«, erwiderte sie und lachte. »Es handelt von Blumen.«

»Siehst du – das sind Hexameter.« Goethe ließ sich auf einen seiner Sessel fallen. »Und das Besondere an meinem Projekt ist, dass man dieses antike Versmaß unserer großen griechischen Vorbilder normalerweise nur für Heldenepen verwendet.

Homer hat die *Odyssee* darin verfasst und die *Ilias*. Und Goethe nimmt sich heraus, die Schurkenstreiche eines Fuchses in diesem edlen Versmaß zu erzählen.«

»Und warum tut er das?«

»Daraus erwächst eine ungeheure Spannung«, erklärte er begeistert. »Eine Geschichte aus dem Volk in dieser Sprache zu erzählen, das ist …«

»… ganz einfach lustig?«

»Genau. Und noch mehr. Es ist eine Provokation. Und wie du weißt, liebe ich das.«

Eine Provokation. Sie musste sich erst bei ihrem Bruder erkundigen, was das genau hieß. Sie erfuhr, dass das Wort vom lateinischen *provocare* kam und »Herausforderung« bedeutete. Christian zeigte ihr bei der Gelegenheit ein dickes Buch in Goethes Bibliothek, in dem solche schwierigen Wörter erklärt wurden, damit sie von nun an selbst nachschlagen konnte, wenn sie etwas nicht verstand.

Nachdenklich stellte sie den dicken Band zurück zwischen die anderen Bücher. Warum liebte ihr Mann es, die Welt herauszufordern? Verstand er womöglich auch sie und seine Verbindung zu ihr als Provokation? Dass die Weimarer Gesellschaft sie als eine solche auffasste, war klar. Und als sie schließlich das ganze lange Gedicht über Reinecke Fuchs zu lesen bekam, glaubte sie, zu verstehen: Der Hofstaat der Tiere war nichts anderes als eine Abbildung dessen, was tagtäglich unter den Menschen hier vor sich ging. Der, der sich am dreistesten verhielt, trug am Ende den Sieg davon – mochte sich die sogenannte gute Gesellschaft ruhig darüber empören. Ihr Vater hätte das mit einem bitteren Lachen sofort unterschrieben. War etwa ihr Geliebter so ein Reinecke Fuchs, der schamlos Häuser verlangte und tatsächlich bekam, während sich andere jahrelang abmühten und es niemals zu etwas brachten?

»Wir haben alle etwas von jeder dieser Figuren«, antwortete er ihr, als sie ihn eines Abends vorsichtig danach fragte. »Jeder von uns hat etwas Verruchtes in sich, etwas Tapferes und etwas Feiges. Und noch etwas erzählt die Fabel von Reinecke Fuchs, mein Herz. Alles hat seinen Preis. Und den müssen wir früher oder später bereit sein, zu bezahlen. Nichts ist umsonst.«

Ja, da sagte er etwas Wahres. Er hatte das Haus am Frauenplan nicht umsonst bekommen. Gerade, als Christiane sich sicher war, erneut schwanger zu sein, teilte ihr Goethe an einem wunderschönen Frühlingsmorgen mit, dass er bald wieder verreisen musste.

»Der Herzog ruft mich nach Mainz«, sagte er. Wie beim letzten Mal war es ihr unmöglich zu erkennen, ob er das bedauerte oder ob er sich auf die Reise freute. »Die Stadt ist von den Franzosen eingenommen worden. Jetzt holen wir sie uns zurück. Da muss ich dabei sein, Christel.«

Sie schluckte hart. Kein Zweifel, er brannte darauf, aufzubrechen. So würde es immer sein, da mochte sie sich noch so sehr danach sehnen, er möge bei ihr bleiben, bei ihr, bei seinem Sohn und dem ungeborenen Kind, das sie unter dem Herzen trug. Die alte Angst war in ihr wach geworden. Würde sie dieses Kind gesund zur Welt bringen? So viel konnte passieren …

»Wenn du dich nur nicht ins Getümmel stürzt«, wandte sie bedrückt ein.

»Aber nein«, versuchte er sie zu beruhigen. »Die Stadt wird belagert, und das schau ich mir in aller Ruhe aus sicherem Abstand an. Solche Ereignisse brauchen Zeitzeugen wie mich. Außerdem werde ich über Frankfurt reisen und meine Mutter besuchen.«

Christiane biss sich auf die Zunge. Goethes Mutter – ein weiteres Thema, das ihr schwer auf der Seele lag. Denn die gute Frau Rat, wie sie überall genannt wurde, wusste nichts von ihrer Existenz. Nicht einmal, dass sie seit mehr als drei Jahren Großmutter war, hatte Goethe ihr bisher zu sagen gewagt. Jedes Weihnachten kam ein großes Paket mit Geschenken im Haus am Frauentor an, das die warmherzige Frau für »alle Kinder deines Bekanntenkreises« nach Weimar schickte, ohne zu ahnen, dass es einen kleinen August gab, der ihr Enkel war. Wie weh Christiane das tat. Eine wilde Ehe war offenbar nichts, was man der Frau Rat zumuten konnte. Auch für sie war Christiane offenbar eine Provokation. Doch obwohl sie sich so sehr danach sehnte, ihren Sohn in klaren Familienverhältnissen aufwachsen zu sehen – Christiane hätte sich eher die Zunge abgebissen, als sich darüber bei ihrem Geliebten zu beschweren.

»Mamaaaa.«

Christiane fuhr hoch. Es war mitten in der Nacht. Der Klagelaut kam aus dem Kinderbettchen und mit einem Schritt war sie bei ihrem Sohn.

»Was hast du, mein Süßer?«

August wimmerte. Im Licht der Petroleumlampe sah sie die fiebrigen Wangen.

»Mein Gott, du bist ja ganz heiß!«

Sie hob den nass geschwitzten Jungen hoch und wickelte ihn in seine Decke ein.

»Was ist los?« Natürlich hatte Tante Juliane das Weinen des Kindes gehört. »Hat er Fieber? Ich mach ihm kühle Wickel.«

Christiane zog ihm das nasse Hemd aus und legte ihm ein frisches Leintuch um.

»Mir tut mein Kopf weh«, jammerte August. »Und der Hals.«

»Eine Erkältung«, versuchte Christiane die Tante und sich selbst zu beruhigen. »Geh wieder zu Bett.«

Das tat Juliane Vulpius natürlich nicht. Sie kochte Tee aus Kräutern, die sie selbst gesammelt hatte: Thymian gegen den Husten. Salbei gegen die Halsschmerzen. Spitzwegerich gegen

Entzündungen. Und schließlich Käsepappel, weil man die immer nahm, wenn eine Erkältung sich nahte. Und da der Junge nur so glühte, kühlten sie ihm außerdem die Waden und wechselten die Umschläge alle halbe Stunde, um das Fieber zu senken. Endlich schlief er wieder ein, und nachdem sich die Tante zurückgezogen hatte, sank auch Christiane irgendwann in einen erschöpften, besorgten Schlaf.

Am nächsten Morgen war das Fieber nicht gesunken. Außerdem klagte der Junge über Rückenschmerzen.

»Wenn das nicht die Blattern sind«, sagte Tante Juliane düster.

»Jetzt malen Sie den Teufel nicht an die Wand«, rief Dorothea Götze entsetzt aus und bekreuzigte sich.

»Ich hab schon zu viele Kinder sterben sehen«, gab Juliane Vulpius zurück. »Wir brauchen mehr Tee. Und eine gute Brühe, damit der Junge bei Kräften bleibt.«

»Vor allem brauchen wir einen guten Arzt«, erklärte Goethe besorgt und versprach, seine Abreise nach Mainz zu verschieben.

Emsige Geschäftigkeit herrschte im Hinterhaus. Der herbeigerufene Doktor Huschke nahm die Sache leicht. Kinder entwickelten häufig Fieber, meinte er, das habe nicht viel zu bedeuten. Er lobte die Wadenwickel und empfahl außer dem Tee heiße Milch mit Honig. Als das Fieber am fünften Tag fiel, sah es so aus, als behielte er recht. Christiane war erleichtert. Ihre Tante blieb besorgt.

»Das passt ins Bild«, meinte sie besorgt. »Es gibt zwei Möglichkeiten. Entweder wird er jetzt gesund. Oder erst richtig krank.«

Das Letztere war der Fall. Am folgenden Morgen lag August apathisch in seinem Bettchen, sein Körper glühte heißer denn je. Auf seinen Händen und seiner Brust zeigten sich dunkle Flecken, die er wimmernd aufkratzte.

»Es sind die Blattern«, rief Tante Juliane verzweifelt aus. »Hab ich es nicht gesagt?«

»Du musst mit dem Jungen nach Jena«, beschloss Goethe an dem Abend dieses zermürbenden Tages. Auf seinem Schreibtisch lag ein offenes Schreiben. »Zu Doktor Stark. Ich hab Paul heute Vormittag mit einem Brief zu ihm geschickt, hier ist seine Antwort.« Er hielt Christiane das Papier hin. »Er kann leider nicht herkommen. Also fahrt ihr hin.«

Da die Krankheit hochinfektiös ist, las Christiane entsetzt in dem Schreiben des Arztes, *so es tatsächlich die Pocken sind, sollten Mutter und Kind ohnehin aus ihrer Umgebung entfernt werden, um nicht weitere Familienmitglieder anzustecken.*

»Mach dir nicht zu viele Sorgen, mein Lieb«, sagte Goethe und strich ihr beruhigend über das Haar. »Auch ich hatte die Blattern, als ich klein war, und hab sie überlebt, wie du siehst. Doktor Stark wird dir eine Wohnung in der Nähe anweisen. Gleich morgen in aller Frühe wirst du mit August fahren.« Goethe wirkte ernst und entschlossen. »Dieser Mann ist der beste Mediziner weit und breit. Er wird unserem Kleinen helfen.«

Die achtzehn Meilen bis Jena erschienen Christiane in der rumpelnden Kutsche am folgenden Morgen nicht enden zu wollen. In aller Herrgottsfrühe waren sie aufgebrochen. August stöhnte in seinen vielen Wolldecken, wollte sich freistrampeln, wenn das Fieber ihn durchglühte, dann wieder schüttelten ihn Anfälle von Kälte. Als sie endlich angekommen waren und die gemieteten Räume bezogen hatten, fiel er in einen tiefen Schlaf. Aus den dunklen Flecken an seinem Körper waren kleine Knötchen geworden.

»Schlaf ist ein gutes Zeichen.« Mit seiner ruhigen und besonnenen Art flößte Doktor Stark Christiane auf den ersten Blick Vertrauen ein. »Wenn er aufwacht, geben Sie ihm diese Medizin zu trinken. Der Inhalt des Tütchens auf ein Glas Wasser. Die Wäsche des Kleinen muss zweimal täglich gewechselt und abgekocht werden. Ich schicke Ihnen eine Pflegerin, die wird Ihnen helfen. Und wenn sich die Geschwüre öffnen, müssen Sie äußerste Vorsicht walten lassen, der Eiter ist ansteckend. Sauberkeit ist das Allerwichtigste bei diesen Krankheiten. Befolgen Sie nur alles, was die Pflegerin sagt, und der kleine August wird gesund werden.«

Sie hielt sich an alles, was man ihr sagte. Die Pflegerin war eine freundliche, zupackende Frau, die ihr dreimal täglich bei der Versorgung des Kleinen half. Die Medizin schien zu wirken, das Fieber sank nach einigen Tagen und seine Schmerzen ließen nach. Während ihr Söhnchen seiner Genesung entgegenschlief, kochte Christiane Tag für Tag die gebrauchte Wäsche ab, die sie in dem winzigen Garten, der zu der Wohnung gehörte, zum Trocknen aufhängen durfte, und bügelte und legte sie anschließend zusammen, bevor alles von vorne begann. Behutsam tupfte sie die Eiterbläschen ab, damit ja keine Narben zurückblieben, und lenkte den Jungen mit Scherzen und Geschichten ab. Glücklicherweise hatten sich auf Augusts Gesicht nur wenige Pusteln entwickelt, und Christiane behandelte jede wunde Stelle mit dem destillierten Blütenwasser, das Doktor Stark ihr gegeben hatte. Als die Schwären abzuheilen begannen, atmete sie auf. Seit Langem schlief sie wieder die ganze Nacht durch und Doktor Stark kündigte an, dass sie schon eine Woche später nach Hause fahren konnten.

Erst jetzt, da August außer Gefahr war, drang der andere Schmerz zu ihr durch. Goethe hatte nicht mehr länger warten können, der Herzog drängte. Umsonst hatte Goethe ihn auf die Notwendigkeit seiner Anwesenheit am Weimarer Hoftheater hingewiesen, immerhin hatte dies ihm einige Wochen Aufschub verschafft. Nun schien Carl August langsam die Geduld mit seinem Hofpoeten zu verlieren, und Goethe war mit Paul Götze nach Mainz aufgebrochen.

Das große Haus erschien ihr wie ein hohles Gehäuse, als sie mit ihrem Kleinen zu Hause eintraf, daran konnte die freudige

Begrüßung durch Ernestina und Tante Juliane, gefolgt von Dorothea Götze nichts ändern. Goethe war fort, und diese Lücke konnte niemand schließen. Doch überall wurde sie gebraucht, im Garten, im Theater und auf einmal war sie sogar die Ansprechpartnerin für all jene, die nie ein Wort an sie gerichtet hatten, nun jedoch verlangten, dass sie Goethe etwas von ihnen ausrichtete. Sie schrieb ihm gefasste und sehnsuchtsvolle Briefe und bemühte sich, ihn nicht mit ihrem Kummer zu bedrängen.

Alles ist bestens, sagte sie sich. August war wieder gesund geworden und ihre Schwangerschaft verlief ohne Komplikationen. Nur ihr Herz, das fühlte so entsetzliche Sehnsucht. Da mochte das Wetter schön sein, die Blumen in ihrem Garten blühen, die Beeren reifen, das Gemüse gedeihen, ihr Söhnchen munter sein, spielen und lachen. Ohne ihn ist alles nichts, fuhr es ihr ständig durch den Kopf.

Er schrieb ihr Briefe, die sie den ganzen Tag mit sich herumtrug und wieder und wieder las. Die schönste Post brachte Christoph Sutor eines Tages Anfang Juni. Es war ein großes Paket aus Frankfurt.

Zum Vorschein kamen die prächtigsten Stoffe, die sie je gesehen hatte. Ein kostbarer Seidenschal und weitere »Putzkrämchen«, wie Goethe sie nannte. Damit würde sie in Weimar Eindruck machen. Und ganz am Ende seines Briefes stand etwas, was sie noch mehr freute als alles andere. Mit einem Freudenschrei rannte sie durch das ganze Haus, so dass Tante Juliane vor Schreck ihr Nähzeug fallen ließ in dem Glauben, es sei etwas passiert.

»Ja, es ist etwas passiert.« Christiane fiel der Tante lachend um den Hals. »Etwas ganz Wunderbares! Kommt, heute wird gefeiert. Ernestina, bist du so lieb und holst eine Flasche von dem guten Wein aus dem Keller?«

Ernestina raffte die Röcke und rannte los.

»Um alles in der Welt«, stöhnte Juliane Vulpius. »Du kannst einem vielleicht einen Schrecken einjagen!«

Dorothea Götze schaute vom Treppenabsatz der Mansarden alarmiert zu ihnen herunter.

»Gibt es Neuigkeiten?«

»Und ob«, rief Christiane hinauf. »Kommen Sie herunter! Und sagen Sie bitte auch dem Maler Meyer Bescheid. Heute feiern wir ein Fest!«

Erst als alle um sie herum versammelt waren und jeder ein Glas ihres Lieblingsweins in der Hand hielt, rückte sie mit der Freudennachricht heraus. »Seit heute habe ich eine Schwiegermutter«, erklärte sie strahlend. »Die Frau Rat aus Frankfurt hat mir Grüße und Geschenke geschickt. Hier! Seht.«

Sie deutete auf die schönen Kleiderstoffe, aus denen sie sich laut beiliegendem Brief von ihrem Liebsten einen Rock samt passendem Caraco machen sollte. Und diesen Brief hielt sie nun hoch wie eine ehrenvolle Urkunde. »Die Frau Rat hat ihn eigenhändig unterschrieben! Ist das nicht wundervoll?«

»Er hat es seiner Mutter also endlich erzählt?« Tante Juliane schien nicht halb so begeistert wie ihre Nichte. »Na, das wurde auch Zeit.«

Christiane ließ sich ihre Freude nicht nehmen. So lange hatte sie es sich gewünscht. War die Tatsache, dass ihr Liebster seiner Mutter endlich von ihr und seinem Sohn erzählt hatte, nicht ein weiterer Beweis seiner Liebe?

Erst später im Bett, als das ganze Haus schlief, schlich sich eine hartnäckige, kleine Frage in ihr Bewusstsein. Warum benötigte sie eigentlich Beweise dafür, dass Goethe sie liebte? Sollte sie das nicht längst wissen?

Sie lauschte in die Stille der Nacht. Um sie knarrte das alte Gebälk. Sie hatten das Haus zwar nach Kräften hergerichtet, dennoch blieb es im Kern das, was es immer gewesen war. So wie sie immer Christiane Vulpius bleiben würde. Nicht Christiane von Goethe. Die Vulpiussin, wie man sie in der Stadt nannte. Von der sich ein Geheimer Rat von Goethe, sollte ihm eines Tages danach sein, ohne Probleme lösen könnte. Auch wenn sie ein gemeinsames Kind hatten und sie gerade ein weiteres unter dem Herzen trug.

Das wird er nicht tun, antwortete sie sich selbst.

Und wenn doch?

10. KAPITEL

Weimar 1796–1797

Schaut mal, was ich hier habe!«

Christoph Sutor winkte mit einem kompakten, kleinen Päckchen. Die Schachtel war bunt bedruckt und Ernestina reckte interessiert den Hals.

»Sind das neue Spielkarten?«

Christoph grinste von einem Ohr zum anderen und nickte.

»Wenn es euch gefällt, lass ich sie in Serie gehen. Also, seid ihr dabei? Wie wäre es mit einer Partie?«

»Lassen Sie mal sehen.«

Sutor gab Christiane das Deck und sie begann, die Karten nach ihren Farben sortiert auf dem Tisch auszulegen.

»Das sind ja ganz andere Bilder!«

»Ja, und sie haben mich ein hübsches Sümmchen gekostet«, betonte Christoph Sutor und sah Christiane über die Schulter.

»Die sind aber schön.« Ernestina hatte sich über die Karodame gebeugt.

»Sie hat Ähnlichkeit mit dir«, fand Juliane.

»Seht euch erst einmal die Pikdame an.« Christoph Sutor wippte aufgeregt auf seinen Schuhsohlen, während Christiane sie heraussuchte.

»Das ist ja …«

»Die Dame des Hauses, ja.« Christoph Sutor lachte. »Ich habe mir erlaubt, dem Maler ein paar Inspirationen zu liefern.«

»Das ist nicht Ihr Ernst.« Christiane starrte fasziniert auf die Spielkarte. Die Figur auf der Karte sah ihr tatsächlich ähnlich.

»Es stört Sie hoffentlich nicht?«

»Ich finde es lustig«, meinte Ernestina. »Und wen haben Sie als Herzdame genommen?«

»Mein gutes Minchen natürlich. Alles andere hätte sie mir schwerlich verziehen.«

Christiane hielt die Spielkarte in die Höhe, so dass alle sie sehen konnten. Tatsächlich. Die hübsche und lebenslustige Wilhelmine Magdalena Sutor war eindeutig in der drallen Herzdame im rosafarbenen Rüschenkleid zu erkennen.

»Wollen wir ein Spiel machen?« Christiane raffte die Karten wieder zusammen.

»Warum nicht gleich eine ganze Partie?«

Ernestina warf ihrer großen Schwester einen flehenden Blick zu und Christiane begann, die Karten zu mischen. Seit Christoph mit Goethes Unterstützung eine Spielkartenmanufaktur gegründet hatte, hatte nicht nur Ernestina, sondern auch Tante Juliane die Leidenschaft fürs Kartenspiel entdeckt. Dorothea Götze war ebenfalls stets mit von der Partie gewesen, doch sie und ihr Sohn waren im vergangenen Jahr nach Jena umgezogen, wo Paul die Stellung eines Baukondukteurs übernommen hatte, und zwar ebenfalls durch Goethes Vermittlung. »Der Mensch muss vorankommen«, hatte er gesagt und auf Christianes Frage, ob er es nicht bedaure, nach so vielen Jahren seinen treuen Diener und Reisebegleiter zu verlieren, nur mit den Schultern gezuckt.

»Ich hab den Jungen im Alter von sechzehn Jahren halb verwildert bei mir aufgenommen«, hatte er gesagt. »Damals musste ich ihm alles beibringen. Jetzt ist ein umsichtiger Mann aus ihm geworden. Was soll er mir jetzt noch die Stiefel putzen?«

So wie für Seidel, der inzwischen eines der größten Häuser in Weimar besaß, mehrere Ämter bekleidete und in hohen Ehren stand, so wie für Sutor, dessen wachsende Familie allein von dem Kammerdienergehalt des Geheimen Rats nicht mehr auskam, so hatte er auch für Götze gesorgt und sich anschließend einen neuen dienstbaren Geist gesucht. Und sein neuer Diener hieß wirklich und wahrhaftig Geist, Johann Ludwig Geist, und die Damen am Frauenplan hatten sich anfangs stets beherrschen müssen, um nicht in Gelächter auszubrechen, so lustig und gleichzeitig passend fanden sie den Namen des neuen Dieners.

Der Neue an Goethes Seite gab häufig Anlass für scherzhafte Bemerkungen. Während Seidel von Anfang an – zumindest Christiane gegenüber – die Grandeur eines englischen Butlers an den Tag gelegt hatte, war Sutor stets ein guter Kamerad, selbst jetzt noch als Spielkarten-Fabrikant und Betreiber einer Leihbücherei. Paul Götze wurde am meisten von Goethe vermisst, keiner ritt bei jedem Wetter so geschwind von Weimar nach Jena oder auch zu weiter entfernten Orten, keiner wusste auf Reisen so gut wie Paul, was der Geheime Rat brauchte, oft ehe er selbst darauf kam. Johann Ludwig Geist dagegen war der ideale Sekretär und Schreiber, und in kürzester Zeit war es ihm sogar gelungen, Goethe Handschrift so perfekt nachzuahmen, dass der ihm seine Briefe und Texte nur diktieren und zu unterschreiben brauchte. Der Umgang mit dem Federkiel – keine wusste das so gut wie Christiane – war heikel und erforderte Geduld. Ansonsten gab es Tintenklekse und die Schrift wurde unregelmäßig. Die Tücken einer Schreibfeder konnten jedoch Johann Ludwig Geist als ehemaligen Absolventen des Lehrer-Seminars in Weimar keinesfalls schrecken, er spielte außerdem Orgel und sprach fließend Latein. Für das Kartenspiel oder gar das Tanzen konnte man ihn hingegen nicht begeistern. Dafür kannte er sich gut in der Botanik aus, und Christiane wusste das durchaus zu schätzen. Dennoch wurden der gute Paul Götze und vor allem seine Mutter, die einen Spieleabend niemals verschmäht hätte, von ihnen allen schmerzlich vermisst. Noch mehr fehlte ihr Heinrich Meyer, der vor einigen Wochen nach Italien aufgebrochen war. Florenz und

Rom, so lautete sein Reiseplan. Und das Schlimmste war: Goethe wollte ihm so bald wie möglich nachfolgen. Wenn Christiane daran dachte, wurde ihr ganz schlecht vor Sorge …

»Spielen wir mit Einsatz?«

Sutor nahm rasch die Karten auf, die Christiane ihm zugeteilt hatte, und studierte sein Blatt.

»Höchstens um ein paar alte Hosenknöpfe«, erklärte Christiane pragmatisch. »Und nur, wenn Sie uns das Set am Ende hierlassen.«

»Das versteht sich doch von selbst.« Christoph Sutors Gesicht glänzte vor Vergnügen und er spielte eine Karte aus. »Wie geht es Ihnen, Fräulein Ernestina?«, wandte er sich an seine Sitznachbarin, die gerade über ihrem Blatt brütete. »Ich hörte, es wird bald eine Verlobung geben?«

Ernestina wurde über und über rot und warf ihm einen verlegenen Blick zu.

»Nun, so weit sind wir noch lange nicht«, kam ihr Christiane zu Hilfe. Tatsächlich hatte sich der Kontakt zu Voigts Neffen intensiviert. Neulich hatte er Ernestina zu einem Spaziergang an der Ilm abgeholt. »Und wie geht es Ihrer Frau Gemahlin, lieber Christoph?«, lenkte sie das Gespräch in eine andere Richtung. »Was macht das Neugeborene? Sind Mutter und Kind wohlauf?« Jeder wusste, wie fruchtbar Christoph Sutors Ehe war. Seine Familie wuchs und wuchs und Christiane fragte sich, ob die Unternehmungen des findigen Mannes wohl auf die Dauer ausreichen würden, um sie zu ernähren.

»Ausgezeichnet!« Sutor spielte einen Herzbuben aus und blickte vergnügt in die Runde.

»Sie liegen gut in der Hand, nicht wahr? Ich hab die Karten mit einer neuen Wachsbeschichtung versehen lassen.«

»Das merkt man gleich«, bestätigte Juliane Vulpius. »Sie gleiten so schön.« Und flugs legte die alte Dame ein Ass auf Sutors Buben und nahm den Stich an sich.

Es wurde einer jener geselligen Abende, die Christiane von

Goethes Abwesenheit ablenkten. Sie hatte ihn von Anfang an teilen müssen, und zwar mit der ganzen Welt, wie ihr schien. Christiane hatte sich lange davor gefürchtet, sie könnte ihren Geliebten einmal an eine andere Frau verlieren. Woran sie nie gedacht hatte, war, dass ihm ein Mann so wichtig werden könnte, dass sie ernsthaft um seine Liebe fürchten musste.

Er war ein Schwabe namens Friedrich Schiller. Rothaarig, groß und hager schien er ihr wie eine lebende Fackel. Schiller brannte von einem inneren Feuer und Christiane hatte ihm vom ersten Augenblick an angesehen, dass er sein Leben vor seiner Zeit verglühen würde. Sie war sich nicht sicher, ob sie ihn mochte, nach ihrem Empfinden trug er seine spitze Nase ein wenig zu hoch und blickte sie aus seinen wasserblauen Augen von oben herab an, wenn er sie überhaupt zur Kenntnis nahm. Sie nahm es ihm nicht übel. Er war ein Begnadeter, das hatte sie sogleich erkannt. Keiner schrieb so erstaunliche Stücke für das Theater wie dieser Rotschopf, wild, dreist und absolut mitreißend. Seine Stücke waren spannend von der ersten bis zur letzten Minute. Sie würde es zwar niemals zugeben, doch im Vergleich zu Schillers Theaterstücken, die wie die Wogen einer wild aufgepeitschten See waren, glichen die ihres Geliebten einem erhaben dahinfließenden Fluss. Einmal hatte er ihr etwas zu lesen gegeben, und ihr waren über der Lektüre die Augen zugefallen. Wie peinlich war es ihr gewesen, als er sie dabei sogar erwischt hatte. Er hatte ihr zwei Rosenblüten und ein paar Früchte bringen wollen, sie aber war seitlich in die Kissen ihrer Chaiselongue gesunken gewesen und tief und fest eingeschlafen. Da hatte er seine Geschenke auf den Tisch gelegt und sich leise zurückgezogen. Aus dem Gedächtnis hatte er sie sogar gezeichnet und zu ihrer Erleichterung hatte er das Manuskript mit einer Handarbeit ersetzt. Vielleicht hatte er überhaupt nicht wahrgenommen, worüber sie eingeschlafen war. Sie würde es ihm jedenfalls nicht verraten.

Friedrich Schiller aus dem Schwäbischen hatte sich schon seit einigen Jahren darum bemüht, Goethes Bekanntschaft zu machen, so wie viele, die den weltberühmten Weimarer Dichter kennenlernen wollten, in der Hoffnung darauf, dass ein Schimmer seines Glanzes auf sie abfärben würde. Christiane hatte Mitleid mit diesen jungen Menschen, die keine Ahnung davon hatten, von welchen Ängsten Johann Wolfgang von Goethe in Wahrheit geplagt wurde. Die nicht wussten, wie schwer er sich tat, seine genialen Worte zu Papier zu bringen. Christiane vermutete, dass es der hohe Anspruch war, den nicht nur seine Zeitgenossen, sondern vor allem er selbst an sich stellte. Die Zeiten, in denen er in wenigen Wochen Tausende dieser hüpfenden Hexameter aneinandergereiht hatte, um das Epos des gerissenen Reinecke Fuchs zu erschaffen, waren vorüber. Nun quälte sich der berühmte Goethe mit dem Schreiben. Und nur wenige wussten, dass er sich viel mehr für seine naturwissenschaftlichen Experimente begeisterte.

Was war reizvoller: Der Welt ein paar weitere Romane, Gedichte oder Epen zu schenken, oder die tiefsten Geheimnisse der Welt zu lüften?

Seit ihr Liebster vor drei Jahren die Belagerung von Mainz miterlebt hatte, war er nicht mehr derselbe. Äußerlich konnte man ihm schwerlich etwas anmerken, sie kannte ihn allerdings zu gut, um seine tiefe Enttäuschung und Verunsicherung nicht wahrzunehmen.

»Was ist dort in Mainz geschehen?«, hatte sie ihn irgendwann gefragt.

Er hatte ihr ein Bündel Papiere hingehalten.

»Es interessiert keinen«, hatte er geantwortet. »Meine Farbenlehre. Die Essenz jahrelanger Arbeit. Es wäre die Grundlage zu einem neuen Forschungsinstitut, einer Akademie des Lichts.«

»Des Lichts?«

»Ach, Christel«, hatte er gestöhnt. »Diese Schrift hier ist unserer Zeit weit voraus. Später werden Menschen begreifen, was heute niemand wissen will.«

»Du hast mitten im Kanonendonner über das Licht nachgedacht?«

Zu so etwas war nur ihr Goethe fähig.

»Ja. Über das Licht. In solchen Zeiten fragt man sich, was wohl das Vernünftigste ist, was man tun könnte. Ich hab gesehen, wie wohlmeinende Verrückte ihr Leben riskierten für eine Sache, die sie nur halb verstanden haben. Während in Mainz Menschen für Begriffe wie Freiheit, Gleichheit und Brüderlichkeit kämpften, hatte sich in Paris gerade das Blatt gewendet. Wer gestern ein Held war, landet heute unter der Guillotine. Was der Mensch heute unter Freiheit versteht, ist morgen schon etwas ganz anderes.« Er hatte die Schrift auf den Tisch geworfen und war in großen Schritten auf und ab gegangen. »Solche Wirrköpfe!«, fuhr er fort. »Die Ordnung auf den Kopf zu stellen muss nicht gleich eine Weltverbesserung bedeuten. Ist es da nicht besser, sich an etwas zu halten, was unabhängig vom Menschen Bestand hat? So wie das Licht?« Er hatte in die schlecht beleuchtete Ecke seines Arbeitszimmers gedeutet. Dort hatte er ein weißes Stück Papier an die Wand geheftet. »Welche Farbe siehst du auf dem Papier?«

»Wo? Dort in der Ecke?«

»Richtig.«

»Da kann ich fast nichts sehen, es ist alles voller Schatten.«

»Welche Farbe hat der Schatten?«

Christiane hatte angestrengt in die Zimmerecke gestarrt und versucht zu sehen, was er sah. Eine Farbe?

»Irgendwie … bräunlich.«

»Was für ein Braun? Schau zuerst ins Licht und dann in die Ecke.«

»Ein goldenes Braun«, hatte Christiane staunend gesagt. »Wie gebrannter Ton.«

»Das ist es.« Goethe lehnte sich gegen den Tisch. »Das Geheimnis der farbigen Schatten. Von jetzt an wirst du es überall sehen. Denn unsere Welt besteht aus Farben. Hier drin steht alles, was man dazu wissen muss …«

Und es stimmte, was Goethe gesagt hatte, von jetzt an sah sie überall Farben, selbst in den Schatten. Violett und Dunkelgrün.

Tiefblau und manchmal ein schmutziges Gelb. Doch was half ihr das, außer dass auf einmal auch ihr Kummer farbig geworden war?

»So ein gutes Blatt hatte ich selten«, verriet Tante Juliane und strahlte. Vor Eifer war ihr die Brille auf die Nasenspitze gerutscht. Es sah ganz so aus, als würde sie gewinnen.

Seit Mainz hatte Goethe dann jedoch das Forschen sein gelassen. Er sprach davon, nach Italien zu reisen, und hatte Meyer vorausgeschickt. Die beiden wollten eine Enzyklopädie über Italien verfassen, und zwar, wie Goethe ihr erklärte, eine »von unten herauf«: angefangen bei geologischen und geographischen Aspekten bis hin zur Kunst und Kultur des Landes. Mit weniger würde er sich nicht zufriedengeben.

Dabei hatte er in Weimar alles, was ein Mann sich nur wünschen konnte: eine Familie, ein prächtiges Haus, das jedermann bewunderte. Und er hatte ihre Liebe. Das Hoftheater. Warum strebte er in die Ferne? War es falsch von ihr, sich zu wünschen, dass er in ihren Armen Ruhe finden könnte?

Und dann war Friedrich Schiller auf den Plan getreten, der keine Schaffenskrisen zu kennen schien und dem die Naturwissenschaften ziemlich gleichgültig waren. Er hatte es sich offenbar zum Ziel gesetzt, Goethe nach all den Jahren dazu zu bringen, etwas für sein Publikum zu schreiben. Seither steckten die beiden nur noch zusammen. Und August hatte sich mit Schillers Sohn Karl angefreundet, die beiden suchten jede Gelegenheit, zusammen zu sein. Und da Karl mit seiner Mutter, wenn er in Weimar war, bei Charlotte von Stein wohnte, ging August auch in diesem Haus in letzter Zeit aus und ein.

»Wo hast du nur deine Gedanken, Christel?« Juliane warf ihr einen prüfenden Blick zu. »Du bist dran.«

»Ich passe.« Christiane legte ihre Karten offen auf den Tisch. »Mit diesem Blatt mache ich keinen einzigen Stich.« Sie erhob sich. »Spielt ruhig weiter. Ich bin müde und geh schlafen.«

Sie konnte fühlen, wie der besorgte Blick ihrer Tante ihr folgte. Es stimmte, sie war wirklich müde, und es war eine Müdigkeit, die sie seit einiger Zeit nicht mehr verließ. Leise sah sie nach August. Der inzwischen sechsjährige Junge lag halb auf dem Bauch, die Decke hatte er von sich gestrampelt. Die dunklen Locken fielen ihm in die Stirn. Sein Atem ging gleichmäßig, seine Wangen glänzten vor Gesundheit. Vorsichtig, um ihn nicht zu wecken, schloss sie die Tür und ging in ihre eigene Kammer.

War es ihr Schicksal, nur ein Kind zu haben? Nach ihrer Totgeburt hatte sie zwei weiteren Kindern das Leben geschenkt, einem Mädchen und einem Jungen. Beide waren kurz nach der Geburt gestorben. Warum? Keiner konnte ihr diese Frage beantworten. Sowohl die kleine Carolina vor zwei Jahren als auch Carl im vergangenen Herbst waren vollkommen gesund zur Welt gekommen. Und doch waren sie in wenigen Tagen verwelkt wie Blumen, denen man nicht ausreichend Nahrung gab. Dabei hatte sie Milch genug für sie gehabt, daran hatte es nicht gelegen. Ohne ersichtlichen Grund waren sie von Tag zu Tag schwächer geworden, teilnahmsloser, schläfriger. Bis sie irgendwann hinübergeglitten waren in die andere Welt.

Die Kinder seien am Streckfluss gestorben, hatten die Ärzte gesagt. Was das bedeutete, hatte sie wissen wollen. Eine geheimnisvolle Entzündung des Gehirns, das kam zwar selten vor, aber sie sei nicht die einzige Mutter, die ihre Kinder an dieses Leiden verlor. Warum gerade sie? Und vor allem: Könnte es wieder geschehen? Was konnte man gegen dieses sinnlose Sterben nur tun?

Sie müsse auf Gott vertrauen, hieß es immer wieder. Lag es also etwa daran, dass sie die Kinder ohne den Segen der Kirche empfing? Goethe wollte von solchen Überlegungen nichts hören, und auch Christiane mochte nicht recht daran glauben. Wenn Gott sie strafen wollte, warum hielt er sich dann nicht an sie und verschonte die unschuldigen Kindlein? Was für eine Art Gott sollte das sein, der so grausam war?

Sicher lag es an diesem Kummer, den sie nach den Tagen der Trauer tief in ihrem Innern verschlossen hielt, dass sie häufig die Dinge nun in einem düsteren Licht sah. Zum Beispiel Goethes ständige Abwesenheit. Nie zuvor hatte er sich so häufig in Jena aufgehalten wie jetzt. Natürlich waren die Diskussionen mit den dortigen Professoren interessanter als die Gespräche mit ihr. Und seit Schiller ihn dazu anspornte, seine vielen angefangenen schriftstellerischen Projekte endlich zum Abschluss zu bringen, behauptete ihr Liebster, dass ihre Gegenwart ihn daran hinderte, sich auf seine Arbeit zu konzentrieren.

»Es geht mir einfach zu gut hier bei dir«, hatte er zu ihrer Bestürzung erklärt. »Um arbeiten zu können, muss ich leben wie ein Mönch. In absoluter Einsamkeit. Das karge Zimmer im Jenaer Schloss ist ideal. Da lenkt mich nichts von der Arbeit ab, verstehst du?«

Nein, beim besten Willen hatte sie keine Ahnung, was er meinte. Hatte er nicht immer gesagt, wenn erst das Haus am Frauenplan nach seinen Vorstellungen umgebaut sei und jeder von ihnen seinen Platz darin gefunden habe, wäre alles gut? Hatte er nichts stets betont, wie dringend er sie brauchte, dass er ohne sie nicht mehr leben könnte, und jetzt störte ihn ausgerechnet ihre Fürsorge?

»Aber ich störe dich doch gar nicht«, hatte sie widersprochen. »Ich sorge nur dafür, dass du dich wohlfühlst.«

Da hatte er sie auf seinen Schoß gezogen und liebkost, sie mit Liebeserklärungen überhäuft – am Ende war er allerdings dennoch abgereist, um in den unwirtlichen Räumen in Jena an seinem Roman *Wilhelm Meister* oder dem Versepos *Hermann und Dorothea* zu arbeiten. Und kam damit nicht voran.

»Verstehe einer die Männer«, hatte Hanne gesagt, als sie sich ihr einmal vorsichtig anvertraut hatte. »Glaubst du, mit meinem Gust ist es anders? Es ist schwierig bis unmöglich, es ihnen recht zu machen. Vermutlich wissen sie selbst nicht, was sie wollen.«

Ja, danach sah es tatsächlich aus. Aus Jena schrieb Goethe sehnsuchtsvolle Briefe und beklagte sich über das schlechte Essen dort, bat sie, dieses und jenes zu schicken, von ihrem Kuchen, ihren Würsten, ihren leckeren Pasteten – und natürlich schickte sie ihm, was er sich wünschte, und noch mehr. Mitunter war eine Botenfrau täglich zwischen Jena und Weimar zu Fuß unterwegs, um ihren Liebsten mit all dem zu versorgen, was ihm zu Hause ohne Weiteres zur Verfügung gestanden hätte. Wenn sie ihn aber dort besuchte, was selten genug vorkam, mietete er ihr und August eine andere Unterkunft, schön weit von der seinen entfernt.

Tränen rannen ihr über die Wangen. So sehr sie sich zur Ordnung rief, der Schmerz über diese Zurückweisung saß tief. Und ihre alte Furcht, er könnte ihrer eines Tages überdrüssig werden, erwachte aufs Neue. Lag es daran, dass sie ihm außer August keine weiteren Kinder mehr geschenkt hatte, die überlebten? Dabei liebte sie ihn genauso zärtlich wie am ersten Tag.

Statt schlafen zu gehen, setzte sie sich an den Tisch in ihrer Kammer und blätterte in dem Tischkalender, den Goethe ihr zu Weihnachten geschenkt hatte. Am liebsten hätte er es gesehen, wenn sie täglich Tagebucheinträge gemacht hätte, doch sie konnte sich nicht dazu aufraffen. Was sollte sie auch schreiben? Heute die Vorhänge in Goethes Arbeitszimmer abgenommen, gewaschen und getrocknet? Den Garten umgegraben und Kartoffeln gelegt? Wen interessierte das schon? Die Eintragungen ins Rechnungsbuch allerdings versah sie gewissenhaft. Längst musste Philipp Seidel ihr das Geld nicht mehr zuteilen, sie verwaltete die Finanzen inzwischen selbst und notierte alles.

Sie drehte das Kalenderblatt um. *August mit Karl Schiller ins Haus der Stein*, stand unter dem Datum des folgenden Tages. Richtig. Es war Charlotte von Steins Namenstag. Und ihr Sohn war gemeinsam mit Karl eingeladen.

Auf einmal hatte Christiane eine Idee. Sie würde Charlotte von Stein eine Torte backen. Warum war ihr das denn nicht früher eingefallen? Irgendwann musste das Eis zwischen ihnen doch brechen. Was wäre dazu besser geeignet als ein solches persönliches Geschenk?

Mit dem Kerzenhalter in der Hand lief sie hinunter in den Keller, um nachzusehen, ob sie alles dahatte, was sie brauchte. Butter. Eier. Mehl. Zucker und Mandeln. Sie könnte eine schöne Marzipantorte machen, das würde der Freifrau sicher gefallen. Rasch füllte sie die richtige Menge Mandeln und Zucker ab und brachte alles in die Küche.

»Was machst du denn hier um diese Zeit?« Ernestina war in die Küche gekommen. Offenbar hatte sie den tanzenden Kerzenschein im Hof gesehen. »Willst du etwa noch backen?«

Christiane erzählte ihr von ihrer Idee. »Wenn ich den Tortenboden heute Abend mache, ist der Rest morgen früh ein Kinderspiel.«

»Ich mach das Marzipan.« Entschlossen füllte Ernestina Wasser in einen großen Topf, um darin die Mandeln kurz zum Kochen zu bringen, damit sie sich leichter häuten ließen.

»Du bist ein Schatz«, sagte Christiane erleichtert. »Hast du noch etwas Rosenwasser?«

Ernestina nickte. »Oben in meinem Zimmer. Soll ich es holen?«

»Das ist keine Torte«, behauptete ihr Bruder, der am folgenden Vormittag auf einer Stippvisite bei ihnen vorbeischaute, »das ist ein Wunderwerk.«

Christiane lachte. Zufrieden betrachtete sie das Ergebnis ihrer Arbeit. Der Biskuitboden war prächtig aufgegangen, die Ofenwärme hatte offenbar genau gestimmt. Sie hatte ihn in drei Lagen teilen können und jede mit einer dünnen Schicht Himbeermarmelade und ordentlich Buttercreme bestrichen. Die gesamte Torte hatte sie mit Marzipan eingehüllt und die Oberfläche anschießend mit Röschen verziert. Dafür hatte sie Marzipan mit ein wenig Himbeersaft rosarot gefärbt und mit einem Silberlöffel Blütenblätter geformt, wobei ihr die Erfahrung aus ihrer Zeit in Bertuchs Seidenblumenmanufaktur zugutegekommen war.

»Woraus sind die grünen Blättchen?«

»Aus Minze.« Christiane zog August die Schüssel mit der Buttercreme weg, der seinen Finger tief in die köstliche Masse eingetaucht hatte. Den Rest der Creme füllte sie in eine spezielle Spritze mit einer geriffelten Tülle, um den Rand der Torte mit einer Bordüre zu versehen.

»Wann machst du für uns so etwas Köstliches?«

»Wer weiß, vielleicht zu deinem Geburtstag?« Christiane konzentrierte sich darauf, ja nicht im letzten Moment ihr Werk zu verderben, und Ernestina half ihr, den Rand gleichmäßig zu verzieren, indem sie die Torte langsam drehte. »Fertig!«

Sie legte ihre Küchenschürze ab und wies August an, sich Hände und das Gesicht zu waschen, er war bis hinter die Ohren mit Buttercreme verschmiert. »Und dann bitte Tante Juliane, dass sie dir den guten Anzug anzieht.«

Auch sie zog sich eines ihrer besten Kleider an, nachdem sie das Präsent vorsichtig in einem passenden Korb verstaut hatte, bändigte ihr Haar mit einem hübschen Band und nahm ihren Sohn bei der Hand.

Es waren nur wenige Schritte bis zum Haus des Freiherrn von Stein, fast täglich ging sie daran vorbei. Unzählige Male waren sie und Charlotte sich begegnet, und während sie stets höflich grüßte, tat die Freifrau so, als würde sie sie gar nicht sehen. Es war wie ein Spiel und es währte schon so lange. Und Christiane war sich durchaus bewusst, dass sie an diesem Tag mit der alten Gewohnheit brach.

Es wird höchste Zeit, sagte sie sich, als sie die Stufen zum Portal des Stadtpalais hinaufging und entschlossen den Türklopfer betätigte. Immerhin geht nicht nur mein Mann, sondern auch mein Sohn hier ein und aus.

Die Tür sprang auf und Karl Schiller stand vor ihnen, der älteste Sohn des Dichters und Dramatikers. Sein Vater war der Sohn eines Gärtners aus Marbach am Neckar und damit ebenso bürgerlich geboren wie Christiane. Friedrich Schiller hatte eine der Lengefeld-Töchter aus Rudolstadt geheiratet, noch eine Charlotte, die seinetwegen auf ihren Adelstitel verzichtet hatte. Was hatte man die gute Frau nicht dafür gelobt, als sie aus Liebe so etwas Ungeheuerliches tat. Hätte man Goethe ebenso gerühmt, wenn er sie, die ehemalige Putzmacherin, geheiratet hätte? Nun, er als Mann hätte den Titel ja nicht einmal verloren …

Karl zog seinen Spielkameraden an der Hand ins Haus. Christiane folgte ihm, als ihr ein Diener entgegenkam.

»Ich möchte der gnädigen Frau zum Namenstag gratulieren«, sagte sie und hob den Korb. »Außerdem hab ich ihr ein Geschenk mitgebracht. Hätten Sie die Güte, mir dabei behilflich zu sein, es ihr zu überbringen?«

Vorsichtig holte sie die Platte mit der Torte aus dem Korb und bat den Diener, sie zu tragen. Etwas überrumpelt nahm er sie entgegen und wies auf eine Tür, hinter der das Geplauder und Lachen von Frauenstimmen zu hören war.

Christiane öffnete sie und trat ein. Die Einrichtung des Salons war auf altmodische Art elegant, doch Goethe hätte die weißgolden lackierten Möbelchen in seinem Haus niemals geduldet, dachte sie. Auf einem runden Tisch entdeckte sie ein riesiges Blumenbouquet, das zweifelsfrei aus Bertuchs Manufaktur stammte: Rosen und Päonien, auch ein paar Kamelien waren darunter, was sie widersinnig fand, Kamelien und Rosen blühten niemals zur selben Zeit. Charlotte von Stein saß auf einem zierlichen Sessel, ihr Hund, ein kleiner Spitz, lag schlafend zu ihren Füßen. Um sie herum erkannte Christiane weitere Damen der Gesellschaft, darunter selbstverständlich Charlotte Schiller geborene Lengefeld, Karls Mutter. Und – Christiane wurde kurz starr vor Ehrfurcht – die Mutter des Herzogs, Anna Amalia samt einiger Hofdamen. In diesem Moment wachte der Spitz auf und lief kläffend auf Christiane zu. Das Geplauder erstarb. Alle Augen wandten sich ihr zu.

»Meinen herzlichsten Glückwunsch zu Ihrem Namenstag, verehrte Frau von Stein«, sagte sie mutig über das Kläffen hinweg. »Ich wollte nicht versäumen, Ihnen diese Gabe zu überreichen.«

Der Diener trat näher und zeigte die Torte herum. Eisiges Schweigen erfüllte den Raum. Selbst der Hund war verstummt. Charlotte von Stein schien wie vom Donner gerührt, unter ihrer hellen Schminke wirkte sie blasser denn je.

»Ich kann es nicht fassen«, hörte Christiane eine vertraute Stimme, von der sie im ersten Moment nicht wusste, woher sie sie kannte. Neben Charlotte von Schiller saß eine hagere Frau mit einer streng frisierten Perücke, die sie älter erscheinen ließ, als sie war. »Dass du dich hierher traust, Christel. Du weißt wahrlich noch immer nicht, wo du hingehörst.«

»Friederike!«, entfuhr es Christiane überrascht.

»Baronin von Wurmb«, korrigierte Friederike sie geziert.

»Sprechen Sie nicht so mit meiner Mama«, hörte Christiane da das feine Stimmchen ihres Sohnes sagen. Eine kleine Hand schob sich in die ihre. »Komm«, sagte August entschlossen. »Wir gehen nach Hause.«

»Dann komme ich mit dir«, rief Karl. »Warte, August, ich hol mein neues Steckenpferd!«

»Ihr könnt beide ruhig hierbleiben«, sagte Christiane sanft zu den Kindern. »Nicht wahr, verehrte Frau von Stein? Die Kinder sollten nicht für die Unarten der Erwachsenen büßen.«

»Aber … aber gewiss«, hauchte Charlotte von Stein verwirrt und nahm rasch ihr nun wieder aufgeregt kläffendes Hündchen auf den Schoß.

»Die Friederike? Bei der Frau von Stein?« Hanne blies die Backen auf. »Mit einer grauen Perücke auf dem Kopf?«

Henriette, die seit ihrer Hochzeit mit dem Apothekergehilfen seltener zu Besuch kam, schüttelte fassungslos den Kopf.

»Diese Frauen trugen alle Perücken«, erwiderte Christiane.

»Sie kann einem leidtun«, behauptete Henriette. »Der Baron ist über achtzig und braucht jede Woche einen ganzen Korb voller Arzneimittel.«

»Wenn er stirbt, ist Friederike eine reiche Witwe.«

»So schnell stirbt der nicht. Stell dir bloß mal vor, so ein alter Mann legt sich auf dich ...«

Hanne schüttelte angewidert den Kopf. »Mir tut sie trotzdem nicht leid«, erklärte sie. »Sie ist und war ein böses Schandmaul.«

»Ich hätt' es euch gar nicht erzählen sollen«, sagte Christiane und legte noch ein paar selbst gebackene Plätzchen auf die Etagere. »Es ist ja nur ... ich hatte gehofft, mich ein wenig mit Schillers Frau anzufreunden. Unsere Buben sind ganz vernarrt ineinander. Und unsere Männer sind Kollegen. Wenn die Friederike ihre Busenfreundin ist, kann ich das allerdings vergessen.«

»Soweit ich weiß, ist der Baron ein entfernter Verwandter von Schillers Frau«, erklärte Henriette. »Das hat zumindest meine Schwiegermutter erzählt.«

Die Freundinnen schwiegen betreten. Hanne griff ganz in Gedanken nach den Keksen und aß gleich drei hintereinander.

»Sag mal, Christel«, begann Henriette schließlich. »Warum macht der Geheime Rat nicht endlich Ernst und heiratet dich? Das würde doch alles viel einfacher machen.«

Christiane schluckte. Es war lange her, dass sie jemand das gefragt hatte. Sie hatte gehofft, dass sich endlich alle damit abgefunden hatten, dass das niemals geschehen würde.

»Weil wir es nicht wollen«, antwortete sie ein wenig unwillig.

»Wie?« Hanne runzelte verblüfft ihre Stirn. »Du willst es gar nicht?«

Christiane zuckte mit den Schultern und stöhnte. »Es stand von Anfang an nicht zur Diskussion«, sagte sie. »Ich habe es niemals erwartet. Und Goethe ...« Sie dachte an jenen Tag vor vielen Jahren, als er mit ihr über ihre gemeinsame Zukunft gesprochen hatte. »Seiner Ansicht nach sind wir verheiratet«, versuchte sie ihren Freundinnen zu erklären. »Auch ohne Zeremonie.«

»Das ergibt keinen Sinn«, fand Henriette. »Heiraten ist nun mal mit Zeremonie. Und ohne ist es keine Ehe. Basta.«

»Für uns ist es aber so.« Christiane stand auf und ging ans Fenster. Von hier übersah man den gesamten Garten. Ihr Blick blieb an der Laube hinter dem Rosenbusch hängen. Dort, wo alles begonnen hatte. »Wir feiern jedes Jahr unseren Hochzeitstag«, sagte sie leise. »Am 12. Juni. Der Geheime Rat vergisst das Datum nie.«

»Und welchen Unterschied würde es da für ihn machen, wenn er das Ganze vor dem Altar wiederholen würde? Du hättest endlich Ruhe vor solchen Leuten wie Friederike. Und Frau Schiller hätte kein Problem damit, sich mit dir anzufreunden.«

Christiane schüttelte traurig den Kopf.

»Das glaube ich nicht«, sagte sie. »Diese Art von Menschen brauchen immer jemanden, den sie schikanieren können. Und dass Goethe ausgerechnet mich liebt, das verzeihen sie mir nicht. Mit oder ohne Trauschein. Und deshalb bin ich mit meiner Situation vollkommen einverstanden. Das Wichtigste ist doch, dass wir uns lieben.«

Auf einmal sah sie Ernestina durch den Garten rennen. Sie lief den Kiesweg entlang bis zur Mauer, dorthin, wo im vergangenen Herbst eine Reihe von Kornelkirschen gepflanzt worden war. Etwas in der Haltung ihrer Schwester alarmierte sie. Jetzt kauerte sie sich unter einem der jungen Bäume zusammen.

»Bitte entschuldigt mich einen Moment«, sagte sie zerstreut zu ihren Freundinnen. »Ich bin gleich zurück.«

Eilig ging sie hinaus in den Garten, um nach ihrer Schwester zu sehen.

»Was hast du?«, fragte sie Ernestina.

Zuerst antwortete ihre Schwester nicht. Dann hob sie den Kopf. Christiane erschrak, so verzweifelt war ihre Miene.

»Er heiratet eine andere«, sagte sie tonlos.

»Wer denn?« Christiane ahnte bereits, von wem ihre Schwester sprach.

»Gottfried Voigt. Ich hab das Aufgebot gesehen.« Voigts Neffe, Ernestinas große Hoffnung. »Ich hab ihm das Tanzen beigebracht«, fügte sie bitter hinzu. »Damit er jetzt den Brauttanz mit einer anderen …«

»Komm ins Haus«, bat Christiane sie und reichte ihr die Hand, um sie aufzurichten. Ernestina schien sie gar nicht wahrzunehmen. Verzweifelt presste sie die Fäuste vor die Augen und machte keine Anstalten, unter dem Kornelkirschbaum hervorzukommen. Schließlich setzte sich Christiane zu ihr und legte ihren Arm um sie. »Weine nicht«, flüsterte sie ihr ins Ohr. »Du wirst einen anderen finden. Einen, der dich zu schätzen weiß. Glaub mir, meine Süße.«

Ernestina machte sich schroff von ihr los.

»Du weißt genau, dass das nicht sein wird«, stieß sie mit erstickter Stimme hervor. »Mich will keiner zur Frau. Das ist mir seit Langem klar.«

Einige Tage lang schien Ernestina wie innerlich erstarrt und Christiane machte sich die größten Sorgen. Sie wandte sich an Goethe, als er endlich einmal wieder aus Jena nach Hause kam, fragte ihn um Rat, doch sie war sich nicht sicher, ob er wirklich zuhörte, so abwesend erschien er ihr. Stundenlang stand er im Arbeitszimmer vor seinem Regal und zog eine Mappe nach der anderen mit begonnenen, jedoch nie vollendeten Projekten heraus. Christiane kannte sie alle auswendig, wöchentlich entfernte sie den Staub von diesen kostbaren Konvoluten. Auf der einen stand: *Wilhelm Meister-Skizzen*, auf der anderen: *Faust-Szenen*.

Vor einem Jahr hatte er eine lange Versdichtung in einem Atemzug heruntergeschrieben, ganz ähnlich wie damals beim

Reinecke Fuchs. Christiane mochte die Liebesgeschichte zwischen einem armen Flüchtlingsmädchen und dem Sohn eines reichen Mannes sehr. Sie war es gewesen, die diese Anekdote in einer Sammlung von Kalendergeschichten entdeckt hatte, die ihr Bruder der Tante dagelassen hatte. Und sie war es auch gewesen, die Goethe davon erzählt hatte, obwohl sie nie im Leben auf den Gedanken gekommen wäre, er könnte daraus etwas so Wundervolles machen wie das Versepos *Hermann und Dorothea*.

»Immer sucht er nach den absonderlichsten Themen«, hatte Christian in einer stillen Stunde unter vier Augen einmal gespottet. »Dabei sind es die volkstümlichen Geschichten, die ihm am besten gelingen.«

Natürlich hatte sie sich solche Reden verbeten. Im Stillen jedoch gab sie ihrem Bruder recht. Jetzt lag der uralte Ordner mit der Aufschrift *Faust-Szenen* auf dem Arbeitstisch, und sie fragte sich, was das wohl zu bedeuten hatte. Würde er tatsächlich dem volkstümlichen Puppenspiel über Doktor Faustus, der einen Pakt mit dem Teufel einging, neues Leben einhauchen?

Einige Tage später war er morgens beim Herzog zum Frühstück eingeladen, und Christiane beschloss, die Gelegenheit zu nutzen, um sein Arbeitszimmer einmal wieder gründlich zu reinigen. Als sie es betrat, glaubte sie ihren Augen nicht zu trauen. Durch den Raum schwebten Schmetterlinge, ihre Flügel schimmerten unwirklich im Morgenlicht. Ihr war, als hätten die Gedanken und Phantasien ihres Geliebten Gestalt angenommen und wären auf diese Weise für sie sichtbar geworden. Dann erinnerte sie sich an das Holzkästchen, das seit dem vergangenen Herbst in einer Ecke stand, und schloss behutsam die Tür.

Sie fand ihre Schwester im Garten, wo sie Blumen für den Mittagstisch schnitt, keiner kombinierte die Farben und Formen so schön wie sie.

»Komm mit«, bat Christiane. »Ich will dir etwas zeigen.«

Gemeinsam kehrten sie in das Arbeitszimmer zurück. Den Blumenstrauß in der Hand, sah sich Ernestina fragend um. Ein

Pfauenauge begann ihr Gesicht zu umtanzen, ein zweites kam hinzu, und Christiane wurde das Herz weit, als sie ihre Schwester so sah. So sollte man sie malen, dachte sie, mit Blüten und Schmetterlingen, dieses Morgenlicht auf dem staunenden Gesicht.

»Wo kommen die denn her?«, fragte Ernestina.

»Ich glaube von dort.« Christiane wies auf das Holzkästchen, das Goethe vor Wochen aus der Naturwissenschaftlichen Abteilung der Universität Jena mitgebracht hatte. Damals hatten Trauben winziger Eier an Baumblättern geklebt, aus denen irgendwann geringelte Raupen geschlüpft waren. Die Verpuppung hatten sie alle verpasst, selbst Goethe hatte das Kästchen samt Inhalt offenbar völlig vergessen. Und nun sprengten die zauberhaften Flügelwesen eines nach dem anderen ihre unansehnlichen Hüllen und schwangen sich in die Lüfte der Studierstube.

»Wenn man das doch auch könnte«, flüsterte Ernestina sehnsüchtig und starrte auf die abgestreiften Hüllen, die im Kästchen zurückgeblieben waren. »Einfach aus seiner Haut fahren und sich in eine andere Dimension erheben.«

»Ja, das wäre schön.« Goethe war von ihnen unbemerkt hinter sie getreten und beobachtete, wie die Schmetterlinge sich nach und nach an den Fenstern versammelten und sich vergeblich bemühten, nach draußen ins Licht zu gelangen. »Sie leben nur ein paar Tage. Und doch scheint es die Erfahrung wert zu sein.« Erfreut drehte sich Christiane zu ihm um. Da bemerkte sie den jungen Mann, der an Goethes Seite auf der Schwelle stand und fasziniert zu Ernestina hinübersah, die vor dem Fenster stand, von Schmetterlingen umschwirrt.

»Das ist von Lützow«, sagte Goethe. »Einer meiner Studenten. Er wird mir dieser Tage ein wenig zur Hand gehen.«

Nun wandte sich auch Ernestina um. Sie stand im Gegenlicht, deshalb konnte Christiane ihren Gesichtsausdruck nicht erkennen. Trotzdem war sie sicher, dass ihre Schwester den jungen Mann eingehend musterte.

»Friedrich Christoph Gotthard von Lützow«, sagte der Student und machte eine Verbeugung. Seine Stimme klang warm und angenehm. »Den Damen zu Diensten.«

11. KAPITEL

Weimar – Frankfurt Sommer 1797

Als die Kutsche durch das Frauentor rumpelte, erschien es Christiane wie ein Traum. Hatte sie auch nichts vergessen? Vorsichtig tastete sie nach den beiden Pistolen, die sie in ihre große Tasche gepackt hatte. Nicht, dass sie die jetzt zu brauchen fürchtete. Die Heimreise würde sie jedoch mit August ganz allein antreten, da wollte sie gerüstet sein.

Goethe hatte endlich eingewilligt, dass sie ihn nach Frankfurt begleiteten. Seine Mutter würde sich freuen, sie endlich kennenzulernen, hatte er gesagt, und Christianes Herz hatte einen Moment lang ausgesetzt und dann wie wild weitergeschlagen. Und jetzt befand sie sich auf ihrer ersten großen Reise. Gut, sie war bereits mehrmals in Jena gewesen. Das war allerdings ein Katzensprung gewesen im Vergleich zu Frankfurt.

»Mama?« August war vom Sitz gerutscht und stellte sich dicht vor sie an die Kutschentür, um durch das Fenster hinauszusehen. »Wird denn Großtante Jule ohne uns zurechtkommen? Und Tante Ernestina?«

»Ganz bestimmt«, beruhigte sie ihren Sohn. »Herr Sutor schaut nach ihnen, falls sie etwas brauchen. Und Onkel Christian kümmert sich um sie.«

»Du wirst deine Großmama kennenlernen«, fügte Goethe

hinzu und zog den Jungen auf seinen Schoß. »Sieh mal, dort hinten kann man das Gartenhaus sehen.«

Die Kutsche rumpelte durch ein Schlagloch und fing sich wieder. Die Ilm-Auen zogen an ihnen vorüber, machten Wiesen und Kuhweiden Platz. Christiane sah ängstlich aus dem Kutschenfenster. In dem Wäldchen dort hatte sie früher mit ihren Geschwistern Pilze gesammelt. Mit ihm passierte sie eine unsichtbare Grenze ins Ungewisse. Weiter als bis hierhin war sie noch nie gen Westen gereist.

Christianes Gedanken wanderten zurück zu Tante und Schwester. Seit Christoph von Lützow bei ihnen aufgetaucht war und immer wieder zwischen Jena und Weimar hin- und herreiste, um für Goethe kleine Botenaufträge zu erfüllen, erschien ihr Ernestina wie verwandelt. Und das Beste war – auch er wirkte, als hätte er ernstlich Interesse an ihr. Wenn sich Christiane nicht irrte, keimte da gerade eine veritable Liebesgeschichte zwischen den beiden heran.

Der einzige Wermutstropfen in Christianes Augen war, dass der junge Mann aus Norddeutschland kam. Das Landgut seiner Familie lag etwas außerhalb von Jever in Friesland. Sollte also etwas aus dieser Romanze werden, würde ihre Schwester weit wegziehen. Aber waren das nicht selbstsüchtige Gedanken? Christiane schob sie von sich. Wenn Ernestinas Lebensglück an der rauen Nordsee lag, wäre sie die Letzte, die es ihr nicht gönnen würde. Sogar Goethe hätte gegen die Verbindung nichts einzuwenden, und manchmal fragte Christiane sich, ob er ihr vielleicht doch zugehört und den freundlichen, klugen Studenten absichtlich in ihr Haus gebracht hatte.

Draußen zog eine sanft hügelige Landschaft an ihnen vorüber, Felder, Wiesen, kleine Waldstücke. Die Aufgeregtheit allem Neuen gegenüber hatte sich bald gelegt, und das nicht nur bei August, der in ihren Armen eingeschlafen war. Goethe saß ganz in sich eingesponnen und las in einem Manuskript, Christiane glaubte, Schillers Handschrift zu erkennen, während sein Sekretär Geist die Aufzeichnungen durchging, die sein Herr ihm gerade erst diktiert hatte. Sie dachte an die Hektik der vergangenen beiden Wochen, die sie mit Reisevorbereitungen auf Trab gehalten hatte. Jeden Tag war ihr etwas Neues eingefallen, was sie der Frau Rat in Frankfurt mitbringen wollte. Unermüdlich hatte sie die köstlichsten Gelees eingekocht, Mandelgebäck hergestellt und Fleischpasteten in Gläser eingemacht. Goethes Mutter sollte sehen, was für eine gute Hausfrau sie war. Außerdem hatten Ernestina und die Tante Weißwäsche bestickt, darin war besonders ihre Schwester eine wahre Meisterin geworden, die seit einiger Zeit emsig an ihrer Aussteuer arbeitete. Es war, als flössen all ihre Hoffnungen auf ein Liebesglück über ihre Nadel in das reine Leinen und verwandelten es in filigrane Kunstwerke. Christiane konnte nur hoffen, dass die Frau Rat das zu schätzen wissen würde.

Ja, sie war unendlich nervös. Die Briefe, die sie mit Goethes Mutter in den vergangenen Jahren gewechselt hatte, waren überaus freundlich gewesen. Dabei hätte Christiane durchaus verstehen können, wenn Frau Rat Catharina Elisabeth Goethe geborene Textor entsetzt darüber gewesen wäre, dass ihr Sohn in wilder Ehe lebte. Oder zumindest enttäuscht. Vielleicht war sie das auch.

»Meine Mutter ist eine weltoffene Frau«, hatte Goethe versichert. »Sie liebt mich und damit liebt sie alle, die ich liebe.« Christiane hoffte inständig, dass er recht hatte. Denn trotz aller Weltoffenheit hatte er Jahre vergehen lassen, ehe er seiner Mutter endlich von ihrer und Augusts Existenz erzählt hatte.

Sie waren am Nachmittag aufgebrochen, und so kamen sie an diesem Reisetag nur bis Erfurt, wo sie zum ersten Mal in ihrem Leben in einem Gasthof übernachteten. Schon um vier am nächsten Morgen ging es weiter, mit fremden Leuten in einer Kutsche zusammengepfercht rumpelten sie durch die Dunkelheit, und als der Tag anbrach, bot sich ihnen eine eintönige Landschaft aus Feldern und uralten Flusstälern voller Kieslager.

Über schlechte Straßen und vorbei an goldenen Flachsfeldern ging es über Mechterstädt und Eisenach nach Marksuhl, wo sie erschöpft in die Betten der Herbergen sanken, in denen außer ihnen nur anspruchslose Fuhrleute übernachteten. Reisen war eine Folge von Schlaglöchern, fremden Gesichtern, mitunter Gesprächen, die sich nach dem ersten Woher und Wohin bald erschöpften, eine Folge aus schlechten Betten und enttäuschenden Mahlzeiten. Doch Christiane beklagte sich nicht. Mit weit geöffneten Augen sog sie alles in sich ein. Die Fruchtbarkeit des sich nun öffnenden, weiten Landes. Das idyllische Tal der Werra mit seinen Burgen und Auen bis Vacha, wo es hügeliger wurde und die Pferde mühevoll anziehen mussten. In Buttlar aßen sie zu Mittag, solange die Tiere gewechselt wurden, und vor allem für August war das alles ein riesiges Abenteuer. Dann rumpelte die Kutsche weiter über Hünfeld in die ehrwürdige Bischofsstadt Fulda.

»Sind wir jetzt da?«, wollte August hoffnungsfroh wissen, als sie sich bei der Poststation mit schmerzenden Gliedern aus der Kutsche quälten. »Wo ist die Großmama?«

»Noch sind wir nicht am Ziel. Aber es dauert nicht mehr lange«, versprach Goethe.

So groß waren die deutschen Lande, so weit. So lang zogen sich die Straßen dahin. Je weiter sie gen Westen reisten, desto häufiger begegneten ihnen Soldaten in den verschiedensten Uniformen und Männer in zerschlissenen und verdreckten Kleidern. Menschen, die mit ihrem Hab und Gut in Richtung Osten zogen.

»Wo gehen die hin?«, wollte August wissen. Christiane musste ihm die Antwort schuldig bleiben. »Haben die kein Zuhause? Die Armen!«

Sie versuchte nicht daran zu denken, dass sie denselben Weg in Kürze zurückreisen musste, und zwar ohne männliche Begleitung. Denn Goethe würde länger in Frankfurt bleiben, und das beileibe nicht, um seiner Mutter Gesellschaft zu leisten, sondern um wichtige Männer zu treffen, so wie den Mediziner Soemmerring, der die erstaunlichsten Forschungen betrieb. Dabei ging es ihm vor allem ums Sehen, hatte Goethe ihr erklärt. Und dass er vor Jahren einen Elefantenschädel von diesem vortrefflichen Mann leihweise erhalten habe, um seine bahnbrechende Entdeckung um den Zwischenkieferknochen beim Menschen nachzuweisen. Christiane hörte staunend zu, sie kannte Elefanten nur von Abbildungen und war insgeheim froh, dass sich der Schädel nicht mehr im Haus am Frauenplan befand. Die Sache mit den Augen fand sie jedoch interessant.

»Das hat gewiss etwas mit deiner Farbenlehre zu tun?«, fragte sie und dachte an Goethes Forschungen mit dem Licht.

»Professor Soemmerring hat die Stelle im Auge entdeckt«, erläuterte Goethe, »wo unsere Sehkraft sitzt. Er nennt ihn den gelben Fleck. Ohne ihn könnten wir nichts sehen oder wenn, dann nur verschwommen. Das Licht mit seinen Farben muss diese Stelle stimulieren. Deshalb kann ich es kaum erwarten, ihn zu treffen.«

Das war der Grund, warum er von Gelnhausen mitten in der Nacht die Extrapost nahm, um früh um acht in seiner Heimatstadt einzutreffen. Sie dagegen nahm mit ihrem Kind die normale Postkutsche und erreichte erst am Abend des 3. Augusts 1797 Frankfurt, wo Goethe sie abholte.

»Gehen wir gleich zu deiner Mutter?«, wollte sie aufgeregt wissen. Sie machte sich Sorgen darüber, ob sie sich nicht erst ein wenig zurechtmachen sollte, ehe sie unter die Augen ihrer Schwiegermutter trat. Auf der anderen Seite – waren sie nicht eine Familie?

»Nein«, antwortete Goethe. »Ich bring euch in den Weißen Schwan, dort hab ich zwei Zimmer für euch reserviert. Meine Mutter triffst du morgen zum Mittagessen.«

Kurz war sie enttäuscht. Ob sie zur Familie gehörte, das war offenbar noch längst nicht entschieden. Dann stellte sich ein Gefühl der Erleichterung ein. Sie und August waren todmüde nach der viertägigen Fahrt. Besser, sie traten der Frau Rat frisch und ausgeruht gegenüber.

»Bleibst du diese Nacht bei uns?«, fragte sie bang. Die Vorstellung, in derselben Stadt zu sein wie ihr Mann und doch getrennt zu schlafen, fand sie unerträglich.

»Natürlich«, sagte er leise und küsste sie auf die Schläfe, dorthin, wo sie seine Berührung immer besonders intensiv empfand. »Ich komme später zurück. Das Abendessen hab ich meiner Mutter versprochen. Die Küche soll hier gut sein«, versicherte er Christiane und war bereits an der Tür. »Bestellt euch, wonach ihr Appetit habt.«

Und das taten sie. Christiane war am Ziel ihrer Reise und entschlossen, ihren Aufenthalt zu genießen. Damit sie am folgenden Tag einen guten Eindruck machte, ließ Christiane sich warmes Wasser bringen und wusch nicht nur sich selbst und August von Kopf bis Fuß, sondern auch ihre Locken.

August schlief tief und fest, und Christiane lag nach Seife duftend zwischen den feinen Laken, als Goethe zurückkam.

»Du Wunderbare«, flüsterte er, als er zu ihr ins Bett schlüpfte. »Habt ihr es euch gut gehen lassen?«

Als Antwort schmiegte sie sich an ihn. Wie war es nur möglich, dass dieser Mann sie nur mit den Fingerspitzen zu berühren brauchte, damit ihr Körper in Flammen stand? Und das nach fast zehn Jahren des Zusammenseins? Ihm schien es genauso zu gehen, denn mit einem wohligen Seufzer schloss er sie fest in seine Arme.

»Morgen wirst du Frau Aja kennenlernen«, sagte er und küsste sie.

»Wen?«

»So nenn ich meine Mutter, seit ich ein kleiner Junge war. Sie nennt sich selbst so. Ich weiß auch nicht, wie es dazu kam.«

»Ich hoffe, Frau Aja mag mich.«

»Ganz bestimmt«, versicherte ihr Goethe nah an ihrem Hals. »Meine Mutter kann nicht anders, sie liebt die Menschen. Man muss sie schon schwer kränken, damit sie es sich anders überlegt.«

»Großmama!«, schrie August und stürzte sich unbefangen in die Arme der zierlichen Dame in Schwarz. Catharina Elisabeth Goethe lachte schallend und fing ihren Enkel auf.

»Na, das ist mir eine Begrüßung«, rief sie aus und hielt August eine Armlänge von sich entfernt. »Lass dich anschauen, mein Junge. Wie gut, dass wir uns endlich kennenlernen.«

Ihre klugen, hellen Augen unter den kräftigen Brauen wanderten von August zu Christiane.

»Sei willkommen, Tochter«, sagte sie herzlich. Ihr Händedruck war warm und fest.

Erleichterung durchflutete Christiane. Mit dieser Frau, das sah sie auf den ersten Blick, würde sie sich gut verstehen.

Nach dem gemeinsamen Mittagessen im Weißen Schwan fuhren sie alle zusammen ins Haus am Roßmarkt, wo für August eine Menge Spielsachen ausgebreitet und zwei Gedecke auf dem Teetisch vorbereitet waren.

»Geh du ruhig zu deinen Wissenschaftlern«, forderte Frau Aja ihren Sohn auf. »Ich kann doch sehen, wie sehr du darauf brennst, uns Weibern zu entkommen.«

Goethe widersprach nur halbherzig, und kaum hatte er sich davon überzeugt, dass Christiane sich in der Gegenwart seiner Mutter wohlfühlte und August auf dem dicken Teppich das Spielzeugfuhrwerk ausprobierte, mit dem er als kleiner Junge einst selbst gespielt hatte, verabschiedete er sich.

»Mein Hätschelhans«, sagte Catharina Goethe und blickte ihm liebevoll nach. Und als sie bemerkte, dass Christiane sie fragend ansah, fügte sie hinzu: »So nenne ich ihn, seit er ein kleiner Junge war. So wild er immer war und so selbstbewusst er als Kind herumstolzierte, als wäre er ein kleiner Prinz, so dringend musste er verhätschelt werden. Das hat sich nicht geändert, nicht wahr?« Frau Goethe lachte. »Ach, ich bin so froh, dass er Sie hat. Hätte er es mir nur früher erzählt, es hätte mir viel Sorgen erspart.« Sie schob Christiane einen Teller mit einem bräunlichen Gebäck zu, das in kleine Rauten geschnitten war. »Probieren Sie von unserem Haddekuche. Der schmeckt gut zum Tee. Obwohl ich ihn persönlich lieber mit Apfelwein genieße.« Sie warf Christiane einen fragenden Blick zu. »Mögen Sie Apfelwein?«

»Ich hab ihn noch nie probiert«, gestand Christiane.

»Na, dann wird es Zeit!«

Catharina Goethe klingelte und bat das Hausmädchen, den Tee abzuräumen und stattdessen einen Krug Apfelwein zu bringen. Und nachdem Christiane von ihm gekostet hatte, begann Goethes Mutter zu erzählen.

Von der Geburt ihres Hätschelhans sprach sie, der zunächst keinen Laut von sich gegeben hatte, so dass Frau Aja schon dachte, er sei tot zur Welt gekommen. »Ich war achtzehn Jahre alt«, sagte sie nachdenklich. »Und stellen Sie sich vor, er zeigte kein Lebenszeichen. Meine Mutter stand dabei, und auf einmal rief sie: *Sieh nur, er hat die Augen aufgemacht. Er lebt!* Von dem Moment an habe ich ihn abgöttisch geliebt. Ach, Ihnen brauche ich nichts zu erklären, Sie sind ja selbst Mutter!« Catharina Goethe stellte ihr Glas auf den Tisch und sah Christiane in die Augen. Dachte auch sie gerade an das totgeborene Kind ohne Namen, an Caroline und Carl, die nur wenige Tage leben durften? »Wenn ich bedenke, dass es manchmal nur ein Lufthauch ist, der über Leben und Tod entscheidet. Ist das nicht sonderbar?«

Christiane schluckte die Trauer über ihre verlorenen Kinder hinunter. Stattdessen musste sie plötzlich an den Tag vor mehr als neun Jahren denken, als sie auf der Brücke der Ilm gestanden und dem Sohn dieser Frau zum ersten Mal in die Augen gesehen hatte. Wie sie das Gefühl gehabt hatte, dass die Zeit stehen blieb, und sie erst wieder zu sich kam, als er gegangen war.

»Ja«, sagte sie. »Das alles ist ein Rätsel.«

»Leider sehe ich ihn zu selten«, fügte Frau Goethe leise hinzu. »Wenn ich aber daran denke, wie viele Menschen er durch seine Werke beglückt, dann bin ich mit Gott und der Welt im Reinen.«

Sie erzählte vieles, was Christiane in ihren Erinnerungen bewahren wollte wie kleine Schätze. Zum Beispiel, dass dem Großvater ihres Geliebten vieles buchstäblich in Träumen offenbart worden war. »Er sagte einmal einen großen Brand voraus.« Catharina Goethes Augen blitzten, als sie das erzählte. »Und eine unvermutete Ankunft des Kaisers. Meine Schwester hat die Gabe übrigens geerbt. Im Gegensatz zu mir, ich bin viel zu pragmatisch und mache mich über solche Dinge eher lustig.« Sie lachte auf und reichte eine Handvoll Haddekuche dem kleinen August, der seine Beute mitnahm und damit das Spielzeugfuhrwerk belud. »Unser Vater war Stadtrat und eines Tages ging er zum Rathaus, wo ein neuer Stadtsyndikus gewählt werden sollte. Meine Schwester zog ihr schönstes Kleid an und putzte sich heraus. Als wir fragten, was das sollte, erklärte sie, unser Vater würde heute zum Syndikus gewählt werden. Das war eine völlig absurde Idee, er hatte es nie auf dieses Amt abgesehen gehabt. Und was glauben Sie, was geschehen ist? Man hat ihn tatsächlich zum Syndikus gewählt. Später, als mein Vater starb und man das Testament nicht finden konnte, sah sie das geheime Fach in seinem Sekretär, von dem niemand wusste, in einem Traum. Von diesem Tag an hab ich sie nie mehr ausgelacht. Doch unheimlich war mir ihre Gabe schon.«

Christiane lauschte ihr gebannt.

»Hat sonst jemand in der Familie diese Gabe geerbt?«, fragte sie.

Catharina Goethe schüttelte den Kopf.

»Soviel ich weiß nicht«, sagte sie und sah mit einem spitzbübischen Lächeln zu August, der mit der Zunge das Geräusch galoppierender Pferde nachahmte und sein Fuhrwerk auf dem Teppich vorantrieb. »Vielleicht in späteren Generationen?«

Davor behüte uns Gott, dachte Christiane. Die Vorstellung, die Zukunft voraussehen zu können, verursachte ihr Gänsehaut.

»Aber jetzt habe ich genug geschwatzt«, unterbrach Catharina Goethe ihre Gedanken. »Nun erzählen Sie mir mal von sich. Und zwar ganz von vorn. Ich weiß ja gar nichts über meine Schwiegertochter.«

Die Tage vergingen viel zu schnell. Goethe nahm sich Zeit, ihr und August seine Heimatstadt zu zeigen. Nach all den Jahren war auch er zum Fremden geworden, zum Suchenden, denn das Bombardement der Franzosen im Jahr zuvor hatte vieles in Trümmer gelegt. Täglich fuhr er mit ihnen über neue Strecken um die Tore und durch die Stadt, zeigte ihnen die Brücken über den Main, führte sie bis nach Sachsenhausen und zurück. Sie besichtigten das Rathaus, in dem sein Großvater Syndikus gewesen war und das die Frankfurter »Römer« nannten, warum, das konnte nicht einmal Goethe ihr sagen. Er sprach mit ihr über die Vergänglichkeit und die Erinnerung, die manches bewahrte, und darüber, dass nichts Neues entstehen könnte, wenn Altes nicht irgendwann vom Erdboden verschwand.

Völlig begeistert war er von seinen Begegnungen mit Soemmerring, der außer über das Auge auch eine Abhandlung über das Ohr verfasst hatte. So hatte Christiane noch mehr Gelegenheit, Zeit mit ihrer Schwiegermutter zu verbringen. Die Frau Rat schlug vor, gemeinsam einkaufen zu gehen, und das ließ sich Christiane nicht zweimal sagen. So viele Geschäfte gab es in Frankfurt und Frau Aja war mit den besten Händlern bekannt. Christiane suchte für die Daheimgebliebenen Geschenke aus, dann führte Goethes Mutter sie zu einem Seidenhändler. Nie zuvor hatte Christiane eine derartige Auswahl an Stoffen gesehen, und hätte ihre Schwiegermutter nicht mit sicherer Hand die

Auswahl getroffen, Christiane hätte sich nie und nimmer entscheiden können.

»Damit werden Sie Staat machen«, erklärte sie und überschlug gemeinsam mit dem Verkäufer, wie viele Ellen von der prächtigen schwarzen Atlasseide ihre Schwiegertochter für ein Kleid bräuchte.

»Ich hoffe«, erkundigte sie sich, als sie am Abend Goethe den Stoff zeigten, »ihr habt in Weimar einen anständigen Schneider?«

»Keine Sorge«, beruhigte Goethe seine Mutter. »Christiane wird zu dem gehen, der auch die Herzoginmutter einkleidet.«

Und Christiane wurde rot vor Vorfreude, während Frau Aja von dem Besuch zu schwärmen begann, den die Herzogfamilie ihr vor einem Jahr abgestattet hatte. Ja, sie erfuhr zu ihrem Staunen, dass Goethes Mutter und Anna Amalia Freundinnen waren und sich regelmäßig Briefe schrieben. Und ganz heiß wurde ihr bei dem Gedanken, dass ihre selbst gemachten Mitbringsel im Vergleich derer der Freundinnen von solchem Adel ganz armselig wirken könnten.

»Wissen Sie«, sagte Catharina Goethe jedoch, nachdem sie die Pasteten, Gelees, das Gebäck und die schönen Handarbeiten mit Begeisterung begutachtet hatte, »ich verrate Ihnen ein Geheimnis: Ich tauge kein bisschen zur Hausfrau. Und deshalb freu ich mich ganz besonders über Ihre Gaben und die Ihrer Verwandten. Hat mein Hätschelhans Ihnen das alte Kochbuch gegeben?«

Und als Christiane bejahte, lachte Catharina Goethe herzlich. »In Ihren Händen ist es ganz sicher besser aufgehoben als bei mir.« Der Schalk blitzte aus ihren Augen, als sie sich Christiane entgegenbeugte. »Ich hasse Hausarbeit! Ich kann keinen Hefe- von einem Strudelteig unterscheiden. Und wenn ich einen Braten machen müsste, gäbe das eine einzige Katastrophe.« Sie lachte und ein Fächer voller Fältchen legte sich um ihre jugendlich blitzenden Augen. »Dafür kann ich ausgezeichnet mit Finanzen umgehen. Ja, sogar besser als mein Sohn, wenn ich das mal so sagen darf.« Sie senkte verschwörerisch die Stimme. »Ich habe so etwas wie eine eigene kleine Bank gegründet. Aber das braucht der Hätschelhans nicht zu wissen. Er wird es früh genug merken, wenn ich einmal nicht mehr bin.« Zufrieden lehnte sie sich zurück und griff nach einem der Mandelplätzchen, die Christiane mitgebracht hatte. »Köstlich«, meinte sie, nachdem sie es probiert hatte. »Mein Sohn hat unglaubliches Glück. Er hätte wirklich keine bessere Frau finden können! Jetzt, wo ich weiß, dass Sie für ihn sorgen, kann ich ganz beruhigt sein.«

Es waren drei Tage voller Gespräche, Ausflüge, Staunen und Lachen. An ihrem letzten Abend in Frankfurt besuchten sie die Komödie, und Goethe wurde als Weimarer Hoftheaterdirektor vom Intendanten höchstpersönlich mit Ehren empfangen. Catharina Goethe, das hatte Christiane herausgehört, war zeit ihres Lebens nicht nur eine begeisterte Theaterbesucherin, sondern ganz ähnlich wie sie in Weimar mit einigen Schauspielern befreundet. Und als sie ihr von einem Schauspieler namens Unzelmann erzählt hatte, der nach Berlin gegangen war, weil er dort ein besseres Angebot erhalten hatte, glaubte sie echte Trauer, ja, gar persönliche Betroffenheit herauszuhören und begriff auf einmal, wie einsam diese liebenswürdige Frau war.

»Man darf keine Freundschaften mit Schauspielern schließen«, hatte Frau Aja bekümmert gesagt. »Denn es ist ein unstetes Volk. Genauso unstet wie mein Sohn. Sein Hang zu ausgedehnten Reisen bringt mich noch vor Sorge ins Grab.«

Da hatte Christiane ein ungutes Gefühl beschlichen. Ihr Liebster würde doch nicht etwa von Frankfurt aus nach Italien weiterfahren wollen? Schon seit einer Weile hatte er nicht mehr von diesem Plan gesprochen. Aber … hatte sie nicht einen Brief mit der Handschrift ihres Hausgenossen Heinrich Meyer in dem Stapel gesehen, den Goethe vom Postamt abgeholt hatte? Meyer war ihm nach Italien vorausgefahren, dort krank geworden und zur Genesung in seine Heimat am Zürichsee zurückgekehrt. Hoffentlich schmiedeten die beiden nicht immer noch Pläne, erneut aufzubrechen und die Alpen zu überqueren. Nicht in diesen schwierigen Zeiten …

»In Italien herrscht Krieg«, erwähnte ein Gast im Frühstücksraum des Gasthofs zum Weißen Schwan am Tag ihrer Abreise, und faltete eine ausladende Zeitung zusammen. »Überall haben sich die Franzosen eingenistet und geben keine Ruhe.«

»Bonaparte will die Welt erobern«, warf sein Tischnachbar ein. »Nachdem es ihm bei uns nicht gelungen ist, probiert er es in den südlichen Ländern. In Norditalien hat er eben erst die Cisalpinische Republik ausgerufen. Und er ist noch lange nicht fertig mit den Nudelessern.«

»Mein Papa isst auch gerne Nudeln«, sagte August mit glockenheller Stimme. Kurz war es still im Frühstücksraum. In diesem Moment kam Goethe herein. Bei seinem Anblick brachen die beiden Männer am Nachbartisch in freundliches Gelächter aus.

»Gute Laune so früh am Morgen«, sagte er freundlich, ohne zu wissen, worüber man sich gerade amüsierte, »das verspricht einen angenehmen Tag.«

Der Abschied am selben Nachmittag fiel ihnen beiden unsäglich schwer. August vergaß, dass er ein großer Junge sein wollte, und heulte Rotz und Wasser, als sein Vater sie zur Poststation brachte.

»Nicht wahr, du kommst bald nach Hause?«, flüsterte Christiane, als sie sich umarmten.

»Sicher«, antwortete Goethe. »Sobald ich kann.«

»Wie lange wirst du noch in Frankfurt bleiben?«

»Das kann ich noch nicht sagen.« Klang er gereizt? »Zwei Wochen bestimmt. Ich muss meiner Mutter helfen, unsere Finanzen zu klären. Der Krieg hat unser Familienvermögen dahinschmelzen lassen …«

Dabei kann sie das vermutlich besser als du, wollte sie einwerfen. Doch sie hielt sich zurück. Nun, da er einmal hier war, durfte sie ihm und seiner wunderbaren Mutter nicht die gemeinsame Zeit neiden, die sie miteinander verbringen würden.

»Hier!« Sie saßen bereits in der Kutsche, da reichte er Christiane ein kleines, hübsch in Leder gebundenes Notizbuch. »Ein Graphitstift steckt ebenfalls darin. Schreib für mich ein Reisetagebuch.« Und als sie abwehren wollte, fügte er hinzu: »Bitte! Tu's für mich!«

Das Büchlein fühlte sich warm an in ihrer Hand, so als hätte der Ledereinband seine Wärme gespeichert.

»Na gut«, sagte sie und fühlte, wie ihr die Tränen kamen. Entschlossen nahm sie den weinenden August auf den Schoß. Die Kutschentür wurde geschlossen. Mit einem Ruck zogen die Pferde an.

Neun Reisetage, um drei Tage in Frankfurt zu sein. Warum hatten sie eigentlich nicht länger bleiben dürfen? War der Gasthof zu teuer gewesen? Das Haus der Mutter am Roßmarkt war riesig, sie hätten leicht auch dort Unterkunft gefunden. Sie seufzte. Was half es, sich den Kopf zu zerbrechen. August hatte sich inzwischen beruhigt und löcherte sie nun mit Fragen. Warum der Mann da draußen ein Stück Stoff um den Kopf gebunden habe und warum er so schmutzig sei. Warum man nicht schon längst bequemere Kutschen erfunden habe, die weniger ruckelten. Warum er nicht vorn beim Kutscher sitzen durfte, wo doch so schönes Wetter sei. Und warum die Dame schräg gegenüber so böse schaute. Worauf die Dame die Lippen zusammenpresste und noch böser zum Fenster hinaussah.

Christiane begann, ihrem Sohn Geschichten zu erzählen, halb erfand sie sie, halb folgte sie Erzählfäden aus den Büchern ihres Bruders. Von einem Räuber fabulierte sie, der gar nicht böse war, sondern in seinem Dorf für Gerechtigkeit sorgte, worauf sich der Gatte der Dame mit dem strengen Blick über sie ereiferte, wie sie dem Kind einen derart charakterschädigenden Unsinn erzählen könnte. Ein Räuber müsste gefangen und bestraft werden.

»Meine Mutter fängt den bösen Räuber«, hatte August daraufhin vertrauensvoll erwidert. »Sie hat zwei Pistolen. Und sie kann damit sogar schießen. Doch, das kann sie«, beteuerte er, als er die ungläubigen Mienen sah. »Mein Onkel hat mit ihr im Krautland geübt.«

Nach dieser Eröffnung wurde es angenehm still in der Kutsche, und Christiane musste schwer an sich halten, um nicht in Gelächter auszubrechen.

Dieser Frohsinn verging ihr, als ihnen am zweiten Reisetag ein ganzes Regiment Husaren des österreichischen Kaisers entgegenritt. Sie mussten aussteigen, und ihre Kutsche wurde wie alle anderen Gefährte auf eine Wiese gelenkt, um Platz zu machen.

»Was haben die denn hier zu suchen?«, knurrte der unfreundliche Herr hinter seinem ausladenden Schnurrbart. Als sich einige Husaren von der Gruppe lösten und sich ihnen näherten, war er der Erste, der zurückwich und sich gemeinsam mit seiner Frau hinter dem Wagen verschanzte.

»Schöne Frau, wohin?«, fragte einer der Österreicher. August klammerte sich vor Schreck fest an den Umhang seiner Mutter.

»Nach Hause zu meinem Mann«, gab Christiane selbstbewusst zurück.

Der Husar musterte sie interessiert und verzog seinen Mund zu einem Grinsen. »Der lässt Sie so ganz alleine reisen?«

»Allein bin ich keineswegs«, entgegnete Christiane und ließ die Läufe ihrer beiden Pistolen sehen, die sie unter ihrem Umhang fest in den Händen hielt.

Der Husar lachte laut auf und schwang sich vom Pferd.

»Das ist mir ein lustiges Frauenzimmer«, sagte er. »Denkt, ich lasse mich von einem so hübschen Paar Pistolen schrecken.«

»Keinen Schritt weiter«, sagte Christiane und hob ihre rechte Hand mit der Waffe. »Geh zum Wagen, August«, sagte sie leise zu ihrem Sohn. »Sofort.« Der Kleine rührte sich nicht.

»Und wenn ich weitergehe, werde ich von Ihnen erschossen?« Der Ton des Husaren hatte sich geändert. Christiane warf einen Blick in die Runde. Warum rief niemand den Soldaten zur Ordnung?

»Sie vielleicht nicht«, sagte sie so ruhig, wie es ihr möglich war. »Aber Ihre Mütze könnte Schaden nehmen.«

Und dann ging auf einmal alles ganz schnell. Der Mann machte ein paar Schritte in ihre Richtung und sie richtete den Lauf auf die hohe, mit Kordeln verzierte Kopfbedeckung des Husaren. Kolpak nennt man die, fiel ihr in diesem Augenblick sinnloserweise ein. Sie entsicherte die Pistole. August hatte nicht gelogen, sie hatte mit Christian im Krautland geübt, das sie seit einem Jahr gepachtet hatten. Dafür hatten sie Pfähle in den Acker getrieben und faulige Kohlköpfe darauf gesteckt. Unter ihren Schüssen war jeder einzelne zerplatzt und Christian hatte vor Überraschung laut aufgejauchzt, so wie früher, wenn sie miteinander Unsinn getrieben hatten.

Jetzt war sie allerdings nicht auf ihrem Kohlacker. Der fremde Husar mit seinem hinterhältigen Grinsen kam näher. Sie holte tief Luft, zielte und drückte ab. Der Rückstoß warf sie beinahe um. Geistesgegenwärtig wechselte sie die zweite Pistole in ihre Rechte, falls der Kerl sich auf sie stürzen wollte.

Doch das tat er nicht. Verwirrt und barhäuptig blickte er sich um. Sein Kolpak lag einige Meter weiter im Matsch.

Der Schuss hatte alle aufgeschreckt. Ein paar seiner Kameraden lachten schadenfroh und schauten neugierig, wie er wohl reagieren würde. Da rief ein Ranghöherer den Husaren scharf zur Ordnung. Dieser warf Christiane einen fürchterlichen Blick zu, hob seine zerschossene Mütze auf und trollte sich. Und auf einmal wurden Christianes Knie ganz weich.

»Hier«, hörte sie jemanden sagen und fühlte etwas Kaltes in ihrer Hand. Es war eine Feldflasche. Der Postkutscher betrachtete sie besorgt. »Trinken Sie einen Schluck. Den haben Sie sich verdient.« In der Flasche war Schnaps, Christiane schluckte die feurige Flüssigkeit tapfer hinunter. »Wie es aussieht, können wir weiterfahren«, erklärte der Kutscher mit Blick auf die letzten Reihen der vorüberziehenden Militärs. »Denen haben Sie mächtig Respekt eingeflößt.«

Als sie wieder in der Kutsche saßen, ignorierte Christiane die verstohlenen Blicke der Mitreisenden, schloss die Augen und versuchte sich ein wenig zu entspannen. Was eine allein reisende Frau zählte, das hatte sie spätestens jetzt begriffen. Wir leben in unsicheren Zeiten, hatte Frau Aja gesagt und so gewirkt, als hätte sie eine Menge dagegen einzuwenden, dass ihr Sohn Frau und Kind allein auf die Heimreise schickte. Gesagt hatte sie allerdings nichts. Ich muss eben tapfer sein, sagte sich Christiane. Und eigentlich war sie ja von klein auf nichts anderes gewohnt.

Ihre Unterkunft in Neuhof war bis unters Dach belegt mit Militär. Bevor sie den überfüllten Schankraum durchquerten, sorgte sie auch hier dafür, dass ihre beiden Waffen gut sichtbar aus den Taschen ihres Umhangs herauslugten. Tatsächlich wagte keiner der Soldaten sie anzusprechen, wohl aber starrten ihr alle nach. An diesem Abend blieb sie mit August auf dem Zimmer, verriegelte die Tür und teilte sich mit ihrem Sohn den Rest Haddekuche, den Goethes Mutter ihr hatte einpacken lassen, dazu tranken sie klares Wasser aus dem Krug, der in ihrem Zimmer stand. Um keinen Preis hätte sie in der Gaststube unter all den Soldaten ein Abendessen eingenommen.

Drei weitere Reisetage, überlegte sie, nachdem August endlich eingeschlafen war. Hoffentlich würde alles gut gehen. Und in das Tagebuch schrieb sie: *Das ganze Haus ist voll Kaiserlicher Soldaten. Ich bin mit meinen Pistolen durch fünfzig Mann hindurchgegangen und keiner hat auch nur gepiepst.* Von ihrer Furcht schrieb sie nichts. Womöglich würde Goethe sie nie wieder auf eine Reise mitnehmen, wüsste er, welche Ängste sie seit der Begegnung mit dem Husaren ausstand.

Sie schlug sich wacker durch mit ihrem Kind. In Rasdorf hatte sie das unglaubliche Glück, einen Schwager von Paul Götze im Gasthof anzutreffen, einen Pferdehändler aus Weimar, der sie sofort erkannte und ihr anbot, sie und August bis nach Hause mitzunehmen.

»Wenn es Ihnen nichts ausmacht, dass ich in Gotha Station machen muss?«

Es machte ihr nichts aus. Zwar war der Wagen des Rosshändlers noch unbequemer als die Postkutsche, dafür brauchte sie wenigstens nicht mehr jede Sekunde achtzugeben, ob man ihr womöglich etwas aus den Taschen stahl oder welches Gesindel ihnen auf diesen endlosen Straßen als Nächstes entgegenkommen würde.

»Ganz Europa ist in Aufruhr«, sagte Götzes Schwager. »Einer meiner Geschäftspartner treibt Handel mit Italien. Dort geht es drunter und drüber, dagegen können wir uns wirklich nicht beklagen.«

Italien. Wie gut, dass Goethe seine Reisepläne aufgegeben hatte. Und doch wurde Christiane eine unbestimmte Sorge nicht mehr los. War es normal, dass so viele Menschen unterwegs waren? Und dabei meinte sie nicht die Reisenden in Postkutschen oder privaten Gefährten. Sie dachte an die vielen Flüchtlinge, an die Soldaten. Die einen zogen gen Westen, die anderen kamen aus dieser Richtung und strebten nach Osten. Sie fragte den Pferdehändler, der seit Jahren ständig auf Reisen war, was er davon hielt. War das etwa immer so gewesen?

Er dachte lange nach, bevor er ihr antwortete.

»Wir gehen einer neuen Zeit entgegen«, sagte er. »Davon bin ich überzeugt. Was in Frankreich passiert ist, wird sich nicht mehr rückgängig machen lassen. Das Gedankengut der Revolution breitet sich jetzt schon in alle Richtungen aus.«

»Glauben Sie, dass es die Weltordnung umstürzen wird? Dass sich das Untere nach oben erheben und das Obere unterworfen werden wird?«

Christiane dachte an ihren Onkel, den Stadttürmer, und seine düsteren Worte.

»Vermutlich nicht«, gab Götzes Schwager zurück. »Man wird die Aufrührer bestrafen und die Aufstände niederschlagen. Und dennoch. Eine Idee, ein Gedanke, der einmal gedacht worden ist, den kann man nicht mehr aus der Welt schaffen. Gott möge verhüten, dass Napoleon auf die Idee kommt, unsere deutschen Lande mit Krieg zu überziehen.«

»Steht das denn zu befürchten?«

Erneut schwieg der Mann eine Zeit lang.

»Wenn er mit Italien fertig ist, wer weiß. Dann allerdings Gnade uns Gott. Unsere Fürsten sind sich ja untereinander nicht grün, wie sollten sie da geschlossen gegen ihn stehen? Wenn Sie mich fragen, Mamsell Vulpius, er hätte leichtes Spiel mit uns.«

Von da an schwiegen sie beklommen, bis sie endlich, am fünften Tag nach ihrer Abreise aus Frankfurt, durch Weimars Stadttor fuhren.

12. KAPITEL

Weimar 1797

Das Erste, was ihr auffiel, war Ernestinas blühendes Aussehen.

»Was ist mit unserer Kleinen passiert?«, fragte sie die Tante, während sie in ihrer Kammer die Taschen auspackten. Ihre Schwester war in die Küche gelaufen, um der Köchin Anweisungen für ein Willkommensmahl zu geben. »Ist es das, was ich glaube?« Sie warf Juliane einen verschmitzten Blick zu und holte die Geschenkpakete aus dem Gepäck.

»Was du glaubst, weiß ich nicht«, gab die Tante trocken zurück. »Sie soll es dir selbst erzählen.«

»Wenn da nicht Christoph von Lützow dahintersteckt«, konnte Christiane sich nicht verkneifen zu sagen. Doch wie beim Kartenspiel hatte Juliane Vulpius ein undurchdringliches Gesicht aufgesetzt.

Wenig später saßen sie alle im Gelben Zimmer beisammen, auch Christian war herübergekommen, und Christiane öffnete nun eigenhändig eine Flasche des besten Champagners, den Goethes Weinkeller hergab. Ihre Müdigkeit war einer seltsamen Euphorie gewichen. Ihr war, als sähe sie ihr Zuhause mit neuen Augen, mit denen einer Weitgereisten, und zum ersten Mal erhielt sie eine Ahnung davon, wo Goethes Unrast herrühren mochte. Für einen kurzen Augenblick sah Christiane ihre Familie und sich selbst wie von außen, nahm die Erwartung und die unbändige Sehnsucht in den Augen ihrer Schwester wahr, den unterdrückten Zorn hinter dem gutmütigen Spott ihres Bruders, und bei Tante Juliane die Reserviertheit einer in einem fremden Haus Geduldeten, die ständig auf der Hut war, um ja nichts Falsches zu sagen.

Nach dem ersten Glas Champagner allerdings zerfloss dieser glasklare Moment und machte den altvertrauten Bildern Platz, die sie sich im Lauf des gemeinsamen Lebens von ihren Verwandten und deren Lage gemacht hatte, den Hoffnungen und Wünschen und auch den kleinen gnädigen Lügen, mit denen man es sich in der Gegenwart bequem gemacht hatte. Und als jemand fragte, wie die Reise gewesen sei, vergaß sie über dem Erzählen das Leuchten in Ernestinas Augen.

Sie waren schon zu Bett gegangen, als es an Christianes Zimmertür klopfte.

»Darf ich reinkommen?«

Christiane schlug die Decke zurück und winkte ihre Schwester zu sich. Sogleich schlüpfte Ernestina zu ihr ins Bett, so wie früher.

»Er hat mir einen Antrag gemacht«, platzte sie heraus.

Mit einem Schlag war Christiane wieder hellwach.

»Christoph von Lützow?«

»Ja, natürlich. Wer sonst?«

»Und du hast Ja gesagt?«

Ernestinas Finger glitten auf der von ihr selbst gestickten Borte des Bettbezugs entlang.

»Ich möchte so gern seine Frau werden«, erklärte sie scheu und ihre Wangen färbten sich rosa vor Freude. »Aber ich will wissen, was du darüber denkst. Und auch Goethes Meinung ist mir wichtig.« Sie zögerte. »Schließlich ist er so etwas wie … wie …«

»… ein Vater für dich?«

Ernestina nickte unsicher. »Oder hältst du das für dumm?«

»Nein«, antwortete Christiane und schloss ihre Schwester in

ihre Arme, so wie sie es früher getan hatte. »Wir wollen warten, was er dazu meint. Aber ich glaube, ich kenne seine Antwort.«

Ernestina machte sich von ihr los und sah ihr in die Augen.

»Du meinst, er ist dafür?«

»Ohne ihm vorgreifen zu wollen, ja, das denke ich.«

Da warf sich Ernestina auf den Rücken, dass die Matratze hüpfte, jauchzte laut auf und sprang aus dem Bett.

»Ich bin so glücklich«, rief sie und dachte überhaupt nicht daran, dass die anderen bereits schliefen. »So unendlich glücklich.«

Dann bin ich es auch, dachte Christiane und sah lächelnd zu, wie Ernestina aus dem Zimmer tanzte.

Gleich am folgenden Tag suchten sie gemeinsam den Schneider auf. Christiane hatte die prächtige schwarze Atlasseide dabei, die Goethes Mutter ihr geschenkt hatte. Und Ernestina legte den zart rosafarbenen Stoff scheu auf den Schneidertisch, den ihre Schwester ihr mitgebracht hatte.

»Was halten Sie von einem weißen Spitzenüberrock? Das ist jetzt sehr in Mode.« Der Schneider nahm Ernestinas Stoff prüfend zwischen Zeigefinger und Daumen. »Gute Qualität«, murmelte er. »Das kommt nicht von hier.«

»Wir haben es in Frankfurt gekauft«, erklärte Christiane mit einem Hauch von Stolz.

Der Schneider nickte. »Wünschen Sie ein gutes Sonntagskleid für Visiten, oder soll es für einen Ball sein?«

Ernestina sah Christiane fragend an.

»Ein Ballkleid«, entschied sie. So könnte sie es sogar zur Hochzeit tragen, fügte sie in Gedanken hinzu. »Und das mit der Spitze ist eine gute Idee.«

Sie berieten sich mit dem Schneider, der sich anbot, ein paar Muster aus Dresden zu besorgen.

»In Weiß«, schlug er vor. »Sehen Sie, so könnte das aussehen.« Er legte das Reststück eines weißen Spitzenstoffs über die rosafarbene Seide. »Damit wirkt das Modell leichter, was die Zartheit unserer Demoiselle unterstreichen wird.«

»Genau so machen wir es«, beschloss Christiane mit einem Blick auf ihre vor Freude errötende Schwester.

Ernestina wollte noch Garn für ihre Weißstickerei besorgen und Christiane beschloss, endlich einmal wieder dem Stadttürmer einen Besuch abzustatten. Interessiert lauschte er, was sie ihm von ihrer Reise zu berichten hatte, und ganz besonders schien ihn die Geschichte mit dem Husaren zu interessieren.

»Das war ganz schön verwegen«, meinte er beeindruckt, als sie ihm von ihren Pistolen erzählte. »Aber was wundere ich mich? Du bist schon immer ein mutiges Mädchen gewesen.«

»Mutig, ich?« Christiane musterte ihren Onkel überrascht. »Inwiefern?«

»Du warst es einfach«, behauptete Fridolin Vulpius und lenkte das Gespräch auf die schwierige finanzielle Situation der Verwandten.

»Die Riehl'sche Sippschaft weiß weder aus noch ein«, berichtete er und warf ihr einen prüfenden Blick zu. »Die Riehls, das sind die Verwandten deiner Mutter …«

»Das weiß ich doch«, unterbrach Christiane ihn. Von der Strumpffabrik ihres Großvaters war nichts mehr übrig geblieben und der einstige Wohlstand dahin. Wie es zum Verlust der Manufaktur gekommen war, daran konnte sich Christiane nicht mehr erinnern. Das war lange vor ihrer Geburt gewesen. »Wie wäre ihnen denn zu helfen?«

»Mit einer ordentlichen Arbeit«, lautete Fridolins Antwort. »Eine Anstellung. Vielleicht wird ja am Theater irgendeine Stelle frei?«

Christiane dachte nach. Der Erste Theaterdiener war inzwischen ein alter Mann geworden. Sie würde sich vorsichtig erkundigen, ob er nicht bald abgelöst werden musste. Ob das dem Riehl'schen Onkel zusagte?

»Ich bin mir sicher, er nimmt, was sich bietet«, schob Fridolin Vulpius nach, so als hätte er ihre Gedanken gelesen.

»Ich kümmere mich darum«, antwortete Christiane und nahm ihre Tasche. »Kann ich für dich und die Deinen etwas tun?«

Fridolin Vulpius schüttelte den Kopf und wies auf die Kanne Wein, die sie ihm mitgebracht hatte. »Damit hast du mir eine Freude gemacht. Ich werde sie nach Hause tragen und sie mit meinem Sohn teilen.« Er erhob sich und legte umständlich ein Scheit Holz nach, dann zog er seine Jacke enger um die Schultern.

»Wie lange versiehst du hier eigentlich noch den Dienst?«, erkundigte sich Christiane. »Hast du nicht vor ein paar Jahren gesagt, dass Peter dich bald ablöst?«

Fridolin Vulpius warf ihr einen niedergeschlagenen Blick zu.

»Man hat beschlossen, die Stelle abzuschaffen, wenn ich in den Ruhestand trete. Angeblich können bei Feuer auch die Nachtwächter Alarm schlagen, heißt es.« Er lachte traurig auf. »Also mach ich es so lange, wie ich die Treppen hier hochkrabbeln kann. Mein Sohn überlegt sich, zum Militär zu gehen. Zu den Preußen. Hier in Weimar haben sie das ja abgeschafft. Zu teuer.«

»Das sollte Peter auf keinen Fall tun.« Christiane wurde ganz aufgeregt vor Sorge. »Der Krieg ist etwas Schreckliches. Auf meiner Reise haben wir viele versprengte Einheiten gesehen. Und das Fußvolk ist am schlimmsten dran.«

»Er sagt, er hat keine Wahl.« Bestürzt stellte Christiane fest, dass der alte Türmer ganz feuchte Augen bekam. »Und mit den jungen Leuten ist eh nicht zu reden, wenn sie sich etwas in den Kopf gesetzt haben. Er spielt sehr gut Trompete, das hab ich ihm beigebracht. Vielleicht hat er Glück und kommt in einer Militärkapelle unter.«

Christiane nickte. Sie würde auch darüber mit Goethe sprechen. Wer hatte bessere Kontakte zum Herzog als er?

»Manchmal wird im Theater ein zusätzlicher Trompeter gebraucht«, fiel ihr ein. »Es werden mehr und mehr Opern aufgeführt. Und Operetten.«

Sie plauderten eine Weile über Christians Erfolge als Bühnenautor, über die Singspiele, die so gut beim Publikum ankamen, und schließlich gelang es Christiane sogar, den Stadttürmer zum Lachen zu bringen, ehe sie sich herzlich von ihm verabschiedete und nachdenklich den Heimweg antrat.

Sie ging an der Poststelle vorbei und nahm einen ganzen Stapel Briefe entgegen. Eilig sah Christiane sie durch. Alle waren an Goethe adressiert. Er selbst hatte ihr noch nicht geschrieben, dabei wartete sie so sehnsüchtig auf Nachricht von ihm. Vor allem wünschte sie sich, dass er selbst bald nach Hause käme.

Umso schockierter war sie, als sie ein paar Tage später endlich ein Schreiben von ihm erhielt. Darin teilte er ihr in knappen Worten mit, dass er beschlossen habe, in die Schweiz zu reisen. Dort würde er Meyer aufsuchen, der sich inzwischen erholt hatte und reisefertig war.

Reisefertig?

»Oh mein Gott, er tut es tatsächlich!«, rief sie und brach in Tränen aus. »Er wird nach Italien gehen, das weiß ich genau.« Vermutlich hatte er das die ganze Zeit geplant und nur nicht den Mut besessen, es ihr persönlich zu sagen. Am liebsten hätte sie sich auf der Stelle in eine dieser schrecklichen Kutschen gesetzt und wäre zurück nach Frankfurt gefahren. Um was zu tun? Ihn etwa aufzuhalten?

Sie sah ein, wie sinnlos das wäre. Er würde tun, was er sich vorgenommen hatte. Dennoch setzte sie sich hin und schrieb ihm einen langen, liebevollen Brief, in dem sie ihn beschwor, diese gefährliche Reise nicht auf sich zu nehmen.

In diesen Nächten schlief sie kaum. Hatte er deshalb sein Testament gemacht und sie und August zu Alleinerben erklärt? Sie wäre versorgt, falls ihm etwas zustoßen würde, hatte er ihr gesagt, als er ihr davon erzählt hatte. Damit das möglich war, hatte sogar seine Mutter, die nach seinem Tode eigentlich erbberechtigt wäre, eine Verzichtserklärung unterschrieben.

Sie hatte das entsetzlich gefunden. Sie wollte sein Erbe nicht, sie wollte ihn.

Doch statt ihres Liebsten erschienen die vom Türmer angekündigten Verwandten am Frauenplan, Familien, die Not litten und denen auch nicht damit geholfen war, dass sie ihre Vorräte im Speisekeller plünderte. Sie waren ehrbare Menschen, die es nicht gewohnt waren, um Hilfe zu bitten.

»Ich werde den Geheimen Rat fragen«, versprach Christiane niedergeschlagen. Sie hatte keine Ahnung, wann das möglich sein würde. Und eines Tages kam sogar ihr Bruder zu ihr und erklärte ihr, dass er so nicht weitermachen konnte.

»Seit sechs Jahren arbeite ich für deinen Mann«, sagte Christian, und sie konnte ihm ansehen, wie unangenehm ihm diese Aussprache war. »Ohne feste Anstellung, von Auftrag zu Auftrag. Ich schreibe jedes einzelne der Stücke für das Ensemble um und übersetze die Operntexte. Über Arbeit kann ich mich nicht beklagen. Nur dass der Lohn, den ich dafür erhalte, nirgendwo hinreicht. Ich hab mich umgehört, Schwesterchen. Vermutlich werde ich nach Wien gehen. Dort schätzt man Dramaturgen mehr als in Weimar.«

»Warte noch«, bat sie ihn verzweifelt. Ach Gott, so vieles lag im Argen. »Warte, bis er zurück ist. Ich weiß, wie zufrieden er mit dir ist. Er braucht dich, Christian. Es ist nur so … In letzter Zeit ist der Herzog nicht mehr ganz so freigebig und …«

»Kunst kann nicht umsonst zu haben sein«, platzte es aus Christian heraus. »Sie wollen ein anständiges Theater in Weimar? Sie rühmen sich überall damit, welch hohes Niveau unsere Aufführungen haben? Dann muss es ihnen auch etwas wert sein. Es kann doch nicht sein, dass die Kulturschaffenden am Hungertuch nagen, nur damit sich die Reichen amüsieren?« Nie zuvor hatte Christiane ihren Bruder so wütend erlebt. Sie suchte nach Worten, um ihn zu beruhigen. Es fielen ihr keine ein.

»Ich weiß, Goethe verachtet, was ich schreibe«, fuhr ihr Bruder fort. »Dabei habe ich tausendmal mehr Leser als er. Wenn wir in einer Welt leben würden, in der die Schriftsteller nach den verkauften Exemplaren ihrer Bücher bezahlt würden, wäre ich ein reicher Mann.« Er lachte bitter auf. »In so einer Welt leben wir nur leider nicht. Wir sind von Gunst und Gnade der Verleger abhängig. Und für einen Christian Vulpius zahlt man eben keine so exorbitanten Vorschüsse wie für einen Geheimen Rat von Goethe, den die Welt auf einen Sockel gestellt hat, auch wenn er seit zwanzig Jahren nichts mehr schreibt, was die Leute unterhält.« Er hielt inne und holte tief Luft. Da erst schien er zu realisieren, was er gesagt hatte. »Das geht nicht gegen dich, Schwesterchen«, fügte er hinzu und Christiane konnte ihm ansehen, dass er seine heftigen Worte bereits bereute. Dabei hatte er recht. »Frag ihn, wenn er kommt, ob er mir meine Bücher abkaufen will«, sagte er müde. Er wirkte unendlich erschöpft. »Ich hab eine ordentliche Sammlung in meiner Bibliothek, die ihresgleichen sucht. Gern gebe ich sie nicht her, aber wenigstens könnte ich mit dem Erlös die Schulden begleichen, die ich aufnehmen musste, um zu überleben. Und meinen Umzug nach Wien bestreiten. Ach, Christelchen. So gern hätte ich irgendwann eine eigene Familie«, fügte er leise und verbittert hinzu. »Ich weiß nur nicht, wovon ich die ernähren sollte.«

»Es wird alles gut werden«, versuchte Christiane ihren Bruder zu trösten. »Wenn Goethe erst zurück ist, wird er dafür sorgen …«

»Versprich nichts, was du nicht zu entscheiden hast«, unterbrach Christian sie liebevoll. »Dass du es gut meinst, weiß ich ja.«

Doch statt nach Hause bewegte Goethe sich weiter in Richtung Süden. Legte in Stuttgart eine lange Pause ein und führte zahllose Gespräche mit Architekten wegen des Wiederaufbaus des herzoglichen Schlosses. Über die Schwäbische Alb fuhr er weiter nach Schaffhausen, um den berühmten Rheinfall zu sehen, von dem so viele Reiseberichte erzählten. Hier überschritt er die Schweizer Grenze und gelangte nach Stäfa am Zürichsee. Dort verbrachte er einige Zeit bei Heinrich Meyer, um zu sehen, welches Material der Freund aus Italien mitgebracht hatte, ob es für das Enzyklopädie-Projekt ausreichte, oder ob er selbst die Alpen überqueren musste.

»Du musst den Hätschelhans ziehen lassen«, hatte Frau Aja ihr geraten. »Wenn er sich etwas in den Kopf gesetzt hat, kann ihn niemand davon abbringen. Und wenn er in die Welt hinausstürmen will – lass ihn gehen.«

Warum fiel ihr das nur so unendlich schwer?

Außer ihr wartete noch jemand sehnsüchtig auf die Heimkehr des Hausherrn – und zwar Ernestina. Der Spitzenstoff aus Dresden wurde geliefert und übertraf mit seinem zarten Blütenmuster alle Erwartungen.

»Hier sind ein paar Modelle.« Der Schneider reichte ihnen die Loseblattsammlung des *Journal des Luxus und der Moden*, die im Verlag von Friedrich Justin Bertuch erschien und unter den Weimarer Damen äußerst beliebt war. Ernestina betrachtete die abgebildeten Modelle genau und deutete entschlossen auf eines.

»Dieses hier«, sagte sie.

Es war ein eher schlichtes Kleid nach der neuesten Pariser Mode: Das Oberteil nach der Figur geschneidert mit kurzen Puffärmeln, an das sich gleich unterhalb der Brust der lange, etwas weiter gefasste, jedoch gerade geschnittene Rock anschloss.

»Dazu hätte ich Ihnen auch geraten«, erwiderte der Schneider mit einem anerkennenden Lächeln. »Bei Ihrer schlanken Figur wird es gut zur Geltung kommen. Ich schlage vor, dass wir Ärmel und Rock mit dem Spitzenstoff doublieren, für das Oberteil jedoch nur die rosafarbene Seide verwenden.«

Christiane beobachtete voller Freude, wie Ernestina auflebte und sich mit dem Schneider über die Details des Kleides verständigte. Schließlich erzählte sie ihm von der Meisterschaft der Schwester, feines Leinen mit ihren Lochstickereien in wahre Kostbarkeiten zu verwandeln, und der erfahrene Mann horchte auf.

»Das würde meinen Kundinnen sicher gefallen«, meinte er. »Nehmen Sie denn Aufträge an? In dem Fall würde mich eine Probe Ihrer Handarbeit interessieren.«

Ernestina zögerte.

»Im Augenblick arbeite ich an meiner Aussteuer«, antwortete sie ausweichend und senkte die Augen. Und Christiane wurde klar, dass sie sich bereits in ihren Träumen in einem kleinen Gutshaus an der fernen Nordsee sah.

So manches stockte im Haus am Frauenplan. Alles schien auf die Rückkehr des Hausherrn zu warten. Da waren die Riehls, von deren misslicher Lage sie fast täglich zu hören bekam. Da war ihr Bruder, dessen Unmut wuchs. Und da waren die verliebten Turteltäubchen, die sehnlichst Goethes Zustimmung zu ihrer Verbindung ersehnten.

Stattdessen erreichte sie aus der Schweiz die Nachricht, dass er sich gemeinsam mit Meyer auf dem Weg zum Gotthard befand, zu jenem legendären Pass, der die Schweiz von Italien trennte. Von da an fand Christiane kaum noch Schlaf. Und in einer der tiefsten, schwärzesten Stunden kam ihr ein entsetzlicher Gedanke: Was, wenn er überhaupt nicht mehr nach Hause kam?

Das letzte Mal war er von Charlotte von Stein geflohen und fast zwei Jahre lang fortgeblieben. Floh er jetzt etwa vor ihr?

Umso erleichterter war sie, als er gegen Ende des Monats seine Ankunft in Weimar ankündigte. Grau war der Tag, als Goethe reisemüde und nicht sonderlich gut gelaunt, unrasiert und mit einigen neuen silbernen Strähnen im Haar in den Hof des Hauses am Frauenplan trat, gefolgt von seinem Sekretär Geist und Heinrich Meyer, der trotz der überstandenen Reisestrapazen Christiane aufs Herzlichste begrüßte. Wie ein Fremdling stand allerdings Goethe da und überwachte das Abladen der schweren Kisten.

»Da bist du ja«, sagte er, als Christiane auf ihn zulief und ihm um den Hals fiel. Nass tropfte es von seinem Reiseumhang. Seine Wange fühlte sich rau an. Und in ihr wuchs eine unbeschreibliche Angst.

»Schnell, komm herein ins Trockene«, antwortete sie tapfer.

Er hatte sie zur Begrüßung nicht geküsst, wie er es sonst immer tat. Sie hatte vorsorglich in jedem der vielen Zimmer, die sie während seiner Abwesenheit nicht benutzt hatten, einheizen lassen. Nun richtete sie Badewasser und suchte seine bequeme Hauskleidung heraus. Etwas in ihr hoffte, dass man die Fremdheit mit ordentlich viel Seife abwaschen konnte. Dann wäre er wirklich zurück, ihr Goethe, ihr Mann, der in einer Ehe ohne Zeremonie, aber umso mehr Zärtlichkeit seit fast zehn Jahren mit ihr zusammenlebte. War das nichts?

Das Gefühl der Fremdheit legte sich rasch. Goethe schien nicht daran zu zweifeln, dass alles so war, wie er es verlassen hatte, und seine Liebe zu ihr schien ungebrochen. Auch wenn sie häufig das Gefühl hatte, dass er zwar zurückgekommen, doch in Gedanken ganz woanders war. Und so gern Christiane Heinrich Meyer mochte, der in sein Mansardenzimmer einzog, als wäre er niemals fort gewesen, so sehr bedauerte sie, dass sie nur noch selten mit ihrem Liebsten allein sein konnte.

Denn Goethes Tage waren nach seiner Rückkehr angefüllt mit Geschäftigkeit. Morgens unternahm er Besuche oder empfing

Gäste, diktierte Geist stundenlang Briefe oder Betrachtungen, Entwürfe für neue Untersuchungen, die er anstellen wollte – er müsse dringend die wichtigsten Eindrücke der Reise festhalten, erklärte er ihr. Wenigstens für August war das Auspacken der Kisten eine Sensation, der wie sein Vater Mineralien über alles liebte und bereits eine eigene kleine Sammlung mit Fossilien besaß. Eine nicht enden wollende Folge von Gesteinsbrocken kam zum Vorschein, von denen jeder einzelne betrachtet, beurteilt und katalogisiert werden wollte, wobei August begeistert half. Andere Kisten enthielten Schätze aus Italien, die Meyer gesammelt hatte, um sie mit seinem Freund und Meister zu teilen. Noch mehr Gipsabdrücke, Repliken, Münzen und vor allem Zeichnungen, Stiche, Aquarelle – Christiane schwirrte der Kopf, wenn sie darüber nachdachte, wo sie das alles unterbringen würden. Mitunter schien selbst Goethe überwältigt von dieser unübersehbaren Fülle. Es kam vor, dass Christiane ihn mit einer Gesteinsprobe in der Hand antraf, die Stirn gerunzelt, so als frage er sich, aus welchem Grund sie ihm auf der Reise bedeutsam erschienen war. Er zögerte, sie auszusortieren, obwohl es sich in Christianes Augen um nichts weiter handelte als ganz beliebige Kieselsteine, von denen sie in ihrem Krautland massenhaft ganz ähnliche fand und sorgfältig entfernte, damit sie ihre Pflanzen nicht am Wachsen hinderten. Handelte es sich dabei wirklich um sammelnswerte Dinge? Ihr Mann war ein Universalgenie, hatte Meyer ihr einmal erklärt. Und ein solcher Mensch interessierte sich einfach für alles. Nur nicht für sie und ihre Sorgen.

Das änderte sich erst, als Christian um eine Aussprache bat und den Geheimen Rat und Direktor des Hoftheaters mit der Absicht konfrontierte, Weimar zu verlassen, um tatsächlich nach Wien zu gehen.

»Das kommt überhaupt nicht infrage«, rief Goethe erschrocken aus. »Ich kann auf keinen Fall auf Ihre Arbeit verzichten.«

Christiane brachte gerade ein Tablett mit Wein und zwei Gläsern. Ihr Herz klopfte heftig, als sie es auf dem Tischchen abstellte und sich rasch zurückzog. Bei dieser Unterredung wollte sie nicht stören.

»Wenn das so ist«, hörte sie ihren Bruder in ruhigem Ton entgegnen, »dann muss sich etwas grundlegend ändern.«

»Und was sollte das sein?«

Vorsichtig schloss Christiane die Tür hinter sich und lehnte sich tief durchatmend dagegen. Seit Jahren fühlte sie sich, als balancierte sie auf einem viel zu hohen Seil. Immer galt sie als die Starke, die die Richtung vorgab. Wie viel Kraft das allerdings kostete, darüber dachte keiner nach. Dabei benötigte sie die Unterstützung von Bruder und Schwester so dringend, doch nun würden ihre Geschwister Weimar eventuell bald verlassen.

Drei Stunden dauerte die Unterredung. Christiane fiel auf, dass nicht nur sie, sondern auch Ernestina gespannt den Ausgang zu erwarten schien, während sie gemeinsam mit der Tante Gemüse für das Abendessen putzten. Als Christian endlich in die Küche kam, wirkte er erschöpft.

»Ich bleibe«, sagte er freudlos und schenkte sich ein Glas Wasser ein.

Juliane und Ernestina jauchzten auf, doch Christiane entging nicht, wie bedrückt ihr Bruder dennoch war.

»Komm«, bat sie ihn und rückte einen Stuhl zurecht. »Erzähl.«

Goethe hatte ihm den Posten des Registrators der herzoglichen Bibliothek angeboten. Offenbar war Christian zur rechten Zeit gekommen, denn die zu besetzende Vakanz war gerade auf Goethes Schreibtisch gelandet. In dieser Funktion würde er das bescheidene Jahresgehalt von einhundert Reichstalern erhalten.

»Ein Hungerlohn«, schloss Christian. »Aber zusätzlich zu meiner Arbeit am Theater ist es natürlich eine gewisse Verbesserung.«

Christiane schluckte. Goethe erhielt seit Jahren vom Herzog dieselbe Summe im Monat, dazu regelmäßig erhebliche Sonderzuwendungen, die Honorare seiner Veröffentlichungen waren dabei nicht einmal eingerechnet. Und doch war sie froh, dass ihr Bruder sich entschloss zu bleiben.

»Wann erzählst du ihm von Christophs Antrag?«, mahnte Ernestina am selben Abend vor dem Schlafengehen.

»Morgen«, versprach Christiane. »Gleich nach dem Frühstück. Und du kommst am besten mit.«

»Ich wüsste nichts, was dagegenspräche«, sagte Goethe und sah von Christiane zu Ernestina. Er hielt ein beschriebenes Blatt in der Hand, Christiane wusste, dass er sich in Jena von der Verwaltung der Universität ein paar persönliche Daten zu Christoph von Lützow hatte geben lassen. »Er ist drei Jahre jünger als Sie, liebe Ernestina. Das sollte allerdings kein Grund für eine Ablehnung sein, ich halte ihn für besonnen und vernünftig.«

Ein Strahlen erhellte das Gesicht der jungen Frau.

»Dann … dann würden Sie unsere Verbindung also gutheißen?«, fragte sie atemlos.

Goethe nickte bedächtig.

»Ja«, antwortete er. »Vorausgesetzt natürlich, seine Familie ist ebenfalls einverstanden.« Er legte das Blatt beiseite und erhob sich. »Schicken Sie ihn dieser Tage ruhig zu mir. Er soll seinen Antrag vor Ihrer Schwester und mir wiederholen. Ich freu mich für Sie, Ernestina«, fügte er mit einem herzlichen Lächeln hinzu. »Auch wenn Sie diese Verbindung weit von uns entfernen wird. Die Hauptsache ist, Sie werden glücklich.«

Und so geschah es. Friedrich Christoph Gotthard von Lützow hielt offiziell um Ernestinas Hand an, und als sie mit Verwandten und Freunden die Verlobung der beiden mit einem kleinen Fest feierten, war es Christiane, als fiele ihr nicht nur ein Stein vom Herzen, sondern gleich ein ganzes Gebirge.

»Manchmal denke ich, du und die Deinen, ihr braucht ein ganz eigenes Tätigkeitsfeld«, sagte Goethe an einem der seltenen Vormittage im April, die er gemeinsam mit ihr verbrachte und an denen weder Sekretär Geist noch Meyer sie störten. »Komm, ich habe eine Überraschung für dich.« Er holte einen Aktenordner aus dem Schrank und öffnete ihn. Zum Vorschein kam ein vielfach zusammengefaltetes Dokument. Christiane erkannte eine Art Flurkarte.

»Was ist das?«, fragte sie.

»Das Lehensgut in Oberroßla«, antwortete Goethe und klang sehr zufrieden. »Erinnerst du dich nicht? Wir haben endlich den Zuschlag erhalten.«

»Den Zuschlag?«

Die Sache mit dem Landgut hatte sie vollkommen vergessen, wie lange war es her, dass sie darüber gesprochen hatten? Zwei Jahre? Oder länger?

»Ich hab den Bauverwalter Steffany für mich bieten lassen«, erklärte Goethe mit einem verschmitzten Lächeln. »Ich hab gar nicht mehr daran geglaubt. Und im Grunde hab ich es nur für dich getan.«

»Für mich?« Christiane sah ihn verwirrt an.

»Nun ja, für dich und August«, räumte Goethe ein. »Wieland ist ja auch aufs Land gezogen, nach Oßmannstedt, das ist ganz in der Nähe. Es ist schon etwas Herrliches, mit der Natur verbunden zu leben. Von dir habe ich immer den Eindruck, dass du dich im Garten am wohlsten fühlst. Unser Hausgarten, der unten am Stern, das Krautland – ständig bist du am Säen, Werkeln und Ernten. Mir hat das von Anfang an gefallen. Du bist mein Naturkind, mein Ruhepol, meine Erdung.«

Christiane sah von ihm auf die Flurkarte, auf dem das Gut samt Ländereien fein säuberlich eingezeichnet war. Das Hofgebäude schien mitten im Dorf zu liegen. Und nach dem bunten Flickenteppich auf dem Plan zu urteilen, lagen die Ländereien alle wild verstreut.

»Ich weiß nicht so recht«, sagte sie unschlüssig. »Einen Garten zu bewirtschaften ist das eine. Aber ein ganzes Gut … Ich bin gelernte Putzmacherin, keine Bäuerin.«

»Ein Teil besteht aus Obstwiesen, hat Steffany erzählt«, entgegnete Goethe, so als hätte er ihre Einwände gar nicht gehört. »Und auf den Feldern kannst du bis zum Horizont deine geliebten Kohlrabi anpflanzen. Spargel. Kartoffeln. Kohl. Außerdem würden ein oder zwei fette Schweine im Jahr unseren Speiseplan doch wohl vortrefflich ergänzen. Und keine Angst!« Er lachte, als er ihr entsetztes Gesicht sah. »Wir stellen natürlich einen Verwalter ein. Du musst dich beileibe nicht um alles selbst kümmern.«

Zufrieden sank er zurück auf den Stuhl und griff nach seiner Kaffeetasse. »Ach«, seufzte er, »wie schön ich mir das vorstelle, wenn ich am Wochenende zu euch rausfahre in die freie Natur! Du glaubst nicht, wie sehr mir der Lärm hier in der Stadt auf die Nerven geht. Ständig rumpelt irgendein Wagen über das Pflaster. Oder in der Nachbarschaft kläfft ein Hund. Dauernd denken sich die Leute hier neue Teufeleien aus, um mich zu stören. Hörst du das?« Christiane lauschte. Es waren die Anstreicher, die die Wände einiger Räume neu tünchten, denn auf einmal hatten Goethe die Farben, die er zwei Jahre zuvor ausgesucht hatte, nicht mehr gefallen. »Ich hab das so satt. Wie soll einer bei diesem Lärm arbeiten?«

»Bist du sicher, dass es dort ruhiger ist? Hunde gibt es auf dem Land mehr als hier. Warst du überhaupt jemals dort?« Und wenn ja, wieso hatte er sie nicht mitgenommen?

»Nein«, räumte er lächelnd ein. »Ich hab mich auf Steffany verlassen. Es soll alles solide sein. Weißt du, Christel, solche Gelegenheiten bieten sich nicht oft. Jeder weiß, dass der Erwerb einer Pacht von fruchtbarem Land gerade heute die beste Geldanlage ist, und der Gedanke, dass wir uns im Notfall selbst versorgen könnten, gefällt mir außerordentlich.«

»Nun ja«, wandte sie ein. »Das mag alles stimmen. Aber ich bin ein Stadtkind. Ich bin in Weimar aufgewachsen und habe nie auf dem Land gelebt. Und ehrlich gesagt …«

»Du wirst es lieben!« Goethe schenkte ihr ein Lächeln, das ihr Herz erwärmte. »Das weiß ich jetzt schon.«

»Hast du eine Expertise von jemandem eingeholt, der etwas vom Landbau versteht? Wo liegt dieses Oberroßla überhaupt?«

»In der Nähe von Apolda«, antwortete Goethe und musterte sie irritiert. »Also wenn jemand so etwas beurteilen kann, dann Steffany. Sag mal, ich habe fast den Eindruck, du freust dich gar nicht?«

Sie schluckte. So hatte sie es nicht gemeint. Warum wurde sie nur das Gefühl nicht los, dass er sie so weit wie möglich von sich wegschicken wollte? War sie überempfindlich geworden in den Wochen seiner Abwesenheit?

»Wir wollen es uns ansehen«, sagte sie. »Und … der Kauf ist wirklich schon rechtskräftig?«

»Ja«, gab Goethe verstimmt zurück und faltete die Pläne zusammen. »Es war schwierig genug. Ich wollte dich überraschen. Im Grunde hab ich es ja nur wegen dir und dem Jungen gekauft. Damit ihr etwas habt. Etwas Eigenes.«

13. KAPITEL

Weimar, Oberroßla, 1798–1799

Er meinte es gut, sie sollte sich freuen. Wenn Goethe vorhätte, mit ihr gemeinsam aufs Land zu ziehen, würde ihr das alles gar nicht so viel Kopfzerbrechen bereiten. Sie wollte mit ihm zusammen sein, egal wo. War das nicht normal, wenn man sich liebte? Inzwischen war das stattliche Haus am Frauenplan zu ihrem Heim geworden, seit der Renovierung war ihr jeder Winkel vertraut. Der Umbau hatte sich über viele Jahre hingezogen – ihr graute es davor, in Oberroßla womöglich von vorn beginnen zu müssen.

»Natürlich ziehe ich mit dir dort hinaus, wenn es unbedingt sein muss«, antwortete Juliane Vulpius mit einem Seufzer auf ihre Frage. »Ernestina wird ja nun auch bald Gutsbesitzerin werden, allerdings im fernen Norden.« Sie betrachtete Christiane über den Rand der alten Brille, deren Gestell schon an einigen Stellen hatte gelötet werden müssen. »Vielleicht ist es ja ganz schön dort draußen in Oberroßla«, fuhr sie fort. »Du sagst, er hat es für dich gekauft. Wird er dich denn als Besitzerin amtlich eintragen lassen?«

Christiane zuckte mit den Schultern. Was genau Goethe mit dem Gutshof wollte, hatte sich ihr noch nicht erschlossen. Erneut beschlich sie das ungute Gefühl, er könnte sie mit dem Gut irgendwie abfinden wollen. Oder entschädigen. Aber wofür?

Einige Tage später machten sie sich zu viert auf den Weg nach Oberroßla: Christiane, Goethe, wie immer begleitet von seinem Diener Johann Ludwig Geist, und Georg Christoph Steffany, der den Kauf zustande gebracht hatte. Goethe hatte erst neulich eine Kutsche und zwei Pferde angeschafft und einen patenten jungen Mann namens Karl Goldschmidt als Kutscher angestellt.

Felder und Wiesen säumten ihren Weg, der sie über Kromsdorf und Oßmannstedt in Richtung Osten führte. Die Ilm entlang und an ihren Zuläufen wuchsen Sträucher und hin und wieder ein paar Weiden. Endlich zeigten sich der Kirchturm und die ersten strohbedeckten Dächer. Kinder kamen aus den ärmlichen Häusern herbeigerannt, hinter den Fenstern meinte Christiane die Bewegung von Gardinen zu sehen.

»Hier ist es«, verkündete Steffany.

Die Kutsche hielt mitten im Dorf. Es war ein schöner Herbsttag, unter dem stahlblauen Himmel wirkte das schlichte Gebäude grau und schäbig. Vom einstmals zartgelben Anstrich konnte man kaum mehr etwas erkennen, der Putz war an vielen Stellen abgeblättert. Es hatte viel geregnet in letzter Zeit und die Dorfstraße bestand fast nur aus Pfützen und Schlamm. Man hatte Holzdielen ausgelegt, um einigermaßen trockenen Fußes in die Häuser zu gelangen.

Steffany zog einen großen Schlüsselbund aus seiner Tasche und ging voraus. Christiane raffte ihren Rock und sprang geschickt über die Bohlen zum Haus. Kritisch registrierte sie Roststellen am schmiedeeisernen Geländer. Ein paar der Steinplatten auf den Stufen, die zur Eingangstür emporführten, waren zerbrochen und wackelten, wenn man auf sie trat.

Der Bauverwalter schloss die Tür auf und sie traten in einen dunklen, muffigen Flur.

»Im Erdgeschoss befinden sich einige Wirtschaftsräume«, erklärte Steffany und öffnete eine der Türen. »Hier ist zum Beispiel die Brennerei. Und gleich gegenüber die Brunnenkammer.«

Während sich die Männer die Brennerei ansahen, öffnete Christiane die Tür zur Brunnenkammer. Kälte schlug ihr entgegen, und sie zog ihr Schultertuch fester um sich. Sie ließ ein wenig Wasser in ihre hohle Hand fließen und probierte es. Es hatte keinen unangenehmen Beigeschmack und würde sich gut zum Bierbrauen eignen. Denn außer dem Brennrecht besaß das Gut auch dafür eine Anlage. Sie würden Hopfen anpflanzen, überlegte Christiane. Wenn sich die Früchte des Baumgartens dazu eigneten, könnten sie mit dem Verkauf von Obstbrand einigen Gewinn erzielen.

Aus der Brennerei drangen Wortfetzen an ihr Ohr. Goethe klang aufgebracht, offenbar fehlten an der Destillieranlage einige Gerätschaften, und die Männer vermuteten, dass die Vorbesitzer bei der Räumung das eine oder andere hatten mitgehen lassen. Christiane probierte die nächste Tür aus und fand dahinter die Küche. Sie wirkte kahl – sollte das Gebäude nicht mitsamt der Einrichtung und allem Hausrat übergeben werden? An den verrußten Wänden war noch zu erkennen, wo Regale und Pfannen in unterschiedlichen Größen gehangen hatten. Es roch nach kaltem Rauch und ranzigem Fett. Wer immer hier ausgezogen war, hatte sich nicht die Mühe gemacht, sauber zu machen. Wenn sie an ihre schöne Küche am Frauenplan dachte, wurde ihr ganz wehmütig zumute.

»Hier geht es in den Keller«, hörte sie Steffany sagen und folgte den Männern durch eine weitere Tür. Der Bauverwalter hatte eine Öllampe entzündet und in ihrem Lichtkegel stiegen sie eine ausgetretene Steintreppe abwärts.

Der Schein der Lampe tanzte über ein beeindruckendes Tonnengewölbe, das vom gestampften Erdboden direkt aufstieg und die Decke bildete. Im ersten Raum sah Christiane hüfthoch mit Brettern abgetrennte Verschläge voller Sand, hier wurde wohl das Gemüse über Winter eingelagert. Im zweiten Raum erkannte sie an dem säuerlichen Geruch, dass es sich um den Milchkeller handelte.

»Gibt es im Erdgeschoss keine Wohnräume?«, erkundigte sich Goethe.

»Doch, einen«, antwortete Steffany. »Die sogenannte Pächterstube. Alle anderen Wohnzimmer befinden sich im oberen Stockwerk. Es ist aber alles recht bescheiden.«

Das stimmte. Die Zimmerdecken waren niedrig, die Fenster klein. Ein größerer Raum im Obergeschoss würde sich für den Empfang von Besuchern oder größere Einladungen eignen. Misstrauisch untersuchte Christiane die Öfen. Ob sie wohl zögen?

Sie zählte drei Kammern, einen Alkoven, der von der großen Stube durch eine Glaswand abgetrennt war, nicht eingerechnet. Unter dem Dach gab es einen Taubenschlag, der jedoch verwaist war.

»So ein unbewohntes Haus wirkt immer ein wenig traurig«, versuchte Goethe sie zu trösten. »Du musst ja gar nicht selbst einziehen, hier im Haus wird nämlich der Pächter mit seiner Familie wohnen. Wir müssen nur noch einen vertrauensvollen Mann finden.« Christiane atmete erleichtert auf. Endlich weihte Goethe sie in seine Überlegungen ein. »Wollen wir uns die Ländereien anschauen?«, schlug Goethe gut gelaunt vor.

Die Begehung der Felder wäre allerdings zu einer stundenlangen Wanderung geworden, deshalb gaben sie diese bald auf. Wie Christiane bereits auf der Flurkarte erkannt hatte, war der zum Gut gehörende Grundbesitz über das umliegende Land verstreut. Leintuchschmale Felder zogen sich über Hunderte von Metern hin, und es war zweifelhaft, wie man zu ihnen gelangen konnte, ohne über fremdes Eigentum zu trampeln. Ein wunderschön an der Ilm gelegener Obstgarten, den man den »Tröbel« nannte, ließ jedoch Christianes Herz höherschlagen. Auf ihm befand sich sogar eine Quelle, und wenn der Tröbel auch recht abseits lag, so konnte Steffany von Plänen berichten, dass hier bald eine Landstraße vorüberführen sollte. Vielleicht würde sie dem Landleben, zumindest in der schönen Jahreszeit, doch etwas abgewinnen können. Vor allem, wenn sie nicht für die Bewirtschaftung des Landes verantwortlich war.

»Ein Schlösschen ist es nicht«, berichtete sie ihrer Tante am Abend. »Und es hat keinerlei Ähnlichkeit damit. Zum Glück werden wir dort nicht hinziehen. Wir suchen einen Pächter. Für uns werden wir ein paar Zimmer in einem der Nebengebäude ausbauen, dann können wir zur Sommerfrische aufs Land fahren. Hin und wieder werden wir natürlich kontrollieren müssen, ob der Pächter gut wirtschaftet.«

»Und wie steht es mit den Feldern? Sind sie fruchtbar?«

Christiane zuckte mit den Schultern.

»Das wird sich zeigen«, antwortete sie. »Sie sind fürchterlich zerstückelt und liegen rund um Oberroßla verstreut. Man wird mit der Karte in der Hand herumgehen müssen, damit man seine Kartoffeln nicht aus Versehen auf dem Grundstück des Nachbarn setzt.« Sie lachte. »Aber die Obstbäume haben es mir angetan. Wir werden uns nicht mehr retten können vor Äpfeln, Birnen, Pflaumen und Kirschen.«

»Davon haben wir jetzt schon genug«, erwiderte die Tante. »Außerdem wird der Pächter ja das meiste für sich beanspruchen. Hat denn der Geheime Rat jemanden dafür im Auge?«

»Soviel ich weiß nicht«, antwortete Christiane und nahm sich einen von den Schokoladentrüffel, die ihr Goethes Mutter mit der letzten Post aus Frankfurt geschickt hatte. »Vermutlich kümmert sich Herr Steffany darum. Er kennt ja Gott und die Welt.«

»Man könnte Dorles Mann fragen«, schlug Juliane vor. »Soviel ich weiß, würden sich die beiden gern verändern.«

»Dorles Mann? Du meinst Fritz Fischer?« Daran hatte Christiane gar nicht gedacht. »Hat er nicht einen eigenen Hof mit Pferdezucht?«

»Den hat sein ältester Bruder geerbt. Seither ist Fritz Pächter auf dem Prieserhof.«

»Das wusste ich gar nicht.« Christiane hatte Dorle seit einer Ewigkeit nicht mehr gesehen.

»Ihre Mutter hat es mir erzählt«, erklärte Juliane. »Neulich auf dem Markt. Sie sagt, der Prieserhof sei zu klein und der Ertrag gering.«

»Ob sie wohl so weit von Weimar wegziehen wollen?«

Nachdenklich nahm Christiane noch einen dieser leckeren Trüffel.

»Fragen kostet ja nichts«, meinte die Tante.

Ja, dachte Christiane, das ist eine gute Idee. Auf einen Pächter, den sie persönlich kannten, würden sie sich verlassen können. Außerdem käme sie wieder mehr in Kontakt mit ihrer Freundin, und darauf freute Christiane sich.

Goethe fand die Idee einleuchtend. Er traf sich mit Fritz Fischer, der einen passablen Eindruck auf ihn machte, und gemeinsam statteten sie der Familie in Ober-Weimar einen ausgedehnten Besuch ab, der sehr gesellig und lustig verlief. Zwar brachte ausgerechnet Steffany allerlei Einwände gegen Fischer als Gutsverwalter vor, einen anderen Kandidaten für die Pacht, der sein volles Vertrauen genossen hätte, konnte er ihnen jedoch nicht nennen.

»Steffany ist übervorsichtig«, erklärte Goethe ihr eines Abends, als sie über die Besetzung der Stelle sprachen. »Wir werden es mit dem Mann deiner Freundin versuchen.«

»Stimmt es, dass der Geheime Rat bald heiraten wird?«

Der Mann, der sie das mitten in der Theaterpause fragte, sah sie aus listigen Mausaugen an. Christiane kannte ihn vom Sehen, wenn ihr auch nicht sofort einfallen wollte, woher genau.

»Wie meinen?«

Jetzt fiel es Christiane ein. Der Mann hieß Meißel und bekleidete das Amt eines Lehenssekretärs, er war einer jener vielen Beamten, mit denen sie es in letzter Zeit im Zusammenhang mit dem Kauf des Guts zu tun gehabt hatten.

»Man sagt, der Herr von Goethe werde sich demnächst verheiraten«, beharrte er laut und vernehmlich. »Deswegen hat er sich neulich eine Kutsche samt Pferden angeschafft. Wer ist die Glückliche?«

Es klingelte zum Ende der Pause, doch statt ihre Plätze aufzusuchen, blieben fremde Leute bei ihnen stehen und lauschten neugierig.

»Ja, das haben wir auch gehört«, warf eine dürre Dame mit faltigem Hals ein. »Er soll sich mit einer Adeligen verlobt haben. Einem Fräulein von Imhoff. Wann ist denn die Hochzeit?«

Skandalsüchtige Mienen, wohin Christiane blickte. Kurz wurde ihr schwindelig. Was redeten diese Menschen da?

»Deshalb ziehen Sie ja jetzt nach Oberroßla, oder?«, fügte ein anderer Herr hinzu. »Das ist ja allgemein bekannt. Wie großzügig vom Geheimen Rat, Sie so teuer abzufinden.« Er wandte sich an die dürre Dame. »Er hat der Vulpiussin ein Landgut gekauft, man stelle sich das mal vor. Nun ja, er hatte ja schon immer einen Hang zur Größe auf anderer Leute Kosten.«

Meißel ließ ein schepperndes Lachen hören.

»Amalie von Imhoff«, wiederholte die Dame. »Die Nichte der Frau von Stein und eine vorzügliche Dichterin, wie mir erzählt wurde. Das passt ja auch viel besser.«

»Sie irren sich alle ganz gewaltig«, entgegnete Christiane laut und deutlich, als sie endlich ihre Stimme wiedergefunden hatte. »Der Herr Geheime Rat von Goethe ist bereits verheiratet. Und zwar mit mir. Ohne Zeremonie, wie er zu sagen pflegt. Und trotzdem glücklicher, als sich irgendjemand von Ihnen vorstellen kann.«

»Ach Kindchen …«, wollte die mit dem faltigen Hals süffisant einwerfen. Christiane ließ es nicht dazu kommen.

»Halten Sie den Mund«, riet sie scharf. »Ich verbitte mir für alle Zeit solche Reden.«

Sie wandte sich ab. Das schwarzseidene Kleid, dessen Stoff sie in Frankfurt gemeinsam mit Goethes Mutter ausgesucht hatte, schwang elegant um ihre Beine, als sie hoch erhobenen Hauptes davonging. Und doch zitterte sie darunter am ganzen Leib.

Die Zauberflöte wurde gegeben und erstmals spielte Peter Vulpius, der Sohn des Stadttürmers, im Orchester mit. Doch die Freude darüber, dass der junge Mann durch ihre Fürsprache hier eine Anstellung gefunden hatte, war verflogen. Während die blutjunge Amelie Malcolmi mit glockenhellem Sopran die Arie der Pamina sang mit dem Text: »Ach, ich fühl's, es ist verschwunden – ewig hin der Liebe Glück!«, schlich sich die Angst in Christianes Herz. Stimmte es womöglich, was diese bösen Menschen sagten? Was war mit dieser Amalie von Imhoff? An jedem Gerücht hängt ein Fünkchen Wahrheit, hatte ihr Vater oft gesagt. Dass Goethe in ihrer Abwesenheit mit anderen Frauen flirtete, das wusste sie. Es gehörte zu seiner Rolle, wie er ihr oft genug erklärt hatte. Es gab einflussreiche Damen in seinem Umfeld, bei denen es von großem Nutzen war, wenn er ihnen das Gefühl gab, dass sie auf eine gewisse Art einzigartig für ihn waren. Die Herzogin. Selbst Anna Amalia, die mächtige Mutter des Herzogs, war davor nicht gefeit. Frau von Stein, die ihm längst nicht mehr so grollte wie noch vor zehn Jahren. Und viele andere Damen der Gesellschaft, auch so manch eine Professorengattin in Jena, schwärmten von Goethe, womöglich sogar Charlotte Schiller, wer wusste das schon. Würde er so weit gehen und sich eine andere Frau suchen? Eine richtige Ehe eingehen, obwohl er dies damals, als er sie gefragt hatte, ob sie mit ihm zusammenleben wollte, kategorisch ausgeschlossen hatte?

In dieser Nacht hatte sie einen fürchterlichen Alptraum. Ihr träumte, eine große schwarze Kutsche mit sechs Rappen käme in den Hof des Hauses am Frauenplan hereingefahren. Auf dem

Bock saß Friedrich Schiller und im Innern der Kutsche eine Dame ganz in Weiß. Ihr Gesicht war hinter einem dichten Schleier verborgen, und so sehr Christiane sich bemühte, zu erkennen, wer sich dahinter verbarg – sie konnte es nur erraten. Mal waren es die scharfen Züge der Frau von Stein, die sie hinter der kostbaren Spitze zu erkennen glaubte, dann wieder die von Friederike von Wurmb.

»Du weißt wahrlich noch immer nicht, wo du hingehörst«, sagte die geliebte, vertraute Stimme hinter ihr. »Du gehörst nach Oberroßla.«

Es war Goethe, der mit unbewegter Miene zu der weißen Dame in die schwarze Kutsche stieg …

»Wach auf, Christel. Bitte! Hör auf, so zu schreien!« Es war Ernestina, die sie in ihren Armen hielt, bis sie endlich schweißüberströmt zu sich kam, vollkommen in Tränen aufgelöst. »Du hast geträumt. Alles ist gut.«

Es dauerte, bis Christiane sich aus dem Alptraum befreien konnte, der sie umfangen hielt wie das Netz einer bösen Spinne.

»Es ist alles gut«, wiederholte ihre Schwester. Dankbar ließ Christiane sich von ihr wiegen.

Nach einer Weile löste sie sich aus der Umarmung, stand auf und zog das verschwitzte Nachthemd aus. Sie wollte schon ein frisches überziehen, da fiel ihr Blick in den Spiegel. Sie sah ihren nackten Körper im Kerzenlicht. Wo war die schlanke, biegsame Gestalt, die sie einmal gewesen war? Ihr Bauch war rund, ihre Schenkel stattlich. Jede ihrer Schwangerschaften hatte Spuren hinterlassen, ihre vollen Brüste hatten an Spannkraft verloren. Sie aß gerne, vor allem bei Süßigkeiten konnte sie nur schwer widerstehen.

Sie streifte das Nachthemd über und zartes Leinen verhüllte ihren Körper. Rasch fuhr sie sich mit ihren Fingern durch die Locken. War sie überhaupt noch begehrenswert?

»Nun schlaf.« Ernestina stand an der Tür. »Ist jetzt alles in Ordnung mit dir?«

Christiane nickte und schlüpfte wieder zwischen die Laken. Ihre Schwester schloss die Tür.

War wirklich alles in Ordnung? Oder gab es irgendwo eine Frau, die sich auf die Heirat mit Johann Wolfgang von Goethe vorbereitete? Womöglich tatsächlich Amalie von Imhoff, von der sie nur wusste, dass sie an einem Epos in Hexametern arbeitete, bei dem Goethe ihr hin und wieder half. Sie hatte nicht richtig zugehört, wenn zwischen Schiller und ihm die Rede von dieser jungen Frau gewesen war, nur dass die beiden Männer sie als »Dilettantin« bezeichnet oder darüber diskutiert hatten, ob sie eine echte Künstlerin sei oder eher eine Liebhaberin, die mit Versatzstücken der Poesie »spielte«, wie Schiller es ausgedrückt hatte. Das war während eines Mittagessens gewesen, als Schiller wie so oft bei ihnen zu Gast gewesen war, seit er und seine Familie nach Weimar gezogen waren.

Dieser Mann war ihr nach wie vor nicht recht sympathisch, was wohl auf Gegenseitigkeit beruhte, denn Schiller richtete niemals das Wort an sie, ja, er sah sie kaum einmal an, selbst dann nicht, wenn er seinen nahezu unverständlichen Gruß zur Begrüßung oder zum Abschied murmelte. Friedrich Schiller, das wurde ihr in dieser Nacht bewusst, tat so, als sei sie gar nicht da. Und im Grunde war das ziemlich respektlos von ihm, immerhin war er mit ihrem Mann befreundet, saß an ihrer Tafel und schickte ihr häufig seine Kinder ins Haus, damit sie auf sie aufpasste, während seine eigene Frau unpässlich war. Goethe war ganz vernarrt in diesen hageren Rotschopf, dauernd schrieb er ihm Briefe und Notizen, obwohl sie sich fast täglich sahen. Und jetzt also auch diese Amalie, blutjung, hübsch, aus bestem Hause und dermaßen begabt, dass sich zwei Geistesgrößen wie Schiller und Goethe mehr als einmal über ihre Gedichte unterhielten. War es denkbar, dass Goethe sich in ein solches Wesen ernsthaft verliebte? Natürlich war das denkbar, beantwortete sie sich diese Frage selbst. Es war nicht nur möglich, sondern wahrscheinlich.

Eine Dichterin, hallte es in ihr wider, was diese alte, faltige Dame im Theater gesagt hatte. *Das passt ja auch viel besser.*

So einfach würde sie sich allerdings nicht geschlagen geben. Statt sich weiter zu ängstigen, würde sie ihn direkt fragen. Am liebsten hätte sie das sofort getan, hätte ihm von ihrem schlimmen Traum erzählt und sich in seine Arme geworfen. Aber er war in Jena. Also stand sie wieder auf, zündete eine Kerze an und holte Papier und Feder hervor.

Dreimal begann sie von vorn. Das Thema war heikel und musste vorsichtig vorgebracht werden. Keine Vorwürfe, eher eine Einladung zum Trösten. Dazu noch ein paar alltägliche Bemerkungen, zum Beispiel, dass sie vorhatten, demnächst gemeinsam mit den beiden verlobten Turteltauben einen Ausflug nach Kötzschau zu machen, was ja nur einen Katzensprung von Jena entfernt war. Wenn er also wollte, konnte er sie dort treffen. Oder sie einladen, ihn bei dieser Gelegenheit in Jena zu besuchen. Er sollte nicht merken, wie sehr sie das dumme Gerede einiger Weimarer aus der Ruhe gebracht hatte. Dass es sie jedoch verletzte und sie gerne wüsste, was es damit auf sich hatte – das sollte er wissen.

Ich will dir einmal selbst schreiben um dir herzlicher zu sagen, dass ich dich liebe und mich über deine und des Kindes Gesundheit freue, schrieb er aus Jena zurück. *Es freut mich, dass ihr schönes Wetter habt, und wünsche, dass dir dieses Vergnügen, so wie alle andren Freuden dieser Woche recht wohl anschlagen und alle Grillen und Träume verjagen mögen.*

Ihre Sorgen nannte er »Grillen«. War das seine Art, Stellung zu den Heiratsgerüchten zu nehmen? Wie so oft folgte diesen freundlichen Zeilen der deutliche Hinweis, dass er in seine Arbeit vertieft sei und nicht wünschte, gestört zu werden.

Es wurde Oktober, und bald fiel der erste Schnee. Die Übergabefeierlichkeiten des Guts waren im Sommer gut über die Bühne gegangen. Gemeinsam mit Dorle Fischer und ihrem Mann Fritz hatte Christiane das Haus in Oberroßla auf Vordermann gebracht und den Hof so weit eingerichtet, dass der Betrieb aufgenommen werden konnte. Es hatte ihr am Ende sogar Freude bereitet, gemeinsam mit ihrer Freundin das Projekt anzugehen. Der Gedanke, dass der Erwerb des Guts auch für Dorles Familie einen Segen bedeutete, machte sie ganz einfach glücklich. Und als Christiane eines Tages Friedrich Schiller sagen hörte, dass Amalie von Imhoff neuerdings von einem schwedischen Legationssekretär umworben wurde, beruhigte sie die Gleichgültigkeit, mit der Goethe darauf antwortete, vollkommen.

Sie traf sich jetzt häufiger mit ihren Kameradinnen aus früheren Zeiten, mit Hanne, die inzwischen Mutter von drei Kindern war und mit ihrem Gust nach wie vor im Jacobskirchviertel wohnte, und mit Henriette, wenn die Frau des Apothekergehilfen es einrichten konnte, seit ihrer Heirat trug sie ihre Nase ein klein wenig höher als früher. Doch als Christiane vorschlug, Dorle in Oberroßla einen Besuch abzustatten, war sie sofort dafür zu haben.

»Mit oder ohne Kinder?«, fragte Hanne, die ihre Mutter im Haus hatte, die gern auf die Kleinen aufpasste.

»Mit natürlich«, bestimmte Henriette, die auf die Gnade ihrer Schwiegermutter angewiesen war, die sie nicht gern in Anspruch nahm.

Und so packten die drei Städterinnen ihre insgesamt sechs Kinder einschließlich des bald neunjährigen Augusts in Goethes Kutsche und ließen sich von Karl Goldschmidt hinaus aufs Land fahren. Dort verbündete sich die Kinderschar auf der Stelle mit Dorles Töchtern, um gemeinsam die Dorfstraßen unsicher zu machen, während ihre Mütter in aller Ruhe die frisch gebackenen Apfel- und Zwetschgenkuchen vertilgten.

»Damit hast du mir eine große Freude gemacht«, sagte Dorle,

die Hand auf dem Exemplar von Christian Vulpius' Roman *Rinaldo Rinaldini, der Räuberhauptmann.* »Ich weiß zwar noch nicht, wann ich zum Lesen komme, aber …«

»Jetzt im Winter hast du sicher Zeit dafür«, fiel ihr Hanne ins Wort und sah begehrlich auf das Buch. »Hat dir Christian eine Widmung reingeschrieben?« Daran hatte Dorle offenbar gar nicht gedacht. Sie schlug das Buch auf. Unter der großen, verschnörkelten Titelei fanden sich die schwungvollen Worte: *Für Dorothea Fischer, Ihr ergebenster Diener Christian Vulpius.*

Hanne stieß einen Schmachtlaut aus und sank theatralisch auf ihren Stuhl zurück.

»Christian ist mein Lieblingsautor«, seufzte sie. »Er ist es immer gewesen. Nicht wahr, Christiane, du erinnerst dich? Ich wusste schon in der Schule, dass dein Bruder einmal ein großer Schriftsteller werden würde. Für mich ist er der größte.«

Henriette lachte skeptisch auf, Christiane sah ihr trotzdem an, dass sie für ihr Leben gern ebenfalls ein Romanexemplar mit persönlicher Widmung von Christian gehabt hätte.

»Damit ist die Christel sicher nicht einverstanden«, spottete sie. »Der größte Dichter aller Zeiten ist ja wohl der Geheime Rat von Goethe. Hab ich recht?«

Sie warf Christiane einen verschmitzten Blick zu. Wie würde sie sich entscheiden? Für den Bruder und gegen ihren Lebensgefährten? Oder umgekehrt?

»Warum soll es denn nur einen geben?«, erklärte Christiane souverän. »Es gibt nur einen Gott im Himmel. Auf Erden jedoch viele Schriftsteller.«

»Zum Beispiel diesen Herrn Schiller«, warf Henriette ein und war sichtlich stolz darauf, wie gebildet sie war.

»Der schreibt doch nur fürs Theater«, wandte Hanne ein und bat Dorle, ob sie einen Blick in Christians Romanexemplar werfen dürfe. Bereitwillig reichte diese ihr das Buch.

»Und das macht er sehr gut.« Christiane nahm dankend noch ein Stück von dem Apfelkuchen an, das Dorle ihr anbot. »Seine

Stücke sind spannend und überraschend.« Das stimmte. Auch wenn dieser Mann ihrer Meinung nach keine Manieren hatte.

»Stimmt es, dass er in Württemberg steckbrieflich gesucht wird?« Stets war Henriette von ihnen allen am besten informiert.

»Das kann ich mir nicht vorstellen«, wandte Hanne entsetzt ein, und Christiane nahm sich vor, wenn schon nicht Goethe, dann ihren Bruder danach zu fragen.

»Wie findet ihr eigentlich die Stücke von Kotzebue?«, wollte Henriette wissen.

Christiane beschloss, sich bei diesem Thema lieber zurückzuhalten. Kotzebue schrieb unerhört freche Komödien. Jede einzelne war ein Juwel, sie konnte sie wieder und wieder ansehen, nie wurden sie ihr langweilig. Goethe jedoch kam mit der beißenden Ironie, die der Kollege selbst im täglichen Leben an den Tag legte, nicht gut zurecht. Insgeheim machte Christiane sich Sorgen, wohin das einmal führen würde. Kotzebue verstand es, Anhänger um sich zu scharen, während Goethe sich viel zu oft in Jena aufhielt. Früher oder später würde nicht nur sie seine ständige Abwesenheit als störend empfinden, sondern ebenso das Weimarsche Theaterpublikum.

»Mir ist der Mann zu zynisch«, meinte Hanne.

»Er ist weltläufig«, wandte Henriette ein. »In Russland hat er einen großen Namen. Clemens sagt, noch spätere Generationen werden von ihm sprechen.«

»Für mich bleibt Christianes Bruder der größte Schriftsteller aller Zeiten«, entgegnete Hanne entschlossen und blätterte in dem Exemplar, das Christiane Dorle mitgebracht hatte.

»Für mich auch«, stimmte Dorle ihr bei. Christiane fiel auf, wie still sie geworden war. »Möchte noch jemand Kuchen?«

»Er ist ausgezeichnet«, antwortete Christiane. »Keiner backt einen so wundervollen Apfelkuchen wie du, Dorle. Aber wenn ich auch nur einen weiteren Bissen esse, platze ich.« Wie unsensibel von uns, dachte sie, nur über die Dichter des Weimarer Theaters zu sprechen, wo Dorle jetzt auf dem Land lebte und all das entbehren musste! »Wie gefällt es euch eigentlich hier in Oberroßla?«, schob sie rasch hinterher.

In diesem Augenblick erklang Geschrei aus dem Hof. Die Kinder waren über irgendetwas in Streit geraten und ihre Mütter eilten nun hinaus, um nachzusehen, was passiert war. Hannes Tochter Lisbet hatte ein Kätzchen im Stall entdeckt und es zu streicheln begonnen. Lotte Carius hatte es ihr wegnehmen wollen und dabei nicht bedacht, dass man ein lebendiges Tier nicht wie eine Puppe packen und durch die Gegend schleppen sollte. Nun zierte ein blutiger Kratzer Lottes Arm, an dem sie Lisbet die Schuld gab. Zu allem Überfluss schalt Dorles Töchterchen Rosalie alle beide aus und verkündete, das sei schließlich ihre Katze und Tiere seien sowieso kein Spielzeug. Als endlich alle Tränen getrocknet und die Kinder beruhigt waren, kam Fritz Fischer von der Arbeit auf den Feldern nach Hause, und auf der Stelle rannten seine Töchter ins Haus, wie um sich vor ihm zu verstecken. Christiane kam es so vor, als zöge sogar Dorle ein wenig den Kopf ein.

»So«, sagte Fischer und machte ein finsteres Gesicht. »Sind die Damen aus der Stadt herausgekommen, um zu sehen, ob gut gewirtschaftet wird?«

Es war keine Frage, sondern eine Feststellung, und der Blick, den er Christiane zuwarf, war alles andere als freundlich.

»Wir wollten unserer Freundin einen Besuch abstatten«, antwortete sie ruhig. »Dass wir nicht willkommen sind, hätten wir nicht gedacht.« Außerdem kann ich hier aus und ein gehen, wann immer ich möchte, wollte sie hinzufügen, entschied sich aber gerade noch dagegen.

»Natürlich seid ihr willkommen.« Bestürzt erkannte Christiane, dass Dorle Tränen in den Augen hatte. Und als Fischer an ihnen vorbei in Richtung Stall davonstapfte, fügte sie leise hinzu: »Nehmt es ihm nicht übel. Er hat seine eigenen Sorgen. Das hat mit euch nichts zu tun.«

»Als ob das nichts mit uns zu tun gehabt hätte«, konnte sich Henriette auf der Heimfahrt nicht verkneifen zu sagen.

Die gute Stimmung war dahin gewesen. Auf der Stelle hatten sie ihre Kinder eingesammelt und sich mit der Ausrede, es sei viel zu spät geworden, von Dorle verabschiedet.

Das sah gar nicht gut aus, dachte Christiane, während sie sich zwischen Lotte und August setzte, damit das Mädchen ihren Sohn nicht dauernd mit ihren kleinen Lackschühchen gegen das Schienbein trat. Ihr Junge war viel zu gutmütig, um die Jüngere in ihre Schranken zu verweisen, und das Letzte, was Christiane an diesem Nachmittag wollte, war ein weiterer Streit.

»Dass sich Dorle das gefallen lässt«, regte Hanne sich auf.

»Und was sollte das nur heißen, dass er seine eigenen Sorgen habe?«, fügte Henriette aufgebracht hinzu.

Ja, das fragte sich Christiane auch. Ein ungutes Gefühl beschlich sie, wenn sie an Dorles unterwürfige Haltung dachte, die sie beim Erscheinen ihres Mannes eingenommen hatte. Und warum waren die Mädchen davongestoben, als hätten sie Angst? Vermutlich war es das Beste, sie schaute so bald wie möglich noch einmal allein vorbei.

»Hoffentlich ist Dorle glücklich da draußen.« Hanne hatte Lisbet auf den Schoß genommen, die gegen ihre Schulter gelehnt dabei war, einzuschlafen. »Dieses Oberroßla ist ja ganz schön weit von der Stadt entfernt. Mir würde auf die Dauer die Decke auf den Kopf fallen.«

»Und erst mit einem solchen Ehemann …«

»Jetzt hört auf«, bat Christiane. Der Ausflug hatte so schön begonnen. Sie hatte keine Lust, ihn sich verderben zu lassen.

Zu ihrer Erleichterung brachte Hanne das Gespräch jetzt auf ihr Lieblingsthema: der neue Roman ihres großen Idols Christian Vulpius.

Rinaldo Rinaldini war eine Geschichte ganz nach Christianes Geschmack. Und nicht nur nach ihrem, überall verkaufte sich das Buch ausgezeichnet. Fünf Mal musste der Roman um den romantischen Räuberhauptmann und Herzensbrecher Rinaldo in kürzester Zeit nachgedruckt werden, so groß war die Nachfrage. Wenn ihr Bruder nur an den Verkäufen beteiligt wäre, er hätte für alle Zeiten ausgesorgt. Leider war dem nicht so.

»Ach Christel, ich wollte dich schon die ganze Zeit fragen: Kannst du mir nicht vielleicht ein signiertes Exemplar besorgen?«

Wenn du das Buch kaufst und vorbeibringst – jederzeit, hätte sie am liebsten entgegnet. Denn auch sie und sogar Christian mussten die Exemplare, die sie verschenkten, zum vollen Preis bezahlen. Und nun wurde er von allen Seiten um ein Freiexemplar angebettelt, und das von Leuten wie Henriette, die es sich wahrlich leisten könnten, es käuflich zu erwerben. Doch wie sollten seine Leser verstehen, dass sein Verleger ihm sein eigenes Buch nicht kistenweise zur Verfügung stellte? Christiane verstand das ja selbst nicht.

»Gern«, sagte sie also freundlich. Und als sie Henriettes begehrlichen Blick sah, fügte sie hinzu: »Du bekommst natürlich auch eines.« Sie würde es von ihrem Haushaltsgeld bezahlen und dafür eine Woche lang auf Süßigkeiten verzichten. Das würde ihrer Figur guttun.

In diesem Herbst ergab sich keine Gelegenheit mehr, nach Oberroßla zu fahren, die Zeit der Bälle und Redouten begann, und über all dem geriet die seltsame Szene auf dem Gut in den Hintergrund.

Anfang Dezember kam endlich Goethe zurück nach Hause, und Christiane schien es, als hätte das Haus wieder eine Seele. Eine empfindliche Seele zwar, denn nach den ersten Tagen der Wiedersehensfreude schien ihr Liebster die Jenaer Ruhe schon wieder zu vermissen. Dabei war es nicht sie, die ihn störte, nicht einmal August, der längst gelernt hatte, still in der Ecke des Arbeitszimmers seines Vaters zu sitzen, Bücher und Bildbände durchzublättern, ohne einen Laut von sich zu geben, nur um ihm nahe sein zu dürfen. Es waren die ständigen Besucher, die Büchermänner, wie August Schiller, Knebel und all die anderen nannte, mit denen Goethe gemeinsame literarische oder wissenschaftliche Projekte verfolgte. Wobei die eigentlichen Störenfriede die herzoglichen Beamten waren, die vornehmen Damen, die Verehrerinnen, die Durchreisenden, die Forscher und Bittsteller – der übliche Zirkus, kaum hatte sich herumgesprochen, dass Goethe wieder in Weimar sei.

Christiane übernahm liebend gern wieder ihre Rolle hinter den Kulissen, um für den reibungslosen Ablauf der Goetheschen Vorstellung zu sorgen, ließ Punsch kochen und Likör, Kaffee und Törtchen anbieten und mitunter ein siebengängiges Abendessen servieren.

Wenigstens an Weihnachten waren sie für ein paar Stunden allein. Und zum Geburtstag seines Sohnes am 25. Dezember nahm sich der Geheime Rat am Nachmittag ein paar Stunden frei. Abends ging er allerdings zu Frau von Stein, die am selben Tag Geburtstag feierte, und in den Tagen danach absolvierte er Höflichkeitsbesuche oder empfing welche, und das Kochen und Backen nahm kein Ende.

Eines Tages Ende Januar bat Goethe sie in sein Arbeitszimmer.

»Ich muss etwas mit dir besprechen«, sagte er und bot ihr einen Stuhl an. Sein Sekretär Geist saß am anderen Ende des Tischs und nummerierte einen Stapel beschriebener Blätter. Vor Goethe lag ein Brief.

»Worum geht es denn?«, fragte sie fröhlich. Vielleicht durfte sie endlich wieder etwas von dem lesen, was er in den vergangenen Wochen geschrieben hatte?

»Wie stehen Ernestina und der Herr von Lützow eigentlich inzwischen zueinander?«

Christiane hätte über diese Frage erstaunter nicht sein können.

»Nun, sie sind miteinander verlobt, das weißt du ja«, antwortete sie. »Soweit ich weiß, wollen die beiden noch in diesem Sommer heiraten.«

»Was sagt seine Familie dazu?«

»Das hab ich ihn neulich auch gefragt«, antwortete Christiane. »Er hat seiner Mutter wohl schon vor ein paar Wochen von seinen Heiratsabsichten geschrieben.« Jetzt erst bemerkte sie den sorgenvollen Blick, mit dem Goethe den Brief betrachtete, der vor ihm auf dem Tisch lag. »Haben sie etwa dir geantwortet?« Auf einmal befiel Christiane ein ungutes Gefühl. »Von wem ist dieser Brief?«

»Von einem Pfarrer namens Heinrich Toel.« Goethe rieb sich nachdenklich das Kinn. »Er schreibt im Auftrag von Lützows Mutter und Schwester. Dass sein Vater früh gestorben ist, hat er uns ja erzählt …« Er schwieg einen Moment und wirkte, als müsste er eine Rechenaufgabe lösen. Dann gab er sich einen Ruck. »Um es kurz zu machen, Christel, Mutter und Schwester heißen diese Heirat nicht gut.«

Christiane glaubte, ihren Ohren nicht zu trauen.

»Was?«, rief sie aus. »Warum denn nicht?«

»Es geht dabei offenbar nicht um Ernestina als Person. Sondern grundsätzlich darum, dass Christoph von Lützow nicht die wirtschaftlichen Voraussetzungen für eine standesgemäße Ehe mitbringt. Mit anderen Worten: Er kann keine Familie ernähren.«

»Aber …«, Christiane fehlten die Worte. Endlich fing sie sich wieder. »Das kann doch nicht sein. Er scheint mir durchaus nicht verarmt. Ganz im Gegenteil. Er zeigt sich doch großzügig …«

»Ja, das ist mir auch aufgefallen«, unterbrach Goethe sie und ein ärgerlicher Zug erschien um seinen Mund. »Neulich hat er mir gar eine Kiste mit spanischem Wein geschenkt, erinnerst du dich?«

»Natürlich«, erwiderte Christiane verwirrt. Es stimmte, wo immer der junge Herr von Lützow war, musste es stets sehr

»honett« zugehen, wie Ernestina das nannte. Wenn er die Vulpius-Frauen zu einem Ausflug einlud, bestand er darauf, im ersten Gasthof des Ortes einzukehren, bestellte Champagner und Austern und bezahlte jedes Mal die Rechnung. Lebte der junge Mann etwa über seine tatsächlichen Verhältnisse? Oh mein Gott, dachte sie, lass das nicht wahr sein.

Goethe hatte die Lippen geschürzt und die Stirn gekräuselt, so als ginge ihm etwas gegen den Strich. Er schob ihr den Brief hin.

»Hier«, sagte er. »Lies selbst. Ich sehe dir doch an, dass du das kaum glauben magst. Mir geht es ja selbst so.« Und als sie nur zögernd nach dem eng beschriebenen Brief griff, fügte er hinzu: »Dieser Pfarrer schreibt, dass der gute Junge auf zu großem Fuße lebe und durch Wechsel, die er auf das elterliche Gut ausstellt, seine Mutter in die Armut treibe.«

»Die beiden sind noch jung«, warf Christiane ein. »Wenn er mit seinem Studium fertig ist, wird er eine Stellung annehmen. Und Ernestina kann mit ihrer Weißstickerei dazuverdienen.«

»Christel, bitte. Mach dir nichts vor«, entgegnete Goethe eindringlich. »Sicher. Er ist ein passabler Jurastudent, fleißig und gewissenhaft. Dass man es selbst mit einem ausgezeichneten Abschluss schwer hat, einen guten Posten zu finden, brauche ich gerade dir ja nicht zu erklären.« Christiane schoss das Blut in die Wangen vor Scham und Empörung. Nur zu gut verstand sie, dass er auf das Schicksal ihres Vaters und das ihres Bruders anspielte. Beide hatten Jura studiert. Und keiner von beiden hatte es auf diesem Gebiet auch nur zum Notwendigsten bringen können, um eine Familie zu ernähren. Ihr Bruder war klug genug, von einer Verheiratung vorerst abzusehen.

»Worauf läuft das Ganze hinaus?«, fragte sie beklommen. »Was will Christophs Mutter?«

»Dass die Verlobung gelöst wird«, antwortete Goethe bedrückt.

»Das … das kann sie unmöglich verlangen«, protestierte Christiane. »Die beiden lieben sich! Du weißt selbst, wie schwer sich

Ernestina bislang getan hat mit den Männern. Sie und Christoph – die beiden sind ein Herz und eine Seele. So etwas darf man nicht zerstören.«

Goethe wich ihrem Blick aus und schwieg.

»Vielleicht müssen wir das Mädchen vor einer Katastrophe bewahren«, sagte er schließlich. »Pfarrer Toel beschreibt ausführlich, dass die Mittel der Familie denkbar gering sind. Sie besitzen einen Gutshof. Als wir das Gut in Oberroßla gekauft haben, hast du selbst gesagt, dass du keine Bäuerin sein willst. Möchtest du das deiner Schwester zumuten? Und das unter schwierigen finanziellen Verhältnissen? Willst du, dass Ernestina eines Tages in Armut lebt, womöglich mit Kindern?«

Christiane wollte etwas erwidern, doch ihr fiel kein Argument ein. Plötzlich sah sie wieder Dorle vor sich, Tränen in den Augen. Herrje, dachte sie, die hab ich ja ganz vergessen. Würde der freundliche Christoph von Lützow auch eines Tages verbittert seine Kinder anschreien wie der einst so verführerische Fritz Fischer?

Entschlossen griff Christiane erneut nach dem Brief und versuchte ihn zu lesen. Doch scheiterte sie an der allzu charaktervollen Schrift.

»Lies ihn mir vor«, bat sie Goethe. »Bitte.«

Goethe nahm das Schreiben wieder an sich und begann zu lesen.

Hochwohlgeborener Herr Geheimrath …

»Überspring die Förmlichkeiten«, bat Christiane ihn ungeduldig. »Komm gleich zum Wesentlichen.«

Goethe überlas einige Zeilen im Stillen, fuhr dann fort.

Der Herr von Lützow hat eine ziemlich betagte Mutter und eine einzige Schwester. Die Mutter besitzt hier selbst ein adliges Landgut, nur himmelweit verschieden von solchen, wie man in Sachsen wohl gewohnt ist; ein Land, welches kaum 70 Matten groß, und Jetzo, da die Miethe der Landgüter zum Maximum scheinet gestiegen zu sein, hundert Louis d'ors einbringt. Die größte und beträchtlichste Einnahme, die sie hat. Dazu kommen einige zinsträgige Capitalien, die aber durch die starken Wechsel des Herrn Sohnes, der nach Maasgabe seiner Glücksgüter ein sehr unrichtiges Maas in Absicht seiner Zehrung beobachtet, stark einschmelzen. Mutter und Tochter führen daher einen sehr eingeschränkten Haushalt und müssen sich nicht wenige Aufopferung gefallen lassen. Nehmen wir also den Fall an, die Mutter stürbe, so bliebe wahrlich für den Herrn von Lützow nicht so viel übrig, sich selbst auf irgendeine Weise standesgemäß nähren zu können, geschweige denn für Frau und Familie.

Goethe blickte auf. »Weiter schreibt er ziemlich umständlich, dass unser Freund nicht damit rechnen kann, nach seinem Diplom ein nennenswertes Amt in seiner Heimat zu bekleiden, weil alle auf Jahre hinaus besetzt seien. Dann führt er ziemlich drastisch vor Augen, was deiner Schwester als Frau von Lützow blühen würde.«

In dem Schweigen, das sich nun ausbreitete, war lediglich das Rascheln von Papier und das Kratzen von Geists Feder zu hören, der weiterhin unbeirrt Seiten sortierte, nummerierte und beschriftete. Christiane fühlte sich elend. Sie wollte Ernestina glücklich sehen. Aber nicht nur jetzt und an ihrem Hochzeitstag, sondern auch später in ihrer Ehe. Ein bitteres Gefühl stieg in ihr auf, das sie zuerst nicht recht deuten konnte, bis sie begriff, dass sie enttäuscht war. Enttäuscht von diesem jungen Mann, der ihnen vorgegaukelt hatte, ein reicher Mann zu sein, und dabei Wechsel um Wechsel ausschrieb, mit denen er seine Verwandten unaufhörlich in die Armut trieb. Falls es stimmte, was dieser Pfarrer schrieb.

»Ist das alles auch sicher?«, fragte sie. Ihre Stimme klang belegt, sie räusperte sich. »Ich meine, wir dürfen niemanden aufgrund eines Schreibens verurteilen, dessen Absender wir gar nicht kennen, oder? Wissen wir denn, ob dieser Pfarrer nicht etwa eigene Interessen verfolgt?«

»Eigene Interessen? Ein Pfarrer, dem sich eine besorgte Mutter anvertraut?« Goethe betrachtete sie verwundert. »Die ganze Art, wie er schreibt, klug und besonnen – das wirkt auf mich überzeugend.«

Verzweifelt überlegte Christiane hin und her. Doch einen Ausweg aus dem Dilemma sah sie nicht.

»Ich werde ihn zur Rede stellen«, sagte sie entschlossen. »Er soll mir das erklären.«

»Nein«, entgegnete Goethe und griff nach ihrer Hand. »Tu das nicht. Du bringst den jungen Menschen nur in Verlegenheit. Was nützt es, wenn wir ihn gegen Mutter und Schwester aufbringen? Stell dir vor, wie er sich fühlen muss: gedemütigt bis ins Mark. Und das vor mir, dem Geheimen Rat von Goethe, seinem Idol.« Er schüttelte den Kopf. »Wir müssen anders vorgehen«, schloss er.

»Und wie?«

Eine Weile überlegte er.

»Ich sollte dem Pfarrer wohl antworten«, sagte er nachdenklich. »Und raten, dass man seinen Universitätsabschluss im März abwarten möge. Um ihn dann nach Hause zu rufen. Seine Mutter soll ihm selbst mitteilen, was sie ihm zu sagen hat. Das ist schließlich nicht unsere Sache.« Er stand auf und legte seine Hand sanft auf Christianes Schulter, wie um sie zu trösten. »Wir hingegen müssen einstweilen verhindern, dass sich die beiden bis dahin noch näherkommen. Dass Ernestina keine Dummheiten begeht, wenn du verstehst, was ich meine.« Christiane nickte. Natürlich wusste sie, was er meinte. Dabei war Ernestina viel zu anständig, um mit ihrem Verlobten vor der Ehe zu schlafen. Und doch wusste Christiane nicht, ob sie das gutheißen oder ihre Schwester dafür eher bedauern sollte.

»Wenn es dem jungen Mann gelingt, Mutter und Schwester von seinem Vorhaben zu überzeugen, und sie Ernestina willkommen heißen«, fuhr Goethe fort, »dann bin ich der Letzte, der den beiden seinen Segen vorenthält. Du weißt, dass ich bereits eine Summe beiseitegelegt habe, die wir der Kleinen an ihrem Hochzeitstag mit in die Ehe geben werden. Aber der Mann, dem sie ihr Jawort gibt, muss ihrer würdig sein.«

Nun hatte Christoph es also selbst in der Hand und konnte für sein Glück kämpfen. »Und … Ernestina sagen wir nichts davon?«

»Warum sie unnötig beunruhigen«, sagte Goethe. »Entweder löst sich das alles in Wohlgefallen auf und spätestens im Sommer wird es eine Hochzeit geben. Oder …«

»… er wird sich von ihr lossagen«, ergänzte sie bedrückt seinen unvollendeten Satz. Die Vorstellung, diese Verlobung könnte in die Brüche gehen, brach ihr schier das Herz. Tränen standen ihr in den Augen. Als er es sah, nahm er sie in seine Arme.

»Nicht weinen, mein Lieb«, bat er. Und doch klang auch seine Stimme seltsam belegt. »Mir tut es ja genauso leid um das Mädchen. Besser, der Schmerz kommt jetzt, als lebenslange Reue. Oder?«

Christiane blieb nichts anderes übrig, als ihm zuzustimmen, und so schrieb Goethe an Heinrich Toel, Pfarrer des Kirchspiels Pakens bei Jever, einen höflichen Brief, in dem er riet, von Lützows Mutter möge ihren Sohn nach Abschluss seines Examens im März nach Hause rufen.

Dabey würde ich ferner rathen ihm auf sein Gesuch keine entschieden abschlägliche Antwort zu geben, indem er dadurch nur verwirrt und zu hartnäckigem Widerstand aufgereizt werden könnte. Befindet er sich einmal wieder in der Mitte seiner Familie, so wird man ihn durch dienliche Vorstellungen schon von dem Wege überzeugen können der zu seinem wahren Glücke führt.

»Auf diese Weise mischen wir uns nicht ein«, erklärte Goethe, als er den Wortlaut mit Christiane besprach. »Wie sein wahres Glück aussieht, das soll er selbst entscheiden.«

Christiane nickte. Insgeheim hoffte sie jedoch inständig, dass es Christoph von Lützow gelingen würde, die Bedenken seiner Mutter zu zerstreuen.

Es fiel ihr schwer, Ernestina gegenüber von all dem nichts zu erzählen und so zu tun, als sei alles in bester Ordnung. Mit Sorge beobachtete sie, wie der junge Freiherr weiterhin sorglos mit Geld umging, und doch fragte sie sich mehr als einmal, ob Pfarrer Toel ihnen wirklich die Wahrheit geschrieben hatte.

Zu Ostern, nach bestandenem Diplom, verabschiedete Christoph von Lützow sich von ihnen allen. Wie erwartet hatte er die dringende Einladung von seiner Mutter erhalten, nach Hause zu kommen.

»Ich bin bald wieder zurück«, hörte Christiane ihn Ernestina versprechen. »Sobald ich eine Anstellung gefunden habe, setzen wir den Hochzeitstermin fest.«

Mit gemischten Gefühlen sah Christiane, wie Ernestina ihm ein wunderschönes, mit Weißstickerei verziertes Tischtuch als Geschenk für seine Mutter mitgab und ein halbes Dutzend Taschentücher für die Schwester.

Zuerst schien sich alles zum Guten zu wenden. Christoph von Lützow schrieb seiner Braut zärtlich und voller Optimismus von seinen Plänen. Dann trafen die Briefe in größeren Abständen ein und wurden dafür immer kürzer. Bei jeder Post, die aus dem Friesischen für Ernestina eintraf, zitterte Christiane davor, es könnte die letzte sein mit einer alles zerschmetternden Nachricht.

Es war ein wunderschöner Sommertag im Juli, als das Gefürchtete eintraf. Wie eine Beute hatte Ernestina den Brief an sich gerissen und war mit ihm im Garten verschwunden. Christiane hatte keine Zeit, um gleich nach ihr zu sehen. August hatte sich in den Kopf gesetzt, gemeinsam mit Karl und Ernst Schiller nach Jena zu fahren, um dort seinen Vater zu besuchen.

»Auf gar keinen Fall tust du das«, erklärte sie ihm streng. »Du weißt genau, wie sehr dein Vater diese Art von Störung hasst.«

August jedoch, der gerade eine widerspenstige Phase durchlief, gab heftige Widerrede, bis sie ein Machtwort sprach.

Dennoch musste sie eine halbe Stunde später verärgert feststellen, dass der trotzige Neunjährige seinen Ranzen gepackt und, ihr Verbot ignorierend, sich zu den Schillersöhnen in die Kutsche gesetzt hatte und nach Jena gefahren war. Umsonst versuchte Christiane, ihm Goldschmidt hinterherzuschicken, um ihn wieder nach Hause zu holen, und als sie einsehen musste, dass sie den Überraschungsbesuch nicht mehr verhindern konnte, schrieb sie in aller Eile einen Besänftigungsbrief und schickte eine der Botenfrauen damit nach Jena, die Goethe auch sonst regelmäßig mit Lebensmitteln und Schriften versorgte.

»Wo ist eigentlich unser Tinchen?«, erkundigte sich Tante Juliane, als es Zeit fürs Abendessen war.

Erst da wurde Christiane bewusst, dass sie ihre Schwester den ganzen Nachmittag nicht mehr gesehen hatte. Sie war weder im Haus noch im Garten. Christiane lief zu ihrem Bruder in die Jacobsgasse. Der hatte sie seit zwei Tagen nicht gesehen.

»Oh Gott«, brach es aus ihr heraus. »Sie wird sich doch nichts angetan haben!«

»Warum sollte sie das tun?«

Christiane schluckte schwer.

»Es könnte sein, dass sie schlimme Nachrichten von ihrem Verlobten bekommen hat«, brachte sie mühsam heraus.

Sie suchten sie überall. Schließlich schlug Christian vor, am Ufer der Ilm entlangzugehen. Es dämmerte bereits, als sie die junge Frau endlich im Gebüsch versteckt unter einer Trauerweide entdeckten.

Ernestina war ganz bleich und offenbar unfähig, auf ihre Fragen zu antworten. Als Christian ihr die Hand reichte, ergriff sie die jedoch, stand auf und ging mit ihnen nach Hause. Christiane war es, die den Brief aufhob, der dort im Ufergras lag und mit dem Friedrich Christoph Gotthard von Lützow sich von ihr lossagte.

Wie früher, als sie ein kleines Mädchen gewesen war, nahm Tante Juliane sie an diesem Abend mit in ihr Bett. Nur dass Ernestina damals trotz aller Widrigkeiten noch an das große Glück geglaubt hatte. Jetzt allerdings war sie fünfundzwanzig Jahre alt. Und keiner rechnete mehr ernsthaft damit, dass sich ein neuer Kandidat für sie finden würde. Am wenigsten sie selbst.

14. KAPITEL

Weimar Ende 1799 – Anfang 1801

»Wer ist eigentlich dieser nette junge Mann, der bei euch eingezogen ist, Christel? Ist das ein Bruder von Heinrich Meyer, dem Maler?«

Christiane schüttelte lachend den Kopf.

»Auf dieser Erde gibt es eine Menge Leute mit dem Namen Meyer, Henriette«, sagte sie. »Der Junge gefällt dir wohl?«

»Er sieht wirklich gut aus«, warf Hanne kichernd ein. »Wie alt ist er? Zwanzig?«

»Vierundzwanzig«, verriet Christiane. »Er studiert Medizin und ist wegen der Knochen bei uns.«

»Wegen … was?«

»Das nächste Mal, wenn ihr zu uns kommt, muss ich euch unbedingt die Sammlung zeigen. Der Geheime Rat ist mächtig stolz auf sie.«

»Na … ich weiß nicht«, erklärte Hanne zögerlich.

»Doch, das stell ich mir interessant vor«, behauptete Henriette. »Meinen Clemens könnte ich damit sicherlich beeindrucken.«

»Wozu sammelt der Geheime Rat denn Knochen?«

Christiane versuchte sich zu erinnern, was Goethe ihr damals erklärt hatte.

»Vor einigen Jahren hat er bewiesen, dass der Mensch dem

Tiere ähnlich ist«, erzählte sie ihren Freundinnen. »Und zwar anhand eines kleinen, unscheinbaren Knochens im Kiefer. Man nennt ihn den Zwischenkieferknochen.« Sie musste schmunzeln. Niemals hätte sie sich vorgestellt, dass sie ausgerechnet damit ihre Freundinnen beeindrucken könnte.

»Zwischen… wie?«, fragte Hanne entgeistert.

»Der Mensch dem Tiere ähnlich?« Henriette wirkte ehrlich bestürzt. »Was sagt denn die Kirche dazu?«

Christiane überging diesen Einwand.

»Einmal hat ihm ein großer Wissenschaftler sogar den Schädel eines Elefanten ausgeliehen, damit er das nachweisen konnte.«

»Eines Elefanten? Du lieber Gott. So was käme mir nicht ins Haus.«

Christiane kicherte. Langsam begann ihr die Sache Spaß zu machen.

»Was sammelt der Geheime Rat eigentlich nicht?«

Ja. Das war eine gute Frage. Goethe interessierte sich eben für alles. Im Grunde, das hatte Christiane längst verstanden, versuchte er herauszufinden, was die Welt letztendlich zusammenhielt. Was das Verbindende war zwischen all den unterschiedlichen Erscheinungsformen, der Pflanzen- und Tierwelt, dem Reich der Mineralien, der Luft und dem Wasser. Er wollte wissen, woraus die Erde bestand, auf der sie sich so natürlich bewegten, als wäre es ganz selbstverständlich, dass man auf einer Kugel, die im Weltraum schwebte, herumspazierte – Christiane durfte gar nicht daran denken, sonst wurde ihr ganz schwindelig. Erst in den vergangenen Jahren waren neue Planeten entdeckt worden, die unaussprechlich weit von der Erde entfernt und doch so nah waren, dass sie die Phantasie von Menschen wie Goethe in Aufruhr versetzten: Uranus, Oberon, Titania und wie dieser deutsche Astronom sie alle genannt hatte, der in England lebte und dort mithilfe eines ungeheuren, selbst gebauten Fernrohrs in die nächtliche Schwärze des Sternenhimmels spähte.

Darüber hinaus wollte Goethe verstehen, woraus der menschliche Körper bestand, was ihn zum Leben erweckte, woher er kam und wohin er ging. Er wollte begreifen, wie das Bild seiner Liebsten und alles andere, was ihm begegnete, auf das Wunder seiner Netzhaut treffen konnte, was das Licht mit den Farben anstellte und warum ein Rot in verschiedener Umgebung ganz anders wirkte. Ebenso ein Blau. Ein Grün. Ein Gelb.

Der Unterschied zwischen einem echten Genie wie Goethe und einem normalen Menschen wie ihr, das hatte Christiane inzwischen herausgefunden, bestand darin, dass er ständig von neuen Fragen heimgesucht wurde und sich selten mit einer Antwort zufriedengab. Und wenn es Antworten gab, beschworen sie weitere Fragen herauf, denn die Geheimnisse des Daseins ließen sich nicht entschlüsseln. Nicht in einem Menschenleben. Und das ließ ihn manchmal fast verzweifeln.

Deshalb freute er sich, wenn andere kamen und ebenfalls Fragen stellten, so wie Nikolaus Meyer. Der angehende Arzt stammte aus dem Norden, aus Bremen, und sprach ein ganz ähnliches, eigenartiges Deutsch wie Christoph von Lützow, so als seien seine Zähne beim Sprechen Hindernisse für die Zunge. Weswegen Ernestina einen Bogen um ihn machte, jedenfalls erklärte sich Christiane ihre Zurückhaltung dem freundlichen Mediziner gegenüber so.

Christiane hingegen mochte ihn. Seit er neben dem Maler-Meyer in eines der Mansardenzimmer gezogen war, war ein Stück Lebensfreude in ihr Leben zurückgekehrt.

Es stellte sich heraus, dass der Medizinstudent ein ausgezeichneter Tänzer war, und da Goethe nichts dagegen hatte, begleitete er Christiane zu einer der Redouten, die gerade in der kühlen Jahreszeit neben den Theateraufführungen zu den Lieblingsunterhaltungen der Weimarer gehörten.

»Was ist eine Redoute eigentlich?«, erkundigte sich Nikolaus Meyer.

»Das wissen Sie nicht?« Christiane war kurz fassungslos. Wie war ein Leben ohne mindestens einen Maskenball pro Saison überhaupt denkbar? In Weimar war seit ein paar Jahren ein regelrechtes Tanzfieber ausgebrochen, eine Veranstaltung jagte im Herbst die andere. Und auch für Christiane gab es dann kein Halten mehr.

»Eine Redoute ist ein Ball mit bestimmten Regeln«, erklärte sie. »Man erscheint maskiert und bleibt es den ganzen Abend lang. Vor allem im Tanzsaal ist es absolut verboten, die Maske abzunehmen.«

»Oh, das verspricht ein besonderer Spaß zu werden«, meinte der Medizinstudent lachend.

»Das ist aber noch nicht alles«, erklärte Christiane. »Die Tanzfolge ist festgelegt. Um sieben Uhr geht es los, und wer nicht pünktlich ist, hat das Nachsehen. Die erste halbe Stunde tanzt man Menuetts, dann folgt ebenso lang ein Dreher. Danach kommen die englischen Tänze an die Reihe. Beherrschen Sie die? Oder sollen wir vorher zu Hause üben?«

Nikolaus Meyer beherrschte sie alle. Und da Ernestina es kategorisch ablehnte, sie zu begleiten, besuchten Christiane und Nikolaus die Veranstaltung allein.

Ja, sie genoss die mehr oder weniger verstohlenen Blicke der Weimarer, als sie am Arm des jungen Bremers im Redoutenhaus erschien. Sie hatte sich ein traumschönes Kleid aus dunkelrotem Samt nähen lassen, was ihr zu ihrem dunklen Haar fabelhaft stand. Die ebenfalls samtene Halbmaske mit der goldenen Litze, die nach einem venezianischen Vorbild gearbeitet worden war, betonte ihre dunklen Augen. Das Prinzip der Maskenbälle war ja im Grunde dazu da, das Verhüllte zu betonen, und natürlich wollte man durchaus erkannt werden. Selten kam es vor, dass ein Ballbesucher den ganzen Abend über inkognito bleiben konnte, und wenn das der Fall war, konnte man davon ausgehen, dass der Betreffende kein Weimarer war.

So wie Nikolaus. Als er sie nun galant zur Tanzfläche führte, war sie sich sicher, dass es keine einzige Frau im Saal gab, die sie nicht beneidete.

»Unmöglich, diese Vulpius«, hörte sie prompt jemanden zischen. Doch sie hörte einfach nicht mehr hin, sondern konzentrierte sich auf die Musik, die Schrittfolgen und auf die lustigen Bemerkungen, mit denen ihr Begleiter das Ballgeschehen kommentierte. Bis sie irgendwann das Gefühl hatte, schwerelos dahinzuschweben, wie einer jener Planeten, von denen es hieß, dass sie am Himmel unerklärliche Bahnen zogen.

Obwohl es spät geworden war, stand Christiane am nächsten Morgen wie üblich früh um fünf auf und ging leise in die Küche, um das Herdfeuer anzuzünden. Zu ihrer Überraschung brannte bereits Licht, und als sie die Tür öffnete, erkannte sie im Schein einer Petroleumlampe Nikolaus Meyer, der sich über etwas auf ihrem Küchentisch beugte.

»Guten Morgen«, sagte sie. »Schon so früh auf den Beinen? Sind Sie womöglich hungrig? Vielleicht hätten wir doch ein Mitternachtsmahl zu uns nehmen sollen?«

Der Medizinstudent blickte erschrocken auf. Im Licht seiner Petroleumlampe, die sein Gesicht von unten beleuchtete, wirkte er wie ein ertappter Schuljunge.

»Hunger? Ähm … nein.« Seine Miene zuckte kurz, als wollte er lachen. »Ich hab mir erlaubt … ehrlich gesagt hatte ich gehofft …«

Christiane war näher getreten, neugierig, womit er sich an ihrem Küchentisch zu schaffen machte. Auf einem ihrer guten Porzellanteller entdeckte sie etwas Unförmiges, etwas Pelziges … Sie reckte den Hals.

»Das ist nicht etwa eine Maus?« Ihr standen die Haare zu Berge, und als sie erkannte, dass der kleine Tierkadaver nicht mehr in seinem Fell steckte, sondern nackt und blutig dalag, entfuhr ihr ein gellender Schrei.

»Nicht, Mamsell Vulpius, bitte schreien Sie nicht so. Sie wecken ja das ganze Haus auf.«

»Herr Meyer, ich erwarte eine Erklärung!«, stieß Christiane hervor und schlug vor Entsetzen die Hände vor den Mund.

»Ich präpariere eine Maus.« Kurz dachte Christiane an ihre Freundinnen. Nie im Leben würden sie sich vorstellen können, was hier in ihrer Küche gerade passierte. »Für meine Studien«, fuhr Nikolaus Meyer beschwörend fort. »Dazu gehört es, kleinere Wirbeltiere auszubälgern, und was läge näher als …«

»In meiner Küche?« Christianes entsetzter Blick wanderte zu dem Milchtöpfchen auf dem Herd, in dem Wasser zu sieden begann. »Und was haben Sie damit vor? Sie werden das arme Tier doch nicht … kochen?«

Nikolaus Meyer hatte sich die Hände gereinigt und führte Christiane nun behutsam zu einem Stuhl.

»Liebe, verehrte Mamsell Vulpius, bitte beruhigen Sie sich. Sie wissen ja, ich arbeite an meiner Doktorarbeit über vergleichende Anatomie. Der Herr Geheime Rat persönlich hat mich dazu ermutigt, und deshalb bin ich ja hier, um seine Sammlung zu studieren. Ich muss eigene Erfahrungen sammeln, nur so kann man die Forschung vorantreiben. Ich hab mir vorgenommen, nachzuweisen, dass auch die gemeine Hausmaus *mus musculus* über einen Zwischenkieferknochen verfügt. Das hat bislang noch keiner getan. Der Geheime Rat fand nichts dabei, dass ich …«

»Nikolaus Meyer«, unterbrach Christiane ihn streng. »Die Küche ist mein Zuständigkeitsbereich, hier hat der Geheime Rat nichts zu bestimmen. Und es wäre richtiger gewesen, die Sache mit mir zu besprechen. Dann hätte ich Ihnen einen alten Topf gegeben für … was immer Sie da vorhaben.«

»Ich muss das Skelett der Maus isolieren, man macht sich keine Vorstellung davon, wie fein das ist. Es ist sicher das Einfachste, ich koche den Kadaver vorsichtig aus. Das ist ja eine recht diffizile Arbeit, kein Knöchlein darf Schaden nehmen, sonst muss ich von vorn anfangen …«

»… was Gott verhüten möge.«

Entschlossen erhob sich Christiane und ging zum Küchenschrank. Sie kramte eine Weile im untersten Fach und förderte endlich einen alten, etwas zerbeulten Topf zutage.

»Hier«, sagte sie und reichte ihn Nikolaus. »Den können Sie übrigens behalten, falls Sie noch mehr solche … Versuche anstellen müssen. Meinen besten Milchtopf lassen Sie künftig bitte in Ruhe.«

»Natürlich«, beeilte sich Nikolaus Meyer zu sagen und schüttete das fast kochende Wasser um.

»Und wie lange gedenken Sie, meine Küche in ein Laboratorium zu verwandeln?«

Christiane bemühte sich, keinesfalls noch mal zu dem winzigen, gehäuteten Kadaver auf dem Porzellanteller zu sehen.

»Das weiß ich nicht genau«, gestand Nikolaus Meyer. »Vielleicht ein, zwei Stunden? Bitte bedenken Sie«, fügte er hinzu, ehe Christiane protestieren konnte, »welchen Unterschied macht es denn, ob im Wasser ein Huhn kocht oder eben ein kleines Mäuschen? Sie werden es gar nicht bemerken, wenn wir es langsam und vorsichtig hier auf der äußersten Kante des Herdes vor sich hin sieden lassen. Denn was hat das arme Mäuschen Ihnen getan, dass Sie es aus Ihrer Küche verbannen wollen?«

»Was hat das arme Mäuschen *Ihnen* getan«, konterte Christiane und konnte sich doch allmählich das Lachen nicht mehr verkneifen, »dass Sie ihm die Haut abziehen und es zu Brei zerkochen wollen?«

Da grinste ihr Tanzpartner vom vorigen Abend von einem Ohr bis zum anderen. »Die Wissenschaft fordert eben ihre Opfer«, sagte er charmant, verbeugte sich und dankte ihr mit vielen schönen Worten für ihr Verständnis.

Leider blieb es nicht bei der einen Maus, denn es war klar, dass nicht gleich alles so gelang, wie es sich der ehrgeizige Medizinstudent vorgestellt hatte. Nikolaus Meyer präparierte die Bälge nach allen Regeln der Kunst, erbettelte von Tante Juliane einige der teuren Stecknadeln mit schwarzen, winzigen Glasköpfen für die Augen und trocknete die zarten Mäuseskelette auf dem Dachboden, wo er täglich nach ihnen sah, damit ja kein gieriger Marder sie ihm raubte. So entsetzt Christiane zu Beginn gewesen war, so amüsant fand sie mittlerweile die Aktivitäten ihres Hausgastes.

»So wird es uns nie langweilig«, sagte sie zu Ernestina, die im Auftrag des Hofschneiders über ein Unterkleid gebeugt dasaß und Stich um Stich die schönsten Blütenornamente hineinstickte. Inzwischen hatte sich ihre Weißstickerei in der ganzen Stadt herumgesprochen. Die vornehmsten Haushalte gaben ihre Bett- und Tischwäsche bei Ernestina in Auftrag und mussten mitunter Monate auf ihre Bestellungen warten.

Nach und nach schien sie sich nach der grenzenlosen Enttäuschung wieder zu fangen. Sie lachte sogar über die Mäusegeschichte, nahm an den Spieleabenden teil, zu denen Sutor und einige Freunde regelmäßig vorbeikamen, oder ging hin und wieder mit Christian spazieren. Mit ihnen gemeinsam tanzen zu gehen lehnte sie jedoch kategorisch ab. Und so sehr Christiane auch hoffte, Nikolaus und Ernestina könnten ein Paar werden, so zeigte keiner von beiden daran ein Interesse.

Ins Theater begleitete Ernestina ihre Geschwister noch immer gern. Vor allem, seit das Weimarer Hoftheaterensemble einen neuen, alle anderen Darsteller überstrahlenden Stern besaß: Karoline Jagemann, eine Tochter der Stadt.

Karoline war ganz in ihrer Nachbarschaft aufgewachsen. Christiane konnte sich gut an das zarte, rothaarige Mädchen mit dem porzellanartigen Teint erinnern, das so gern mit der drei Jahre älteren Ernestina gespielt und als Kleinkind fasziniert nach Christianes Locken gefasst hatte, wenn sie dazu Gelegenheit bekam. Das Grundstück der Jagemanns grenzte mit seiner Gartenmauer direkt gegenüber dem Haus, in dem die Familie Vulpius gelebt hatte, an die Jacobsgasse. Karoline hatte schon als Kind eine wunderschöne Singstimme gehabt und war im zarten Alter von dreizehn Jahren in die Theater-Hochburg Mannheim geschickt worden, wo sie zur Sängerin und Schauspielerin ausgebildet worden war. Und zwar bei keinem Geringeren als August Iffland.

Nun stand sie also auf der Weimarer Bühne und spielte alle anderen Künstlerinnen an die Wand, was ihr nicht nur Sympathien einbrachte. Denn dass sie außerdem berückend schön war, darüber war sich nicht nur das Weimarer Theaterpublikum einig, sondern sogar der Herzog zeigte sich entzückt. Es gab demnach keinen theaterinteressierten Haushalt, keine gesellschaftliche Runde, in der nicht über die sagenhafte Leistung der Jagemann diskutiert wurde, und selbst im Haus am Frauenplan sorgte sie für Gesprächsstoff. Dass Karoline ausgerechnet nach Weimar zurückgekehrt war, wo sie doch von anderen, bedeutenderen Bühnen ebenfalls Angebote erhalten hatte, war größtenteils Goethes Verdienst.

Und so saßen die Vulpius-Geschwister häufig in der Direktorenloge, die Christiane inzwischen nutzen durfte, folgten gebannt dem Geschehen auf der Bühne, und auch Ernestina lachte bei komischen Szenen oder weinte hemmungslos, wenn im Stück gelitten oder gar gestorben wurde. Kaum jedoch war sie zu Hause, versank sie in sich selbst und in das weiße Meer ihrer Stickarbeiten, weiße Seidenfäden auf weißem Batist, der ihr über den Schoß auf den Boden floss. Weiß, wie die Aussteuer, die in ihrer Truhe auf den Tag wartete, der niemals kommen würde.

»Wir Frauen müssen unser Schicksal selbst in die Hand nehmen.«

Karoline Jagemann sah sich in Christianes Zimmer um und nahm auf dem neuen Sessel Platz, den sie sich während ihres kurzen Aufenthalts in Leipzig während der Messezeit ausgesucht hatte. Ernestina sah überrascht von ihrer Stickarbeit auf.

»Hübsch habt ihr es hier«, sagte die Schauspielerin. »Das Haus ist ohnehin sensationell. Auch wenn es wirkt wie ein Museum. Ich bin direkt erleichtert, dass ihr hier ein paar normale Stübchen habt, in denen man wie ein Mensch leben kann.« Sie ließ ihr klingendes Schauspielerinnenlachen hören. »Und der Garten ist einfach zauberhaft. Christel, ich bewundere dich! Das muss schrecklich viel Arbeit sein.«

»Ernestina und die Tante helfen mir«, erklärte Christiane bescheiden und freute sich doch riesig über die Worte der Schauspielerin. »Ohne die beiden wäre das alles nicht zu bewältigen.«

»Und von hier aus hältst du also Goethes Welttheater zusammen.« Karoline Jagemann spähte aus dem anderen Fenster über den Hof in Richtung Vorderhaus.

»Herr von Schiller ist gerade beim Geheimen Rat«, verriet Ernestina.

»Oh, die großen Dichter hecken also wieder einmal gemeinsam weltbewegende Dinge aus«, spottete Karoline und zeigte beim Lachen ihre wunderschönen Zähne. »Da kann man ja gespannt sein.«

»Der Herr von Schiller lässt sich von uns ordentlich aufpäppeln«, ließ sich die Tante vernehmen, die an dem Fenster zum Garten saß und Socken stopfte. »Zu Hause kriegt er immer Blähungen, hat er mir erzählt.« Juliane Vulpius lachte leise und Karoline stimmte volltönig mit ein.

»Ich wette, zu Hause bekommt er noch was ganz anderes«, fügte sie boshaft hinzu. »Seine Frau scheint ja ohne jeglichen Humor zur Welt gekommen zu sein. Nun ja, sie ist die beste Freundin der Frau von Stein. Und die ist ja auch nicht gerade besonders fröhlich.«

»Frau von Stein ist wenigstens zu unserem August recht freundlich.« Christiane war es nicht ganz wohl dabei, wie kräftig in ihren vier Wänden über andere gelästert wurde. Auf der anderen Seite imponierte es ihr, dass Karoline Jagemann kein Blatt vor den Mund zu nehmen schien.

Eine feine Glocke ertönte, Christiane erhob sich.

»Sag mal, klingelt der Geheime Rat nach dir wie nach einer Dienstmagd?« Karoline Jagemanns grüne Augen funkelten vor Entrüstung.

»Wir *haben* eine Dienstmagd«, entgegnete Christiane würdevoll. »Ich will nur nachsehen, ob sie alles richtig macht, sie ist noch nicht lange im Haus. Bitte entschuldige mich einen Moment.«

Rasch lief sie die Treppe hinunter, die direkt in den Hof gegenüber der Küche führte, und stellte zu ihrer Erleichterung fest, dass das Mädchen bereits Wein in einen Krug füllte und zwei Gläser auf dem Tablett standen.

»Stell eine Karaffe mit frischem Brunnenwasser dazu«, bat sie das Mädchen. »Herr Schiller verdünnt seinen Wein manchmal gern. Und füll einen Teller mit gerösteten Mandeln.«

Sie vergewisserte sich, dass alles seine Ordnung hatte, und beeilte sich, zu ihrem Besuch zurückzukehren.

»Ich hab ihr gerade erzählt, was für ein süßer Fratz sie als Baby war«, brachte Juliane Vulpius sie auf den neusten Stand. »Sie hatten schon damals Locken wie aus purem Gold und sahen aus wie ein Engel.«

»Ach, sagt bitte du zu mir«, bat Karoline Jagemann und wandte sich an Ernestina. »Schließlich waren wir früher Nachbarinnen. Einmal hast du mich an deinem Zeigefinger durch den Garten geführt, als ich kaum laufen konnte. Dann bist du über etwas gestolpert und wir sind beide hingefallen. Du hast kein bisschen geweint, obwohl du am Knie geblutet hast. Ich dagegen hab geheult, was das Zeug hielt, obwohl ich mir gar nichts getan hatte.« Karoline lachte. »Du hast mich damals sehr beeindruckt.« Nachdenklich wanderte der Blick der Schauspielerin von Ernestinas Gesicht, das sich vor Verlegenheit rötete, zu ihren Händen und der Fülle von weißem Stoff auf ihrem Schoß. »Du warst so ein starkes und fröhliches Kind«, fuhr Karoline fort. »Welche Träume hast du für dein Leben?«

Auf der Stelle verschloss sich Ernestinas Miene.

»Gar keine mehr«, antwortete sie fast ein wenig trotzig.

»Gar keine?« Karoline musterte sie aufmerksam. »Das ist zu wenig, liebste Ernestina.«

Und dann begann sie mit Christiane darüber zu plaudern, wie sie sich in Zukunft den Spielplan des Weimarer Hoftheaters vorstellte. In welchen Stücken sie gern spielen würde. Und wer sich für welche Rollen am besten eignete. Denn sie hatte schnell durchschaut, dass die Lebensgefährtin des Theaterdirektors mehr Einfluss besaß, als viele glaubten, und dass man sich am besten an sie wandte, wenn man etwas erreichen wollte.

»Wie geht es eigentlich in Bad Lauchstädt mit dem neuen Theaterbau voran?«, erkundigte sich Karoline, und Christiane begriff spätestens jetzt, dass ihre neue Freundin ausgezeichnet informiert war. »Nun, sieh mich nicht so überrascht an«, schmunzelte die Schauspielerin. »Die Argumente liegen doch auf der Hand. Bad Lauchstädt ist wunderschön gelegen und nur eine Tagesreise von hier entfernt. In Halle gibt es kein Theater, und schon Bellomo hatte damals begriffen, dass während der Badesaison in Bad Lauchstädt ein kleines Vermögen zu verdienen ist. Bist du mal dort gewesen?« Christiane schüttelte den Kopf. »Ach, das wird ein Spaß werden«, war sich Karoline sicher. »Die Kuranlage ist klein, aber wunderhübsch. Es gibt einen künstlichen See und eine Promenade. Und der Tanzsaal im Kurhaus ist unvergleichlich, ach Christel, wir werden dort so manches Paar Schuhe durchtanzen, das versprech ich dir! Wie weit ist dein Goethe mit dem Theater gediehen?«

»Es geht voran«, antwortete sie zurückhaltend. »Es gab einige Schwierigkeiten mit den Behörden, Bad Lauchstädt befindet sich ja unter kursächsischer Verwaltung. Der Geheime Rat hat sie alle lösen können.« Dass er sogar von seinem Privatvermögen in den Theaterbau investiert hatte, brauchte ja nicht jeder zu wissen.

»Wann werden wir es eröffnen?«

»Das steht noch nicht fest«, verriet Christiane. »Ich schätze, es braucht mindestens ein oder zwei Jahre. Es reden zu viele Leute mit«, fügte sie hinzu. »Am wichtigsten finde ich, dass man keinesfalls an der Bühnentechnik spart. Man muss vorausschauend planen.«

»Absolut«, stimmte die Schauspielerin nachdenklich zu. »Falls es Probleme geben sollte, die der Herzog lösen kann, lass es mich wissen. Ich kenne ihn gut und … nun ja, ich könnte mir vorstellen, dass ich ein paar Argumente zu bieten hätte, falls etwas nicht so läuft, wie es wünschenswert wäre.«

»Danke«, antwortete Christiane mit einem leisen Lächeln. Dann lag sie also mit ihrer Einschätzung richtig, dass es nur eine Frage der Zeit war, bis Carl August alle anderen Tändeleien beenden würde, um die neue Weimarer Diva zu seiner Herzensdame zu machen. »Das tu ich gern. Allerdings scheint es nicht der Herzog zu sein, der Hindernisse bereitet.«

»Nun, es wäre großartig, wenn wir nicht nur hier in Weimar während der Saison, sondern auch im Sommer ein anspruchsvolles Publikum mit unserer Kunst verwöhnen könnten«, erklärte Karoline, so als sei sie die Intendantin und nicht eine Darstellerin. »Ich kann nur wiederholen, was ich vorhin sagte«, fuhr sie fort und erhob sich. »Wir Frauen müssen unser Schicksal selbst in die Hand nehmen. Nimm dir ein Beispiel an deiner Schwester, liebste Ernestina. Sie hat es weit gebracht, indem sie ihrem Herzen gefolgt ist. Manchmal muss man die lächerlichen Regeln der Gesellschaft einfach beiseitelassen und tun, wozu unser Herz uns ruft. Man muss keineswegs immer verheiratet sein. Nicht einmal in Adelskreisen sind sie das.«

Christiane und Ernestina wechselten ratlose Blicke.

»Wie meinst du das?«, erkundigte sich Christiane vorsichtig.

»Wisst ihr das nicht?« Und als die beiden Schwestern die Köpfe schüttelten, nahm Karoline wieder Platz, schlug die Beine übereinander und begann zu erzählen.

»Friedrich von Schiller, so kühl er sich geben mag, führt schon seit Jahren eine Ménage-à-trois …«

»Nein, das glaub ich nicht!«, unterbrach Ernestina sie und schlug sich eine Hand vor den Mund. Auch Christiane stockte der Atem.

»Oh doch, das darfst du mir ruhig glauben«, beteuerte Karoline. »Denn eigentlich, das weiß ich aus sicherer Quelle, hätte er lieber seine Schwägerin geheiratet, Caroline von Wolzogen. Die war damals dummerweise mit dem alten von Beulwitz vermählt. Inzwischen ist die Ehe ja annulliert worden. Und wie man mir erzählt hat, trifft sie sich heute noch regelmäßig mit dem Mann ihrer Schwester.«

Christiane schüttelte ungläubig den Kopf.

»Angeblich hat er den Schwestern von Anfang an eine Ehe zu dritt vorgeschlagen«, fuhr Karoline ungerührt fort. »Darauf wollte sich Charlotte natürlich nicht einlassen. Vielleicht hätte sie das besser getan, dann wüsste sie jetzt wenigstens, was hinter ihrem Rücken geschieht.«

»Aber …«

»Ihre Schwester hat Schiller sogar ein Kind geboren.« Die Jagemann ließ sich nicht aus dem Konzept bringen. »Damit das Ganze nicht in einem handfesten Skandal endete, hat sie ihren Vetter und Freund aus Kindertagen, den Herrn von Wolzogen, geheiratet.« Sie schwieg einen Moment und schien nachzudenken. »Versteht mich nicht falsch. Ich bin die Letzte, die irgendjemandem einen Vorwurf machen würde. Ich halte Caroline von Wolzogen für eine mutige Frau, die zu ihren Neigungen steht. Was ich jedoch einfach fürchterlich finde, ist, dass alle so tun, als sei nichts, nur um den schönen Schein zu wahren. Dabei ist es kein schöner Schein. Solche Lügen bedeuten eine Menge Kummer für alle Beteiligten. Ich könnte euch noch viele solcher Geschichten erzählen. Über die Frau eines herzoglichen Kammerherrn, die sich in ein anderes Hofmitglied verliebte und auf die Idee kam, sich für tot erklären zu lassen, um frei zu sein. Sie hat sich selbst als Stoffpuppe feierlich beerdigen lassen, während sie selbst bis nach Tunis gereist war, um dort ihren Liebhaber zu treffen.«

»Tunis? Das klingt nach einem Märchen!«, wandte Ernestina skeptisch ein.

»Es ist die Wahrheit, meine Liebe. Die Wirklichkeit schreibt viel unglaubwürdigere Geschichten, als sie sich ein Dichter jemals ausdenken könnte«, versicherte Karoline Jagemann. »Von mir werdet ihr solche Heimlichkeiten niemals hören«, erklärte sie und stand nun endgültig auf, um zu gehen. »Ich werde meine Skandale öffentlich leben. Alles andere ist mir verhasst.«

»Glaubst du, das stimmt?«

»Was denn?«

»Na das, was Karoline erzählt hat?«

Ernestina hatte lange geschwiegen. Erst spät am Abend, als sie sich bereits für die Nacht zurechtgemacht hatte, war sie noch einmal in Christianes Zimmer gekommen. Sie sah wunderschön aus in dem zauberhaften weißen Nachthemd, das sie selbst kunstvoll bestickt hatte. Das blonde Haar fiel ihr locker über die Schultern.

»Ich weiß nicht«, antwortete Christiane und betrachtete ihre Schwester mit wehem Herzen. Offenbar hatten die Reden der Hofschauspielerin Eindruck auf sie gemacht. »Man soll nicht alles glauben, was die Leute reden.« Immerhin hatte sie selbst stets unter bösem Klatsch zu leiden.

»Sie schien mir ehrlich«, wandte Ernestina ein und wirkte auf einmal wieder wie früher, als sie noch ein Kind gewesen war, das so gern den Erzählungen ihres Bruders gelauscht hatte. »Sich für tot zu erklären«, sagte sie träumerisch. »Damit man bei dem Menschen sein kann, den man wirklich liebt. Dazu braucht es ganz schön viel Mut. Oder?«

Zweifel überfielen Christiane, ob es eine gute Idee war, Ernestina solche Geschichten zu erzählen. Wer weiß, welche Schlüsse sie für sich selbst daraus zog. Ob sie wohl Christoph von Lützow noch immer nachtrauerte? Sie wollte sie schon danach fragen, überlegte es sich jedoch anders. Besser nicht an die Sache rühren. Stattdessen erhob sie sich, schloss ihre Schwester in die Arme und drückte sie ganz fest an sich.

»Geh schlafen«, flüsterte sie ihr ins Ohr. »Und träum was Schönes.«

Und wieder wurde es Herbst, die Weihnachtszeit rückte näher. Christiane ging die Wirtschaftsbücher durch und stellte fest, dass die Pachtlieferungen in Naturalien aus Oberroßla in den vergangenen beiden Quartalen ausgeblieben waren. Sie schrieb an Dorle und erhielt als Antwort einen langen, verworrenen Brief, in dem ihre Freundin behauptete, Lebensmittel geschickt zu haben.

Einen ganzen Vormittag benötigte Christiane, um der Sache nachzugehen, und schimpfte am Ende entnervt die Magd aus, die offenbar Lieferungen angenommen hatte, ohne ihr Bescheid zu sagen. Alles in allem jedoch hatte Fischer viel zu wenig geschickt, und als sie mit Goethe über die Angelegenheit sprach, stellte sich außerdem heraus, dass er darum gebeten hatte, ihm den Pachtzins für das gesamte Jahr zu erlassen.

»Das geht so nicht«, sagte sie entschlossen.

Briefe wurden geschrieben, Mahnungen ausgesprochen. Dabei hatte sie längst bemerkt, dass Goethes Interesse an dem Hofgut erloschen war. In diesem Jahr war er ganze zwei Mal hinausgefahren, und das auch nur, weil bürokratische Angelegenheiten ihn dazu zwangen.

Christiane nahm sich also fest vor, selbst nach Oberroßla zu fahren und mit Dorle in aller Ruhe über die Situation des Guts zu sprechen, und doch verschob sie es von Woche zu Woche. Der Winter brachte eine Menge Schnee, die Seen froren zu, so dass man sich mit Schlittschuhen auf ihnen vergnügen konnte, was Christiane gemeinsam mit August erlernte und als neue Leidenschaft für sich entdeckte. Die Ballsaison begann, von der Christiane entschlossen war, so wenig wie möglich zu verpassen, und ermutigt durch ihre Freundin Karoline Jagemann kümmerte sie sich immer weniger um die hässlichen Kommentare und Blicke der sogenannten guten Gesellschaft, sondern tröstete sich damit über die chronische Abwesenheit ihres Liebsten hinweg.

Nach und nach trafen Geschenkpakete aus Frankfurt ein, und Augusts Vorfreude auf das große Fest wuchs von Tag zu Tag. Christiane stürzte sich in die Vorbereitungen, ruhte nicht, bis sie den schönsten Tannenbaum bekamen, und backte gemeinsam mit der Tante wahre Mengen ihrer allseits beliebten Stollen, die Goethe so gern an seine Freunde, die von ihr nichts wissen wollten, verschenkte. Er selbst weilte in Jena und hatte damit begonnen, die Tragödie *Tancred* von Voltaire ins Deutsche zu übersetzen. Endlich habe er in das schwierige Stück hineingefunden, schrieb er und weigerte sich, den lang ersehnten Fluss seiner Arbeit wegen einer Lappalie wie Weihnachten zu unterbrechen. Bis zum letzten Moment hofften Christiane und vor allem August jedoch inständig, dass er wenigstens zum Fest kommen würde.

Sie warteten vergeblich. Statt dem Vater erschien am Nachmittag des Heiligabends Paul Götze und schleppte gemeinsam mit dem Kutscher eine Kiste ins Haus.

»Was ist da drin?«, wollte August wissen und zupfte an der Verpackung herum.

»Ein Christgeschenk von deinem Vater«, antwortete Götze mit einem breiten Lächeln. »Finger weg, du Lausejunge! Noch ist nicht Bescherung!« Und zu Christiane sagte er leise mit verhaltenem Stolz: »Das hab ich zusammen mit dem Geheimen Rat eigenhändig gebaut. Leider kann er nicht kommen, schickt Ihnen aber die allerherzlichsten Grüße.« Christiane musste sich abwenden. Tränen schossen ihr in die Augen. Während August wie ein kleines Hündchen um sie herumsprang, fühlte sie, wie alle Freude aus ihr wich. Was war das nur für ein Vater, dem seine Arbeit wichtiger war als die staunenden Augen seines Sohnes unter dem Lichterbaum?

Eine Weile war der Kleine mit Auspacken beschäftigt und freute sich über das liebevoll bemalte Puppentheater. Doch bald kam die unvermeidliche Frage: »Wo bleibt denn der Papa?«

Dass er an diesem Abend nicht bei ihnen war, konnten auch die phantastischen, auswechselbaren Bühnenbilder wie der ägyptische Tempel, die italienische Straßenszene und nicht einmal das Kerkergewölbe aufwiegen. Und als Goethe auch nicht zu Augusts Geburtstag am Tag danach erschien, weinte der Junge, der ansonsten darauf pochte, mit seinen elf Jahren schon fast erwachsen zu sein, bittere Tränen.

Als der Geheime Rat endlich am 26. Dezember gemeinsam mit seinem neuen Schützling, einem noch jungen Professor namens Schelling, am Frauenplan eintraf, sah ihm Christiane sofort an, dass etwas nicht in Ordnung war.

»Fühlst du dich nicht wohl?«, fragte sie vorsichtig, nachdem er von seinem Sohn stürmisch begrüßt worden war. Er wirkte bleich. Seine Wangen waren eingefallen.

»Mir ist ein wenig kalt«, gab er zu und freute sich über das Fußbad, das sie ihm sofort bereitete, den Kräutertee und das mit heißen Steinen angewärmte Bett.

»Du hast dich übernommen«, bemerkte Christiane vorwurfsvoll.

»Nun, im Jenaer Schloss war es kühl die letzten Tage.«

Warum bist du nicht nach Hause gekommen?, hatte Christiane bereits auf der Zunge, sie schluckte die Bemerkung hinunter, so wie immer. Keine Vorwürfe. Das hatte sie sich vorgenommen. Auch wenn es ihr noch so schwerfiel.

In den folgenden Tagen machte er seine Aufwartungen und besuchte am ersten Tag des Jahres 1800 sogar die Aufführung des von Joseph Haydn zwei Jahre zuvor beendeten Oratoriums *Die Schöpfung*, in der Karoline Jagemann mit ihrer glockenreinen Stimme wieder einmal alle anderen überstrahlte. Christiane hatte Ernestina überreden können, mitzukommen, und beide waren sie vollkommen durchdrungen von der Wirkung dieses mächtigen Chor- und Orchesterwerks mit seinen wundervollen Solopartien. Besonders beeindruckt war Christiane von der Art, wie der Komponist die Erschaffung des Lichts in Töne übersetzt hatte, und sie nahm sich vor, darüber mit Goethe zu sprechen, der sich inzwischen ja seit Jahrzehnten mit dem Phänomen des Lichts auf ganz andere Weise beschäftigte.

Am selben Abend fielen ihr die roten Flecken in seinem Gesicht und der Schweißfilm auf seiner Stirn auf.

»Hast du Fieber?«

Seine Stirn glühte. Plötzlich bekam er einen Hustenanfall.

»Ich glaube, ich sollte mich besser hinlegen«, keuchte er.

Er legte sich zu Bett und begann trotz seiner inneren Hitze am ganzen Leib zu zittern. Christiane sorgte für Wärmflaschen, die sie rund um ihn im Bett platzierte, und wenn der Schüttelfrost dem Fieber wich, machte sie Goethe kalte Wadenwickel. Als sie ihm den Schweiß auf der Stirn abtupfen wollte, entdeckte sie an seinem linken Auge rot entzündete Bläschen.

»Ich hab solche Kopfschmerzen«, klagte Goethe, dann wurde er wieder von einem krampfartigen Hustenanfall geschüttelt.

Christiane wartete nicht mehr länger ab, sondern schickte nach Wilhelm Huschke, Goethes Hausarzt. Der wollte ihn sofort zur Ader lassen, wogegen sich der Patient jedoch heftig sträubte. In den folgenden Tagen vermehrten sich die Bläschen rund um das linke Auge. Sie drangen sogar unters Lid und wucherten in die Augenhöhle hinein.

»Ich sehe nur noch rot«, stöhnte Goethe. »Christel«, jammerte er. »Ich werde blind.«

Ein namenloses Grauen erfasste Christiane.

»Er wird doch nicht sterben?«, fragte sie angstvoll den Arzt.

Statt einer Antwort wiegte Wilhelm Huschke nur düster den Kopf.

»Es handelt sich um eine Gesichtsrose«, sagte er. »Und zwar um eine schwere Form. Ich würde gern einen Kollegen zurate ziehen.«

»Doktor Stark aus Jena«, beschloss Christiane und dachte daran, wie souverän sich dieser Arzt um August gekümmert hatte, als er an den Blattern erkrankt war. Und auf der Stelle schickte sie Goethes Sekretär Geist mit Goldschmidt nach Jena, um den Mediziner so schnell wie möglich herzubringen.

Schon am Nachmittag traf Johann Christian Stark am Frauenplan ein.

»Senfbäder«, ordnete er nach der Konsultation an. »Und ich muss ihn zur Ader lassen.« Goethe lag apathisch in seinem Bett und wehrte sich nicht mehr gegen diese Maßnahme. »Bitte bereiten Sie alles vor.«

Christiane stürmte in die Küche, um Anweisungen zu geben, das Nötige zu holen, und vergaß nicht, für beide Ärzte eine stärkende Zwischenmahlzeit zubereiten zu lassen. Als sie nach dem Aderlass die Schüssel mit dem Blut sah, wurde ihr beinahe schlecht. Lieber Gott, betete sie, bitte lass ihn leben.

Nach der Behandlung lag Johann Wolfgang von Goethe wie tot in seinem Bett. Er war kaum wiederzuerkennen, so sehr war sein Gesicht von der Gesichtsrose entstellt. Sein linker Augapfel war durch die enorme Schwellung beängstigend aus seiner Höhle hervorgetreten. August war in einem unbemerkten Augenblick zu ihm hineingeschlüpft und völlig verstört zu Tante Ernestina und Großtante Juliane geflüchtet, wo er sich weinend in eine Ecke zurückzog und nur schwer zu trösten war.

In den folgenden Tagen befielen die eitrigen Bläschen Goethes rechtes Auge und setzten sich sogar im Ohr fest. Sie wucherten weiter in seinen Mund hinein, so dass er nur weiche, flüssige Nahrung zu sich nehmen konnte und diese am Ende ganz verweigerte. Stöhnend und nach Atem ringend lag er im Bett, wusste nicht mehr, wie er liegen sollte, und musste schließlich aufgesetzt werden, weil die Schwellung in seinem Hals ihn zu ersticken drohte. Schließlich verlor er das Bewusstsein.

»Bitte sagen Sie mir ehrlich, was Sie über seinen Zustand denken«, bat Christiane Doktor Stark, als sich zu allem Übel auch noch eine Geschwulst am Fuß zeigte. »Wird mein Mann überleben?«

»Ich weiß es nicht«, antwortete der Arzt. »Es kann sein, dass sein Gehirn in Mitleidenschaft gezogen wird. Wir müssen mit dem Schlimmsten rechnen.«

Christiane schlief keine der neun folgenden Nächte, sondern wachte am Bett ihres todkranken Mannes. Tagsüber gab sich ganz Weimar die Klinke in die Hand, um zu erfahren, wie es um den Geheimen Rat stand, und es war einmal mehr Heinrich Meyer, der tatkräftig mithalf. Er übernahm vor allem die Aufgabe, die in hellen Aufruhr versetzten Damen und Herren daran zu hindern, bis zum Krankenzimmer vorzudringen, wo sie sich zu gern mit eigenen Augen von dem aktuellen Stand der rätselhaften Erkrankung ihres Idols überzeugt hätten, um – wie Christiane natürlich durchaus bewusst war – sich in ihren eigenen Salons als besser informiert zeigen zu können als ihre Freundinnen oder Konkurrentinnen. Immerhin hatte Frau von Stein angeboten, August zu sich zu nehmen und ihn von seiner Angst um den Vater abzulenken, was Christiane dankbar annahm.

Johann Wolfgang von Goethe lag während dieser neun Tage wie in einer tiefen Ohnmacht, und auch Christiane schien es, als sei sie aus der Zeit herausgefallen. Sie saß an seinem Bett, auf das Heben und Senken seines Brustkorbs konzentriert, auf seinen röchelnden Atem, das wundersame Erblühen und Wandern der Geschwüre. Schließlich schwoll das linke Auge ab, dann das Gesicht, und zu Christianes grenzenloser Erleichterung kam ihr geliebter Goethe wieder zum Vorschein und erwachte endlich zu neuem Leben.

»Wie ist Ihr Name?«, fragte Doktor Stark, nachdem er die Augen geöffnet, staunend um sich gesehen und etwas Tee getrunken hatte.

»Aber Herr Doktor Stark«, antwortete der Patient mühsam, noch immer waren Mund und Zunge angeschwollen. »Ich werde wohl wissen, wer ich bin.«

»Tun Sie mir die Liebe und sagen Sie es mir trotzdem«, erwiderte der Arzt mit einem spitzbübischen Lächeln.

»Ich bin Johann Wolfgang von Goethe.« Nachdenklich wanderte sein Blick vom Arzt zu Christiane. »Und das hier ist meine wundervolle Frau, Mamsell Johanna Christiana Sophia Vulpius.«

»Woran haben Sie zuletzt gearbeitet?«, wollte Doktor Stark vorsichtshalber wissen.

»Ich hab den *Tancred* von Voltaire übersetzt«, erklärte Goethe und schloss erschöpft die Augen. »Und bin damit fertig geworden, dank der Großzügigkeit und dem außerordentlichen Verständnis meiner geliebten Frau. Ihr habt Weihnachten ohne mich feiern müssen«, fügte er hinzu und sah Christiane an. »Keine andere Frau wäre so großzügig wie du.«

»Willkommen zurück«, erwiderte da Doktor Stark und die Erleichterung war ihm anzumerken. »Jetzt kann ich sicher sein, dass Sie mit all Ihren geistigen Fähigkeiten bald wieder unter uns Gesunden weilen werden.«

15. KAPITEL

Bad Lauchstädt, Juni 1803

Das Theater war bis auf den letzten Platz besetzt. In den vergangenen Tagen waren die Karten für die Eröffnung der Theatersaison in Bad Lauchstädt sogar auf dem Schwarzmarkt zu schwindelerregenden Preisen gehandelt worden. Dass die neue Spielstätte auf so großes Interesse stieß, erfüllte Christiane mit Stolz und Freude. Denn in gewisser Weise war es auch ihr Theater.

»Schade, dass Papa dieses Jahr nicht dabei ist.« August zappelte aufgeregt mit den Beinen. Er war inzwischen dreizehneinhalb Jahre alt und in letzter Zeit in die Höhe geschossen. Sein bislang rundliches Kindergesicht hatte an Kontur gewonnen und die Ähnlichkeit mit seinem Vater wurde von Tag zu Tag offensichtlicher. Vor allem wegen seiner ausdrucksvollen, schwarzen Augen erkannten sogar Fremde in ihm den Sohn des großen Dichters.

»Vielleicht kommt er ja in ein paar Tagen nach«, erklärte Christiane ohne große Überzeugung. Goethe ging es seit einigen Monaten überhaupt nicht gut. Zwar hatte er sich nach der lebensgefährlichen Erkrankung im Winter vor zweieinhalb Jahren erstaunlich gut erholt. Seither klagte er allerdings über unerklärliche Beschwerden, und nicht einmal Doktor Stark fand eine Ursache für seine vielen Leiden. Die Vermutung, dass ihr

Liebster in letzter Zeit an Hypochondrie litt, lag nahe. Auch dies sei eine Krankheit, hatte Doktor Stark ihr erklärt, und deswegen tat Christiane alles dafür, dass er sich besser fühlte, was keine leichte Aufgabe war, da sie mitunter viel von dem Patienten auszustehen hatte.

Kein Wunder, dass es mit ihrer Gesundheit ebenfalls nicht zum Besten stand. Deshalb hatte Goethe sie mit August nach Bad Lauchstädt geschickt und sie ermutigt, alle Kuranwendungen zu nutzen, die ihr hier zur Verfügung standen. Vor allem sollte sie nach Herzenslust tanzen, was seiner Meinung nach ohnehin die beste Therapie für sie war, sich keine Vorstellung des Sommertheaters entgehen lassen und ihm anschließend Bericht erstatten. Über alles wollte er informiert werden: Ob die Vorstellungen gut gelängen. Wie die Platzauslastung sei. Welcher Schauspieler wie viele »Vorhänge erhielt«, was bedeutete, wie oft er sich nach einer Aufführung vor dem Publikum verbeugen musste. Und natürlich, wie die neuen Stücke beim Publikum ankamen. Christiane hütete sich zwar, in dem großen, rotsamtenen Sessel Platz zu nehmen, der dem Theaterdirektor vorbehalten war und wie ein Thron wirkte. Bescheiden saß sie in Goethes Loge etwas im Hintergrund. Auch von hier hatte sie alles im Blick. So entging ihr nicht, dass sich auf den gepolsterten Bänken im Parkett sicherlich mehr Besucher drängten, als Karten verkauft worden waren. Sie musste unwillkürlich lächeln. Wenn sich tatsächlich so manch einer aus Liebe zum Theater hereingeschmuggelt haben sollte, wäre sie die Letzte, die dafür kein Verständnis hatte.

Christiane sah hinauf zur Decke, dem sogenannten Leinwand-Plafond, der wie ein Zelt aus gespannten Stoffbahnen bestand, die zur Mitte hin spitz zuliefen und nach Goethes Farbenlehre in Pompejanischrot, Granitgrau und hellem Ocker kunstvoll bemalt worden waren. Wie ein antikes Sonnensegel überspannte er den Zuschauerraum und verbarg eine raffinierte, kostensparende Bohlendachkonstruktion. Wie viel von der Liebe ihres Mannes in diesem kleinen, aber feinen Theaterbau steckte, wusste vermutlich nur sie selbst. Es war wunderschön geworden mit seinem winzigen Orchestergraben vor dem antikisierenden Bühnenportal, das den Blick auf die Guckkastenbühne mit sanft ansteigendem Bühnenboden freigab. Wie in einer riesigen Puppenstube konnte das Publikum das Geschehen verfolgen. Die Bühne entsprach bis ins Detail den Gegebenheiten jener in Weimar, so dass die Inszenierungen von dort problemlos auf die Sommerspielstätte übertragen werden konnten. Sie war mit mehreren modernen Versenkungen ausgestattet, die es erlaubten, Schauspieler in der Tiefe verschwinden zu lassen oder einen Teil der Bühne nach oben zu fahren. Außerdem gab es eine Donner- und eine Windmaschine und in den Schnürboden über der Bühne konnte man die illusionistisch bemalten Bühnenprospekte nach oben heben, wenn sechs Arbeiter in der Unterbühne die zentrale Welle bewegten. Erleuchtet wurde das Bühnengeschehen mit Argand'schen Lampenbäumen auf jeder Seite der drei Gassen. Glaszylinder schützen die Rübenöl-Flammen vor Brandgefahr, während weiße Porzellanteller ihr Licht optimal reflektierten.

Christiane liebte jedes Detail dieses sensationellen Theaters, das nach langer Planungsphase in nur drei Monaten erbaut worden war, so einfach und schlicht es auch sein mochte. Denn hier kam es nicht auf prunkvolle Logen an oder auf teure Sitze, sondern darauf, Geschichten auf den Bühnenbrettern lebendig werden zu lassen. Theater bedeutete eine Welt, in der alles möglich war, Blitz und Donner, das Erscheinen von Göttern oder das bodenständige Leben eines alten Bauers und seiner Frau, in das das Wunderbare Einzug erhält, so wie im Einakter *Was wir bringen*, den Goethe extra für die Eröffnung der neuen Spielstätte verfasst hatte.

Christiane lehnte sich zurück und sog tief den Duft in sich ein, den jedes Theater verströmte, jene Mischung aus Theaterschminke, dem Öl der Maschinerie und Talkum, das die Bühnenarbeiter benutzten, damit ihnen die Seile, mit denen sie die Dekoration bedienten, nicht entglitten. Und dann das frische Holz, aus dem die Kulissen geschreinert worden waren, die Farbe, die Nervosität und Spannung. Christiane liebte diesen Duft, er versetzte sie stets in diese erwartungsvolle Erregung, die sie im Theater aufleben und die schlimme Zeit vergessen ließ, die hinter ihr lag. Wenn sie auch nach außen hin immer die Fröhliche war und stets einen Scherz auf den Lippen hatte – wenige wussten, wie es in ihrem Inneren tatsächlich aussah.

Sie hatte erneut ein Kind empfangen, ausgetragen und zur Welt gebracht. Ein Mädchen. Zum ersten Mal hatte sie darauf bestanden, selbst den Namen des Kindes zu bestimmen, und hatte die Kleine Kathinka taufen lassen, nach der Heldin in einem Opernlibretto ihres Bruders. Darin war Kathinka ein einfaches Mädchen aus dem Volk, das der Zarensohn Peter zur Frau erwählte. Diese Geschichte erinnerte Christiane stets an ihr eigenes Schicksal, auch sie war von einem ungekrönten Zaren der Dichtung aus Liebe erwählt worden und hatte ihr Glück gefunden. Doch ihre kleine Kathinka war gestorben, so wie all ihre Kinder vor ihr außer August. Wie sehr sie der Tod des kleinen Mädchens an Leib und Seele angegriffen hatte, davon wussten nur wenige. Natürlich die Tante und die Schwester sowie ihr Bruder. Darüber hinaus vertraute sie sich nur Nikolaus Meyer an, der inzwischen im fernen Bremen seine ersten Erfahrungen als niedergelassener Arzt für Frauenheilkunde machte und dem sie so oft wie möglich Briefe schrieb. Meistens jedoch wollte auch Goethe ein paar Zeilen an den Freund hinzufügen und sie konnte nichts von ihren körperlichen Beschwerden und von ihrer Traurigkeit erwähnen. Ausgerechnet vor dem Mann, den sie liebte, musste sie ihren Schmerz sorgfältig verbergen. Denn er ertrug es nicht, andere leiden zu sehen. Er litt selbst mehr, als für ihn gut gewesen wäre.

»Wenn *du* schon traurig bist«, hatte sogar Tante Juliane neulich gesagt, »was soll dann aus uns werden?«

Ja, sie galt als die unverdrossen Heitere, die stets Gutgelaunte, und zu gerne würde sie ihrem Ruf weiterhin gerecht werden, doch es fiel ihr in letzter Zeit so schwer. An besonders schlimmen Tagen rief sie sich die Sternstunden der vergangenen Jahre ins Gedächtnis: Jenen Tag zum Beispiel, an dem sie vollkommen unvorbereitet das herzogliche Dekret in Händen gehalten hatte, das August offiziell und vor aller Welt als Sohn des Geheimen Rats Johann Wolfgang von Goethe legitimierte. Sein Vater hatte ihr mit keinem Wort angedeutet, dass er darum angesucht hatte. Sie mochte sich gar nicht vorstellen, wie viele bürokratische Hürden dafür genommen werden mussten. Oder vielleicht irrte sie sich und es war ganz einfach gewesen? Eine kleine Unterredung zwischen ihm und dem Herzog hatte womöglich genügt?

Ihr Sohn hatte schon zuvor seine Briefe unbeirrt mit August von Goethe unterschrieben, auch wenn sie ihm noch so oft erklärt hatte, dass er ein Vulpius war. War es womöglich dieses kindliche Selbstverständnis gewesen, so zu heißen wie der Vater, was Goethe am Ende dazu bewogen hatte, zu handeln? Sie hatte sich daran gewöhnen müssen, dass Goethe seinen Sohn nun häufiger und für längere Zeit auf seine Reisen mitnahm: in die Bergwerke der Ilmenau, für deren Belange er verantwortlich war, zu ausgedehnten Kuren nach Bad Pyrmont, nach Jena. Zur Sorge um den Mann kam nun die um den Sohn, wenn die beiden gemeinsam unterwegs waren. Und oft fühlte sie sich schrecklich allein gelassen.

Denn sie war und blieb eine Vulpius, und in besonders niedergeschlagenen Momenten wurde ihr klar, dass sie, falls Goethe sie eines Tages womöglich doch verlassen würde, auch ihren Sohn verlieren würde.

Diesen Gedanken erlaubte sie sich normalerweise nicht. Und wenn er mitunter trotzdem aufblitzte, lenkte sie sich mit Arbeit ab. Sie hatten sich eine Ehe ohne Zeremonie versprochen, eine »wilde« Ehe, die längst nicht mehr so wild war wie in den Anfangsjahren ihrer Beziehung. Wenn Goethe überhaupt zu Hause war, bestanden ihre Liebesdienste hauptsächlich darin, Heilsalben in schmerzende Körperteile einzumassieren, Kräutertees zu verabreichen und Wärmflaschen zu machen. Im Zuhören, Ratschläge geben, Ermuntern und Trösten. Ihre Aufgabe war es, Zuversicht zu verbreiten.

Nein, keiner konnte sich vorstellen, wie niedergeschlagen und verzweifelt der Dichterfürst in letzter Zeit oft war und wie sehr man an seiner Position rüttelte. Es hatten sich Parteien gebildet, Goethes Gefolgsleute und die Anhänger des Dramatikers August von Kotzebue bekämpften sich inzwischen erbittert, wobei sich die Letzteren lauter und unverschämter gebärdeten und nicht davor zurückschreckten, den großen Meister direkt anzugreifen. Hinzu kam, dass Goethes jüngste Stücke beim Weimarer Publikum nicht gut angekommen waren. So hart hatte er an dem Trauerspiel *Die natürliche Tochter* gearbeitet. Am Ende war das Stück durchgefallen, ja, da brauchte man nichts zu beschönigen, und das Gemeinste überhaupt war die Äußerung des langjährigen Freundes ihres Mannes, dem Superintendenten Georg Wilhelm Friedrich Hegel. Der hatte ihm auf die Frage, wie ihm »seine natürliche Tochter« gefallen habe, geantwortet: »Immerhin besser als dein natürlicher Sohn.«

Diese Spitze gegen August hatte Goethe dem Oberhaupt der evangelischen Kirche in Weimar, dem er vor vielen Jahren diese einflussreiche Position vermittelt hatte, nicht verziehen.

Doch das war leider nicht alles. Goethe, der bislang grenzenlos bewunderte Dichter und Denker, war wegen verschiedener Dinge angegriffen worden. Kotzebues Polemik war eine ernsthafte Gefährdung seiner Stellung in Weimar. Sogar Karoline Jagemann hatte den Theaterdirektor scharf attackiert, und im Stillen konnte Christiane es ihrer Freundin nicht einmal vollkommen verübeln. Goethe verhielt sich oft autoritär, war einmal sogar so weit gegangen, einem jungen Rezensenten zu verbieten, kritisch über ein endlos langweiliges Stück seines Protegés August Wilhelm Schlegel zu berichten, und war mitten in einer Vorstellung, als das Publikum zu buhen begonnen hatte, von seinem Platz aufgesprungen, hatte mit den Armen gefuchtelt und lauthals versucht, die Ruhestörer zum Schweigen zu bringen. Für ihn war das Theater etwas Heiliges, man buhte ja auch nicht den Prediger in der Kirche aus. Dass die Menschen zu ihrem Vergnügen ins Theater gingen, schien er mehr und mehr aus den Augen zu verlieren. Ohne Christianes unauffällige Vermittlungen hätte die Sache böse ausgehen können, denn seit der Herzog Karoline zu seiner offiziellen Favoritin erwählt hatte, und das sogar mit Duldung der Herzogin, konnte selbst Goethe nicht mehr hundertprozentig auf seine Loyalität zählen, vor allem wenn es um einen Konflikt mit seiner Geliebten ging. Zum Glück war Kotzebue mit einigen seiner Anhänger nach Berlin gegangen, was das Klima vor Ort deutlich entschärft hatte, obwohl sie von dort noch immer scharfe Pfeile gegen den berühmten Kollegen schossen. Sie hatten gar eine Zeitschrift gegründet, die, wie ihr Bruder sagte, einzig und allein dem Zweck diente, Goethe schlechtzumachen. Ach, die Welt konnte ja so gemein sein.

Die Lichter im Zuschauerraum wurden gelöscht, nach und nach verebbte der Lärm und wich einer gespannten Aufmerksamkeit. Das wunderbare Stück *Nathan der Weise* von Gotthold Ephraim Lessing stand auf dem Programm, und Christiane, die die Aufführung bereits aus Weimar kannte und auch hier die Generalprobe besucht hatte, lehnte sich zurück. Vor allem die Parabel mit dem Ring, die Nathan im dritten Aufzug des Stücks erzählt, beeindruckte Christiane jedes Mal aufs Neue. Sie hatte viel über die Bedeutung der Geschichte nachgedacht und stets einen neuen Aspekt entdeckt. Dass der Vater den kostbaren Familienring, der bewirkt, dass sein Träger von allen Menschen geschätzt wurde, nicht einem seiner drei Söhne vererben wollte, weil er sie alle gleich liebte, konnte sie nur zu gut verstehen. Sie fand seine Idee, zwei weitere Ringe anfertigen zu lassen, die mit dem ersten absolut identisch waren, äußerst klug. Wenn man nicht mehr sagen konnte, welcher Ring die Zauberkraft besaß, lag es nämlich an jedem einzelnen selbst, dafür zu sorgen, dass der Zauber wirkte. Und dass man sein Schicksal selbst gestalten konnte, dieser Gedanke tröstete sie.

Insbesondere nach der Sache mit dem Landgut in Oberroßla. Leider hatte es sich als Fehler herausgestellt, Fritz Fischer die Verwaltung zu übertragen. Im Frühjahr 1801 war sie endlich nach Oberroßla gefahren, sobald sich Goethe von seiner schweren Krankheit erholt hatte. Sie hatte sich nicht angekündigt und den Hof, den sie so schön hergerichtet hatte, in Unordnung vorgefunden, den Hausgarten verwildert.

Sie hatte mehrfach klopfen müssen, bis ihr endlich die Tür geöffnet worden war. Fast hätte Christiane ihre Freundin nicht wiedererkannt, so verhärmt hatte Dorle gewirkt. Sie war hochschwanger gewesen und hatte ihre jüngste Tochter auf dem Arm getragen, die ihren Kopf apathisch gegen den Hals der Mutter gelegt hatte. Aus den oberen Räumen war das Weinen eines der anderen Kinder gedrungen.

»Dorle, um Himmels willen«, war es aus Christiane hervorgebrochen. »Was um alles in der Welt ist los bei euch?«

Da hatte sich ihre Freundin wortlos umgewandt und war im Haus verschwunden. Nach kurzem Zögern war Christiane ihr gefolgt.

»Was willst du?« Dorle war mitten im dunklen Flur stehen geblieben. »Mich ausspionieren? Bei mir gibt es nichts zu holen. Geh nach Hause zu deinem Geheimen Rat.«

»Aber Dorle«, hatte Christiane erschrocken ausgerufen. »Brauchst du Hilfe? Kann ich etwas für dich tun?«

»Ja, verschwinde«, hatte Dorle verzweifelt geschrien, so dass ihr Töchterchen auf ihrem Arm leise zu weinen begonnen hatte. »Und komm bitte nie wieder. Hörst du?«

Mit Grauen dachte Christiane an diese Szene zurück. Ratlos war sie nach Hause gefahren.

Das Gut war nicht mehr zu halten gewesen. Und dass Goethe am Ende gerichtlich gegen Fritz Fischer hatte vorgehen müssen, hatte natürlich ihre Freundschaft mit Dorle vollends zerstört, so leid ihr das bis heute tat. Später hatte Christiane erfahren, dass Fritz die Familie wegen einer anderen Frau verlassen hatte, so dass Dorle mit den Kindern in ihr Elternhaus zurückkehren musste.

Sie fühlte sich schuldig. Niemals hätte sie darauf drängen sollen, den Mann ihrer Freundin als Pächter einzusetzen. Hätte sie das nicht getan, hätte sie sich mit Dorle nicht zerstritten und das Gut wäre womöglich zu retten gewesen.

Der Vorhang öffnete sich und Christiane konzentrierte sich auf die Bühnenhandlung. Alles lief ausgezeichnet, das Publikum hätte aufmerksamer nicht sein können. Das Ensemble war eingespielt wie ein Uhrwerk, und auch ihre neue Freundin Silie, achtzehn Jahre alt und erst seit dieser Spielzeit am Weimarer Theater, machte ihre Sache gut. Ihr eigentlicher Name lautete Friederike Petersilie, doch Goethe war der Meinung, dass man mit einem solchen Namen schwerlich Karriere als ernst zu nehmende Schauspielerin machen konnte, und hatte sie unter Friederike Silie auf die Gehaltsliste des Hoftheaters gesetzt. Sie und Christiane teilten sich hier in Bad Lauchstädt eine kleine Wohnung und waren entschlossen, eine Menge Spaß zu haben.

Wie schön es doch gewesen war, als nach der Eröffnungspremiere im vergangenen Jahr ein junger Mann aufgestanden war und gerufen hatte: »Es lebe der größte Meister der Kunst: Goethe!« Danach hatte man im Kurpark ein Feuerwerk veranstaltet und sie mit der Illumination eines Porträts des Theaterdirektors überrascht, überdies war sein Namen mit bengalischem Feuer auf der Seebühne entzündet worden. »Wo viel Licht ist, gibt es Schatten«, hatte Goethe selbst einmal gesagt, und wenn er nun häufig niedergeschlagen war, weil ihm nicht mehr alle zu Füßen lagen, so wie früher, dann wiederholte sie ihm diesen Satz.

»Die Sonne geht auf, wenn Sie bei uns sind!«, begrüßte sie der

Kurdirektor, als sie ihm und seiner Gattin in der Pause auf der Treppe begegnete, während August bereits hinunter ins Foyer lief, um sich am Buffet für sie anzustellen.

»Haben Sie alles gut vorgefunden? Sind Sie mit Ihrer Unterkunft zufrieden?«, erkundigte sich seine Frau liebenswürdig.

»Es ist alles bestens«, antwortete sie mit einem strahlenden Lächeln. »Haben Sie vielen Dank!«

»Was für eine großartige Vorstellung!« Der Magistrat der Stadt gesellte sich ebenfalls zu ihnen und begrüßte gemeinsam mit seiner Gemahlin Christiane aufs Herzlichste.

»Stimmt es, dass uns Herr Hofrat von Schiller in diesem Jahr die Ehre geben wird?«, fragte sie, nachdem sie sich nach dem Geheimen Rat erkundigt hatte.

»Er hat es versprochen.« Christianes Blick suchte ihren Sohn im Gedränge und entdeckte seinen dunklen Haarschopf vorn an der Theke. »Soweit ich weiß, wollte er morgen kommen. Zur Aufführung der *Braut von Messina*.«

»Ach, ich kann es kaum erwarten, das Stück zu sehen«, erklärte die Frau des Magistrats. »Von den Aufführungen in Weimar hab ich schon so viel gehört.«

Nun, die waren nicht gerade ein Erfolg, dachte Christiane. So sehr sie Schiller ansonsten als Bühnenautor schätzte, so war sein Versuch, das antike Drama ins Moderne zu übersetzen, nicht unbedingt nach ihrem Geschmack. In dem Stück gab es einen Chor, der deklamierend die Handlung kommentierte, was auf sie ziemlich steif gewirkt hatte. »Du hast einen echten Publikumsgeschmack«, hatte Goethe sie liebevoll kritisiert. Was daran schlimm sein sollte, so zu denken und zu fühlen wie die meisten anderen Leute, verstand sie nicht. Und er hatte hinzugefügt, dass es gut war, durch sie stets zu erfahren, was dem Zeitgeist gefiel und was nicht.

»Ach, da ist ja Ihr wundervoller Sohn.«

August hatte ein Glas Champagner für sie ergattert und reichte es ihr. Stolz beobachtete Christiane, wie er mit den Honoratioren des Kurorts plauderte, höflich Antwort gab und den Damen ein entzücktes Lächeln ins Gesicht zauberte. Das hat er von seinem Vater, dachte sie voller Genugtuung, das Plaudern und vor allem die gute Figur, die er in seinem festlichen Anzug machte. Sie selbst musste sich stets ein paar höfliche Sätze zurechtlegen, ehe sie in Gesellschaft ging, vor allem, wenn Leute aus anderen Gegenden anwesend waren, die ihr breites Thüringisch nicht verstanden. Aber am liebsten war es ihr, sie konnte reden, wie ihr der Schnabel gewachsen war, dann gelang es ihr viel besser, die anderen zum Lachen zu bringen, und das erwartete man schließlich von ihr.

Nach der Vorstellung ging sie hinter die Bühne und beglückwünschte jeden einzelnen der Darsteller. Dabei nahm sie sich in Acht vor den stürmischen Umarmungen, mehr als einmal hatte sie Schminkflecken an ihrem guten Kleid davongetragen, und das kam gerade heute nicht infrage. Danach hatte sie sich mit dem Kassierer verabredet und ließ sich die Einnahmen der Abendkasse nennen, auch diese Zahl notierte sie sorgfältig.

Jeder begegnete ihr mit ungewohnter Wertschätzung, und Goethe hatte einmal schmunzelnd bemerkt, dass man in Bad Lauchstädt vor ihr mehr Respekt habe als vor ihm. Was natürlich keineswegs stimmte. Richtig war allerdings, dass sie sich hier, ganz anders als in Weimar, geachtet fühlte. Keiner tuschelte hinter ihrem Rücken, keiner sah sie scheel an und wandte den Blick ab, wenn sie es bemerkte. Hier behandelte man sie wie einen Menschen, und nicht wie Ungeziefer, das sich im Pelz des großen Meisters eingenistet hatte. Ganz im Gegenteil, jeder kannte sie als die Frau des Theaterdirektors und behandelte sie entsprechend.

»Kommen Sie mit zum Dinner?«

Silie hatte sich umgezogen und strahlte nur so vor Unternehmungslust. Natürlich würde Christiane das Eröffnungsdinner und den anschließenden Ball besuchen. Zuerst brachte sie allerdings August in ihr Quartier, dem vor Müdigkeit die Augen fast zufielen und der sich dennoch dagegen wehrte, wie ein Kleinkind zu Bett gebracht zu werden, wie er sich ausdrückte. Christiane nutzte die Gelegenheit, ihre Frisur zu richten, soweit das bei ihren unbändigen Locken überhaupt möglich war. Dann folgte sie der Freundin ins Kurhaus zum festlichen Empfang.

Ach, in Bad Lauchstädt lebte sie so richtig auf. Theater, tanzen, in Gesellschaft speisen, im Wandelgang der Kuranlage spazieren gehen, während man das Wasser aus der Heilquelle schluckweise trank, oder, wie August irgendwann einmal sagte: spazieren-stehen, denn alle paar Schritte begegnete sie jemandem, der unbedingt ein Schwätzchen mit ihr halten wollte. »Wann wird uns der Geheime Rat von Goethe beehren?«, war die am häufigsten gestellte Frage, für die sie stets neue Antworten parat haben musste, ohne sich festzulegen, tatsächlich wusste sie es selbst nicht und vermutete, dass er in diesem Jahr gar nicht persönlich erscheinen würde. Im wöchentlichen Wechsel übernahmen die erfahreneren Schauspieler wie zum Beispiel Anton Genast die Spielleitung über die Aufführungen, und diese »Wöchner«, wie man sie scherzhaft nannte, baten sie oft zu den Proben. Sie liebte es, in ihre Arbeit einbezogen zu werden, auch wenn sie auf diese Weise kaum dazu kam, die Bäder des Kurortes zu nutzen.

»Aber Herr von Schiller kommt doch?«

Ja, der Herr Hofrat von Schiller hatte sich endlich dazu durchgerungen, persönlich zu den Aufführungen seiner Stücke zu erscheinen. Er war ein Jahr zuvor geadelt worden und hatte sich zu Christianes Erleichterung ohne seine Gattin angekündigt, die seither fast noch ausgeprägter als ihr Mann die Gabe hatte, durch Christiane hindurchzusehen, so als sei sie gar nicht da. In Bad Lauchstädt war ein solches Verhalten nun mal schlechterdings nicht möglich und Christiane war gespannt, wie sich der sonst so spröde Dichter hier ihr gegenüber verhalten würde.

Auf den Jubel, mit dem er bei seiner Ankunft von den Bad Lauchstädter Badegästen begrüßt wurde, waren weder sie noch er vorbereitet gewesen. Trotz der großen Hitze, die an diesem

2. Juli 1803 herrschte, hatten sich an die hundert Bewunderer zu seinem Empfang eingefunden, und der erschrockene Blick, den er über die bunte Menge aus pastellfarbenen Sommerhüten, Sonnenschirmchen und den dunklen Zylindern der Herren schweifen ließ, rührte Christiane geradezu.

»Bitte, meine Damen und Herren«, rief sie und bahnte sich einen Weg zu seiner Kutsche. »Lassen Sie den Herrn Hofrat bitte aussteigen.« Lächelnd reichte sie ihm ihren Arm, gerade so, als wäre sie der Herr und er die schutzbedürftige Dame. »Seien Sie herzlich willkommen!«, fügte sie hinzu und das Wunder geschah: Seine bleichen, stets ein wenig zusammengekniffenen Lippen verzogen sich zu einem hinreißenden Lächeln. Er verbeugte sich vor ihr und nahm ihren Arm.

»Meinen verbindlichsten Dank, Mamsell Vulpius«, sagte er. »Welch ein beeindruckender Empfang.«

»Vivat Schiller«, rief ein Student mit fast überschnappender Stimme. »Vivat der Autor der *Räuber*!« Andere stimmten in die Hochrufe mit ein.

»Sie sind eben eine Berühmtheit«, sagte Christiane fröhlich zu ihm und sorgte mit sanfter und freundlicher Autorität dafür, dass er unbelästigt in seine Unterkunft gelangte.

Danach schien das Eis zwischen ihnen gebrochen. Als hätten sie nie etwas anderes getan, saßen sie bei einem zu Ehren des Dichters veranstalteten Dinner beieinander und unterhielten sich aufs Beste. Am folgenden Abend teilten sie sich Goethes Loge, und Christiane, die sich schräg hinter den Dichter setzte und Schiller den besten Platz an der Balustrade überließ, beobachtete den Autor und dessen Reaktionen während der Aufführung seines Trauerspiels *Die Braut von Messina* genau. Karoline Jagemann als Donna Isabella war nie besser als an diesem Abend, und selbst der Chor der Gefolgsmänner der miteinander um Beatrices Liebe konkurrierenden Brüder sprach seinen Text eindringlicher und bewegender als je zuvor. Die Sommerhitze staute sich allerdings unter dem Leinwand-Plafond, so dass Christiane bald der

Schweiß auf der Stirn stand. Schiller schien von all dem nichts zu bemerken. Gebannt verfolgte er das Bühnengeschehen und Christiane kam es so vor, als würden sich ab und zu seine Lippen bewegen, ganz so, als spräche er den Text mit.

Irgendwann hielt sie die stickige Luft nicht mehr aus und verließ leise die Loge. Sie war noch nicht im Foyer, als ein ohrenbetäubender Donnerschlag das Gebäude zum Erzittern brachte. Blitz folgte auf Donner, ein fürchterliches Rauschen fuhr durch die Bäume des Parks, dann öffneten sich die Schleusen des Himmels und ein wahrer Wolkenbruch ergoss sich über Bad Lauchstädt. Fast eine Stunde tobte sich das Gewitter über dem Städtchen aus, und bei jedem der fürchterlich zuckenden Blitze flohen mehr Theatergäste aus dem Zuschauerraum.

»So schade! Das Gewitter macht einen derartigen Lärm, dass man da drin kein einziges Wort mehr versteht«, klagte eine Dame. »Dabei ist es ein so fesselndes Stück! Es wird traurig enden, nicht wahr?«

Vor allem für Schiller, wenn alle aus der Aufführung flüchten, dachte Christiane und kehrte zurück zu ihm in die Loge. Mit halb verzweifelter, halb belustigter Miene wandte er sich zu ihr um.

»Haben *Sie* dieses Wetter bestellt?«, fragte er. Um seine Mundwinkel zuckte es. Ein kräftiger Donnerschlag ließ sie beide zusammenfahren.

»Sie überschätzen meine Beziehungen«, antwortete sie schmunzelnd. Dann wandten sie sich beide wieder der Aufführung zu, die unter dem rauschenden Regen zu einer Pantomime geworden war.

Dennoch wurde der Dichter nach der Vorstellung von einem Studentenkorps buchstäblich mit Pauken und Trompeten und begeisterten »Vivat!«-Rufen gefeiert.

»Ich weiß nicht recht, ob der Applaus dem Wettergott galt oder mir«, verriet Schiller später Christiane, als sie beim Bankett Tischnachbarn waren. »Vermutlich sollte ich mein Stück umschreiben und eine Menge Theaterdonner einfügen.«

»Jede Zeile ist perfekt«, antwortete Christiane ernst. »Ich muss zugeben, dass ich mit dem Chor zunächst nicht viel anfangen konnte. Aber heute Abend ist mir klar geworden, warum Sie ihm diese Stimme gegeben haben. Weil die Menschen, die uns umgeben, uns in die eine oder andere Richtung drängen wollen. Nicht wahr?«

Schiller nickte und warf ihr von der Seite einen anerkennenden Blick zu.

»Es ist die Stimme der Gesellschaft. Auch in Weimar gibt es solche Chöre«, sagte er.

»Oh ja, und ob es die gibt!«, gab Christiane mit einem Auflachen zurück. Vor ihrem geistigen Auge gruppierten sich Schillers Frau, Friederike von Wurmb geborene von Aberstein, Charlotte von Stein und so manche andere Dame des Weimarer Adels zu einem solchen Chor. »Allerdings habe ich mir vorgenommen, mich an die heiteren Chöre zu halten und die tragischen zu ignorieren.«

Die Flügeltür sprang auf und die Schauspieler strömten in den Saal, allen voran Karoline Jagemann in einer prachtvollen goldorangen Robe, die ihr Haar und ihren milchweißen Teint großartig betonte. Um den Hals trug sie ein Collier aus grünblau schimmernden Aquamarinen, sicherlich ein Geschenk des Herzogs.

»Hier ist er ja, unser Liebling der Götter«, rief sie mit ihrer klangvollen Stimme und steuerte auf Friedrich von Schiller zu. »Wie schön, dass Sie vom Olymp herabgestiegen sind und uns mit Ihrer Gegenwart beehren. Wo haben Sie denn den Geheimen Rat von Goethe gelassen? Sie sind doch sonst stets unzertrennlich.« Ihr Blick wanderte zu Christiane und glitt dann kurz und gründlich durch den Raum. »Nun, er hat wohl Besseres zu tun.«

Christiane verdrehte innerlich die Augen, ließ sich jedoch nichts anmerken. Dass ihre Freundin stets gegen ihren Mann polemisierte, war ein Problem. Offenbar legte sie es darauf an, Goethe als Theaterdirektor das Leben schwer zu machen, und wie gut ihr das gelang, durfte sie auf keinen Fall erfahren. Immerhin war er schon mehrmals nahe daran gewesen, den Herzog zu bitten, ihn von diesem Posten abzuberufen, so sehr ging ihm dieser Kleinkrieg auf die Nerven. Inzwischen redete ihm Karoline fast in jedes Detail hinein, und hätte sie nicht so ein freundschaftliches Verhältnis mit Christiane, wer weiß, wie sehr sich die Situation zugespitzt hätte.

»Wie geht es eigentlich Ihrem Herrn Bruder?« Die freundlichen Augen der Dame, die ihnen gegenübersaß, blickten sie erwartungsvoll an. Sie war ihr als die Schwägerin des Kurdirektors vorgestellt worden, die aus dem Schlesischen stammte und gerade ihre Schwester besuchte. »Ich muss gestehen, dass ich seine Romane über alles liebe.«

Christiane konnte förmlich spüren, wie sich Schiller neben ihr verkrampfte.

»Es geht ihm ausgezeichnet«, antwortete sie und warf ihrem Sitznachbarn einen kurzen, prüfenden Blick zu. Sie wusste, dass Schiller genau wie Goethe Christian Vulpius für einen minderwertigen Autor von seichten Unterhaltungsromanen und keineswegs ihnen ebenbürtig hielt. Und so sehr sie Schiller auch schätzte, es machte sie wütend, dass ihr Bruder so verachtet wurde. »Er hat vor zwei Jahren geheiratet, meine Schwägerin Helene de Ahna ist das reizendste Geschöpf, das Sie sich vorstellen können. Und im vergangenen Jahr hat er mich zur Tante gemacht …«

»Wirklich?« Die Dame strahlte. »Ist es ein Junge oder ein Mädchen?«

»Ein Junge.« Christiane wurde es vor Glück ganz warm ums Herz, wenn sie an ihren kleinen Neffen dachte. »Er heißt Rinaldo.«

»Wie der Held seines großartigen Romans«, schwärmte die Schwägerin des Kurdirektors.

Schiller räusperte sich und wandte sich demonstrativ von ihnen ab.

»Ja, genau«, sagte Christiane und fügte gut vernehmlich hinzu: »Übrigens hat mein Bruder in diesem Frühjahr von der Universität Jena den Titel eines Doktors der Philosophie verliehen bekommen. Seine Verdienste um die dortige Bibliothek und die der Herzoginmutter in Weimar sind unbestritten. Aber lassen Sie uns an diesem Abend von dem großartigen Dichter sprechen, der in unserer Mitte weilt. Wie hat Ihnen die Aufführung denn gefallen?«

Während sie dafür sorgte, dass Schiller sich nicht langweilte, sah sie sich insgeheim nach potentiellen Tanzpartnern um. Wie an jedem Abend während dieser Sommerspiele würde nach dem Essen ein kleines Orchester aufspielen und Christiane wollte sich keine einzige der Runden entgehen lassen. Es hatte sich inzwischen herumgesprochen, dass die »kleine Frau Goethe«, wie manche der auswärtigen Gäste sie hier hinter vorgehaltener Hand nannten, überall zu finden war, wo man gute Walzer, Ecossaisen, Quadrillen, Cotillons und all die anderen Tänze spielte, die gerade in Mode waren. Erfreut entdeckte sie die beiden Herren von Nostitz, Vater und Sohn, die sie bereits kennengelernt hatte und von denen besonders der jüngere ausgezeichnet tanzte. Auch ein Gendarmerie-Offizier aus Berlin machte keine üble Figur, von ein paar Studenten aus dem nahen Halle ganz zu schweigen. Der Abend versprach, vergnüglich zu werden. Und im Grunde war das alles, was Christiane im Augenblick vom Leben erwartete.

Es gefällt mir hier höllisch, schrieb sie an einem der folgenden Tage ihrem Liebsten. Von fulminanten Theaterabenden konnte sie berichten, und sie bedauerte es außerordentlich, dass Goethe während der Aufführung seines Stücks *Die natürliche Tochter* nicht anwesend gewesen war. Denn im Gegensatz zur Uraufführung in Weimar wurde es hier zu einem glänzenden Erfolg. Die Einnahmen an der Theaterkasse waren mehr als zufriedenstellend, jede Veranstaltung war brechend voll, trotz der Hitze im Zuschauerraum, die Christiane an manchen Tagen kaum ertrug. Eine spektakuläre Aufführung folgte auf die andere, Schillers Stücke *Turandot*, *Wallensteins Lager* und vor allem *Die Jungfrau von Orleans* wurden zu einem wahren Triumphzug für den Dichter.

Umso weniger konnte Christiane verstehen, dass er so bald wie möglich wieder aus dem Kurort abreiste. Dabei hatten sie so wundervolle Tage miteinander verbracht. Im Laufe einer Abendgesellschaft hatten sie in kleiner Gruppe sogar bei fast vollem Mond eine Kahnfahrt über die Laucha unternommen.

Ich kann mir gar nicht vorstellen, schrieb sie verständnislos an Goethe, *wie es hier jemandem nicht gefallen kann. Wenn ich reich wäre, so ging' ich alle Jahr hierher.*

Es gab Nächte, in denen sie ein Paar Schuhe durchtanzte und am anderen Tag bei einer der Buden an der Promenade gleich ein neues Paar kaufen musste. Hier gab es alles, was Frau sich nur wünschen konnte: die herrlichsten Putzwaren, an denen Christiane mit abgewandtem Gesicht vorübergehen musste, um ja nicht in Versuchung zu geraten, hier zu viel Geld auszugeben. Auch Erfrischungen aller Art wurden angeboten, und besonders verlockend fand sie einen italienischen Feinkoststand, der einen Sardellensalat anbot, für den sie alles andere stehen und liegen ließ.

Mitunter beschlich sie das schlechte Gewissen, den aufwendigen Haushalt am Frauenplan im Stich gelassen zu haben. Ernestina hatte versprochen, sich während ihrer Abwesenheit um alles zu kümmern, doch aus Goethes Briefen las sie heraus, dass ihre Schwester die Sache zwar gut machte, jedoch Christiane längst nicht ersetzen konnte. *Lass es mich wissen, wenn ich nach Hause kommen soll*, schrieb sie besorgt. *Ich setze mich noch am selben Tag in die Kutsche.* Das sei überhaupt nicht nötig, schrieb Goethe zurück. Und fügte hinzu, sie solle ruhig so lange bleiben, wie es ihr gefiel. Er sei in seine Arbeit vertieft und ihre Rückkehr würde ihn aus seiner Routine reißen.

Nun gut. Wenn sie zu Hause ohnehin nur störte, würde sie dieses wundervolle Leben in Bad Lauchstädt bis zum letzten Tropfen auskosten.

Du wirst mich ganz schmal finden, wenn ich nach Hause komme, ließ sie Goethe wissen. *Ich habe tüchtig abgenommen, jedoch nicht vom Kuren, sondern vom vielen Tanzen.* Und damit er nicht glaubte, sie gefalle keinem anderen Mann als nur ihm, berichtete sie ihm von ihren Verehrern und den »Äugelchen«, wie sie und Goethe es nannten, wenn sie harmlos mit anderen flirteten. Von dem Offizier Herrn von Nostitz, der tanzen konnte wie keiner vor ihm, schrieb sie ihm, und von einem gut aussehenden Breslauer Studenten, der ihr den Hof machte und, was ihr viel wichtiger war, ebenfalls ein begnadeter Tänzer war.

»Haben Sie Lust, an einem Manöver teilzunehmen?«, fragte sie Offizier von Nostitz eines Mittags, als sie sich an dem italienischen Stand gerade einen kleinen Imbiss gönnte, ehe sie ins Theater zu Karoline Jagemann musste, die sich eine »winzig kleine Textänderung« in ihrer Rolle in den Kopf gesetzt hatte.

»Einem Manöver?«

»Es ist ein Spiel«, verriet ihr von Nostitz mit einem bubenhaften Grinsen. »Sind Sie dabei?«

»Natürlich«, antwortete sie. »Wann soll es denn stattfinden?«

»Morgen früh. Wir treffen uns zu einem Frühstück auf einer Wiese hinter dem Städtchen. Danach verwandelt sich die Hälfte von uns in Schweden, die andern in Preußen.«

Christiane lachte.

»Was für eine verrückte Idee!«

»Können Sie schießen?«

»Und ob ich das kann.« Christiane trank ihr Champagnerglas aus und ließ sich erklären, was sie anziehen und mitbringen sollte. Karl, ihr Kutscher, würde sie begleiten. Und natürlich würde auch Silie mit von der Partie sein.

»Ich hol Sie ab«, schlug von Nostitz vor. »Morgen früh um sieben.«

»Das wird eine kurze Tanznacht«, stellte sie bedauernd fest.

»Oder wir machen einfach durch. Was halten Sie davon?«

Es wurde ein riesiger Spaß. Ein Fuhrwerk versuchte, das andere aus seiner Bahn zu drängen, und dabei wurde kräftig in die Luft geschossen. Von Nostitz hatte eine Menge lustiger Regeln aufgestellt, und am Ende ging der »Feldzug« unentschieden aus, was hieß, dass jede Partei der anderen dieselbe Menge an Champagnerflaschen spendieren musste, die am folgenden Abend gemeinschaftlich geleert wurden.

»Krieg zu spielen kann ganz schön lustig sein«, meinte sie zu von Nostitz. »Haben Sie denn schon echte Kämpfe erlebt?«

»Nein«, antwortete der junge Mann bedauernd. »Aber ich hoffe sehr, dass es bald dazu kommen wird. Dann werde ich den Franzmännern zeigen, was ein echter Nostitz ist.«

Da wurde ihr trotz der Hitze kalt.

»Ich bin froh, dass Frieden herrscht«, entgegnete sie.

»Krieg und Frieden wechseln einander stets ab, und es ist nur eine Frage der Zeit, bis aus Frieden wieder Krieg wird«, prophezeite von Nostitz selbstbewusst und machte eine Verbeugung. »Darf ich Sie zum Tanz bitten? Wenn mich nicht alles täuscht, wird die Kapelle gleich mit dem Walzer beginnen.«

16. KAPITEL

Weimar, Mai 1805 – Januar 1806

Die Nachricht kam an einem hellen Maitag und niemand im Haus wagte es, sie Goethe zu überbringen. Er war in dem vergangenen, langen und bitterkalten Winter so schwer krank gewesen, dass man erneut um sein Leben gefürchtet hatte. Nierenkoliken hatten ihn mit einer solchen Heftigkeit überfallen, dass selbst Doktor Stark keinen Rat mehr gewusst hatte.

Christiane war am Ende ihrer Kräfte. Tante Juliane hatte mit ihren zweiundsiebzig Jahren kurz nach Neujahr einen Schlaganfall erlitten und war seither nicht mehr dieselbe. Ernestina pflegte sie hingebungsvoll und wurde dabei selbst immer schmaler, während Christiane von früh bis spät auf den Beinen war, um überall nach dem Rechten zu sehen. Und um sich natürlich um den leidenden Hausherrn zu kümmern und die ständigen Besuche. Wieder erschienen Tag für Tag bekannte und wildfremde Menschen an ihrer Haustür und begehrten Zutritt zum Krankenlager des Dichterfürsten oder verlangten zumindest eine detaillierte Schilderung seines Zustands. Als ob sie nicht schon Sorgen genug hätte. Seit ein paar Tagen wurde der Husten, der Ernestina seit ihrer Kindheit jeden Winter befiel, heftiger.

Wenigstens waren sie und August gesund geblieben. Ihr Junge war inzwischen fünfzehn Jahre alt und Goethe hatte beschlossen, dass es Zeit wurde, ihn allein in die große, weite Welt hinauszuschicken. Vor einem Monat war er abgereist, um seine Großmutter zu besuchen, und seither erreichten sie gut gelaunte Zeilen einer überglücklichen Catharina Goethe aus Frankfurt.

Die Reiseberichte ihres Sohnes waren das Einzige, was Christiane in diesen Wochen Freude bereiteten. Auch wenn sich Goethe zwischendurch erholte und sich sogleich wieder in seine Arbeit vertiefte, Kollegen einlud und mit ihnen bis spät in die Nächte über seine vielen Projekte diskutierte, so warfen ihn doch regelmäßig wiederkehrende Koliken zurück ins Bett. So wie am Vortag. Eine unruhige Nacht lag hinter ihnen beiden. Und jetzt sollte ausgerechnet Friedrich von Schiller gestorben sein, mit dem sich Goethe über alles austauschte, was ihn beschäftigte? Dem er seine Werke als Erstem zu lesen gab und dessen Kritik er bereitwillig akzeptierte? Den er über die Jahre ins Herz geschlossen hatte, so sehr, dass Christiane mitunter mit Eifersucht zu kämpfen gehabt hatte?

»Das glaube ich nicht.« Entschlossen schüttelte sie den Kopf. »Das ist sicher wieder so ein Gerücht.«

Im Jahr zuvor hatten mehrere seriöse Zeitungen über Schillers angeblichen Tod berichtet. Dass der Dichter häufig das Bett hüten musste, war nichts Neues. Er hatte eine schwache Lunge, jeder wusste, wie fragil Schillers Gesundheit war, man hatte sich daran gewöhnt, dass er bleich und abgezehrt wirkte. Aber so plötzlich verstorben? Erst vor ein paar Tagen hatte Goethe erzählt, dass er ihn auf dem Weg ins Theater getroffen und kurz gesprochen habe.

»Diesmal ist es wahr.« Friedrich Wilhelm Riemer, Augusts neuer Hauslehrer, hatte die Stimme gesenkt. »Sein Diener war eben hier.«

Christiane schwieg betroffen. Tränen traten ihr in die Augen. Sie hatte Schiller in den vergangenen Jahren nicht nur schätzen gelernt, sondern sogar in ihr Herz geschlossen. Er war beileibe nicht so arrogant, wie er oft auf sie gewirkt hatte, hinter seiner verschlossenen Fassade hatte sich ein freundliches und humorvolles Wesen verborgen. So abschätzig Frau von Schiller sie stets behandelte – Christianes Herz war voller Mitgefühl für die arme Frau, die nun mit vier Kindern allein zurückblieb.

»Ich … ich werde es ihm sagen«, erklärte sie schließlich und trocknete ihre Augen. »Nur nicht gleich heute. Erst muss er sich besser fühlen.« Sonst verkraftet er das nicht, fügte sie in Gedanken hinzu.

»Gehst du heute nicht ins Theater?«

Sie hatte Goethe zum Abendbrot eine leichte Suppe gebracht und sich zu ihm gesetzt. Christiane biss sich auf die Unterlippe. Dass sie daran nicht gedacht hatte. Karoline Jagemann hatte durchgesetzt, dass an diesem Abend der Vorhang im Hoftheater geschlossen blieb. Das sind wir diesem großen Dichter schuldig, hatte sie gesagt. Und nicht nur Christiane, auch alle anderen Schauspieler hatten ihr zugestimmt.

»Sie spielen heute nicht«, antwortete Christiane und holte tief Luft.

»Was?« Goethe fuhr so jäh auf, dass er fast die Suppe verschüttet hätte. »Warum nicht?«

»Weil …« Christiane wurde es angst und bang. Sie hatte die schlechte Neuigkeit erst in ein paar Tagen überbringen wollen, in der Hoffnung, dass es Goethe bis dahin besser gehen würde. Jetzt war es zu spät. Zu lügen kam für sie nicht infrage. Sie hatte ihren Liebsten nie angelogen und würde an diesem Tag nicht damit beginnen. »Liebster, jetzt musst du stark sein«, begann sie und legte beruhigend ihre Hand auf die Schulter des Kranken. »Heute ist jemand von uns gegangen, der uns allen und vor allem dir sehr lieb und teuer war.«

Goethe hob den Blick und sah sie unwillig an. Er hasste Todesnachrichten und wollte normalerweise nicht mit solchen

Neuigkeiten behelligt werden. »Jemand ist gestorben? Wer?« Dann schien er zu ahnen, von wem die Rede war, und seine Augen weiteten sich angstvoll. »Doch nicht … Nein. Ich hab ihn neulich erst getroffen.«

»Er muss sehr krank gewesen sein.« Fast versagte Christiane die Stimme. »Kränker als sonst. Und dieses Mal … dieses Mal hat es der Herr Hofrat nicht geschafft.«

»Schiller? Du sprichst doch nicht etwa von ihm?«

Christiane nickte, nahm behutsam das Tablett vom Schoß des Kranken und setzte sich zu ihm aufs Bett. Sie legte den Arm um ihn. Bei ihrer Berührung brach er in Tränen aus. Haltlos schluchzend klammerte er sich an sie. Sie hielt und wiegte ihn und murmelte zärtliche Liebesworte, bis er endlich, endlich wieder ruhiger wurde. Erschöpft sank er zurück auf sein Kopfkissen und drehte sich zur Wand.

»Ich bin müde«, sagte er tonlos. »Bitte lass mich allein.«

Wie es in Weimar Sitte war, trug man Friedrich von Schiller mitten in der Nacht in aller Stille zu Grabe, nur die engsten Angehörigen folgten seinem Leichnam. Später erzählte man Christiane, dass zwölf junge Herren aus den besten Adelskreisen sich erboten hatten, den Eichensarg zum Jacobsfriedhof zu tragen. Eine Nachtigall habe gesungen, während die Überreste des Dichters in die Gewölbegruft hinabgelassen wurden. Nur fünfundvierzig Jahre alt war Schiller geworden. Und wurde vermisst wie kaum ein anderer. Vor allem von Johann Wolfgang von Goethe, der Ende desselben Monats einen weiteren Rückschlag erlitt und sich nur schwer von Krankheit und Trauer erholte.

Den Sommer verbrachten sie beide in Bad Lauchstädt, wo sie jedoch getrennt in verschiedenen Unterkünften wohnten. Karoline und viele ihrer Freundinnen fanden das »ganz einfach lächerlich«, schließlich wusste jeder, dass sie seine Frau war, ob mit oder ohne Segen der Kirche.

»Ach weißt du, mir ist es nur recht so«, erklärte Christiane ihrer Freundin. »Goethe und ich, wir nutzen die Zeit hier auf ganz unterschiedliche Weise und würden uns nur gegenseitig stören.«

Das stimmte. Während Goethe den Kuranweisungen seines Badearztes folgte, früh zu Bett ging, am Morgen die therapeutischen Anwendungen nutzte, von dem heilkräftigen Wasser trank und eine in Christianes Augen gefährlich rigorose Diät einhielt, setzte sie auf die aufbauende Kraft von Tanz, Ausflügen, geselligen Frühstückseinladungen und sonstigen Vergnügungen – und Goethe ermunterte sie dazu.

Trotz all dem war in diesem Sommer vieles anders als früher. Hatte Christiane mit ihren Freunden noch zwei Jahre zuvor ausgelassen »Manöver« gespielt, so wimmelte es nun überall von echten Soldaten. Sie hatten ihre Lager außerhalb der Städte aufgeschlagen, während ihre Vorgesetzten den Kurort bevölkerten, und nicht alle waren gute Tänzer und charmante Kavaliere. Und immer häufiger war die Rede vom Krieg.

Napoleon, der sich im Jahr zuvor in Paris selbst die Kaiserkrone aufgesetzt hatte, war in aller Munde. Auch das Bündnis, das der russische Zar gerade erst mit England gegen ihn geschlossen hatte, wurde allenthalben diskutiert. Verwegen hatte diese Allianz die niederländische Tochterrepublik und die unter französischem Protektorat stehende Schweiz besetzt, woraufhin sich das Österreichische Kaiserreich diesem Bund angeschlossen hatte. Baden und Württemberg hatten sich dagegen auf Frankreichs Seite geschlagen. In Anbetracht dieser Entwicklungen war es nur wahrscheinlich, dass sich Napoleon zum Handeln entschloss. Wen würde er zuerst angreifen? England oder Preußen? Vermutlich Österreich, mutmaßte der inzwischen erfahrenere Herr von Nostitz.

Bei Champagner zwischen zwei Tanzrunden diskutierte man dies genauso wie die neueste Theateraufführung und die aktuellen Liebschaften unter den Reichen und Schönen. Während die Kampfhandlungen irgendwo da draußen stattfanden, kam es am Abend vor, so erzählte man es Christiane, dass sich selbst auf dem Schlachtfeld verfeindete Offiziere trafen, um miteinander Schach zu spielen, sich gegenseitig die neuesten Romane auszuleihen oder die Probe darauf zu machen, wer den besseren Wein hatte. Und irgendwie schien das alles kaum gefährlicher zu sein als das gespielte Manöver zwei Sommer zuvor um ein paar Kisten Champagner. Nur wenn Christiane daran dachte, dass sich ihr Sohn in ein paar Jahren womöglich selbst dem Preußischen Heer anschließen würde, wurde sie unruhig.

Die allgegenwärtige militärische Präsenz nahm im Herbst weiter zu. Von einem Aufenthalt in Jena schrieb Christianes Bruder im November: *Wir haben so viele Soldaten, dass von Eisenach bis Jena 46 000 Mann liegen.* Schon am 13. desselben Monats marschierten Napoleons Truppen in Wien ein. Sie trafen auf keinerlei Gegenwehr.

»Am liebsten würde ich an seiner Seite kämpfen«, verkündete August, der begeistert alle Berichte über die Schlacht bei Trafalgar las, die er in die Finger bekam. Christiane beobachtete gerührt, wie er zwischen Kind und Mann seinen eigenen Weg suchte, mit Pickeln und dem ersten zarten Bartflaum auf den Wangen und mitten im Stimmbruch. Napoleon war sein großer Held. Es war schwierig, in diesen Zeiten Freund und Feind zu unterscheiden.

»Sieh du erst einmal zu, dass du am Gymnasium etwas lernst«, wandte Christiane sorgenvoll ein. Seit diesem Herbst besuchte August die Oberstufe des Wilhelm-Ernst-Gymnasiums, unterstützt durch Riemers Nachhilfestunden. Dort schien er allerdings mehr daran interessiert, mit seinen neuen Freunden so viel Unsinn wie nur möglich anzustellen. Die Klagen über das unbotmäßige Verhalten der Klasse rissen nicht ab, was Goethe jedoch gelassen hinnahm. Streiche, Trinkgelage und nächtliches Singen von Studentenliedern – das war die Welt, in die ihr Sohn sich mit Begeisterung stürzte. Und wenn Christiane die Einträge im Stammbuch ihres Sohnes durchblätterte, wurde ihr angst und bang. Professor Wolf aus Jena hatte dort hineingeschrieben: *Glücklicher Jüngling, Du trägst in dem Auge den trefflichen Vater. Trag auch im Busen den Sinn, welcher ihn einstens ersetzt!* Oder der berühmte Philosoph Fichte: *Die Nation hat große Anforderungen an Sie, einziger Sohn des Einzigen in unsrem Zeitalter.* Welcher fünfzehnjährige Junge konnte solchen Erwartungen gerecht werden?

Fast täglich marschierten preußische Truppen durch die Stadt. Im Theater sah man im Parkett nur mehr die Farben Blau und Rot, es war fast ausschließlich von Offizieren besetzt, die in ihren Uniformen erschienen. Christiane fragte sich, wo das alles hinführen sollte.

Eines Morgens erschien Ernestina nicht wie sonst zum Frühstück, und Christiane ging, um nach ihr zu sehen. Seit Tante Juliane zum Pflegefall geworden war, teilten die beiden sich wieder ein Zimmer, so wie früher in der Jacobsgasse, damit Ernestina notfalls auch nachts der Tante helfen konnte. Nun fand Christiane alle beide in ihren Betten. Tante Juliane lag schmal und reglos unter ihrer Decke, das Gesicht wächsern, nur ihr Blick irrte unruhig umher.

»Guten Morgen, Tante«, begrüßte Christiane sie liebevoll, »wie hast du geschlafen?«

»Nicht gut«, gab Juliane mühsam zurück. Seit dem Schlaganfall strengte sie das Sprechen unglaublich an. »Deine Schwester hustet, dass man kein Auge zubekommt. Kannst du mir helfen, mich umzudrehen?«

»Natürlich. Zum Fenster?«

Während sie mit geübten Griffen den leichten Körper auf die andere Seite drehte und der Tante ein Kissen in den Rücken schob, warf sie Ernestina, deren Gesicht vor Schweiß glänzte, besorgte Blicke zu.

»Was ist mit dir?«, fragte sie. »Fühlst du dich nicht wohl?«

Ernestina wollte etwas antworten, doch ein Hustenanfall erstickte ihre Worte. Christiane deckte Tante Juliane wieder sorgfältig zu, dann ging sie zum Bett ihrer Schwester.

»Ich steh gleich auf«, keuchte Ernestina. »Vorhin ist mir schwindelig geworden. Da hab ich mich noch mal hinlegen müssen.«

»Du bleibst heute besser liegen«, beschloss Christiane sanft und legte ihr die Hand auf die Stirn. Sie glühte vor Fieber. »Hast du warme Füße? Nein? Ich mach dir eine Wärmflasche. Und bring dir Tee. Hast du Hunger?«

Ernestina schüttelte den Kopf.

»Ich muss dir doch im Haushalt helfen«, presste sie mühsam hervor. »Die Wäsche steht eingeweicht im Keller. Das schaffst du nicht alleine.«

»Mach dir mal darüber keine Gedanken«, entgegnete Christiane. »Ich lass zwei Waschfrauen holen. Wie es aussieht, bist du krank.« Erst als sie es ausgesprochen hatte, wurde ihr bewusst, was das hieß. Ja, Ernestina war krank, und zwar schon seit längerer Zeit. Sie hatten die Zeichen gesehen, jedoch nicht ernst genug genommen. Und während sie Ernestina beruhigte, dass sie auch ohne ihre Hilfe zurechtkäme, schließlich hatten sie inzwischen eine Magd und eine Köchin, konnte sie sich selbst der Angst kaum erwehren, die sie auf einmal befiel.

So schnell sie konnte lief sie die Treppen hinunter, über den Hof und betrat die Küche. Wies die Köchin an, Hafergrütze und Tee zuzubereiten. Und Kaffee. Eine Wärmflasche musste gefüllt werden, nein, am besten gleich zwei. Die Magd schickte sie zum Markt. Sie sollte zwei Hühner kaufen, oder besser drei, daraus würde man eine kräftige Brühe kochen.

»Und bring Zitronen mit«, rief sie dem Mädchen nach. »Und Arak. Damit wir Punsch machen können.« Ein Glas davon würde Ernestina ganz bestimmt ebenfalls guttun.

Sie bat den Kutscher Karl Goldschmidt, die Waschfrauen zu holen, in der Hoffnung, dass sie nicht anderweitig verplant waren. Spähte kurz in Goethes Arbeitszimmer und traf ihn dabei an, wie er Riemer Briefe diktierte. Leise zog sie sich wieder zurück und half der Köchin, die Schalen mit Hafergrütze, Tee und Wärmflaschen hinauf in die Mansarde zu tragen.

Im Zimmer war die Luft abgestanden, man sollte dringend lüften. Sie bat die Köchin, zwei warme Decken zu bringen, und als diese murrte, dafür sei sie nicht zuständig, hielt sie ihr einen kurzen, deutlichen Vortrag vor der Tür. Man müsse zusammenhalten, erklärte sie. Sollte die Köchin einmal krank werden, werde man auch für sie sorgen. Ob das so schwer zu verstehen sei?

Mechanisch absolvierte Christiane ihr Programm: Die Tante füttern, Ernestina gut zureden, damit sie wirklich liegen blieb. Die Decken in Empfang nehmen und über den Betten der Kranken ausbreiten, kurz durchlüften und den Ofen einheizen. Kritisch sah sie sich in der Mansarde um. Hatte sie ihre Verwandten vernachlässigt? Hatte sich Ernestina erkältet, weil es hier oben zog? Nein. Das bildete sie sich nur ein. Schließlich hatte Heinrich Meyer lange hier gelebt und sich wohlgefühlt.

»Du wirst wieder gesund«, sagte sie zu Ernestina, als sie ihr half, das Nachthemd zu wechseln. Wie dünn ihre Schwester geworden war. Man konnte jede Rippe zählen. Dabei lag es bestimmt nicht am Essen, im Haus am Frauenplan aß man gut und reichlich.

Von nun an hatte Christiane die doppelte Arbeit zu verrichten und hinzu kam die Sorge um die Kranken. Sie war sich stets bewusst gewesen, wie wichtig Ernestina für den Haushalt war, vor allem, nachdem die Tante nicht mehr hatte mithelfen können. Nun überlegte Christiane, ob sie nicht eine zweite Magd einstellen sollten. Oder besser eine Krankenpflegerin? Noch zögerte sie. Ganz sicher würde Ernestina sich bald wieder erholen. Sie hatte beschlossen, Goethe nichts von der Erkältung ihrer Schwester zu erzählen. Seit dem Sommer war er gesund und guter Dinge, arbeitete am *Faust* und an seiner ewigen Farbenlehre, von der Christiane wahrlich geglaubt hatte, sie sei längst abgeschlossen.

»Wo ist eigentlich Ernestina?«, fragte er sie eines Mittags. Sie hatte sich angewöhnt, mit August, ihrer Schwester und den Dienstboten in der Küche zu essen, wenn Besuch da war, außer Goethe bat sie ausdrücklich zu Tisch im Gelben Zimmer, was in letzter Zeit nicht mehr so oft vorgekommen war. Vor allem, seit Goethe die sogenannte »Mittwochsgesellschaft« eingeführt hatte, zu der allwöchentlich niemand Geringeres als die Herzogin Louise samt ihrem Gefolge einschließlich der Frau von Stein im Haus am Frauenplan erschien, machte sich Christiane lieber unsichtbar. Natürlich nicht ohne aus dem Hintergrund stets für Tee und Kaffee und so manche kulinarische Überraschung zu sorgen. Die Damen waren verwöhnt. Neulich hatte Goethe sie mit Kopien seiner antiken Gemmen aus farbigem Zucker überrascht, die er in Wien hatte herstellen lassen. Sie sahen den echten zum Verwechseln ähnlich und das aufgeregte Geschnatter der vornehmen Damen hatte Goethe einmal mehr unendlich glücklich gemacht. Wieder ein gelungener Coup auf der Bühne seines Privattheaters.

Heute war allerdings Freitag und sie waren unter sich.

»Ernestina? Sie … ist auf ihrem Zimmer geblieben.«

Goethe warf ihr einen langen Blick zu.

»Ich hab sie schon seit einer Weile nicht mehr gesehen«, sagte er. »Außerdem ist mir aufgefallen, dass sie sich nicht wie sonst um die Sammlungen kümmert. Die römischen Gemmen sind ganz verstaubt.«

»Ich werde das erledigen«, antwortete Christiane rasch und vermied es, ihm in die Augen zu sehen.

»Warum bleibt deine Schwester auf ihrem Zimmer?«, bohrte er weiter. »Geht es ihr nicht gut?« Sie schüttelte den Kopf. Noch einen Kranken im Haus würde sie nicht verkraften.

Sie beendeten das Mahl schweigend und Christiane glaubte bereits, dass er Ernestina vergessen hatte.

»Lass Doktor Stark kommen«, sagte er plötzlich, nachdem er sich erhoben hatte, um zu seiner Arbeit zurück zu kehren. »Er soll nach deiner Schwester sehen. Ich seh dir doch an, dass du dir Sorgen um sie machst, mein Lieb.«

Die Diagnose des Arztes war niederschmetternd.

»Sie hat die Schwindsucht«, sagte er zu Christiane. »Eigentlich müsste ich sie zur Ader lassen …«

»Nein«, unterbrach Christiane ihn. Die Schwindsucht? Das glaubte sie nicht. Ein schlimmer Husten, das ja. Warum musste es gleich die Schwindsucht sein? Ihr wurde bewusst, wie unhöflich sie sich dem Arzt gegenüber benahm. »Verzeihen Sie, aber … Meine Schwester ist so schwach. Sie braucht etwas Stärkendes.«

»Dann geben Sie ihr jeden Abend ein Glas Portwein«, riet der Arzt.

Das tat sie, und obwohl Ernestina Alkohol nicht mochte, trank sie ihn. Ob er half? Das war schwer zu sagen. Am schwierigsten war es, die Kranke zum Essen zu bewegen, sie klagte über Appetitlosigkeit und nahm selten mehr zu sich als eine winzige Portion, nicht einmal ihre Lieblingsgerichte konnten sie verlocken.

Als Gegen Ende des Jahres auch noch ein paar preußische Offiziere bei ihnen einquartiert wurden, war Christiane so niedergeschlagen, dass sie fast in Tränen ausbrach. Eine Viertelstunde lang zog sie sich in ihr Zimmer zurück. Schließlich raffte sie sich auf und machte sich daran, gemeinsam mit Riemer die Räume auszuwählen, in denen die Männer untergebracht werden sollten.

Von den preußischen Offizieren hörte sie, was draußen in der Welt vor sich ging. Napoleon zog gegen Russland. Der österreichische Kaiser schickte seinen Verbündeten Truppen, und so standen sich in der Nähe einer tschechischen Stadt, deren Name sie noch nie gehört hatte, drei gewaltige Heere gegenüber. Wie an vielen anderen Orten zuvor siegte Napoleon jedoch auch in Austerlitz bei Brünn.

»Wird es jetzt endlich Frieden geben?«, fragte sie ihren Bruder, als er kurz vorbeikam, um nach Juliane und Ernestina zu sehen.

»Frieden? Tja …«, brummte er. »Für wie lange?«

Im Haus am Frauenplan wurden ganz andere Kämpfe ausgefochten. Goethe rang um seinen *Faust*, während sich Ernestina gegen das Fieber und die Hustenkrämpfe wehrte. Es gab Tage, an denen es so aussah, als würde sie wieder gesund werden. Dann stand sie auf, zog ihre Kleider, die allesamt zu weit geworden waren, mit einem Gürtel um ihre Taille zusammen, hatte rosarote Wangen und vor neu erwachtem Lebensmut glänzende Augen.

Wie schön sie ist, dachte Christiane. Und so jung sie noch immer wirkt. Keiner würde denken, dass sie einunddreißig ist. Wachsam beobachtete sie, mit welchem Elan sie die Tante versorgte, sich um die Gemmen, Münzen und Gipsabdrücke kümmerte, das Tafelsilber polierte, bis es blitzte, und August half, seine Mineraliensammlung neu zu ordnen und zu beschriften.

»Du musst das nicht tun«, sagte Christiane leise zu ihr. »Übernimm dich nicht. Geh lieber früh schlafen.«

»Behandle mich nicht wie ein Kind«, gab Ernestina heftig zurück und rote Flecken erschienen auf ihrem Gesicht. Ein paar Tage später jedoch musste sie erneut das Bett hüten. Der Husten, der sie eine Zeit lang nur noch wie eine ständige Heiserkeit begleitet hatte, kehrte mit aller Macht zurück.

Es war am Tag nach Weihnachten, als Christiane zum ersten Mal das Blut in Ernestinas Taschentuch entdeckte. Und als sie an Silvester einen Blutsturz erlitt, begriff Christiane in aller Klarheit, dass ihre Schwester diesen Kampf nicht gewinnen konnte.

»Ich muss dir etwas sagen.«

Es war mehr ein Keuchen. In diesen Tagen Anfang Januar konnte Ernestina nur mit Mühe atmen.

»Überanstrenge dich bitte nicht«, versuchte Christiane sie zu beruhigen.

»Ich hab ihn noch einmal getroffen«, fuhr Ernestina unbeirrt fort.

»Wen meinst du?«

»Christoph.«

Einen Moment lang wusste Christiane nicht, von wem sie sprach.

»Du meinst … Christoph von Lützow?«

Ernestina nickte und unterdrückte den Hustenreiz.

»Während du in Bad Lauchstädt warst«, fuhr sie endlich fort und Christiane sah, wie ein Lächeln ihr Gesicht verzauberte. Dann wurde Ernestina wieder ernst. »Er hatte inzwischen geheiratet, ist schon wieder geschieden. Und …« Sie schien zu zögern und warf Christiane einen prüfenden Blick zu, so als überlegte sie, ob sie ihr vertrauen könnte. »Weißt du«, sagte sie dann leise und sah an Christiane vorbei aus dem Fenster. »Wir wären wirklich sehr glücklich miteinander geworden. Wenn dieser Brief nicht gewesen wäre.«

Heiß schoss Schamesröte in Christianes Gesicht.

»Was hat er dir gesagt?«

Ernestina schüttelte sacht den Kopf. »Er hat euch alle an der Nase herumgeführt, dieser falsche Pfarrer«, brachte sie mühsam hervor. »Kein Jahr, nachdem sie Christoph dazu überredet hatten, unsere Verlobung aufzulösen, hat seine Schwester diesen Heinrich Toel geheiratet.«

»Sie hat … sie hat diesen Pfarrer geheiratet? Denselben, der Goethe geschrieben hat?«

Ernestina nickte.

»Er wollte den Gutshof haben und er hat ihn auch bekommen. Hätten Christoph und ich geheiratet, wäre seine Schwester leer ausgegangen. So sind die Gesetze dort oben.« Christiane fand keine Worte, so entsetzt war sie. »Aber das spielt jetzt keine Rolle mehr«, flüsterte Ernestina. »Wichtig ist nur eines: Am Ende bin ich doch noch seine Frau geworden.« Sie lächelte. So blau waren ihre Augen, so zart und golden ihr dünn gewordenes Haar. »Genau wie du und der Geheime Rat. Und darüber bin ich froh, Christel. Unendlich froh.«

Sie schloss die Augen, ihr Atem ging unregelmäßig und alles schien sie unsäglich anzustrengen. Christiane nahm ihre Hand und drückte sie. Wie zart sie war, und so heiß. Ernestina erwiderte ihren Druck und Christiane konnte ihre Tränen nicht mehr zurückhalten. Sie sah ihre Schwester wieder vor sich, damals, als sie in der Jacobsgasse gewohnt hatten, stets ein bisschen zu kindlich für ihr Alter, voller Erwartungen auf das, was das Schicksal für sie bereithielt. Sie sah sie in dem blauen Kleid bei ihrem allerersten Theaterbesuch und wenig später bei ihrem ersten Ball. Und nun verglühten all diese Hoffnungen in dieser Dachkammer. Ein Leben in zweiter Reihe, den meisten unbekannt. Ich hab alles falsch gemacht, dachte Christiane verzweifelt. Ich hab nicht gut genug für sie gesorgt.

»Seither versteh ich dich erst«, hörte sie Ernestina flüstern. »Ich wünschte nur, ich wäre so mutig gewesen wie du. Er hat gesagt, ich soll bei ihm bleiben. Aber dann hätte ich dich ja im Stich gelassen, Christel. Dich und die Tante. Und das konnte ich unmöglich tun.«

Danach schlief Ernestina ein. Noch lange hielt Christiane ihre Hand.

Tante Juliane lag mit offenen Augen in ihrem Bett, als sie schließlich zu ihr trat.

»Du hast das gewusst«, sagte Christiane leise.

In dem wächsernen Gesicht blitzten Julianes kluge Augen so wach und verschmitzt wie früher.

»Natürlich«, antwortete sie. »Und ich bin froh, dass ich sie darin bestärkt habe, ihrem Herzen zu folgen.«

Christiane sah, wie Speichel aus dem Mundwinkel ihrer Tante zu laufen begann, nahm ein Tuch und wischte ihn behutsam ab.

»Ich habe alles falsch gemacht«, sagte sie niedergeschlagen. Die Tante schüttelte unmerklich den Kopf.

»Du und dein Goethe, ihr habt das Richtige getan«, flüsterte sie. »Ich hab mich erkundigt. Der Junge hat überall Schulden. Deshalb hat ihn auch seine Frau verlassen. Ihr habt unser Tinchen vor Schlimmem bewahrt.« Juliane Vulpius hielt inne, schien Kraft zu sammeln für das, was sie sagen wollte. »Sie wünschte sich diese Erfahrung. Und die hab ich ihr von Herzen gegönnt.«

Ernestina Vulpius starb am 7. Januar, das Jahr 1806 war noch jung. Als sie in der eiskalten Nacht fünf Tage später in der Familiengruft begraben wurde, hatte Christiane das Gefühl, nie wieder etwas empfinden zu können.

»Ihr beide«, brachte Juliane Vulpius jedoch mit Mühe hervor, als sie an einem dieser Abende an ihrem Bett saß, »Ernestina und du, ihr wart wie zwei Kerzen in der Nacht. Eine ist heruntergebrannt, Gott hab sie selig. Zum Glück brennst immer noch du, Christel. Du brennst. Vor lauter Liebe. Und das ist gut so.«

17. KAPITEL

Weimar, Oktober 1806

Christiane legte einen Strauß Blumen auf das Familiengrab. Am 1. März des Jahres, fast drei Monate nach Ernestina, hatte auch Juliane Vulpius ihre Augen für immer geschlossen. Friedvoll war sie eingeschlafen und nicht wieder aufgewacht.

Ein Windstoß riss den Bäumen die herbstgelben Blätter von den Zweigen und jagte sie über den Kirchhof. Christiane zog ihren Mantel enger um sich, sah hinauf zum Turm der Jacobskirche und wandte sich wieder ab. Onkel Fridolin war vor einem halben Jahr ebenfalls hochbetagt gestorben. Nun gab es keinen Stadttürmer mehr. Christiane vermisste die Gespräche mit ihm, auch wenn sie ihn viel zu selten besucht hatte, wie ihr jetzt bedauernd bewusst wurde. Niemand wachte mehr über die Stadt. Außerdem war mit dem Türmer der letzte Vulpius aus der Generation ihrer Eltern für immer gegangen.

Auf ihrem Heimweg sah sie schon wieder Soldaten, die in langen Formationen die Stadt ostwärts durchquerten. Rasch wich sie in Seitengassen aus, kam an der Hofapotheke vorbei und überlegte, ob sie Henriette auf einen Sprung besuchen sollte. Sie entschied sich dagegen. Ihr war in letzter Zeit nicht nach Gesellschaft, und das war eigenartig und passte so gar nicht zu ihr.

»Jetzt hab ich nur noch euch«, hatte Christiane zu ihrem Bruder und seiner Frau Helene gesagt, einer sanften, klugen Frau, mit der sie sich gut verstand. Die beiden hatten vom Herzog ein schönes Haus an der Ilm zur Verfügung gestellt bekommen, wo sie mit dem kleinen Rinaldo lebten. Im vergangenen Jahr war Christian zum Bibliothekar und Münzinspektor ernannt worden und hatte endlich ein passables Auskommen.

»Aber du hast doch deinen Sohn«, hatte er sie zu trösten versucht.

Sicherlich. Da war August, auch wenn sie das Gefühl hatte, dass ihr der große Junge mehr und mehr entglitt. Er war in einem schwierigen Alter, nicht mehr Kind und noch kein Erwachsener. Seit sie denken konnte, waren Juliane und Ernestina um sie gewesen. Sie vermisste die beiden entsetzlich. Es fühlte sich fast so an, als habe sie einen Teil von sich selbst verloren. Würde sie sich daran jemals gewöhnen?

Sie war nicht die Einzige, die Verluste hinnehmen musste, auch Goethe litt, vor allem unter Schillers Tod. Das Schlimme jedoch war, dass sie alle beide für sich allein trauerten. Dass sich jeder von ihnen heimlich in seinen vier Wänden ausweinte, um dann mit gefasster Miene zu versuchen, miteinander fröhlich zu sein. Unbeschwert. So als ob das möglich wäre.

»Weißt du«, hatte er eines Tages zu ihr gesagt, »allein, dass du da bist, mein Lieb, das tut mir so gut. Bei dir kann ich sein, wie ich bin.«

Da hatten sie sich seit Langem wieder einmal umarmt und waren beisammen geblieben, hatten die Nacht miteinander verbracht wie in alten Zeiten. Schon seit einigen Jahren schliefen sie getrennt, weil Goethe in den frühen Morgenstunden die schönsten Eingebungen hatte und schon ihr Anblick ihn von seinen Gedanken und Ideen ablenkte. »Das musst du verstehen«, hatte er ihr zu erklären versucht. »Du bist eine so wunderbare Frau. Wie könnte ich da an etwas anderes denken als an Liebe und Zärtlichkeit?«

Liebe und Zärtlichkeit hatte sie bitter nötig, und das hatte er in dieser Nacht verstanden. Auch wenn sie nicht über ihre Trauer sprachen, so verbrachten sie doch endlich wieder mehr Zeit miteinander.

Man hat sich an allerhand gewöhnt, dachte Christiane, als der Lärm der Truppen wieder näher kam und sie durch zwei Gassen hindurch die stramm marschierenden Soldaten zu sehen bekam. Ja, man gewöhnte sich an vieles, und mitunter erschreckte sie das. Daran, dass das Geld immer weniger wert wurde. An die Anwesenheit des Militärs. An die Nachrichten über neue Kämpfe, Siege, Verluste. Die Welt wurde neu geordnet, Grenzen verschoben, das Heilige Römische Reich deutscher Nation zerfiel, während im Westen mehrere Staaten den »Rheinbund« gründeten und sich Frankreich anschlossen – und auch daran gewöhnte man sich. Wenn sie August zuhörte, wie begeistert er über die »Zeitenwende« sprach, in der sie sich befanden, darüber, wie überholt alles Althergebrachte sei, dass es notwendig sei, die alten Strukturen zu zerschlagen, damit endlich modernere Zeiten anbrechen konnten, dann wurde ihr ganz anders. Sein Vater meinte, dass das Wort »modern« von »vermodern« komme, August wiederum antwortete, dass dies durchaus passend sei, denn all die winzigen Herrschaftsbereiche, in die das Heilige Römische Reich deutscher Nation inzwischen zerfallen sei – genau dies sei vermodert und müsse einer neuen Ordnung weichen.

»Die Franzosen haben die Welt ja längst erobert«, hatte Goethe nach seiner Rückkehr aus Jena resigniert erklärt, wo er mit einem Major Hendrich die Feldlager besichtigt hatte. »Dazu braucht es gar keinen Bonaparte mehr. Wir haben in großen Teilen ihre Sprache übernommen. Schau dir die französischen Kolonien an! Die Franzosen sind bereits überall. Ihr Frauen kleidet euch am liebsten *à la parisienne*, und auch in unsere Küchen sind sie eingedrungen.«

»Warum ergeben wir uns Napoleon nicht ganz einfach?«,

schlug Christiane vor und nahm mit gemischten Gefühlen einen Bissen von ihrem Burgunder Hähnchengericht. »Dann müsste es wenigstens kein Blutvergießen geben.«

»Uns wird ohnehin nichts geschehen«, versuchte Goethe sie zu beruhigen. »Bei Jena steht ein riesiges Heer. Der preußische König hat dort fast hunderttausend Mann versammelt. Zelte bis zum Horizont. Da kommen die Franzosen nicht durch.«

Dennoch. Unheilvolle Gerüchte kursierten in der Stadt. Bonaparte marschiere auf Berlin zu, hieß es. Nein, seine Truppen seien aufgerieben, bald hätte man ihn geschlagen. Man berichtete von den riesigen preußischen Einheiten, rühmte ihre Befehlshaber, die Fürsten von Hohenlohe und von Braunschweig, zählte die Verdienste der Generäle auf wie die von Tauentzien, von Wartensleben, dem Grafen von Kalckreuth. Noch nie hatte sich ein so großes Heer unter preußischer Führung versammelt wie in diesem Oktober 1806.

Trotz all der Unruhe ging Christiane an jenem Abend ins Theater. Auf dem Spielplan stand *Fanchon, das Leiermädchen*, eine beliebte Operette des Berliner Kapellmeisters Friedrich Heinrich Himmel. Sie basierte auf einem französischen Vaudeville, und Christiane fragte sich einmal mehr, warum man sich bekriegen musste, wo man einander doch schätzte, dieselben Werte vertrat und sich gegenseitig kulturell befruchtete?

Am folgenden Morgen, einem Dienstag, lag ein unheilvolles Schweigen über der Stadt, das Christiane sich nicht erklären konnte. Sie ging in den Keller und prüfte die reichlichen Vorräte, die sie für diesen sonderbaren Herbst und Winter angelegt hatte. Speckseiten und Schinken hingen dicht an dicht an den Haken. Sie sah nach, ob in den Erdmieten, in denen sie Möhren, Kartoffeln, Rüben, Rote Beete und viele Feldfrüchte mehr eingelagert hatte, nicht etwa Mäuse eingezogen waren. Prüfte den Stand der Gärung in den Krautfässern. Kontrollierte den Bestand an Bier, Wein, Champagner – von allem war ausreichend vorhanden. Auch zwei große Fässer Schmalz hatte sie liefern lassen. An diesem Tag würde es Rindfleisch mit Senf und Rübchen geben, davor eine Erbsensuppe und zum Nachtisch Napfkuchen.

Es war ein strahlend schöner Herbsttag. Kurz vor dem Mittagessen ging Christiane in den Garten, um die letzten Rosen für das Tischgesteck zu schneiden, als sie glaubte, in der Ferne Donnergrollen zu hören. Das war nicht möglich. Der strahlend blaue Himmel sah kein bisschen nach Gewitter aus. Sie musste sich getäuscht haben. Als sie schon fast wieder im Haus war, vernahm sie es wieder. Ein tiefes, anhaltendes Grollen.

»Hast du das auch gehört?«

Sie stand in Goethes Arbeitszimmer, die Rosen noch in der Hand. Er blickte von seinen Papieren auf.

»Was denn?«

Sie ging zum Fenster und öffnete es. Da war es wieder.

»Es hört sich an wie ein Gewitter. Oh mein Gott, es werden doch wohl keine Kanonen sein?«

Goethe trat neben sie und lauschte ebenfalls. Er ging zum Sekretär, schrieb etwas auf ein Blatt Papier, faltete es zusammen und reichte es Riemer.

»Seien Sie so gütig und bringen das dem Geheimen Rat Voigt«, sagte er und der Hauslehrer machte sich sogleich auf den Weg.

Sie warteten mit dem Essen auf seine Rückkehr und gingen dann zu Tisch. Keiner sprach, nicht einmal August. Alle schienen sie angestrengt zu lauschen. Während sie die Suppe aßen, blieb es ruhig, so dass sie den Hauptgang in Ruhe einnahmen und wieder miteinander zu plaudern begannen. Christiane atmete auf.

»Wer möchte Kaffee zum Kuchen?«, fragte sie.

Sie war bereits aufgestanden, als ganz in der Nähe Schüsse knallten, ja, ihr war, als peitschten sie knapp über ihr eigenes Dach hinweg. August und sein Vater sprangen auf und liefen ins Vorderhaus, um zu sehen, was da draußen vor sich ging. Riemer folgte ihnen. Christiane zwang sich, die Nerven zu bewahren und das Naheliegende zu tun, also trug sie die Schüssel mit dem restlichen Braten in die Küche hinunter, rief nach der Magd, die zusammen mit der Köchin in den Hof gelaufen war und sich aufgeregt mit Karl Goldschmidt beriet. Christiane fand beruhigende Worte, ordnete an, den Tisch abzuräumen, und schickte die Köchin zurück in die Küche. Danach sah sie nach den Männern und fand sie an den Fenstern neben dem Hauptportal zum Frauenplan.

Was sich dort draußen abspielte, ließ ihren Atem stocken. Horden von preußischen Soldaten, die Uniformen verschmutzt und zerrissen, rannten ungeordnet in Richtung des Erfurter Tors. Einige unter ihnen humpelten, jetzt erst erkannte Christiane, dass viele verletzt waren. In ihren Mienen las sie blanke Panik. Entschlossen lief sie erneut in die Küche und ließ die Magd und die Köchin einen Eimer Wasser am Brunnen füllen und Becher vors Haus bringen. Dankbar nahmen viele der versprengten Soldaten das Angebot an und stillten ihren Durst.

»Die Franzosen sind hinter uns her«, erklärte einer auf Christianes Frage hin und verschüttete die Hälfte des Bechers beim Trinken, so sehr zitterte seine Hand.

»Was ist passiert?«

»So genau wissen wir es nicht«, warf ein anderer ein. »Bonaparte hat uns jedenfalls geschlagen. Jena ist eingenommen. Rette sich, wer kann.«

»Sind die Franzosen auf dem Weg hierher?«

»Und ob sie das sind! Sie stehen vor den Toren.«

Andere drängten nach, berichteten wirre Dinge, die für Christiane keinen Sinn ergaben. Von einer entsetzlichen Niederlage bei Auerstedt war die Rede. Und dass der Herzog von Braunschweig von einer Kugel am Kopf getroffen und erblindet sei. Auch General Wartensleben sei verletzt, das Pferd unter ihm totgeschossen. Die Franzosen hätten viele Gefangene genommen. Schließlich habe der preußische König selbst den Rückzug angeordnet.

Endlich wurde es wieder still auf dem Frauenplan und August, der losgerannt war, um zu sehen, ob es stimmte, dass die Franzosen bereits vor den Toren lagen, kam mit der Nachricht zurück, dass er nichts davon gesehen habe.

»Aber das heißt nicht, dass sie nicht kommen werden«, fügte er ernst hinzu. »Wo ist mein Vater?«

Christiane betrachtete ihren Sohn. Ihr war, als wäre er in den vergangenen Stunden erwachsen geworden.

»In seinem Zimmer vermutlich«, antwortete sie.

»Wie kann er auf seinem Zimmer sitzen, während die Franzosen näher rücken?«

»Komm lieber ins Haus«, rief Christiane ihn zur Ordnung. »Dein Vater weiß gewiss, was zu tun ist.«

Während der nächsten Stunde blieb es ruhig in der Stadt und Christiane besprach mit ihren Dienstleuten, wie sie ihre Vorräte noch sicherer verwahren konnten. Ob sie wohl wieder Einquartierungen bekommen würden? Damit war zu rechnen. Sie ließ Karl frisches Stroh besorgen und vorsorglich Platz im Stall schaffen, falls sie zusätzliche Pferde unterbringen mussten. Dabei versuchte sie die ganze Zeit, nicht an das Schlimmste zu denken. Nicht an das, was man sich von siegreichen feindlichen Soldaten erzählte. Plünderungen. Misshandlungen. Womöglich die Zerstörung der gesamten Stadt?

Am Nachmittag wurden die ersten französischen Husaren gesichtet und bald wurden es mehr. Sie machten Anstalten, auf dem Frauenplan ein Biwaklager zu errichten, und Christiane schickte August und Riemer, ihnen einige Eimer Bier zu bringen, um ihnen zu zeigen, dass man ihnen in Weimar freundlich gesinnt war. Goethe rief nach Mantel, Hut und Stock, um gemeinsam mit Riemer zum Marktplatz zu gehen und mit eigenen Augen zu sehen, mit wem genau man es zu tun hatte und ob man mit ihren Befehlshabern in Verhandlungen treten konnte. Schließlich kam Riemer allein zurück.

»Wo ist der Geheime Rat?«

»Wir haben einen Husarenoffizier getroffen, den er von früher kennt«, berichtete Riemer hoffnungsfroh. »Ein Baron von Türckheim. Es ist der Sohn einer alten, sehr guten Bekannten. Mit ihm geht er jetzt zur Herzogin. Er lässt Ihnen ausrichten, dass alles gut wird. Der berühmte Marschall Ney höchstpersönlich wird mit seinem Stab bei uns einquartiert werden, also brauchen Sie sich keine Sorgen mehr zu machen. Außer seinen Leuten sollen wir niemanden ins Haus lassen.«

Christiane atmete auf. Eilig gab sie der Köchin Instruktionen zu einem wahren Festmahl. Dann machte sie sich gemeinsam mit der Magd daran, Zimmer für den Marschall und seine Begleiter vorzubereiten. Wie viel Mann würde er wohl mitbringen? Sicherheitshalber ließ sie zusätzlich einfache Strohlager auch im Eingangsbereich des Hauses herrichten, im Flur, im seitlich davon gelegenen Dienstbotenzimmer und in der Halle vor dem Treppenaufgang.

Sie hielt inne. Von draußen hörte sie Lärm, Geschrei und Gepolter. Als sie ans Fenster trat, sah sie in der Abenddämmerung, dass das Zeltlager der französischen Soldaten bis dicht an ihr Haus herangewachsen war. Die Zahl der Kampierenden hatte sich in den letzten Stunden vervielfacht und nicht alle hatten Zelte. Entsetzt sah sie, wie an den umliegenden Häusern gegen die Tore geschlagen wurde. Hier und da klirrte sogar Fensterglas. Begannen jetzt die Plünderungen?

»Mamsell Vulpius!«, rief die Magd. »Kommen Sie! Da sind Leute im Hof. Die wollen alle bei Ihnen unterkommen.«

Eilig begab sie sich in den Hof.

»Christel!« Es war Hanne mit ihrer Familie samt ihrer alten Mutter. Gust scharrte verlegen mit den Füßen und wusste nicht, wohin er schauen sollte. »Wir sind über die Ackerwand hereingekommen, zum Glück hat uns euer Stallknecht aufgemacht. Bitte weis uns nicht ab. Bei uns im Viertel brennt's. Die Franzosen schlagen die Türen ein. Wir haben solche Angst. Bitte! Dürfen wir bei euch bleiben?«

Natürlich durften sie das. Christiane führte die Familie hinauf in die Mansardenräume, die einst Ernestina und die Tante bewohnt hatten. Sie bat die Magd, Hanne ausreichend Leintücher zu geben, damit sie sich die Betten selbst herrichten konnten. Und ein paar Säcke mit Stroh zu füllen, damit jeder ein Lager bekam.

»Ich glaube, die Henriette wird noch kommen«, flüsterte Hanne. »Die Franzosen haben die Apotheke geplündert. Ihr Mann ist vollkommen außer sich.«

»Hier ist Platz genug«, erklärte Christiane und dachte an ihren Bruder und seine Familie. Kurz erwog sie, August durch den Park zu ihnen zu schicken, wagte es am Ende jedoch nicht, nachdem sie gehört hatte, dass auch dort die Soldaten lagerten. Würden Christian, Helene und der kleine Rinaldo es zu ihnen schaffen? Oder harrten sie lieber bei sich zu Hause aus?

Wie von Hanne angekündigt trafen eine Stunde später Henriette und Clemens Carus mitsamt ihren Kindern bei ihr ein, außerdem eine benachbarte Familie, und alle halfen zusammen, um für jeden unter dem Dach des Hinterhauses einen Schlafplatz zu finden. Mit klopfendem Herzen hörte sie sich die schrecklichen Geschichten an, die die Gäste erzählten. Plündernde, marodierende Soldaten, die vor nichts zurückzuschrecken schienen.

Es mochte ja stimmen, dass die Anwesenheit des Marschalls ihnen Sicherheit bringen würde. Noch war er allerdings nicht da. Konnte es in solchen Zeiten überhaupt Sicherheit geben? Wenn wenigstens Goethe wieder nach Hause käme!

Da fiel Christiane auf einmal etwas ein. Sie lief in ihr Zimmer und suchte die beiden Pistolen heraus, die sie früher auf ihren Reisen mit sich geführt hatte. Lange hatte sie die nicht mehr in den Händen gehabt. Ob sie mit ihnen überhaupt noch umgehen konnte? Sie sah überall nach, die Schachtel mit Munition fand sie nicht. Sie konnte sich nicht daran erinnern, ob sie leer gewesen war oder ob sie sie einfach verlegt hatte. Wütend auf sich selbst legte sie die Pistolen wieder zurück.

Erschrocken fuhr sie herum, als sie das Knarren der Zimmertür hörte.

»Ist der Marschall noch nicht da?«

Es war Goethe. Vor Erleichterung wurden ihr fast die Knie weich.

»Nein«, antwortete sie und fiel ihm um den Hals. »Aber eine Menge anderer Gäste.« Sie berichtete ihm von den Familien, die bei ihnen Zuflucht gesucht hatten. »Das ist dir doch recht, oder?«

»Natürlich, mein Lieb. Es ist wirklich nicht geheuer in der Stadt. Die arme Herzogin. Von ihr hängt jetzt alles ab, solange Carl August nicht da ist.«

Unten im Hof hörten sie den Kutscher zornig schreien. Jemand pochte vernehmlich gegen eines der Hoftore.

»Vielleicht ist das Marschall Ney.«

Es waren nicht die Gefolgsleute des Marschalls, sondern einfache Soldaten, Husaren aus dem Elsass, die höflich und mit Nachdruck nach einer Unterkunft verlangten.

»Wir sind seit achtundvierzig Stunden auf den Beinen«, erklärte ihr Anführer. »Alles, was wir fordern, ist ein sicheres Lager.«

Es waren sechzehn Mann und Goethe erlaubte ihnen, sich im Dienstbotenzimmer auszuruhen. Sie waren so erschöpft, dass sie weder zu essen noch zu trinken wünschten, sondern sich auf dem Stroh ausstreckten und auf der Stelle einschliefen.

»Und jetzt?«, fragte Christiane ratlos, nachdem sie die Tür hinter den fremden Soldaten geschlossen hatte. »Können wir einfach zu Bett gehen mit all diesen feindlichen Soldaten im Haus?«

»Ich werde Wache halten«, versicherte August eifrig.

»Das kommt nicht infrage«, entschied Goethe. »Ich habe eine andere Aufgabe für dich. Kannst du bei Karl im Stall schlafen, damit uns niemand die Pferde stehlt?«

Sogleich lief August, um sich Kissen und Decken zu holen und sich beim Kutscher ein Lager herzurichten.

»Und ich übernehme es, hier zu wachen«, erklärte Riemer selbstbewusst. »Legen Sie sich nur zur Ruhe. Wenn der Marschall kommt, werde ich Sie wecken.« Unschlüssig sah Christiane von dem Hauslehrer zu Goethe. Sie hatte kein besonders herzliches Verhältnis zu diesem Mann. Bei jeder passenden Gelegenheit ließ er sie fühlen, dass sie nicht so gebildet war wie er. »Sie sprechen ja ohnehin kein Wort Französisch, Mamsell Vulpius«, fügte er jetzt prompt hinzu.

»Riemer hat recht«, sagte Goethe und legte seinen Arm um ihre Schulter. »Lass uns schlafen. Vermutlich werden wir in den nächsten Tagen noch viel Kraft brauchen. Vor allem du.«

Christiane lehnte kurz ihren Kopf an seine Brust. Eine bleierne Müdigkeit legte sich über sie.

»Und Sie schlagen auch bestimmt sofort Alarm, wenn etwas sein sollte?«

»Gewiss.« Riemer warf ihr einen ungeduldigen Blick zu.

»Hoffentlich geht das alles gut aus«, seufzte sie und wünschte Goethe eine gute Nacht.

Sie selbst begab sich in die Küche, um hier nach dem Rechten zu sehen. Marschall Neys Begrüßungsmahl wurde in vielen Tontöpfen auf dem Ofen warm gehalten. Sie dachte an die Nachbarn und Freunde unter dem Dach und maß entschlossen eine große Menge gemahlenen Hafer in einen Kessel, gab ausreichend Wasser zum Quellen dazu und etwas Salz. Dann stellte sie den Kessel auf die Glut, damit der Haferbrei am nächsten Morgen fertig sein würde. Mittags würden sie eine Kartoffelsuppe kochen mit einer guten Portion Speck darin.

Sie sah kurz im Stall nach und stellte beruhigt fest, dass Karl ihren Sohn bereits unter seine Fittiche genommen hatte. Dann ging sie hinauf in die Mansarden, um nachzusehen, ob ihre Gäste gut versorgt waren. Lisbet und Lotte waren noch wach, und auch die Erwachsenen konnten vor Sorge nicht schlafen. Also machte Christiane Milch für die Kinder warm und holte den Eltern einen Krug Wein aus dem Keller.

»Wir sind so froh, dass wir hier sein dürfen«, flüsterte Hanne dankbar.

»Ich mag gar nicht daran denken, wie wir unser Heim antreffen werden, wenn das alles vorbei sein wird«, murmelte Clemens Carius.

»Versucht zu schlafen«, riet Christiane. »Hier seid ihr sicher. Es wird schon alles gut ausgehen.« Jedenfalls hoffte sie das selbst.

Es war spät, als sie beschloss, in ihrem eigenen Zimmer zu schlafen, um Goethe nicht zu wecken. Sie hatte sich halb ausgezogen, als sie innehielt und lauschte. Aus der Nachbarschaft ertönte ein solcher Lärm, dass es Christiane heiß und kalt wurde.

Auf einmal begannen die Kirchenglocken Sturm zu läuten. Hastig zog sie ihr Kleid wieder über und schlang sich ein Wolltuch um. Sie rannte ins Vorderhaus und stieg hinauf bis unters Dach. Von hier aus hatte sie Sicht über die ganze Stadt.

Der Anblick, der sich ihr bot, war entsetzlich. In vielen Straßenzügen brannte es lichterloh, und kein Türmer war mehr da, um Alarm zu schlagen. Wie gut, dass Onkel Fridolin, der sie bereits vor Jahren gewarnt hatte, diese Katastrophe nicht mehr miterleben musste. Im Jacobskirchviertel, wo sie groß geworden war, schlugen Flammen hoch in den Himmel. Und weiter östlich in der Nähe der Ilm. Türen und Fenster wurden eingeschlagen, sie konnte den Lärm bis hierher hören.

Aus dem Lager direkt unter ihr am Frauenplan löste sich eine Gruppe von Soldaten, bewaffnet mit Bajonettgewehren, und näherte sich ihrem Haus. Gleich darauf hörte sie die hohlen Schläge von Gewehrkolben, die durch das Gebäude dröhnten.

»Ouvrez la porte!«

So schnell sie konnte lief sie all die vielen Treppen wieder hinunter. Im Hausflur vor der Tür traf sie auf Riemer, der zum Fenster hinausspähte.

»Das sind *Tirailleurs*«, erklärte er verängstigt. »Die schrecken vor nichts zurück.«

»Wir öffnen auf keinen Fall«, keuchte sie atemlos.

Angstvoll starrten sie auf die geschlossene Haustür. Wieder und wieder schlugen die Soldaten von außen gegen das Holz. Dann hatten sie das Flurfenster entdeckt. Einer der Soldaten drückte sein Gesicht dagegen und versuchte hereinzuspähen.

»Sagen Sie ihm, dass das Quartier voll belegt ist«, raunte Christiane Riemer zu.

In selben Moment zersplitterte das Fenster und Christiane sah den Kolben eines Gewehrs.

Riemer tat sein Bestes, auch wenn Christiane nicht verstand, was er mit den Franzosen verhandelte. Schließlich jedoch zogen sie sich zurück und Christiane atmete auf.

»Wir müssen Karl wecken«, entschied sie. »Das Fenster muss vernagelt werden. Und am besten alle anderen im Erdgeschoss ebenfalls.«

»Ich kümmere mich darum«, bot Riemer an. »Verlassen Sie sich auf mich.«

Einige Augenblicke lauschte sie noch und sah durch das zersplitterte Fenster hinaus in die Nacht. Alles schien ruhig.

»Und Sie lassen bestimmt niemanden ein?« Wieso fiel es ihr so schwer, diesem Mann zu vertrauen?

»Natürlich nicht.«

»Nun … gute Nacht«, sagte sie und kehrte in ihr Zimmer zurück.

Als sie endlich im Bett lag, war sie sich sicher, in dieser Nacht kein Auge zuzumachen. Gleich darauf war sie fest eingeschlafen.

Mitten in der Nacht fuhr sie auf. Sie hörte Männerstimmen und das Geräusch von schweren Stiefeln auf dem Holzfußboden. Vielleicht war der Marschall eingetroffen. Warum hatte Riemer sie nicht längst geweckt? Eilig stand sie auf und zog sich ihr Hauskleid über das Nachthemd. Die Stimmen wurden fordernder, es wurde geschrien. Dazwischen hörte sie zu ihrem Schrecken die Stimme ihres Geliebten. Waren die Fremden etwa bereits in seinen Privatgemächern?

Mit zitternden Händen zündete sie eine Kerze an und öffnete die Tür einen Spaltbreit. Aus Goethes Schlafzimmer drang Licht. Dort drinnen brüllte jemand laut auf Französisch herum. Sie entdeckte Riemer auf der Treppe, angstvoll streckte er den Hals vor.

»Was ist denn da los?«, rief sie zornig.

»Die *Tirailleurs*«, antwortete er gedämpft. »Sie … sie haben sich den Zutritt … erzwungen. Ich hatte ihnen gesagt, dass der Geheime Rat von Goethe hier …«

»Sie Trottel«, fauchte Christiane. »Gehen Sie! Schnell! Holen Sie auf der Stelle den Karl.«

Riemer hastete davon.

Auf einmal hörte sie wieder Goethes Stimme. Nicht mehr beruhigend und mahnend. Sondern flehend, als hätte er große Angst. Ja, jetzt schrie er sogar wie unter Schmerzen, während die Fremden höhnisch auflachten. Christiane gefror das Blut in den Adern, aber nur kurz, dann wurde ihr auf einmal heiß vor Zorn.

Entschlossen lief sie zurück in ihr Zimmer, stellte die Kerze ab und riss die Kommode auf. Mit beiden Händen griff sie nach den Pistolen. Sie hatte zwar keine Munition, dafür Mut. Außerdem wussten die Eindringlinge nicht, dass sie bluffte.

Als sie die Tür zu Goethes Zimmer aufstieß, blieb ihr beinahe das Herz stehen. Ihr Liebster stand vor seinem Bett, mit nichts weiter bekleidet als mit seinem Nachthemd. Einer der beiden *Tirailleurs* hielt das Bajonett auf seine Brust gerichtet, der andere riss an seinem Hemd und schlug ihm mit aller Kraft ins Gesicht.

»Schluss jetzt, *finit*«, schrie sie und richtete beide Pistolen auf die Eindringlinge. »Runter mit dem Gewehr!«

Die beiden Franzosen fuhren herum. Als sie die Waffen sahen, wurden sie bleich. Geistesgegenwärtig griff Goethe nach dem Gewehr und entwand es dem Soldaten.

»*Allez, allez*«, kommandierte Christiane und trieb die beiden vor sich her aus dem Zimmer. Sie sprach zwar nur diese paar Brocken Französisch, doch die Soldaten verstanden ganz genau. »Riemer«, schrie sie so laut sie konnte. »Verdammt noch mal! Karl!« Es war Gust, der plötzlich aus dem Treppenhaus auftauchte, den vorderen Soldaten am Arm packte und ihn ihm auf den Rücken drehte. Dem hinteren stieß Christiane erbarmungslos den Lauf einer ihrer Pistolen in den Rücken, und so drängten sie die beiden über den Brückenbau hinüber ins Vorderhaus und hinunter zur Pforte.

»Wie schade, dass ich keine Kugeln da drin hab«, zischte Christiane, nachdem sie die *Tirailleurs* vor die Tür gesetzt hatten. »Ich hätt sie den beiden zu gern in den Leib gejagt.«

»Die … sind überhaupt nicht geladen?«

Nun musste Christiane lachen.

»Sieh mich nicht so entgeistert an, Gust«, entgegnete sie. »Und verrat das bloß niemandem. Vor allem keinem Franzosen.«

In dieser Nacht blieb sie bei ihrem Liebsten. Sie fand ihn in seinem Arbeitszimmer, das Nachthemd zerrissen und mit blutender Unterlippe. Er hatte sich nicht einmal seinen Schlafrock übergezogen, so durcheinander war er. Ängstlich tastete er seine Folianten und Ordner ab, so als genügte es ihm nicht, zu sehen, dass hier niemand eingedrungen war und sich alles an seinem Platz befand. So als müsste er die Unversehrtheit seiner Arbeit fühlen und könnte erst dann sicher sein, dass ihm nichts geraubt worden war.

»Komm zu Bett«, bat sie ihn sanft und führte ihn in ihr Schlafzimmer. »Es ist alles gut«, versicherte sie ihm und legte kalte Umschläge auf seine Wange, dort, wo man ihn geschlagen hatte, und stoppte die Blutung an der Lippe. »Haben sie dir sonst noch etwas angetan?«, fragte sie ihn leise.

Goethe schwieg und wandte den Kopf ab.

»Davon darf niemals jemand erfahren, hörst du?« Er nahm ihr das kühlende Tuch ab und sah sie eindringlich an.

»Natürlich nicht.«

Mit einer jähen Bewegung nahm er sie in seine Arme, verbarg sein Gesicht in ihrem Haar und schluchzte auf.

»Du ... du hast mir das Leben gerettet.«

»Schhhh«, machte sie und wiegte ihn sanft. Eine Gänsehaut überlief sie, wenn sie daran dachte, wie nah sie alle dem Tod gewesen waren. Befanden sie sich womöglich noch immer in Lebensgefahr?

»Alles wird gut werden«, wiederholte sie, zum wie vielten Male in dieser Nacht? Mühsam zwang sie sich, ihren eigenen Worten zu glauben. »Du hast es selbst gesagt. Bald kommt Marschall Ney und wir sind in Sicherheit.« Und diesem Riemer, fügte sie finster in Gedanken hinzu, dem zieh ich eigenhändig das Fell ab.

Es klopfte. Augenblicklich verkrampfte sich Goethe und auch Christiane schreckte zusammen.

»Ich bin es«, hörten sie zu ihrer Erleichterung die wohlbekannte Stimme des Kutschers durch die geschlossene Tür. »Karl. Ich wollte nur sicher sein ... Ist alles in Ordnung?«

»Bei uns ja. Danke«, rief Christiane zurück. »Was ist mit August?«

»Der Junge schläft tief und fest.«

Christiane atmete auf.

»Bitte haben Sie ein Auge auf Riemer. Und lassen Sie bloß keinen mehr von diesen Kerlen ins Haus.«

Es dauerte lange, bis Goethe sich wieder einigermaßen beruhigt hatte und endlich einschlummerte. Christiane fragte sich, was geschehen war, ehe sie mit ihren Pistolen erschienen war. Auch davon durfte keiner etwas wissen. Es würde ihr Geheimnis bleiben, und Riemer würde hoffentlich so klug sein, ebenfalls den Mund zu halten, schließlich trug er die Schuld an allem.

Endlich fand sie etwas Schlaf, doch schon im Morgengrauen wurden sie durch Neys Adjutanten geweckt, der die Ankunft seines Marschalls ankündigte. Mit einer ganzen Garde von Köchen besetzte er augenblicklich Christianes Küche, welche die von ihr vorbereiteten Speisen offenbar nicht für angemessen hielten und sich selbst ans Werk machten, wobei sie ihren Kellervorräten gehörig zusetzten. Das nahm Christiane gerne in Kauf und brachte das verschmähte Essen ihren Gästen.

Als es Tag wurde, erfuhr sie erst, wie viel schlimmer es den meisten Weimarern ergangen war. Es gab Häuser, die vollständig niedergebrannt waren. Viele Einwohner waren in die nah gelegenen Wälder geflüchtet, die Nacht war bitterkalt gewesen, Christiane mochte sich gar nicht vorstellen, wie sie diese dort verbracht hatten. Die Hofapotheke war verwüstet und geplündert. Weil sie bei Herders Witwe nichts Wertvolles finden konnten, hatten sich die Plünderer an den wertvollen Aufzeichnungen ihres Mannes schadlos gehalten und vieles davon verbrannt und zerrissen. Und einem anderen Freund Goethes, dem Maler Georg Melchior Kraus, war das Haus über dem Kopf angezündet worden, das mitsamt seinen Bildern in Flammen aufgegangen war. Er selbst war so schwer verletzt, dass man um sein Leben bangte.

Die Schauergeschichten nahmen kein Ende. Das Haus von Charlotte von Stein war vollständig ausgeraubt worden, angeblich besaß sie nur noch das, was sie auf dem Leib trug.

Die Nachricht, wie schlimm es ihrem Bruder und seiner Frau Helene ergangen war, erhielt Christiane erst spät. Sie waren überfallen und misshandelt worden. Am Ende hatten sie mit dem Kleinen vor den Marodeuren in den Park fliehen können und sich dort im Schutz der Dunkelheit bis in die Morgenstunden versteckt.

Gemeinsam mit ihren Freundinnen begann Christiane in Windeseile lebensnotwendige Dinge für den Bruder und die

Schwägerin zusammenzupacken. Kleider. Lebensmittel. Holz zum Heizen. Sie berieten, wie man die Sachen ungehindert zu ihnen bringen konnte, denn auf den Straßen hielten die Besatzer jeden an, der Güter mit sich trug. Hanne machte gerade den Vorschlag, dass sie und Henriette drei Lagen Kleider übereinander anziehen und unter den Röcken das Notwendigste an Nahrungsmitteln verstecken könnten, als die Magd Christiane ausrichtete, dass Goethe sie in seinem Arbeitszimmer erwartete.

»Bringt meinen Bruder samt seiner Familie her, wenn es möglich ist«, bat Christiane ihre Freundinnen. Dann eilte sie zu ihrem Geliebten.

Er stand am Fenster, als sie eintrat, die Hände auf dem Rücken verschränkt. Als er sich zu ihr umdrehte, fiel ihr auf, wie sehr er in den vergangenen Tagen gealtert war. Sechzehn Jahre lebten sie nun zusammen, die Zeit hatte an ihnen beiden ihre Spuren hinterlassen. Tränensäcke lagen unter seinen noch immer schönen Augen. Tiefe Falten hatten die Stirn gefurcht. Früher hatte um seinen Mund kein so strenger Zug gelegen. Die geschwollene Unterlippe verstärkte diesen Eindruck. Goethe war inzwischen siebenundfünfzig Jahre alt, bei Licht betrachtet ein alternder Mann.

Auch sie war keine junge Frau mehr mit ihren einundvierzig Jahren. Vermutlich war sie ungefähr doppelt so breit wie damals, als sie sich kennengelernt hatten, und in ihre schwarzen Locken hatten sich viele graue Strähnen gestohlen. Trotz aller Veränderungen, trotz allem, was geschehen war, liebte sie diesen Mann so zärtlich wie in jenem Sommer vor achtzehn Jahren, als sie davon ausgegangen war, dass ihre Beziehung keinesfalls länger als wenige Wochen dauern würde.

»Du wolltest mich sprechen?«

Goethe ging zum Sekretär, nahm ein Kästchen aus einem Fach und stellte es auf den Tisch.

»Wir werden heiraten«, sagte er.

Sie glaubte, sich verhört zu haben.

»Wie bitte?«

Goethe öffnete das Kästchen. Darin lagen zwei goldene Ringe. Er nahm einen davon heraus und hielt ihn ins Licht.

»Ich hab das Datum von letzter Nacht eingravieren lassen«, fuhr er fort, so als hätte sie nichts gesagt. »Als du mir das Leben gerettet hast.« Erst jetzt sah er ihr in die Augen. »Die hätten mich nämlich umgebracht, Christel«, fügte er leise hinzu. »Es wird zwar nie jemand erfahren. Trotzdem ist es die Wahrheit.«

»Ja, aber ...« Sie war zu verblüfft, um einen klaren Gedanken fassen zu können. »Du willst, dass wir heiraten? Nach all den Jahren?«

»Ja«, erklärte Goethe und sah sie mit einer Mischung aus Unruhe und Amüsement an. »Außer, du sagst, dass du nicht willst.«

»Mein Liebster, natürlich möchte ich nichts lieber als ... Aber doch nicht jetzt. Nicht in diesen Zeiten. Wenn wir wirklich heiraten sollen, wollen wir dann nicht warten, bis das alles vorüber ist?« Sie ging auf ihn zu und legte zärtlich ihre Hand an seine Wange. Über dem Jochbein fühlte sie die leichte Schwellung. Hatte dieses schreckliche Ereignis seine Sinne verwirrt? »Ist das nicht ein bisschen überstürzt?«

»Überstürzt? Ja, das ist durchaus der richtige Ausdruck.« Goethe legte den Ring zurück zu dem anderen. »Länger warten sollten wir allerdings nicht.« Und als sie noch etwas einwenden wollte, fügte er ernst hinzu: »Ich weiß, ich wollte nie heiraten. Aber die Zeiten haben sich geändert, Christel. Und die Welt ebenso. Ich hab dich immer als meine Frau betrachtet. In der Vergangenheit habe ich alles dafür getan, dass du mit August im Ernstfall dastehst, als wärest du vor den Augen der Welt meine Frau gewesen. Mein Testament. Augusts Legitimierung. All das hängt einzig und allein von unserem Herzog ab. Solange er regiert, brauchen wir uns nicht zu sorgen. Im Augenblick steht das jedoch auf Messers Schneide. Die Franzosen haben Weimar eingenommen, gut möglich, dass Bonaparte einen Regenten einsetzt oder unser niedliches, kleines Herzogtum den Kursachsen oder sonst jemandem einverleibt.« Er ging zum Regal und zog ein paar Akten heraus. »Sollte demnächst hier das französische Rechtssystem eingeführt werden, der *Code civil*, dann ist sowohl mein Testament als auch Augusts Anspruch auf meinen Namen und mein Vermögen das Papier nicht mehr wert, auf dem das steht. Sollte der Herzog fallen oder entmachtet werden, gehört uns nicht einmal mehr das Haus.« Goethe hatte sich in Rage geredet, und Christiane begriff, welche Sorgen er sich machte. »Carl August hat es mir nie rechtsgültig überschrieben. Alles, was ich habe, ist sein Wort. Wer weiß, ob er überhaupt noch am Leben ist? Falls der Herzog seine Macht verliert, wird sich alles, was ich mir hier aufgebaut habe, in Schall und Rauch auflösen und ein Jahresgehalt wird es für den Geheimen Rat von Goethe nicht mehr geben. Wenn das passiert, und alles spricht dafür, werden wir mit dem auskommen müssen, was meine Werke einbringen. Und das ist wahrlich wenig.« Er schlug die Akten zu, in denen er geblättert hatte, und sah ihr in die Augen. »Wenn du mich jetzt heiratest, Christel, ist es gut möglich, dass du die Frau eines armen Mannes wirst. Ohne diesen Ring hast du allerdings nicht einmal meinen persönlichen Schutz. Nur deshalb hab ich an Voigt geschrieben, dass er so schnell wie möglich alle bürokratischen Hindernisse aus dem Weg räumt. Denn der Gedanke, dass du nach allem, was du für mich getan hast, und in Anbetracht dessen, wie sehr wir uns lieben, vor diesen Franzmännern als ehrlos dastehst, ist mir unerträglich.« Christiane schwieg betroffen. Das alles hatte sie nicht gewusst. Goethe nahm ihre Hände und küsste einzeln die Finger, auf einmal war alles zwischen ihnen wie früher. »Also frage ich dich: Willst du meine rechtmäßig angetraute Frau werden, Johanna Christiana Sophia Vulpius?«

Einen Moment lang schien sich alles um sie zu drehen. Die schrecklichen Ereignisse der vergangenen Nacht. Das Leid ihres Bruders und all der anderen Menschen in der Stadt. Die vielen Jahre, in denen sie sich damit abgefunden hatte, der »Bettschatz«

des Geheimen Rats von Goethe zu sein, wie sogar ihre wohlmeinende Schwiegermutter sich oft genug ausdrückte. »Natürlich will ich deine Frau werden«, hörte sie sich sagen. »Ich bin es doch längst.«

»Eben.« Sein Lächeln war bezaubernd, so als ginge irgendwo eine Sonne auf. »Du bist schon lange meine kleine Frau, und jetzt lassen wir uns trauen. Wer hätte das jemals gedacht?«

Wenn Tante Juliane und Ernestina das hätten erleben können, dachte sie wehmütig, als sie am 19. Oktober 1806, fünf Tage nach der verlorenen Schlacht von Jena und Auerstedt, ihr bestes Kleid anzog. Karl brachte sie mit der Kutsche zur Jacobskirche, vorbei an den Zeltlagern der französischen Besatzer, an zerstörten, geplünderten Häusern, an Brandruinen und vorbei auch an den vielen obdachlos gewordenen Bürgern. Wenn sie sich jemals eine Hochzeit erträumt hätte, dann sicherlich nicht in solchen Zeiten. Doch derartige Träume hatte sie nie gehegt, nicht, nachdem sie Johann Wolfgang von Goethe kennen- und lieben gelernt hatte.

Die Zeremonie in der Sakristei war kurz und schlicht. Wie viele Hindernisse ihr Mann bei dieser Sache mit Leichtigkeit umschifft hatte, um in der Kürze der Zeit und unter den gegebenen Umständen die Genehmigung der Obrigkeit zur Heirat zu erhalten, hatte sie einmal mehr überrascht. Als Christiane Vulpius betrat sie die Sakristei, als Frau Geheime Rätin von Goethe schritt sie wieder hinaus. Riemer, den sie seit jener Nacht tief verachtete, und ihr eigener Sohn waren Trauzeugen, und sie hatte August niemals mehr strahlen sehen als an diesem Tag.

Es war nicht die Zeit, um zu feiern. Gleich nach dem Mittagessen begab sich Goethe ins Schloss zur Herzogin, um sie zu beraten, denn schwere Entscheidungen standen bevor. Und Christiane band sich ihre Schürze um und tat, was getan werden musste, um die Besatzer im eigenen Haus zu bedienen.

Sie war erschüttert, als sie mit eigenen Augen sah, wie die Franzosen im Haus ihres Bruders gewütet hatten. Es war vollkommen leer, selbst Fenster und Türen waren herausgerissen worden. Helene war nicht mehr dieselbe wie zuvor, ihr musste unendliches Leid angetan worden sein, Christiane fragte lieber nicht nach, was genau passiert war. Stattdessen brachte sie die Familie ihres Bruders in einem abgeschiedenen Winkel des großen Hauses am Frauenplan unter, bis ihr Haus wieder bewohnbar sein würde, und hoffte, dass mit der Zeit auch diese Wunden heilen würden.

Dass sie als Geheime Rätin Christiane von Goethe gesellschaftliche Verpflichtungen übernehmen musste, war ihr erst nach der Heirat bewusst geworden. Sie hatte keine Zeit dazu gehabt, darüber nachzudenken, und war davon ausgegangen, dass sich überhaupt nichts ändern würde. Darin hatte sie sich gewaltig getäuscht.

Schon am Tag nach der Trauung bat ihr Mann sie, sich den Nachmittag freizuhalten und zum Ausgehen schicklich anzuziehen.

»Wo gehen wir hin?«, fragte sie erstaunt.

»Zur Teegesellschaft der Witwe Schopenhauer«, lautete die Antwort.

»Nein«, wehrte sie erschrocken ab. Dabei kannte sie Johanna Schopenhauer gar nicht, sie war erst in diesem Jahr nach Weimar gezogen. Allerdings hatte sie bereits einiges von dieser Frau gehört. Als wohlhabende Witwe verkehrte sie in den ersten Kreisen, war belesen, schrieb und malte. Bestimmt war auch sie eine jener Frauen, die auf Christiane herabsahen.

»Johanna ist genau die Richtige, um dich in die Weimarer Gesellschaft einzuführen«, erklärte Goethe. »Sie ist klug, freundlich und muss sich hier erst selbst etablieren. Sie hat ungefähr dein Alter und ist viel vorurteilsloser als die Hiesigen.«

»Wieso soll ich nach all den Jahren mit denen zu tun haben, die mich verachten?« Sie hörte selbst, wie trotzig sie klang. »Die wollen mich doch gar nicht um sich haben. Und ich hab meine eigenen Freunde.«

»Tu es mir zuliebe.« Er nahm sie in die Arme, küsste sie zärtlich. »Weißt du, ich bin stolz auf dich. Als meine Frau solltest du von nun an häufiger an meiner Seite erscheinen.«

»Und wenn ich dich blamiere?«

Goethe lachte und wirkte nun wieder wie damals, als er jung und verwegen gewesen war.

»Sei einfach du selbst«, riet er. »Freundlich und liebenswürdig. Und trag meinen adeligen Freundinnen ihre steife Art nicht nach.«

Christiane seufzte tief. Das also war der Preis. Ihr graute es jetzt schon, wenn sie an den Nachmittagstee bei Johanna Schopenhauer dachte.

»Mach dir bloß keine Sorgen«, tröstete ihr Mann sie. »Das erste Mal komm ich sogar mit.«

»Also ich muss schon bitten, meine Damen«, hörten sie eine weibliche Stimme entschlossen sagen, als sie dem Hausmädchen ihre Mäntel übergaben. »Wenn Herr von Goethe ihr seinen Namen geben kann, können wir ihr doch wohl eine Tasse Tee anbieten.«

Die Tür zum Salon war nur angelehnt und Christiane fühlte, wie ihr die Hitze in die Wangen stieg. Am liebsten wäre sie gleich wieder gegangen. Doch da schob das Hausmädchen die Tür ganz auf, Goethe lächelte aufmunternd und reichte ihr seinen Arm.

Zunächst war es genau so, wie sie es sich vorgestellt hatte. Ein großer, vornehmer Salon, und in jedem Sessel eine arrogant dreinblickende Dame. Frau von Schiller war anwesend sowie deren Schwester Caroline von Wolzogen, die sie mit unverhohlener Neugierde musterte. Amalie von Imhoff und ihre Mutter Luise, die sogleich erklärte, dass ihre Schwester Charlotte von Stein leider nicht kommen würde.

»Die Ärmste hat ja alles verloren«, jammerte sie. »Heute noch wird sie nach Kochberg fahren. Offenbar ist dort alles unversehrt.«

Christiane bedauerte kein bisschen, auf Frau von Stein verzichten zu müssen. Schließlich erkannte sie in einem großen, geblümten Sessel Friederike, die inzwischen verwitwete Baronin von Wurmb, die Einzige, die ihr mit einem falschen Lächeln entgegensah.

Da kam jedoch eine Frau auf sie zu, deren braune Augen vor Vergnügen nur so blitzten. Das dunkle Haar hatte sie im Nacken zu einem schlichten Chignon zusammengesteckt, lediglich auf der Stirn und an den Schläfen ringelten sich Locken. Sie war nicht gerade eine Schönheit mit ihrer etwas zu groß geratenen Nase über dem kleinen Mund, doch ihr Lächeln war zauberhaft.

»Herzlich willkommen, meine Liebe«, begrüßte die Dame des Hauses sie und ergriff ihre beiden Hände. »Ich freue mich, die Frau unseres großen Dichters kennenzulernen.« Dann wanderte ihr Blick zu Goethe. »Wie schön, dass Sie uns die Ehre erweisen. Bitte. Nehmen Sie Platz.«

Christiane setzte sich zögernd auf den Polsterstuhl, auf den ihre Gastgeberin deutete, während sich Goethe hinter sie stellte. Johanna Schopenhauer schenkte eigenhändig aus einer englischen Kanne ein und reichte ihr die Tasse.

»Danke«, sagte sie mit belegter Stimme und wünschte sich ganz weit weg.

»Wir haben einiges gemeinsam«, erklärte Johanna Schopenhauer und sah ihr offen in die Augen. »Man hat mir erzählt, wie selbstlos Sie sich um unsere Mitbürger kümmern, die in der Nacht der Plünderung so sehr zu Schaden gekommen sind. Ich habe beschlossen, mich ebenfalls zu engagieren. Meine Tochter Adele und ich, wir hatten unglaubliches Glück, uns ist gar nichts geschehen. Ich glaube, wir sollten uns einmal in Ruhe zusammensetzen und uns darüber austauschen, wie man am wirksamsten helfen kann.«

Christiane blickte überrascht auf. Meinte Frau Schopenhauer das ernst? Es sah ganz danach aus.

»Das … das wäre schön«, antwortete sie.

»Haben Sie übrigens das Fräulein Bardua schon kennengelernt?«, fragte Johanna und nickte einer jungen Frau zu, die höchstens Mitte zwanzig sein konnte.

»Natürlich«, antwortete Goethe an Christianes Stelle. »Sie ist ja eine Schülerin von Heinrich Meyer an der Zeichenschule. Und zwar eine äußerst begabte.«

Die junge Künstlerin, die Christiane tatsächlich bekannt vorkam, lächelte sie schüchtern an.

»Sie hat mich gerade porträtiert«, fuhr Johanna Schopenhauer fort. »Gemeinsam mit Adele. Das Bild ist erst vor Kurzem fertig geworden und ich halte es für ausgesprochen gelungen. Ich meine, bis auf die Tatsache, dass Fräulein Bardua mir gewaltig geschmeichelt hat.« Frau Schopenhauer lachte und auf einmal war sie Christiane von Herzen sympathisch. Nein, diese Frau verstellte sich nicht. Sie gab sich genau so, wie sie war.

Jetzt erhob sich Johanna Schopenhauer und ging zu einem Gestell, das mit einem Tuch verhängt war.

»Hier ist es«, sagte sie und zog das Tuch weg. Zum Vorschein kam ein Gemälde, auf dem die Gastgeberin vor einer Staffelei saß und dabei den Betrachter direkt anblickte. Hinter ihr stand ein Mädchen in einem rosafarbenen Kleid und mit einem ebensolchen Rosenzweig in der Hand. Ihr Blick war konzentriert auf das Bild gerichtet, an dem ihre Mutter offenbar gerade malte.

»Wie schön es ist«, entfuhr es Christiane begeistert, und bemerkte sofort, wie die anderen Damen süffisant die Mundwinkel verzogen.

»Ja, nicht wahr? Ich finde es sehr gut getroffen.«

Die junge Malerin wurde bei diesem Lob über und über rot.

»Frau von Goethe«, sagte Caroline Bardua scheu, »ich würde so gerne auch von Ihnen ein Porträt anfertigen. Ich meine, falls Sie und der Geheime Rat einverstanden wären.«

»Mich malen?« Christiane wurde das Herz ganz weit vor Freude. »Das wäre zu viel der Ehre.«

»Ganz und gar nicht«, widersprach Goethe. »Ich bin einverstanden, Mamsell Bardua. Aber nur, wenn Sie mich ebenfalls verewigen.«

»Na«, sagte Goethe auf dem Heimweg und nahm ihre Hand. »War's denn so schlimm?«

Christiane seufzte.

»Frau Schopenhauer ist eine herzliche Frau«, sagte sie. »Wenn ich mir die anderen dagegen so anschaue …«

»Johanna wird dir helfen«, unterbrach er sie. »Und glaube mir, alle werden sich mit der Zeit daran gewöhnen. Das Wichtigste ist …« Er war stehen geblieben und Christiane sah ihn erwartungsvoll an. »Dass wir uns lieb behalten. So wie all die Jahre.«

»Das verspreche ich dir«, antwortete sie schlicht.

»Auch wenn wir das Haus verlieren und ich ein armer alter Mann sein werde?«

»Auch dann«, antwortete sie lachend. »Aber das glaube ich nicht. Johann Wolfgang von Goethe findet immer einen Weg. Schließlich ist er der größte Gelehrte unserer Zeit.«

Eine Kutsche näherte sich ihnen gefährlich schnell, und Goethe zog seine Frau gerade noch rechtzeitig in einen Hauseingang, als die eisenbeschlagenen Räder an ihnen vorüberdonnerten.

»Du lieber Himmel«, rief Goethe aus. »War das nicht unsere liebe Charlotte von Stein auf dem Weg nach Kochberg? Fast hätte sie uns beide umgebracht. Ich glaube, ich muss mal ein Wörtchen mit ihr reden.«

»Das hat sie schon einmal versucht«, antwortete Christiane mit ihrem typischen, ansteckenden Lachen. »Vor vielen, vielen Jahren. Zum Glück ist es ihr auch damals nicht gelungen.«

Ende

NACHWORT

Christiane sollte recht behalten, Goethe wurde keineswegs zum armen Mann.

Herzogin Louise konnte Weimar in Abwesenheit des Herzogs durch ihr mutiges Verhalten bei der Begegnung mit Napoleon Bonaparte vor der völligen Zerstörung bewahren. Nachdem Carl August das Kommando über die ihm anvertrauten Truppen niederlegte und sein Herzogtum dem Rheinbund beitrat, entging er der Absetzung durch Napoleon. Acht Jahre später zählte er sogar zu den Gewinnern des Wiener Kongresses, er wurde zum Großherzog ernannt und konnte sein Herrschaftsgebiet deutlich erweitern.

Christiane lebte zehn Jahre als Ehefrau an der Seite von Johann Wolfgang von Goethe. Die neue Rolle als Frau Geheimer Rat brachte ihr nur bedingt Anerkennung in der Weimarer Gesellschaft. So wie all die Jahre zuvor ließ sie sich keineswegs entmutigen, blieb sich selbst treu und stand ihrem Mann weiterhin in jeder Hinsicht bei. Vor allem vermittelte sie geschickt zwischen ihm und der aufgrund ihrer Position als offizielle Mätresse des Herzogs an Macht gewinnenden Karoline Jagemann, die immer offener gegen Goethe als Theaterdirektor intrigierte und ihn ein Jahr nach Christianes Tod auch tatsächlich aus dieser Position verdrängen sollte.

Im Frühjahr 1816 erlitt Christiane zwei leichtere Schlaganfälle, von denen sie sich wieder erholen konnte. Doch schon im Mai desselben Jahres wurde sie erneut ernsthaft krank. Sie starb am 6. Juni an Nierenversagen. Goethes Tagebucheintrag von diesem Tag lautet: »Leere und Totenstille in und außer mir.«

DANKSAGUNG

Literatur über Johann Wolfgang von Goethe füllt Bibliotheken – Informationen über seine Frau Christiane muss man suchen. Von allen Autorinnen und Autoren, die wissenschaftlich über Johanna Christiana Sophia Vulpius publiziert haben, ging Sigrid Damm wohl am gründlichsten vor. Ihrem Buch *Christiane und Goethe – eine Recherche* verdanken wir viele Einblicke in diese Liebes- und Lebensbeziehung, über die ansonsten vor allem Vorurteile im Umlauf waren und leider noch immer sind. Es bildete das Herzstück meiner umfangreichen Sekundärliteratur und soll hier beispielhaft genannt werden.

Auf meiner Spurensuche vor allem nach Informationen über das private Leben von Christiane »hinter den Kulissen« des großen Welttheaters von Johann Wolfgang von Goethe und das ihrer engsten Verwandten erlebte ich so manche Überraschung. So wird man bei einem Besuch im Goethehaus in Weimar vergeblich nach Hinweisen auf die Mitbewohner des großen Meisters suchen. Mehrfach wurde mir vom Museumspersonal versichert, dass Ernestina und Juliane Vulpius »auf keinen Fall« mit im Haushalt lebten, und doch ist es durch viele Originalquellen verbürgt. Dass die beiden Frauen in dem Eckhaus zum Frauentor hin mit der Anschrift Frauenplan 5 gelebt haben sollten, das im Volksmund auch als »Vulpiushaus« bezeichnet wird, wird durch die Tatsache widerlegt, dass diese Gebäudeteile erst nach dem Tod von Christianes Schwester und Tante erbaut wurden.

Tatsächlich wurden die Räume im Haus am Frauenplan 1 sogar noch zu Goethes Lebzeiten häufig umgewidmet, so dass es heute schwierig ist, genau zu sagen, was wo stattfand und wer wo genau lebte. Außer Goethes Arbeits- und Sterbezimmer und den repräsentativen Räumen scheint in dieser Hinsicht wenig gesichert zu sein, so desillusionierend dies auch für den Besucher des Nationalmuseums klingen mag. In den folgenden Jahren soll das Goethehaus nach neueren Forschungserkenntnissen umstrukturiert werden – man darf gespannt sein.

Über das Schicksal von Juliane und Ernestina Vulpius ist allerdings wenig bekannt. Als wertvolles Fundstück werte ich die Entdeckung der kurzen, für Ernestina aber umso folgenreicheren Korrespondenz zwischen Goethe und Pfarrer Toel aus der Heimatgemeinde von Ernestinas Verlobten, aus der hervorgeht, weshalb die Heirat letztendlich nicht zustande kam. Soweit mir also Quellen vorlagen, habe ich sie in diesen biographischen Roman eingearbeitet.

Auf meiner Spurensuche traf ich immer wieder auf liebenswürdige, kluge und hilfsbereite Menschen, denen ich an dieser Stelle meinen Dank aussprechen möchte, und zwar, um keine Wertung zu suggerieren, in alphabetischer Reihenfolge:

Heike Doms, Assistentin der Geschäftsführung des Goethe-Theaters in Bad Lauchstädt, des einzigen original erhaltenen Theatergebäudes seiner Zeit und ein wahres Kleinod, zeigte mir die gesamte Kuranlage samt dem Theater. Außerdem teilte sie ihr umfangreiches Wissen über Christiane und ihre Aufenthalte in dieser kleinen, feinen Stadt mit mir, wofür ich mich sehr herzlich bedanke.

Dr. Ulrike Enke von der Philipps-Universität Marburg stellte mir nicht nur schwer zugängliche Literatur leihweise zur Verfügung, sondern gab mir als Mitarbeiterin der Arbeitsstelle für Geschichte der Medizin wertvolle Hinweise auf die Zusammenarbeit zwischen Goethe und anderen großen Forschern seiner Zeit wie zum Beispiel Samuel Thomas von Soemmerring. Dafür und für ihre rege Anteilnahme am Wachsen dieses Romans möchte ich ihr von Herzen danken.

Ursula und Hans Hünefeld erwiesen mir herzliche Gastfreundschaft und öffneten mir ausnahmsweise die Tür zu ihrem Privathaus, dem ehemaligen »Vulpiushaus« in der Jacobsgasse in Weimar, in dem Christiane und ihre Geschwister geboren wurden und in dem sie die ersten dreiundzwanzig Jahre ihres Lebens verbrachte. Für ihre Hilfsbereitschaft, die zahlreichen Hinweise und Tipps und das Material, das ich von ihnen freundlicherweise erhielt, gebührt ihnen mein großer Dank.

Bedanken möchte ich mich auch sehr herzlich bei Angelika Kunkel, der ersten Vorsitzende der Wetzlarer Goethe-Gesellschaft e.V., für die Übersendung von für den Roman enorm wichtigem Recherchematerial. Vor allem der Aufsatz von Manfred Wenzel zu den Hintergründen der Ver- und Entlobung zwischen Ernestina Vulpius und Friedrich Christoph Gotthard von Lützow, der bislang von der Goethe-Forschung völlig unbeachtet blieb und – nach meinem aktuellen Wissensstand – ausschließlich in einem Sonderdruck zum Jahrbuch des Oldenburger Landesvereins für Geschichte, Natur- und Heimatkunde e.V. aus dem Jahr 1994 vorliegt, war für mich von unschätzbarem Wert. An dieser Stelle möchte ich nicht versäumen, Frau Wenzel sehr herzlich dafür zu danken, dass mir die Arbeit ihres Mannes zur Verfügung gestellt werden konnte.

Dr. Gabriele Oswald von der Klassik Stiftung Weimar unterstützte mich bei zahlreichen Fragen, auch ihr gilt mein Dank für die Zeit, die sie mir widmete.

Eine Geschichte wird erst zum Buch, wenn ein Verlag sie herausbringt. An dieser Stelle möchte ich dem Team des Aufbau Verlags danken, allen voran meiner Lektorin Christina Weiser für die ausgezeichnete Zusammenarbeit. Und ebenso meiner wundervollen Agentin Petra Hermanns, die mir stets den Rücken freihält und mich unterstützt, wo sie nur kann.

Meiner Schwester Brunhilde Rygiert danke ich von Herzen dafür, dass sie mit mir sowohl nach Weimar als auch in der Zeit gereist ist und mich bei der Recherche vor Ort tatkräftig unterstützt hat. Und meinem Mann Daniel Oliver Bachmann danke ich für seine Geduld und Anteilnahme am Werden dieses besonderen Buches.

LESEPROBE

BEATE RYGIERT
DIE PIANISTIN
Clara Schumann
und die Musik der Liebe
ROMAN
atb

1. KAPITEL

Hamburg: Anfang April 1835

Der Saal vibrierte vor Erwartung.

Clara stand hinter dem Bühnenvorhang, durch den die Geräusche aus dem Zuschauerraum gedämpft zu ihr drangen. Leises Geplauder, vereinzeltes Lachen und Hüsteln, das Rascheln von Kleidern und Programmzetteln – all das erfüllte die Fünfzehnjährige mit jener Mischung aus Nervosität und Erregung, die sie so liebte, seit sie vor vier Jahren in ihrer Heimatstadt Leipzig zum ersten Mal öffentlich aufgetreten war. Dies war Hamburg, eine weitere Station auf der nun schon fünf Monate dauernden Konzertreise durch Norddeutschland, und sie war gespannt, ob man sie hier ebenso lieben würde wie vor drei Jahren in Paris, wo sie Chopin kennengelernt hatte. Oder wie in Hannover, wo sie vor Kurzem noch bei Hofe gefeiert worden war wie eine kleine Königin.

»Bist du bereit?« Ihr Vater stellte sich neben sie und lugte durch einen Spalt im Vorhang. »Ausverkauft«, murmelte er erleichtert. Wie immer hatte Friedrich Wieck den Saal selbst gemietet und das Kammerorchester engagiert. Er veranstaltete das Konzert auf eigene Rechnung und trug das gesamte finanzielle Risiko.

»Wollen wir?« Der Inspizient schob seinen Kautabak von einer Backentasche in die andere, die Hand schon am Seil, um den

Vorhang aufzuziehen. Friedrich Wieck sah auf die Taschenuhr, die er seit einer Viertelstunde nicht mehr aus der Hand gelegt hatte.

»Gib auf die Tempi acht«, raunte er seiner Tochter zu. »Nicht, dass dir die Läufe wieder so schnell geraten wie neulich in Hannover.«

Clara wandte sich ab. Sie war wütend auf ihren Vater. Nicht wegen der ständigen Maßregelungen. Immer hatte er etwas zu beanstanden, auch wenn sie noch so gut spielte. Die Tempi, der Anschlag, die Haltung, einen Akzent hier oder dort. Sie nahm ihm das nicht übel, so war er schließlich immer gewesen, und im Grunde wusste sie, dass sie nur deshalb so weit gekommen war, weil er sich nicht zufriedengab, mit nichts. Übel nahm sie ihm, dass er ihr Roberts Briefe vorenthielt und ihre eigenen Zeilen an ihn las. Und jeden ihrer Schritte kontrollierte. Erst am Nachmittag hatten sie einen erbitterten Streit darüber geführt, warum Clara Robert Schumann nicht einen Abzug von der hübschen Radierung schicken durfte, die der Lithograph Julius Giere in Hannover von ihr angefertigt hatte, und die im Foyer verkauft wurden. Warum konnte alle Welt sie haben und Robert nicht?

»Du bist eitel«, hatte ihr Vater sie getadelt.

Wäre sie eitel, würde sie es sich nicht gefallen lassen, schon seit Wochen im selben Kleid zu konzertieren. Nein, eitel war sie bestimmt nicht. Aber verliebt …

Der Vorhang öffnete sich. Im Zuschauerraum erloschen die Lichter. Claras Herz machte einen kleinen Sprung, und diese wunderbar prickelnde Spannung stieg in ihr auf, wie damals, als sie heimlich am Champagnerglas ihres Vaters genippt hatte. Dies war der Moment. Ihr Moment. Und dann geschah es wieder, das, was Robert »das Magische« nannte. Von der kleinen Zehe bis zu ihrem kunstvoll gescheitelten und am Hinterkopf festgestecktem Haar begann eine Energie sie zu durchfluten, für die sie keine Worte hatte.

Sie trat ins Licht und verbeugte sich. Aus Erfahrung wusste sie, dass sich das Publikum erst an ihre Erscheinung gewöhnen musste. Sie konnte das Staunen der Hamburger Konzertbesucher förmlich fühlen: So ein zartes Kind will einen ganzen Abend bestreiten? Sie trug das hellgelbe Kleid, das ihr am Busen langsam zu eng wurde, und dessen bauschige Gigot-Ärmel beim Klavierspielen eigentlich ein wenig störten, was sie allerdings nie und nimmer zugegeben hätte. Ihr Vater wäre imstande, sie in einem altmodischen Empirekleid auftreten zu lassen, wenn er das wüsste. Das Dekolleté ließ der Mode entsprechend die Schultern frei, geraffte Stoffbahnen quer über ihre Brust betonten ihre erblühende Weiblichkeit. Auch wenn sie Abend für Abend dasselbe Kleid trug, das tagsüber sorgfältig ausgelüftet wurde – es entsprach der allerneuesten Mode.

Als der Applaus verebbte, trat sie zum Hocker, rückte ihn zurecht, breitete den weiten Rock aus und nahm Platz. Sie hob die Hände über die Tasten. Im Saal war es so still geworden, man hätte eine Stecknadel fallen gehört. Einen Moment lang genoss sie die Spannung. Dann begann sie zu spielen.

Wie immer eröffnete sie mit einem Bravourstück, die Leute sollten von Anfang an wissen, mit welcher Virtuosin sie es zu tun hatten. Nichts war dazu geeigneter als die *Variations brillantes* von Henri Herz. Ihr Spiel ließ vergessen, dass es bessere Instrumente gab als diesen Flügel, den ihr Vater vom Konservatorium ausgeliehen hatte. Clara hatte während der vergangenen Tage täglich auf ihm geübt. Sie kannte ihn nun bis hin zum letzten leicht klemmenden Dämpfer und hatte ihn sich zum Freund gemacht. In Paris vor zwei Jahren hatte sie auf viel schlimmeren Kästen brillieren müssen.

Niemals war sie so glücklich, als wenn sie spielte. Pianoforte zu üben war ihr Trost und Zuflucht, so lange sie denken konnte. Und das einzige Mittel, ihren Vater dazu zu bringen, sie zu lieben. Obgleich er es nicht zeigen konnte und sie, statt zu loben, mit Geld belohnte, wenn sie in seinen Augen etwas gut gemacht hatte. Sie und ihre beiden jüngeren Brüder mussten sich ihr Taschengeld ebenso wie seine Zuneigung erspielen. Wobei sie immer die Glücklichere war und oft genug die Süßigkeiten, die sie von diesem Geld kaufte, mit ihnen teilte. Ach, wie sie ihre Geschwister vermisste!

»Du bist etwas Besonderes, Clara«, hatte ihr Vater so oft gesagt. Vor allem, nachdem er streng zu ihr gewesen war und mitunter vor lauter Wut die Noten zerrissen hatte, wenn sie seiner Meinung nach nicht ordentlich spielte, sie zwang, tagelang nur Tonleitern und Kadenzen zu üben, ehe er ihr wieder erlaubte, etwas Richtiges unter die Finger zu nehmen. »Du bist dazu geboren, es ganz nach oben zu schaffen, dorthin, wo die Meister thronen. Clara, die Helle, die Leuchtende. Was glaubst du, warum ich dir diesen Namen gegeben habe?«

Sie beendete Herz' Variationen mit der schier unspielbaren, rauschenden Kadenz so perlend und leicht, als gäbe es nichts Leichteres. Die Stille danach war ein Loch, in das man sich fallen lassen konnte. Bis der Applaus sie auffing und zurück in die Wirklichkeit holte.

Als Nächstes stand Chopin auf dem Programm. Darum hatte sie mit ihrem Vater kämpfen müssen. Er war der Meinung gewesen, dass das Hamburger Publikum zu konservativ für diese Art von neuer Musik war. Die Welt befand sich an einem musikalischen Wendepunkt: Die einen ließen nur das Alte gelten – Mozart, Haydn, Hummel, Scarlatti, selbst Beethoven war vielen schon zu revolutionär. Sie und Robert waren jedoch davon überzeugt, dass die Zukunft den »Neuen« gehörte: Liszt, Chopin, Berlioz, Mendelssohn – und Schumann. Musik, in der sich Virtuosität und Ausdruck der Empfindung die Waage hielten. Musik, die in der Lage war, Gefühle auszudrücken, für die es keine Worte gab. Ohnehin misstraute Clara Worten mehr als allem anderen. Vielleicht hatte sie deswegen bis zu ihrem vierten Lebensjahr geschwiegen, so dass alle dachten, sie sei taub und stumm?

Sie hatte keine Erinnerung mehr an diese frühen Kindheitstage, sondern wusste davon nur das, was ihr Vater ihr erzählte. Auch wie es gewesen war, als ihre richtige Mutter noch bei ihnen lebte, lag hinter einem dichten Schleier aus Vergessenheit verborgen, gemeinsam mit dem Schmerz, den sie damals empfunden haben musste. Ihr Vater sprach stets nur abfällig über Mariane, die inzwischen mit ihrem zweiten Mann in Berlin lebte. Eine Frau, die Mann und Kinder verlässt, war etwas absolut Verwerfliches. Seit der Scheidung hatte Clara sie nicht mehr gesehen, sie schrieben sich hin und wieder Briefe, die ihr Vater natürlich kontrollierte. Doch je älter Clara wurde, desto besser verstand sie ihre Mutter. Friedrich Wieck war ein schwieriger, jähzorniger und herrschsüchtiger Mann, der sich in alles einmischte und keinen Widerspruch duldete. Vielleicht hatte Mariane jene Stärke gefehlt, die man brauchte, um neben einem solchen Mann zu bestehen? Stark genug, um wegzugehen, war sie jedenfalls gewesen. Nun würden sie sich nach so langer Zeit endlich wiedersehen, falls ihr Vater es sich nicht im letzten Moment anders überlegte. Denn ihre nächste Station hieß Berlin.